心逸留痕

XINJI LIUHEN

庾日升◎著

时代出版传媒股份有限公司
安徽文艺出版社

图书在版编目（CIP）数据

心迹留痕 / 庚日升著. -- 合肥：安徽文艺出版社，2024. 10. -- ISBN 978-7-5396-8156-6

Ⅰ．I267

中国国家版本馆 CIP 数据核字第 2024LV2840 号

出 版 人：姚　巍
责任编辑：秦　雯　　　　　　　　装帧设计：徐　睿

出版发行：安徽文艺出版社　　www.awpub.com
地　　址：合肥市翡翠路 1118 号　　邮政编码：230071
营 销 部：(0551)63533889
印　　制：安徽新华印刷股份有限公司 (0551)65859551

开本：700×1000　1/16　印张：25　字数：340 千字
版次：2024 年 10 月第 1 版
印次：2024 年 10 月第 1 次印刷
定价：70.00 元

（如发现印装质量问题，影响阅读，请与出版社联系调换）

版权所有，侵权必究

目录

序 近看是雾 远观成云
——读庚日升散文随笔集《心迹留痕》 曹化根 001

感悟

行走之乐 003

由观垂钓者想到的 006

路灯的品格 009

地铁颂 011

论修心 013

善待自己 016

人生三题 019

人生之三境界 022

顿悟 024

成人世界里也有"三好" 026

人生难得是"小满" 029

读懂幸福　031

学会独处　033

寄语青春　035

读书是走向成功的"金钥匙"　038

品读励志的世界名校校训　041

高考的如意与不如意　044

抵达成熟的彼岸　047

取悦自己　优雅变老　050

微信朋友圈　053

生命贵在运动　056

敬畏健康　059

你喜欢哪种旅游　062

游记

徜徉心湖　067

濮塘神奇"四绝"　071

冬夜的雨山湖公园　075

秀山湖之"秀"　077

初识叶家桥　080

长江不夜城游考　083

探访"中国富硒第一村"　086

米公祠里的故事　090

悬空寺真"悬"　093

初见平遥古城　096

拜水都江堰　100

是武侯祠还是汉昭烈庙？ 104

浪漫的巽寮湾 108

粤东明珠南澳岛 112

珠海览胜 115

可园可人 119

潮州印象 122

莲花山公园畅想 126

好看好玩的小梅沙海湾 129

花醉人心 131

坐着游轮看南海 134

祖国山河灿如花
——深圳锦绣中华民俗村游记 137

深圳老街 142

今非昔比的中英街 145

记事

深圳的秋雨 151

客居深圳闲记 154

车之烦恼 160

千里自驾行记 162

登机奇险记 166

绿皮火车上的畅想 169

幸福时光 172

祖孙之乐 175

三代人的包书纸 179

人间处处有惊喜　182

横龙客　185

回老家过年　187

想起我高考的那些事　190

话说吾姓　194

老房子情结　198

乔迁"五喜"　201

"砚格斋",我的养心堂　204

春天欢快曲　207

大暑小记　210

秋天的况味　212

冬阳　215

人文

马鞍山,一座名副其实的"诗城"　221

山水锦绣的大美安徽　226

试说中国四名楼　231

酒文化之趣谈　235

春联的"今生前世"　239

秦始皇缘何能统一天下

　　——电视剧《大秦赋》观感　241

为了捍卫军人的荣耀

　　——影片《长津湖》观感　244

共产党领导的大决战何以决胜

　　——电视剧《大决战》观感　247

居里夫人之伟大　251

用文字战斗的一生

——读《鲁迅的最后岁月》之我见　254

傅雷的育子经　258

生命灿烂如花

——"中国的保尔·柯察金"朱彦夫　262

国学

不朽的司马迁　267

"双峰并峙"的陶渊明　271

重新认识庾信　275

仙风道骨的李白　279

寒儒"诗圣"杜甫　285

亦诗亦官的白居易　291

"一生襟抱未曾开"的李商隐　296

旷世奇才苏轼　300

一代才女李清照　304

文武皆能的辛弃疾　308

落魄而多才的姜夔　312

"杂剧之父"关汉卿　317

勇于为民请命、为情呐喊的汤显祖　321

为曹雪芹代言　326

重读《三字经》　331

立"三心"读《菜根谭》　337

再读《上下五千年》之见　340

趣说成语和俗语　345

"流光溢彩"的唐诗宋词　348

写给春天的古诗绝句　351

趣品两首谜语绝句　354

浅析贾岛的三首五言绝句　356

劳苦大众的愤懑和呐喊
　　——五首绝句诗浅析　359

社会

生命的礼赞　363

人人都来做做这道"加减乘除"题　365

让规则意识成为共识　368

厚植尊老孝老风尚　371

劝君少当"低头族"　373

药品说明书能否人性化一点？　375

家庭幸福的密码　377

真情陪伴孩子成长的"四自"　380

"身教重于言教"如是说　383

后记　387

序　近看是雾　远观成云
——读庚日升散文随笔集《心迹留痕》

曹化根

庚日升是我认识30多年的老朋友了。20世纪90年代初，马鞍山市工人文化宫举办了一次全市硬笔书法大赛获奖作品展览，庚日升获得了二等奖，由此我记住了庚日升的大名，从此就有了与庚日升的各种交往。原来，在书法勃兴的20世纪80年代，庚日升的书法就已引人关注。当时《辽宁青年》风头无二，是许多青年十分喜爱的一本杂志。除了杂志内容饱含时代气息、引人入胜之外，杂志还推出一项大胆举措，每期刊名题字都是面向全国书法爱好者征集、海选而来。庚日升两次脱颖而出，应征作品被《辽宁青年》选为刊名题字。1992年前后，我也差一点调入安徽商业专科学校做一名书法老师。因此，我对庚日升的关注从一开始就带有艺术与情感的成分。

2011年，庚日升出版了个人文集《心智的徜徉》，内容丰厚饱满、笔调清新畅达、文风朴实、见解独特，其中的文章绝大多数是在各类报刊公开发表过的，让人见识了他在书法之外的文学创作方面的能力与成绩。10多年后的今天，庚日升笔耕不辍，又推出了散文随笔集《心迹留痕》，除了少数篇章，绝大部分是近几年的新作。沉沉几十万字，还是他自己一再汰选的结果。作者把《心迹留痕》归为感悟、游记、记事、人文、国学、社会六大类，共112篇，每篇两三千字，整齐、悦目，像经验丰富的老农精心伺候的一块块田地,塍垄纵横,或新苗铺绿,迎风渐长,或瓜果累累,丰收在望。通读《心迹留痕》,我觉得有些想法可以稍微展开说说。

庚日升从一位山村农家子弟一步步成长为地方领导干部,是他自己不懈努力的结果。个人的才华和工作的经历决定了《心迹留痕》既有小小的张力,蕴含了个人的独特感悟,又有时代的甘苦,表达了大众对社会发展、社会走向的普遍思考。这些,读者都能体会得到。我想透过文字,去看看作者的心理结构。在我看来,这个更有意义。

当代社会,思想多元,这是社会保持活力的源泉。但多元不意味着混乱,当代社会的某些乱象就是源自思想撕裂。作者思想导向十分鲜明,字里行间无不蕴含正确的三观。难能可贵的是,作者心口如一,言行一致。当代社会生活的光怪陆离往往令人无所适从,庚日升对此却表现本分、朴实、清醒而坚定。鲁迅说过:"从喷泉里出来的都是水,从血管里出来的都是血。"庚日升忠实地践行这一教诲,踏踏实实,勤勤恳恳。对他本人来说,可能日用而不知,但也正说明这一观念早已深入心底、融入血脉。庚日升毕竟不是专业作家,写作是他的业余爱好,他的写作技巧,比如如何抒情、如何控制抒情、怎样捕捉细节、怎样调节语言等,考虑得不像专业作家那样周全,但他扎实的语言基本功摆在那里,去除那些巧饰,反倒显得真诚、质朴,文字坦易,让人爱读。

思路流畅、开阔是庚日升文章的一大特点。庚日升思路开阔,《心迹留痕》能分为六类不同内容,足见一斑;写作灵感一来,文思泉涌,一气呵成。日常生活中,一段不经意的旅行,一次生活经历,咀嚼一本书的感悟,抑或忽然有个场景映入眼帘,路人偶然一句话让他若有所思,等等,他便由此生发开去进行构思。一旦有了创作冲动,几千字的文章一晚就诞生于笔端。由此可见,庚日升是生活的有心人,平时留意日常生活,善于从日常生活中捕捉闪光点,善于从司空见惯的寻常琐事中发现创作素材,更善于快速构思凝定成文。读庚日升的文章,没有小河曲折蜿蜒的感觉,也没有大江大河滔滔而下的感觉,而像来到一片开阔平静的湖面,倒映着天光云影,令人心情放松。读者仿佛游人,面对大好湖光,可以在此暂作小憩,稍事休整。我想,这也同他自身为人处世的风格相关。庾日升性格本就不疾不厉,加之阅历日深,心态更显平和,反映到作品中,自然而然就形成平蓄淡泊的文风。

善于从不同角度观照、打量某一事物是庾日升文章的另一特点,这也是散文"形散神聚"的基本要求,说明他已经养成了立体思维的习惯。这一特点贯穿集子中的所有作品,但在感悟、社会两个板块更加明显,甚至从某些文章的题目都能清楚地看出来,如《人人都来做做这道"加减乘除"题》《真情陪伴孩子成长的"四自"》《乔迁"五喜"》等,都是如此。作者围绕中心,不断变换角度,去审视、去解析,在常人看来很普通的话题在作者笔下却变得生动有趣。"路灯的品格"相对来说是个老话题了,但在庾日升的眼中,路灯既像巨人,又像勇士。路灯不惧风雨坚守岗位,不知疲倦奉献他人,不惧孤寂开心生活,让作者反复咀嚼。如果说坚守岗位奉献他人还是颇具传统的联想,那么不惧孤寂开心生活则是当代人才会产生的联想,尤其用"众里寻他千百度。蓦然回首,那人却在,灯火阑珊处"作结,一下子就提高了全文的层次境界。我举这个例子,一方面想说明作者构思文章时思维的丰富与立体,另一方面也想说明作者还有平中见奇的写作本领。再比如《微信朋友圈》,作者正说反说、横说竖说,亦庄亦谐,既令人莞尔,又让人获得警醒,好像把这个当下生活中人人都离不了的微信朋友圈做了一番CT透视,并像医生一样写下医嘱。艺术和生活在庾日升的头脑里早已融成一气。

庾日升作品的时代感也很强。他的许多游记可当美文来读,各地人文风情像色彩斑斓的风俗画一样,热腾腾的鲜活气息扑面而来。记事板块几乎是作者日常生活的自传,作者热爱生活,又能跳出生活,表达生活,反省生活,以一己之遭际,见出时代之更迭,描绘出当下的人间烟火,乃至沉浸于世俗的活色生香。更重要的是,他对当代生活和社会问题的思考引人注目,庚日升用文字展现了自己的社会责任感。当代生活并不只有美好,也有种种令人忧虑、令人痛心的现象。美好、秩序与混乱、无序某种程度的并存,才是更客观、更全面的时代感,该赞美的赞美,该享受的享受,该批判的批判,这是庚日升对时代的态度,也是社会大众应该保持的理性客观的态度。

庚日升养成终身读书的习惯,涉猎比较广泛,知识结构和多数同龄人相比更为全面、均衡,因此,他的读书、思考、写作相互成就、相互促进。从他写搬家的一篇散文就能看出,他常常要为怎么处理书籍而烦恼。国学板块较为集中地展示了他"与古为友"的阅读状态。他阅读过很多古代名家的传记,当他有感而发抽毫成篇时,除了介绍传主生平,普及知识,传播优秀传统文化外,更注重体会传主的精神世界。他将心比心,一方面想象把自己置于传主的生存环境,另一方面也会把传主带进当代世界,在身份双向置换中感悟每个艺术生命的独特价值。

总之,捧读庚日升的文字,就像面对熟悉的老友,他的文章亲切随和,娓娓叙谈,没有隔阂,没有架子,有的是云淡风轻,有的是人生成熟以后的豁达,当然也有不可更改的坚守与执着。正像云与雾的关系,近看是雾,远观成云。记不得哪位哲人说过:你无论身在何处,也无论身处何种位置,你所熟悉的人都是平凡之人;一旦你离开那种环境,岁月的沉淀会慢慢让你理解当时那些平凡中的不凡之处。拉开一点点时间的距离,《心迹留痕》就可能成为一个家庭,甚至一个地方、一个时代的独有的记忆切片。

是为序。

感悟

行走之乐

行走,是当下风靡的运动方式。行走,体现出对生命健康的追求,体现出对生活的热爱。所以,今天的人们碰到一起,更多是问"今天你走了多少步",相互交流行走的体会与乐趣,比较行走的路线和步数,颇有趣。

我也是众多行走者中的一员,喜欢步行,而且步幅大、频率高、走得快。为完成自己设定的步行目标,我白天总是积极创造条件想方设法步行,能走则走,不敢偷懒,晚饭后必须到雨山湖公园走上一大圈,领略夜景。遇到雨天,就在家里走,从大门走到阳台,再从阳台走到大门,边看电视边行走两不误。行走,已成为我生活中的一种习惯、一件乐事。

我工作的地方距家大约6公里,但全程贯穿主城区南北,必经繁忙而又非常拥堵的湖东路。这个公里数,说近不算近,说远不太远。如果天天步行回家,恐怕有些吃不消,所以以车代步是常态。说到在这条路上开车,就气不打一处来,车多、人多、红绿灯多,急不得、快不得,要不断地刹车、起步,高峰期则更如蚂蚁爬行,区区6公里却要开上50分钟,内心十分窝火和不爽。

有时遇上好天气和好心情,我索性不开车,步行上下班。落得一身轻松,既很好地完成了每天的步行数,又响应了政府绿色出行的号召,省了油钱少了气恼,一举多得,不亦乐乎。

其实,行走之乐,又何止这些?还蕴含更重要的"三乐"。

行走,可以享受到无边光景。你可以不受任何约束,自由自在,或极目远眺,或左右张望,或驻足细赏,一路光景看过来。马路两旁的树木花朵,绿的如海,红的像火,微风吹来,频频点头致意,像是久等你的到来,大自然的恩赐让你心花怒放。商家的高分贝音乐和店员的叫卖声,动听悦耳,一派盛世太平,激起了你心中购买的欲望。空气中弥漫的香味,令人垂涎欲滴,让有些饥肠辘辘的肚子暂时得到安慰,感叹今天的幸福生活如芝麻开花。你还可以用心触摸城市的建设和变化,哪条路在修、哪座楼在建,都逃不过你的双眼,林立的高楼大厦,现代化的灯光秀,使你不得不赞叹城市的日新月异、发展的无限魅力。所有这些,可谓"无限风光尽被占"。倘若不是行走,就会与这无限风光失之交臂,成为匆匆过客,断然是不会有这些美妙感受的。这就是行走带来的赏景之乐。

行走,可以与久未谋面的故人老友不期而遇。一些老同学、老同事、老朋友,虽然生活在同一个城市,但各种各样的原因,使大家离多聚少,有的甚至分别后再难谋面。但彼此心中,一段记忆、一种牵挂、一份思念是不会减少的,有点"我寄愁心与明月,随君直到夜郎西"的况味,很想找机会见面重温旧情。可就是在行走中,见面机会可能就会从天而降,在茫茫人海中,你突然发现一个熟悉的身影朝你走来,越来越近,面庞越来越清晰。啊,故人?老友?你会欣喜若狂地奔上前亲切握手或是拥抱,接着上下打量,聊当下、忆往昔、品旧事、送祝福,嘘长问短,话题不断,只是嫌时间过得太快。不知不觉中又会感叹岁月不居,韶华已逝,希望彼此且行且珍惜。尽管没有香茗和美酒助兴,但丝毫不影响心灵的碰撞和交谈的热情。邂逅的这份惊喜、这种快乐,可谓"得来全不费工夫"。倘若不是行走,何来这份收获?这就是行走带来的友情之乐。

行走,可以放松心情,任凭思绪飞扬。行走途中,你可以忘却生活的烦恼,卸下工作的艰辛,什么都不用想,让那一刻真正属于自己,把好心情藏在铿锵有力的步伐里。运动轻松,轻松运动。于我而言,由于业余喜欢舞文弄墨,这一刻,我可以放松心情,文思飞扬,是寻找创作灵感的黄金时光、构思诗文的妙境时刻。我的不少诗文就是在行走中触景生情、灵感迸发、激情构思而出炉的。很奇妙,那一刻的文思竟是那样无拘无束、一泻而下、酣畅淋漓。比如:散文《冬夜的雨山湖公园》,就是晚上我在公园里行走时触景生情而写就的;小诗《小雨不小》,就是在家行走观窗外小雨触发奇想的。现在,行走成为我作文构思的独特方式,身心俱佳,颇感欣慰。古人有"一曲新词酒一杯"的豪迈,我是"行走途中著文章"。没有行走,或许出不了一些诗文。这就是行走带来的作文之乐。

　　行走,百益而无一害。与行走为伍,人生快事,不亦乐乎。

由观垂钓者想到的

茶余饭后,我常在家边的河旁散步,经常看到一批又一批的垂钓者,乐此不疲地在河边垂钓,他们或坐或立,或蹲或倾,姿态万方,手握长竿,眼神专注,一副"放长线钓大鱼"的姿态。装备新颖齐全,各具特点,好让人长见识;水桶(袋)里的鱼交头接耳,活蹦乱跳,也好让人心生羡慕。他们三五成群,偶尔交流体会,有一种生活在世外桃源的感觉。垂钓者年不分长幼,更不惧风雨日晒,皆自得其乐也。

天长日久,这种情景看多了,我不禁浮想联翩,忽有所悟。

垂钓说明我们生活多么美好。当下,人们早已衣食无忧,进入了小康社会,留下了太多的空闲时光,怎么打发?垂钓是个不错的选择,是个好的精神寄托。难怪垂钓者络绎不绝、趋之若鹜。若仔细观察,在垂钓者中,有退休的老者,他们完成了职场的使命,也没有生计的烦恼,通过垂钓寻找乐趣,安享晚年,岂不快哉?有正当中年者,他们可能通过打拼,已经事业有成,余暇时光,寄情垂钓,放松心情。有年轻后生,他们可能赶上休息日,或者干完了该干的活,再收获一点垂钓乐趣和果实,乐在其中。当然,可能也有无所事事者,精神寄托于垂钓休闲,也是雅趣,挺好。总之,有那么多垂钓者,反映了当下社会物质富足,人民精神愉悦,生活美好,我们要感谢赶上新时代、好时代。

垂钓是一种雅致又安静的休闲活动。当下,那么多人乐此不疲地垂钓,在我看来,可能不完全是为了钓到多少鱼,更多是为了修身养性,寻找身心快乐。看着清澈的河水,闻着花草的芬芳,沐浴着阳光细风,收获着眼前一切美景,心中又无挂碍,此情此景,如入仙境一般。垂钓是需要一定时间的,无论是坐是立,没有坚守,缺乏耐性,是不行的,非常考验人的心态和毅力。或许你钓了半天,一无所获,空手而归,可你依然面带笑容,毫不沮丧,说明你承受力强大,这就是一种高境界。垂钓需要安静的环境,除了选择比较静谧的自然环境,心则更需要安静,心安手自安,倘若性子急,烦躁不安,脾气一上来,或许会把钓鱼竿扔掉。所以说,垂钓看起来是在钓鱼,实际上是在修身养性,钓的是一种修养、一种平静的心境、一种雅致的快乐。对于性子急的人,我认为垂钓就是良药。

垂钓是坚守坚毅精神的体现。垂钓会长时间在水边静静守候,而且要做到全神贯注、纹丝不动,有一种"愿者上钩"的况味,这种坚守是无私的、真诚的、执着的。垂钓常常要经受阳光煎烤、风吹雨打、冷热无常,可对垂钓者来说,算不了什么,视之为家常便饭,毫不在乎。垂钓需要不怕苦、不怕累的精气神,路再远,也不辞辛苦;饿了,随便吃点自备的干粮,甚至空着肚子;累了,也不会休息,一如既往盯着水面,大有"不达目的不罢休"的心态,这种坚毅精神可贵、可嘉。有时,我在想,倘若这种坚守坚毅精神,能够体现在我们职场上,那该有多好。

垂钓可以享受自食其力的快乐。经常垂钓者,有足够的经验,哪里有鱼、哪里好钓,清清楚楚,火候把握得很好。于是,常常是空手而去,满载而归。看着自己钓鱼的成果,一定打内心里高兴,美滋滋的,那种快乐,自有感受。回到家里,再将刚钓得的鲜活的鱼下锅烹饪,做出美味,和全家人一起享用,又是一份自食其力的快乐。或者将鱼获送人,得到人家的谢意与夸奖,内心也是一种满足。

垂钓还可以结交朋友。道不同,不相为谋,经常垂钓,可以认识很多人,一边垂钓,一边聊天,惬意得很,还因为有共同爱好,会一起交流经验体会,久而久之,彼此就会成为朋友,这是垂钓带来的意外收获,可谓钓鱼、交友两不误。

  垂钓也是一道风景。本来冷清的河道水面,难得见到人影,因为有了众多垂钓者,变得热闹起来,颇为壮观,动静结合,相得益彰。路过的行人,也会免不了驻足观看垂钓盛景,看看钓到的可爱鱼儿,添了许多人间烟火,如此自然、人文景观融为一体,构筑了一道风景。

感悟

路灯的品格

晚上回家比较迟,喧嚣一天的马路上顿时安静下来,商家打烊,路人稀少,偶尔看到几辆出租车来来往往,只有路灯没有"休息",仍挺直腰板在工作,发出明亮而温暖的光,让你有些许慰藉。目睹路灯,我忽然凝神思索起路灯的种种品格,不禁肃然起敬,给它行了个大大的注目礼。

不是吗?路灯有太多的优秀品格,像个巨人,值得人们借鉴学习,又像个勇士,值得人们敬仰点赞。只不过,行色匆匆的人们,路过路灯时,没有在意,没有感觉它的存在,没有感悟它的品格。

不管是哪里的路灯,也不管是什么样的路灯,基本功能都是一样的,照亮人们前行。但若论它的品格,却是高尚的,跳动着太多的闪光点。

路灯,不畏风雨,坚守岗位。不论是寒气凛凛的严冬,还是烈日炎炎的盛夏,也不管是呼啸而过的狂风,还是滂沱惊人的大雨,路灯从不胆怯,依然我行我素地矗立在马路两旁,不低头,不屈服,似乎在说"让暴风雨来得更猛烈些吧"。从不偷懒,甘做马路上坚强的卫士,不躲避,不抱怨,"任凭风吹雨打,我自岿然不动"。坚守岗位,是那样执着;忠于职守,是那样坚定;磨炼意志,是那样淡定。这种不屈不挠的拼劲和不服输的韧劲,顶天立地,精神可嘉,令人动容。

路灯,不知疲倦,奉献他人。白天,它立于马路两侧,看着车水马龙的街景,听着刺耳的喧嚣声,吸着纷飞的尘埃,有时还要被发泄情绪的人莫名其妙地踢上几脚,被贴小广告的人信手涂鸦,饱受着不公平的待遇和种种折磨,可它无怨无悔地忍受了,默默等待夜幕降临开始工作。晚上,它卸下一切烦扰,发出温柔的光芒,照亮人们前行之路,尽力减少人们行走时的障碍。夜深人静时,人们下班的下班、休息的休息,唯独路灯不知疲倦地工作,给晚归的人壮胆和温暖,让不安好心的人心生畏惧,继续恪守着奉献他人的光荣使命,直至天明。路灯,堪称不知疲倦的勤奋者、乐于奉献的天使。

路灯,不惧孤寂,开心生活。路灯虽立于市井,但彼此相隔有些距离,不能交头接耳,显得有些孤单。但它们开心生活的劲头一点也不减,日复一日地坚守岗位,各司其职。路灯的工作是简单重复、枯燥无味的,但它们并不觉得寂寞,年复一年发出坚定的光芒,总想着把简单的事做到极致,更好地服务社会。路灯的存在并不引人注意,也很容易被人遗忘,得不到什么掌声,但现实中不可缺少,这就是路灯的自身价值,默默无闻地奉献光明。

毋庸多言,路灯的品格让人越咀嚼越有味。路灯的品格是需要弘扬的,它给人信念、力量和光芒,给人哲理、启迪和反思,愿具有路灯品格的人越来越多。王国维先生曾言三种境界:"昨夜西风凋碧树,独上高楼,望尽天涯路""衣带渐宽终不悔,为伊消得人憔悴""众里寻他千百度。蓦然回首,那人却在,灯火阑珊处"。用此做结语,颇感意境幽合,恰到好处。

地铁颂

经常乘地铁，我便成了地铁的受益者，时间一长，竟莫名其妙地对地铁生出情愫，情不自禁地念起它的好来。

地铁的好有许多，不思量，难体会。倘若把地铁比作一个人，它身上散发着许多令人啧啧称颂的光彩。

地铁是个担当者。如今城市交通特别繁忙，堵车是常有的事，多少人为之烦恼，多少管理者为之叹息。困境中，地铁像个勇士，敢于担当，站了出来，向地下空间要效益，破解了这个难题，如今地铁是许多城市交通的动脉，彰显城市的速度。地铁四通八达、畅通无阻、准时高频、运行规律，方便了无数人的来来往往，消除了许多人对迟到的担忧、对堵车的烦恼、对交通难题的困惑。正是它的有序运行，给城市带来安逸宁静，让无数人风雨无阻。如果没有地铁，可能是另外一番忙乱的景象。

地铁是个奉献者。它长年在地下运行，不显山露水，不居功自傲，默默无闻地在黑暗中前行，无怨无悔地风驰电掣，是名副其实的"无名英雄"。天刚亮，它迎着晨曦启程了，夜深人静时，它披星戴月还在工作，如此日复一日，年复一年。每到节假日，人们放假休息，它则更忙，跑得更欢，把方便留给别人，把关爱送给南来北往的旅客。地铁，像只拓荒牛，只顾干活，默默奉献，不图回报。

地铁是个勤劳者。每天,它都把自己打扮得干干净净、漂漂亮亮,为无数旅客送去温馨环境,送去一份愉快心情。不厌其烦、温柔和美的广播提醒,更让你心里亮亮的、妥妥的。它始终游走在一成不变又有些枯燥单调的运输线上,呼啸而来、绝尘而去,来来往往,勤勤恳恳,不知疲倦,付出的辛劳无法估量,展现的运力无法计算,让人们心满意足地各得其所,城市因为有它,而变得亲切美丽。遇到高峰期,它承受的压力更大,熙熙攘攘、比肩接踵的乘客,似乎要撑破它的身体。它坚强挺住,靠自己不息的奔跑努力化解,不想落下一个乘客。

地铁还是个包容者。不论男女老少,不论贫穷强弱,它都一视同仁,公平对待每一位乘客,不会因人而异,"来者都是客"是它的信念,"乘客就是上帝"是它的座右铭。每一节车厢都是流动的小社会,它以博大胸怀承载着这些小社会,你快乐,它开心。对车厢里的个别不文明言行,它也能以君子之腹,容人之过,不去计较,因为它认为社会不可能尽是精英。

地铁的这些优秀品格多么可贵,光彩多么夺目!我们理所当然应该对它给予赞颂,真心实意感谢它。

由物及人,我忽然想到,如果我们每个人在社会上、单位里、家庭中,都有地铁这般优秀品格,那世界有多美好,一定彰显着文明、进步、力量、温暖……

论修心

　　修心，对于一个人来说，不单要匡正思想，还要规范言行。

　　古往今来，不乏修心成功的人士，名垂千秋。孔子"修其身""正其心"而成为大思想家；文天祥"人生自古谁无死，留取丹心照汗青"，从容殉国而青史留名；雷锋"处处为国家着想"，彰显了奉献、忘我、进取的民族精神；焦裕禄全心全意为人民服务、甘当人民的公仆，成为干部的典范……他们让世人敬仰，永远铭记。

　　生活中，有关修心的词语不少，褒义的有好心、爱心、善心、诚心、上进心、正义之心、赤胆忠心、雄心壮志等，贬义的有坏心、恶心、私心、三心二意、居心叵测、心狠手辣等。一个词语就是一面镜子，令人心明眼亮，何去何从，不言而喻。

　　修心很重要。作为一个人，无论男女老少，无论身居庙堂江湖，修心必不可缺，是人生一辈子的功课，是做人做事的根基，是成功的前提。那么，该如何修心，做到"无事心不空，有事心不乱；大事心不畏，小事心不慢"呢？我认为核心有三条：心要正，这是一个人安身立命之根本；心要恒，这是一个人事业有成之基础；心要乐，这是一个人健康生活之态度。

　　心要正。心要正首先来源于正确的信仰和信念，这是方向，是"总开关"。你追求什么，赞同什么，反对什么，吐槽什么，要有明确的取舍，"不畏浮云遮望眼",归根结底要向上向善。"取法乎上,得乎其中;取法乎中,得乎其下。"心要正,应有正直的品性,内心坦荡,无欲无私,容人之过,不计得失,不搞亲疏,不拉"山头",大事讲原则,小事讲风格;待人接物,要有君子风范,谨防"以势交者,势倾则绝;以利交者,利穷则散",做个堂堂正正、一撇一捺的"人"。心要正还应有友善之心,始终怀揣"见善如不及,见不善如探汤",对家人能尊老爱幼,待同事能相敬如宾,在社会上能见义勇为、助人为乐,还应懂得"从善如登,从恶如崩"的道理,坚持"吾日三省吾身",见贤思齐。

心要恒。心要恒就是要有一种矢志不渝、滴水穿石精神,做一行,爱一行,成一行,不心猿意马,不朝三暮四,认准了的就要坚定地走下去,无论风吹浪打,"不到长城非好汉",坚守十年磨一剑,而不是一年磨十剑。"功崇惟志,业广惟勤""九层之台,始于垒土",就是要有一种甘于吃苦,不畏艰难的勇气。只有吃得苦中苦,方能成就事业,把别人吃喝玩乐的时间花在学习、创业上,不与他人比享受,只与他人比成功。世上没有一帆风顺的船,没有一马平川的路,遇上点坎坷、碰上点困难,吃上点苦头在所难免,无须大惊小怪,怨天尤人。正确态度是心坚如铁,正视它、战胜它,扛过去便是柳暗花明、海阔天空。有人说得好:"人生最大的幸运不是一帆风顺,而是掌握了变通的生存智慧。"

心要乐。乐观向上是一种人生境界,是一种健康的生活态度,是一种难不倒、击不垮的正能量。赵朴初《宽心谣》说得好:"日出东海落西山,愁也一天,喜也一天;遇事不钻牛角尖,人也舒坦,心也舒坦。"心要乐,首先要有一颗恬淡平静之心,不争高低,"淡泊明志,宁静致远",不急不躁,心平气和地度过每一天。其次要有一颗平常豁达之心,当顺风顺水,一切如意时,不要忘乎所以,狂妄自大,要知物极必反,乐极生悲。当面对家庭变故、事业受挫、情感受伤等一些不如意之事时,既不要焦虑不安、心急如焚,也不要一落千丈、心灰意冷,要用平常之心面对。从生理上说,乐更是延长人的生命长度、拓宽人的生命宽度的一剂良药。

"物随心转,境由心造。"修心贵在心要正、心要恒、心要乐。有了这般心境,就没有想不通的事,没有过不去的坎,没有处不好的人,你的人生一定会更加精彩。

善待自己

　　每个人都是社会的一员,因为家庭背景不同、个人禀性不同、成长历程不同等,故而在社会中的角色定位肯定不同,生活难易程度肯定不同,幸福指数也不尽相同。社会本是万花筒,是由无数个不同的人构成的,唯其如此,才有这样那样的打拼空间、生活历练、生活磨难,充满了多样性、复杂性。

　　不管自己在社会大家庭中处于什么样的角色定位,幸福指数高低如何,都一定记住,要善待自己,不要难为自己,别跟自己过不去,人只能活一辈子,没有来世,没有来生。乐也一天,愁也一天,时光不以人的意志为转移。人生短暂,生命脆弱,经不起折腾,哪怕自己处于低谷,也要活得从容一些,笑对一切。

　　也许有人说,善待自己,道理都懂,话也好说,但是一旦陷入低谷,就心生波澜,情不能已,恨自己无能,恨自己没用,恨自己运气不好。一句话,就是不太爱自己。

　　事实上,退一步海阔天空,换个视角就会心情释然,现实经常不是你想象的那么不如意,糟糕透顶,甚至苦难不堪。倘若有一碗心灵鸡汤慰藉一下,你就会茅塞顿开、醍醐灌顶,觉得天是蓝的,草是绿的,人生还是那么美好。

感 悟

　　这碗心灵鸡汤从哪来？天上不会掉下来，全靠自己酝酿；是什么味道？也靠自己慢慢体悟、品味。

　　坚定地走自己的路，不在乎别人怎么看。自己认准的事情，勇往直前，开弓没有回头箭，积小胜为大胜，路在脚下，终会有到达彼岸的一天。即便脚下暂时遇到坎坷，也要冷静深思，寻求对策，莫管他人闲言碎语。一旦心被外物所牵，你就会备受煎熬。

　　切勿盲目攀比，把自己搞得很累。别人升职，别人赚钱，别人香车宝马，以一颗平常心看看就是了。既然自己达不到，何须责备自己，老纠结自叹弗如？灭却心头火，胜点佛前灯。各人有各人的活法，不可能千篇一律。有的人虽然看起来风光无限、令人生羡，但骨子里究竟怎样，谁也不知，或许还不如你。再说，这些都是身外之物，何苦让自己身心疲惫？山外有山，人外有人，不好比，也比不完。

　　不要过分奢求，做到"跳起来摘桃子"就行了。生命的长度是有限的，但厚度、高度可以改变。人生一世，自然要有追求，要有目标，努力体现存在感、价值感，做到回首往事时，很充实、不空虚，"人生能有几回搏"？只要自己没有随波逐流，没有妄自菲薄，奋发向上，尽心尽力，问心无愧足矣。跳起来追求完美，精神可嘉，如有点残缺也要坦然接受。善于以出世心态做人，以入世心态做事。

　　让心放空，坚守心系一处。工作、学习、生活，不管做什么事，都要心无旁骛，不要被外界的事干扰。工作的时候就一心工作，吃饭的时候就尽享美味，心念一处，别的事情暂且抛到一边。我们常说，回到家，就完全放松，尽享家庭生活乐趣，把工作关在门外。何必万念交织，束缚自己，结果往往啥也搞不好，还让自己受累？

　　打开心灵枷锁，让烦恼化为云烟。每个人的人生不可能一帆风顺，这个世界没有圆满，总会有这样那样的坎坷和磨难，无法回避。面对坎坷、磨难，不要怨天尤人，不要自暴自弃，不要愁眉不展，整天沉浸在痛苦中，这样，除了伤害自己、困扰家人外，于事无补。明智的选择应该是勇敢面对，乐观坚强，对症下药，及时止损，把坎坷、磨难带来的伤害、损失降到最低。只有自己打开了心结，烦恼才会消散，雨天有晴天没有的意境。

心无挂碍，是最幸福的事。我们都是凡夫俗子，难免会被一些琐事困扰，要善于转换视角，及时清空烦恼，给自己一个安宁纯净的心灵地带，若无闲事挂心头，便是人间好时节。其实，生活不要安排得太满，人生不要设计得太挤，无欲则刚，心闲是福。心闲，可以读书吟诗，赏花观云，举杯邀月，修身养性；心闲，可以科学生活，赢得健康，拥有美好，享受幸福。

善待自己，是一种修为、一种文明、一种进步、一种境界。人生苦短，为了让自己及家人幸福，请多多善待自己吧。

人生三题

一、让自己的生活舒服一点

人生就像一趟旅程，既有让你心动不已的旖旎风光，也有令你刻骨铭心的戈壁荒漠，记住美好，忘却荒凉，这才是明智选择。别让自己背负太多东西，放松心态，看淡一切，爱自己，做最好的自己。

人生又像在负重前行，目标在不远的前方，可就是飘忽不定。自己努力了，上无愧于天，下无愧于地，更无愧于人，虽然没有达到理想的状态，也别老抱怨。自己不能左右的事情，与其老放在心上，得不偿失，不如让自己舒服一点。

人到了一定年纪，就不要赌天意了，天意你赌不起；不要赌人心，人心你猜不透；不要再追求那些虚伪虚无的东西，人生没有多少时间可以挥霍。还是现实一些，踏实一些，务实一些，追不上的，不追，背不动的，放下，看不惯的，删除，渐行渐远的，随意，和谁在一起轻松舒服，就和谁在一起。

总之，做你想做的事情，听你想听的声音，见你想见的人，让自己的生活舒服一点。

二、让自己的心态释然一点

人生不如意事十有八九,现实就是这样,不要太较真,不要耿耿于怀,过去的就让它过去吧,千万别把心绷得很紧,自己过得很累。

与人相处,善良、真诚为上,要善于包容、理解。即便有人看不见你的善良、真诚,你最好也选择看透不说破,少与这样的人打交道就是了,"难得糊涂",这是一种大智慧、高情商。倘若别人对你好,你要好好珍惜别人;别人照顾你的感受,你要懂得照顾别人的感受;别人为你付出,你要学会回报。

欧阳修诗云:"渐行渐远渐无书,水阔鱼沉何处问。"是的,人与人的关系,渐行渐远是常态。再好的关系,也会有散去的那天;再好的感情,谈着谈着就淡了。无关背叛,不要伤感,无须追问为什么。要做的是感恩相遇,接受失去。人生就像一列车,有人上车,就必然有人下车,相伴过一段旅程,该再见时就再见,但要感谢陪你走了一程的人,为你留下了一段美好回忆。

心态释然对于身处逆境的人来说尤为重要。当你处在高峰时,巴结你的人、奉承你的人,如雨后春笋,让你应接不暇,稍不留神就会陷进一个坑;而当你处在低谷时,那些人如浮云飘然而去,瞬间人间蒸发,你大可不必在意,心态释然一点,这样的人不见也罢。

三、让自己的格局变得大一点

有的人越活越狭隘,有的人越活越宽阔,区别就在于格局。格局变大了,一切就会变宽,可选择的路很多。但格局变大需要历练,需要修行,需要久久为功。

孔子曾对他的学生说:"子欲为事,先为人圣。"是说要想做好事情,必须先修好人品,争取当"人圣"。事实证明,当你修好人品、具有大格局时,你的人生之路会越走越宽,有人会为你搭桥,有人会为你铺路,有人会为你竖起大拇指,"金杯银杯不如口碑"。格局堪称一个人的核心竞争力。

要想格局变大,眼界上,要高瞻远瞩,能站得高、看得远,不局限于一事一域,这样方能赢得未来;心态要变得宽,胸襟宽广,不计一时荣辱得失,"宰相肚里能撑船";思想要有深度,在纷繁复杂的事物表象下,拨云见日,挖掘出事物本质和决定成败的因素;在待人接物上,要沉稳低调,言行举止恰到好处,不要老觉得自己聪明,夸夸其谈,因为"木秀于林,风必摧之"。

这个世界上,有一个亘古不变的道理:自律者出众,放纵者出局。

人生之三境界

王国维先生在《人间词话》中说,古今之成大事业、大学问者,罔不经过三种之境界:"昨夜西风凋碧树。独上高楼,望尽天涯路。"此第一境界也。"衣带渐宽终不悔,为伊消得人憔悴。"此第二境界也。"众里寻他千百度,蓦然回首,那人却在,灯火阑珊处。"此第三境界也。这三种境界告诉我们一个道理:人只有胸怀大志,"独上高楼",甘于付出百倍努力,"衣带渐宽终不悔",才能获得想要的成功,赢得"灯火阑珊处"之辉煌。这美妙的语境,道出了唯勤唯实的真理,拿今天的话说,就是"幸福都是奋斗出来的"。王国维先生这段发人深思的话语,被人津津乐道,经常引用。

由此我联想到一个人的人生,大抵也是如此。我们每个人都要经历少年、中年、老年三个阶段,好比天上的太阳,少年如晨曦,喷薄而出;中年如烈日,如日中天,老年如晚霞,夕阳无限好。

再进一步展开说,少年时尤喜高远,喜欢将空白的人生蓝图描绘得气势磅礴,有着"一览众山小"的豪气,对未来充满美好憧憬,大多得高远之意。日后能否皆得所愿,就要看自己的努力与境遇了。所以,有人说,少年时喜高远,是生活在理想、憧憬当中的。

到了中年,才知道这个多变的红尘世界,谁也不可能一帆风顺,正所谓"绝知此事要躬行",少年时的理想虽然很丰满,眼前的现实却很骨感,经历了阴晴圆缺、摸爬滚打后，人生多了体验深沉，有了深远之意。慢慢学会将锋芒藏于内，让规矩、善意表现于外，待人处世，经常三思而行，多了深思熟虑，懂得了如何取舍，少了冲动随意，用智慧笑对人生。所以，有人说，中年时喜深远，生活在智慧、历练的世界里。

当一个人步入了老年，该经历的经历了，该看破的看破了，气定神闲，一切随遇而安，坦然面对，平和豁达成了生活的主基调，有种"宠辱不惊，看庭前花开花落；去留无意，望天上云卷云舒"的况味。向前，一蓑烟雨任平生；回望，也无风雨也无晴。尝尽了人生的酸甜苦辣后，觉得人生就是一场修行。所以，有人说，老年时喜平远，生活在成熟、理智的世界里。

少年时喜高远，中年时喜深远，老年时喜平远，恐怕是绝大多数人的人生之三重境界，这三重境界并无优劣之分，是随着年龄递增而出现的。由低向高，领略不同的深意，皆是一段"风景"。因为人生不仅是一场修行，更是一场旅行，每一段有每一段独特的"风景"，你善于把握和欣赏就好。

不管你现在处在人生哪种境界，做好自己该做好的事，努力成就最好的自己。人生因理想而追求，生命因奋斗而精彩，生活因多彩而快乐，心情因愉悦而旷达。人生苦短，让我们用阳光心态拥抱人生。

行文至此，我忽然想起唐代禅宗大师关于"看山是山"的三重境界，即看山是山，看山不是山，看山还是山。从哲学层面看，这充分反映了一个人认识事物的过程，从感性认识上升到了理性认识，由表及里，由浅入深，去伪存真，格物致知。人生之三重境界与"看山是山"的三重境界高度契合，实际也是阐释了人从少年到中年，再到老年的经历，随着年龄增长，阅历增多，思想变得日趋成熟、复杂起来，其世界观、人生观、价值观也会随之发生变化，只是越到后来，越接近探索事物的本质和规律，越能参悟人生之哲理。

世界不论你如何看，它都是原来的世界。关键是你用什么样的思想、心态、行为、方法对待这个世界，需要有所为，有所不为。

顿悟

人生在世,我们常常不知不觉中会被喧嚣的世界、自己的心魔纠缠得郁闷、烦恼、迷茫,甚至是迷失,不知如何是好。

小时候,我们急于成长成熟,可长大后又哀叹失去了少年时的单纯、快乐;常常以健康换取金钱,可不久又拿金钱来换回健康;没家的时候期盼着结婚能拥有幸福港湾,可有家的时候,却在责任与诱惑中不断游离;健康时认为死亡离自己很遥远,病重时又感慨生命太短暂……诸如此类,往往把自己折磨得很累很苦,人生短暂,何苦呢?

怎样才能化苦为甜,让自己活得洒脱、幸福?这就需要我们学会顿悟。不顿悟,人生难免处处是不解和苦楚;顿悟了,就有一片宁静之湖、灿烂阳光,从而参透人生的意义,参悟生命的真谛。

何谓顿悟?字典解释说:佛教指顿然破除妄念,觉悟真理。也指忽然领悟。通俗一点讲,就是要敢于、善于同自己的杂念、自私、狭隘等意念作斗争,战胜它们,让自己迅速回到真实、真理的怀抱。有人说:一念一天堂,一念一地狱。只有战胜自己的杂念心魔,才能活出自我。一念放下,万般自在,打开心灵的枷锁,让烦恼消散。

烦恼了,泡上一壶茶慢慢品味,让自己的心静一下,心静了,则万物皆能静心待之;疲惫了,让自己躺在沙发上休憩一下,闭目养神,把身心放松下来,重新审视自己;杂念多了,想想"不撞南墙不回头"的故事,按下"删除键",退一步海阔天空。

人生不如意,十有八九,这个世界没有圆满,诸多烦恼,皆因想不开,想得开是天堂,想不开便是地狱,万物有定数,人生无常,心安即是归处。正视现实,学会承受,善于释怀,好好把握当下,不依赖任何人。别太在意别人的眼光,缺憾固然不幸,但往往也是成功的入口,心有莲花,方能心如莲花,活得富贵的人未必活得幸福。五代时期的布袋和尚有一首诗道出了顿悟的真谛:"手把青秧插满田,低头便见水中天。心地清净方为道,退步原来是向前。"

学会顿悟,便能大彻大悟,心若安好,就不会左右徘徊,自寻烦恼,抑或得陇望蜀,生活便是阳光灿烂,人生在快意幸福中度过。

顿悟易说难做,是一个人高境界的修养,需要独立的人格,需要正确的"三观",需要长期修为。"道虽迩,不行不至"。

成人世界里也有"三好"

我们经常教育孩子在学校里要好好学习,全面发展,争做"三好"学生。谆谆教诲、拳拳之心,体现了家长对孩子的寄托,谁不希望孩子未来前程似锦、成龙成凤,做一个有利于社会和家庭的人?

反思一下,在成人世界里也有"三好",格物致知,无论从社会责任角度看,还是从个人修养角度看,这"三好"对成人都非常重要,"含金量"十足。如果做到了,则人生顺风顺水,将得到生命赐予的一枚枚勋章。当然,这需要个人的努力修养与不懈坚持,还有时光的磨炼、岁月的锻造以及其他因素。

成人是这个社会的主力军,主宰和改变着社会。从社会责任来看,成人世界里的"三好",就是"干好工作、顾好家庭、养好身体",换句话说,就是要对工作负责、对家庭负责、对自己负责。梁启超先生说得好:"人生须知负责任的苦处,才能知道尽责任的乐趣。"

干好工作。工作是成人安身立命之本,为自己和家人提供物质保障,倘若你混日子,日子自然就会混你,最后输的还是自己。所以,必须珍惜岗位,干好工作,干出成绩,努力让自己成为"自燃型"的人,成为"不用扬鞭自奋蹄"的人,这样,既创造了社会价值、实现了自我价值,也把饭碗牢牢地端在自己手里,幸福都是奋斗出来的。即便是你不喜欢或者不熟悉的工作,也能做得风生水起,叫人刮目相看,那才是本事和能耐。

顾好家庭。家庭是一个人幸福的港湾。努力工作的意义很大一部分是为了家庭幸福,让自己有一个心安自得的好归宿。"家和万事兴",千万不要打着工作忙的名义,忘记家庭责任,导致"后院起火",这是最愚蠢的事情,二者兼顾方为上策。要学会让爱回家,温馨满屋,则自己舒服,家人舒服,其乐融融,还能为工作注入动力,何乐不为?

养好身体。身体是革命的本钱。有一种东西,你不花一分钱就能得到,而一旦失去它,花再多的钱也买不回来,这就是健康。健康对成人来说至关紧要,因为成人要扛住工作、家庭、社会等各方面的压力,上有老、下有小,没有健康,一切都会归于虚无,想想都惧怕。所以,真正清醒的人,不透支健康,不消耗健康,不拿生命开玩笑,对自己负责,保持身体健康,使生命既有长度也有厚度,用健康体魄拥抱五彩斑斓的生活。

因此,要想生活得有意义,生命灿烂如花、充实快乐,成人要切记和践行这"三好",得我所得,舍我所舍,收获"我本无意惹惊鸿,奈何惊鸿入我心"的意境。

从个人修养角度论,在成人世界里还有一种"三好",这就是"看人长处、帮人难处、记人好处"。如果成人世界拥有这"三好",那这个世界将会变得何等美好,你自己也可抵达"一岁年龄一岁心,时光打磨成熟心"的彼岸。

看人长处,这是一种格局。人无完人,各有千秋。这个世界,总有你不喜欢的人,也总有人不喜欢你,这很正常,问题是你怎么看你不喜欢的人。如果因为不喜欢,把对方看扁了,看到的尽是缺点或者短处,而且无限放大,则立在你面前的就是一堵墙,你会把自己的路堵死。反之,虽然不喜欢,但你仍然能看到人家的闪光点或者长处,那说明你心智成熟,胸怀宽广,富有格局,眼前阳光一片,这就非常了不起了,你的修为和人格魅力一定会令人佩服。

帮人难处，这是一种奉献。当一个人遇到难处时，你主动站出来，出手相助，给予物质或精神上的支持和帮助，而且不求任何回报，这是你大爱无疆、善良无私的展现，在你的生命驿站里，书写了奉献华章，呈现了一抹亮色。"赠人玫瑰，手留余香"，帮助他人，其实也是帮助自己。社会需要人人都献出一份爱，世界才会变得美好。当下的我们，面对别人的难处，绝大多数人一定会选择鼎力相助、尽力而为，而不是冷漠无情、袖手旁观，这一点，我确信。

记人好处，这是一种情怀。投桃报李、滴水之恩当涌泉相报云云，说的就是要记人好处，而且要记在心灵深处，甚至要记一辈子。人这辈子，最该铭记的人是：穷时慷慨借钱给你的人；难时无私帮助你的人；病时无微不至关心你的人；你什么都不是时，一如既往对你好的人……这些人你都要好好珍惜。不懂得感恩，甚至过河拆桥的人，会一辈子心有不安，可能一辈子背负骂名，我想，恐怕谁也不想成为这样的人吧。

这"三好"，会成就你做一个大写的"人"，做一个有修养的人，做一个有口皆碑的人，在成人世界里，让我们携手朝着这个目标奔跑吧！

让我们用向上向善的力量、积极阳光的心态，拥抱"三好"吧，奋力谱写成人世界的华章。

人生难得是"小满"

小满刚过,忽有所悟,想写点文字。

小满是二十四节气中的一个时节,是夏季的第二个节气。古人《月令七十二候集解》云:"四月中,小满者,物致于此小得盈满。"意即此时农作物正处于生长的旺盛期,将熟未熟,小得盈满而已。此时节,不仅让人看到丰收甜蜜、感受灿烂期许,也让人享受"雨打芭蕉落闲庭"的清爽与惬意,既有春的美景,又有夏的热情。多么好的一个节气,如诗如画,如痴如醉。

小满更是一个充满哲理的节气,小满者,满而不损、满而不盈、满而不溢也。人生要是能够做到小满,知足常乐,韬光养晦,含而不露,足矣,这是一种大智慧、大境界,可谓人生难得是"小满"。

小满是人生知足的一种生活状态。在这个信息发达、节奏较快的时代,一定要有一种知足常乐的生活状态,放平心态,活出自我,安享快乐。不要老跟自己过不去,好高骛远,不切实际地想今天要达到这个、明天要实现那个,把自己搞得很累很苦,何必呢?不要老跟别人攀比物质的东西,外在条件与内在原因不一样,本来就不在一个起跑线上,非要跟别人在一个赛道上比拼,结果把自己拼得一败涂地、心灰意冷,岂不是自寻烦恼?倘若在生活中,凭借自己的能力得到一份快乐,赢得一份收获,切不可小觑,要格外珍惜,相信自己、感恩自己、激励自己,集腋成裘,溪流至海,总有一天会得到自己想要的生活,实现自己的梦想。

小满是人生励志的一种精神追求。常言道:"水满则溢。"的确,生活圆满了会让人变得飘飘然、昏昏然,意志力下降,战斗力缺失,认为自己已经成功,无须努力。这是件十分可怕的事情,现实中,不乏由成功走向失败的例子。只有让自己始终处于"小满"状态,清醒地看到前面的路还很长,永不知足,永不懈怠,才会动力无穷,砥砺奋进,不断创新,厚积薄发,走向更高级的"小满",成功人士大都是这样走过来的。诚然,前途是光明的,道路是曲折的,在前行的路上,一定会遇到这样那样的坎坷,只要精神不倒,战斗不止,一定会越过坎坷,走向灿烂明天。因为螺旋式上升是事物发展的铁律。

小满是人生修身的一种品格。"满招损,谦受益。"道理人人都懂,可未必人人能够做到。有的人把"小满"变成自满,甚至是自负,依仗自己有那么一点本事、有那么一点实力,开始变得目空一切,唯我独尊,不可一世,到哪里都张狂得很,毫无修养可言,令人生厌,正所谓"半瓶子醋摇得哐哐作响"。可有的人就不是这样,富有修养,满而不盈,谦谦君子,即便实力非凡,也不显山露水,低调做人,和气待人,有人赞美他,他却"顾左右而言他",真是高人,大智慧,大境界。倘若有幸能够与有如此修养的高人相遇、相谈、相交,可谓快事一桩,会被感化,抑或有"听君一席话,胜读十年书"的感慨。

小满真好,蕴含了做人之道,人生难得是"小满",希望更多人能够拥有。

感 悟

读懂幸福

一位朋友跟我诉苦说,自己工资拿得少,儿子工作还没有着落,挺不顺心,觉得生活不幸福。我笑着安慰说:其实你也不是不幸福,关键是你没有读懂幸福。

这位朋友虽然工资低一些,但衣食无忧,一日三餐,吃饱穿暖,足矣。你若天天吃山珍海味,也会吃不下,恐怕还会吃出一些毛病。再说,孩子长大了,儿大不由父,父母不要大包大揽,孩子的路靠他自己走,天无绝人之路。即便孩子有了好工作,父母往后可能又要想着找儿媳妇、抱孙子,事情无休无止,何苦自寻烦恼呢?再退一步说,比这位朋友境况差的大有人在,他们照样幸福生活着。

幸福是什么?没有标准的答案,不同的人有着不同的答案。有的人觉得生活安稳、衣食无忧是幸福,可有的人觉得生活风光体面、胜人一筹才叫幸福;有的人觉得自己有了好工作就是幸福,可有的人还要让子女有好工作才叫幸福;有的人觉得物质富有是幸福,可有的人觉得精神丰满才叫幸福。这好比不同的人看四季,有的人喜欢春之花灿烂,有的人喜欢夏之树浓荫,有的人喜欢秋之果丰硕,有的人喜欢冬之雪洁白。幸福体验就藏在这四季中。

对幸福的理解,不同的人有着不同的解读。爱慕虚荣的人,总想着与别人比较,这山看着那山高,计划着自己何时达到别人的水平;贪图物质财富的人,眼睛总是盯着别人的房子、车子、票子,不承想这些拥有富足物质的人,有多少人精神是丰润的呢?照我看,知足常乐、岁月静好、且行且珍惜就是幸福。

其实,幸福就是平常安稳的日子。没有灾难,就是幸福;衣食无忧,就是幸福;家庭和睦,就是幸福;所需物品能买得着,就是幸福;能够出去旅游愉悦身心,就是幸福;老年人儿孙满堂、子女孝顺,就是幸福;青年人找到合意工作、理想伴侣,就是幸福;莘莘学子成绩优秀、学业有成,就是幸福……

幸福是一种自我的满足和体验。心向往之,努力奋斗如期实现了,是一种幸福;与别人比或许物质不及,然精神胜之,是一种幸福;饥肠辘辘时,有一碗热气腾腾的饭菜,是一种幸福;大病初愈,能与常人一样生活,是一种幸福。

幸福是简约平凡的,并非难以读懂。关键要用生活体验,用心去看待,用情感来品读。淡泊明志,宁静致远。知足者常乐,常乐者幸福。

不要老跟自己过不去,与幸福作对,在与别人无休止的攀比中度日,在纠缠自己不切实际的心结中度日,在怨天尤人唉声叹气中度日。乐也一天,苦也一天,岁月不居,人生苦短,抛弃那些无用的烦恼,开心面对每一天,拥抱幸福。

虽说幸福见于平凡,但也不是唾手可得、从天而降,需要自己脚踏实地干,用心经营,幸福从来就是干出来的,不是想出来的、说出来的、等出来的。

读懂幸福很重要,它给了你正确的人生态度,给了你平和乐观的心态,给了你不尽的动力。

让我们一起来品味幸福、读懂幸福吧。

学会独处

　　独处，就是远离尘世的喧嚣，在一方净土里，心无旁骛地享受一个人的世界，专心致志地过一个人的生活。

　　对习惯了热热闹闹过日子、喜欢社交活动的人来说，独处一定会让他们觉得很郁闷，除了孤独，就是孤寂，没有乐趣，少了幸福，是一种煎熬。

　　但是倘若把心放平，让情绪平静，会发现独处也没有什么不好，想我所想，做我所做，乐我所乐，别有一番境界，那一刻感觉整个世界都属于我，其实也很幸福。

　　独处可以修心。我们常说，心太累，这是因为一个人心中承载的东西太多太多。在独处的时光里，泡上一壶茶，气定神闲地把心里的东西沉淀过滤一下，想想哪些东西可以留下，哪些东西可以放弃，清除杂念，播种美意，让心更多地复归本真明亮，就像房子要经常打扫，不然会积满灰尘，蓦然间，你会觉得豁然开朗、心旷神怡。常言道："群居守嘴，独居守心。"独处疏于束缚，处在监督真空，信马由缰，天马行空，一切都由自己掌控。如果能够做到定力如铁，慎独如初，心不越矩，行不越轨，则修心过关，变成优秀的自己。

　　独处也有清欢。独处是活在自我世界里，不需要任何面具，享受着片刻的安宁与幸福。没有人打搅，也无须看别人脸色，爱干啥就干啥，想说啥就说啥,轻松自在,超脱惬意,是一种难得的清欢。林语堂先生曾风趣地说:"孤独二字拆开,有孩童,有瓜果,有小犬,有蚊蝇,足以撑起一个盛夏傍晚的巷子口,人情味十足。"在先生笔下,独处并不孤独,是一片清欢的世界,所以无须担心。

独处是一种能力。在一个人的日子里,无论是精神上,还是物质上,都是一种自我考验、一次历练。精神上要善于自我慰藉,物质上要善于自我满足,这就是一种自我慰藉能力,或者说是一种生活自理能力。如果能把孤寂、枯燥的日子过得颇有诗意,让烦乱的内心回到平静,坦然面对一切,就说明你内心成熟,独处能力过硬。心理学家温尼科特认为:"拥有独处的能力,是一个人情感成熟最重要的标志。"

独处的时光是人生最好的增值期。鲁迅先生曾说:我哪里是什么天才,我是把别人喝咖啡的时间都用在工作上。唯其如此,鲁迅才成为一代文坛巨匠。有人认为,寂寞的时光是最好的增值期,低质量的社交不如高质量的独处。是的,大凡有成就的人,无不惜时如金,远离喧嚣,钟情于独处时光,耕耘在自己热爱的事业里、乐园里,乐此不疲,毫不懈怠。没有谁天生优秀,那些看起来闪闪发光的人,都是在大把独处的时光中铸就的,都明白要把大部分时间留给自己,让时间变得有价值,让人生变得更精彩。马德说:"只有在独处中,才能洞见自身的清澈与明亮,才能盛享到生命的葳蕤与蓬勃。"

当下,生活经常浮躁不安,想要享受独处的乐趣,"世人皆醉我独醒",需要有洞察力和意志力,甘于寂寞,视独处为一种修为和境界,将独处当作一种习惯和态度,远离纷繁热闹,回归宁静内心,在属于自己的时光中做着热爱的事,从而享受独处带来的种种快乐和幸福。

独处是乐土,能使我们变得成熟、变得坚强、变得优秀,让我们学会独处吧。

寄语青春

五四青年节刚过，我忽然想起青春的话题。遥想当年，我也曾青春年少，意气风发，砥砺奋进，一路前行。忆起如歌的岁月，就想写点东西，寄语青春。

青春如诗如画、朝气蓬勃。青春是人生最美好、最宝贵的年华，就像早晨七八点钟的太阳，乃人生最大的本钱。从外表上看，年轻人穿什么都好看，走到哪里都引人注目，是一道亮丽风景。从体质上看，年轻人身强体健，精力充沛，热情如火，就像拧紧了发条的闹钟，有使不完的劲，用不完的力气。从思想上看，年轻人思想活跃，活力四射，敢想敢为，只要想学，没有学不会的，只要想做，没有做不了的，只要努力，没有实现不了的。

青春如此美好，需要格外珍惜，千万不可浪费，把青春的优势发挥到极致，让人生最大的本钱实现价值最大化，让短暂的青春变得光芒四射，过得无怨无悔。很多伟人名人，无不从青春起步，放飞梦想，成就自我，干出了一番了不起的事业，这样的例子不胜枚举。于我而言，我的青春我奋斗，正是凭借青春的优势，刻苦求学，改变命运，从偏僻大山里的农村考了出来，一时间我的经历成为乡间的美谈，我要感谢青春，致敬青春。

青春必须砥砺奋进、不懈奋斗。青春，人生之春、人生之华也。凭借这样的好年华，凭借这样的好时代，青年人必须在思想上淬炼、在本领上摔打、在价值上体现、在事业上攀升。奋斗是青春的底色,青春是奋斗的年华。"刀在石上磨,人在事上练",要狠下决心,砥砺奋进,吃得了非常之苦,经得起风雨,受得住磨砺,扛得住摔打,在青春的赛道上,加速跑出最好成绩,不经一番寒彻骨,怎得梅花扑鼻香? 青春要奋斗,奋斗正青春,绝不能碌碌无为、虚度光阴。"量子""天问""嫦娥",这些寄托民族复兴梦想的事业,其团队都是一群充满活力的青年人,"量子"科学团队平均年龄只有 35 岁,还有频频让国人惊喜的中国航天事业的年轻人……这些青年人用奋斗报效祖国,用奋进展现自我价值,绽放出了青春的风采、魅力和骄傲,我们没有理由不为他们点赞喝彩。我的青春岁月也发奋努力过,依靠自己的笔力,幸运地从乡村学校走进县直机关,然后又到市里工作,凭借孜孜不倦的努力,我还荣幸地走上了领导岗位。正是青春的砥砺奋进,改变了我的命运,构筑了我的事业,让人生价值得以很好的体现。

  青春要勇于担当、面向未来。青年兴则国家兴,青年强则国家强。翻开史册,一代又一代青年以勇于担当的气魄、对祖国的赤子之心,满腔热情地投身革命、建设、改革的洪流中,用青春之我,创造青春之中国、青春之民族、青春之未来,书写了被载入史册的绚丽篇章。五四运动就是由广大热血青年发起的,使中国进入了觉醒年代;1921 年,一群平均年龄只有 28 岁的青年,建立了中国共产党,揭开了中国改天换地的大幕;建设和改革年代,又有多少青年勇立潮头……正是数以万计的青年的担当,让中国按下了"快捷键",走上了"快车道",经济总量跃升为世界第二,令国人骄傲、世界瞩目。一代人有一代人的际遇,一代人有一代人的使命。当下青年要认清使命,立足现实,扛起重任,赓续接力,以青春之我、青春之热血,在各自岗位上不懈奋斗、建功立业、为国争光。可以试想,现在的青年,到 21 世纪中叶国家基本实现现代化时,大多 60 岁左右,是实现"两个一百年"奋斗目标的参与者、得力的中坚力量,历史赐予当下青年发光增彩的难得机遇,青年要义不容辞地为人民、为国家贡献自己的力量,成为"中国梦"的建设者、功勋者。机遇可遇不可求，"人生能有几回搏"？

　　青年需要加以引导、关心培养。没有人天生就能树立正确的世界观、人生观、价值观，需要家庭、学校、单位、社会对青年人加以教育引导，关心爱护，使青年人打下坚实的基础，给青年人一片绚丽的蓝天，让他们如鱼得水、如虎添翼。按照"扶上马，送一程"的要求，积极关心和重视青年人的培养、成长，大胆放手使用青年人，使更多青年人有用武之地，有创造空间，有实现价值的平台，让青年人的聪明才智尽情释放，使美好青春熠熠闪光。回想当初，如果没有组织关心、同事认同、领导赏识，我可能就没有今天的收获。所以，要想薪火相传、后继有人，引导、关心青年成长，大胆培养、使用青年，至关紧要。赢得青年，就能赢得希望，赢得未来。

　　"自古英雄出少年。"青春要奋斗，奋斗正青春，让青春闪光，为党旗添彩，强国路，一路相随，"中国梦"，一路追随。

读书是走向成功的"金钥匙"

书籍是人类进步发展的阶梯,为此,联合国教科文组织把每年4月23日设立为"世界读书日"。我国是文明古国,自古以来,就推崇读书,名家辈出。诸子百家,哪一个不勤奋读书,学富五车,口若悬河,留下了光辉的思想?还有"头悬梁,锥刺股""凿壁偷光""囊萤映雪"等典故,讲的都是发奋读书的故事。近现代以来,国人读书也毫不逊色,毛泽东等老一辈革命家忘我读书,成为国人读书的楷模。《名人传记》杂志曾推出了主题为"读书影响人生"的一组文章,印证了读书的穿透力和战斗力,讲述了鲁迅、钱钟书、冰心、王力、苏步青、华罗庚等大家读书的故事,他们个个功成名就、大名鼎鼎,是国之栋梁、国民偶像,他们的共同特点,就是毅力惊人、吃得了苦、嗜书如命。读书,影响了他们,成就了他们,成为他们走向成功的"金钥匙"。

不妨看看这几位名人是怎么拿起读书这把"金钥匙"的。思想家、文学家鲁迅自小就爱读书,文学和自然图书,他都喜欢。长大后,读书量更是惊人,他家的藏书达到3800多种13000多册,简直就是海量。在他逝世前两个月,他依然豪迈宣告:"倘能生存,我当然仍要学习。"正是他"生命不息,读书不止"的态度,涵养了他的思想,滋润了他的笔力,一生写作达600万字,创作的启迪民众思想的经典之作千古不朽。他是中国现代文学奠基人之一,对五四运动后的中国文学产生了深刻而广泛的影响,享誉海内外。

现代作家、学者钱钟书,名如其人,钟书就有"钟爱读书"之意。他从小就爱读小说,曾坦言小说"带我进入了一个新天地"。上清华大学时,他几乎"横扫"清华图书馆,读完了图书馆里的大量图书。读书给人智慧、给人才干,他不到20岁就敢为父代笔,斗胆为国学大师钱穆的《国学概论》写了一篇序言,父亲居然一字未改;他的清华老师称赞他是"人中之龙",如此高等学府,如此称赞弟子,实在罕见。在与夫人杨绛去英国牛津大学留学时,他经常泡在牛津图书馆,那里俨然成为他们的第二个家。回国后,尽管工作单位屡屡变动,但勤奋读书、刻苦钻研的精神始终如一。读书打开了他的成功之门,他写出了一生最重要的学术著作《管锥编》,全书130万字,是一部不可多得的传世之多卷本学术著作;轰动国人的小说《围城》,也是一时洛阳纸贵。

现代著名女作家冰心,幼时聪明,受舅舅讲《三国演义》故事的影响很大,以至于不听便不能睡觉。由于舅舅工作忙,她就自己拿起《三国演义》看,虽然常常是囫囵吞枣,但功夫不负有心人,这本书居然被她彻底啃了下来,书中的人物关系、故事情节,她能讲得头头是道。尝到读书甜头的她,此后的岁月,更是一发不可收拾。天资加勤奋,造就了这位女中豪杰,文学作品精彩纷呈,拥有中国文联副主席、中国作协名誉主席等显赫的头衔。

著名语言学家王力,因为家境贫寒,靠自己努力,年轻时在一户李姓乡绅家教私塾,偶然发现该乡绅家藏书很多,他如获至宝,读得津津有味。乡绅也很大方,说:"你这么有兴致,就拿回去读吧。"王力大喜过望,第二天就挑走了十四箱书。正是这十四箱书,让他如饥似渴般进入了知识殿堂,继而改变了他的命运,使他跨进了清华大学专攻语言学。他的毕业论文《中国古文法》,被导师梁启超誉为"卓绝千古,推倒一时"。此后,他成为中国语言学界的佼佼者,出版专著 20 余部。

　　文学家、学者都喜爱读书,研究自然科学的也不例外。著名数学家、教育家、中国微分几何学派创始人苏步青,在日本求学时,为了一道解析几何题,硬着头皮啃下了三大本近两千页的德文版的《解析几何》,足见他读书之刻苦,其非凡成就来自非凡读书。著名数学家华罗庚天生喜欢数学,凭借勤奋读书、刻苦钻研,20 岁时向当时的数学界权威苏家驹发起了挑战,"班门弄斧",居然一举成名,命运大改。后来华罗庚在清华大学数学系当助理,清华图书馆成为他的福地,他白天借书读,晚上思考回味,学思结合,读书很快、很多,大家都说他长了对"猫眼",夜里也能读书。

　　由是观之,这些名人成功背后,皆是辛苦读书,翻过了常人难以翻过的高山,也证实了读书是开启智慧的不二法门,是走向成功的"金钥匙"。当下,很多研究学问的人都渴望成功,不妨学学这些名人,拿起勤奋读书这把"金钥匙","板凳要坐十年冷","梅花香自苦寒来",想走捷径是无门的。生活其实不必奢侈,一食一居足矣,不妨多读点书,书籍既是心灵休憩的桃花源,又是眺望社会的窗口,更是增长见识的乐园。

　　读书一定要讲究方法,虽然"书中自有千钟粟",但要想收获"千钟粟",除了勤奋,还贵在得法,善读书才会开卷有益。鲁迅读书总结出了"心到、眼到、口到"和"比较的阅读法"之秘诀,鲁迅、钱钟书读书都爱深入思考、勤做笔记,华罗庚是白天读书,夜晚思考,正所谓"学而不思则罔,思而不学则殆"。走马观花式读书、哗众取宠式读书、浮光掠影式读书等皆不可取。读书,是一项最安静的活动,却涌动着最活跃的思想,更孕育着走向成功的未来。

品读励志的世界名校校训

最近读报,无意中读到了一些世界名校的校训,感到十分励志,让人热血沸腾,不禁要品读一番。

"此刻打盹,你将做梦;而此刻学习,你将圆梦。"这是美国哈佛大学的校训。做梦与圆梦只是一字之差,而结果却是天壤之别,做梦是幻想,很容易,圆梦是现实,很艰难,何去何从,关键看你如何选择,取决于你在学校是打盹虚度还是认真学习。校训通俗明了,对比强烈,十分励志,警醒人们,无论是学习还是将来工作,都要不打盹或少打盹。

"珍惜现在,别在毫无意义的事情上浪费时间。"这是新加坡南洋理工大学的校训。时间毫不留情,转瞬即逝,要想成就自己,让自己变得有价值,就必须珍惜当下,从现在做起,千万别浪费时间。千里之行,始于足下,浪费时间等于浪费生命,告诫人们,抓住当下,发奋努力,让短暂人生发出更多光芒。

"不要抱怨不公平,一切只因努力不够。"这是美国加州理工学院的校训。世界对谁都是公平的,关键看你努力与否。看到别人经过努力取得成就、赢得鲜花,而自己没有得到,不去反思为什么,而是抱怨世界不公平,牢骚满腹,其实差距的原因就在于是否努力,没有努力定然没有获得。这个校训发人深思,即便走上社会的人也很受用。

"在我的平凡世界里,我就是不平凡。"这是美国耶鲁大学的校训。每个人都希望自己不平凡,但要想被别人认可,就要拿出自己的看家本领,做出成绩给别人看。这个校训很霸气,给人自信,教导人们伟大出自平凡,不平凡是一步步努力得来的,坚定相信自己行,鼓励人们争做"出头鸟"。

"哪一个登上成功顶峰的人,心中没有傲视群雄的霸气?"这是英国牛津大学的校训。傲视群雄,需要自信,需要才气和底气,而这要靠付出常人百倍的努力,这样才可能登上成功顶峰。这个校训同样霸气,只有敢于傲视群雄,目光如炬,并脚踏实地,才可能登上成功顶峰,多么励志的校训。

"磨难,永远是成长的基石。"这是法国巴黎大学的校训。"挫折如此冰冷,但莫斯科不相信眼泪。"这是俄罗斯莫斯科大学的校训。这两所名校的校训,内涵基本相同,告诉人们:别怕磨难,每磨难一步,就成长一次,"自古雄才多磨难";别怕挫折,眼泪不能解决问题,"失败是成功之母"。如此校训,给年轻人及早开启了智慧之门,为他们的人生垫好了基石,无论未来路有多长,风雨有多猛烈,再大的困难也不怕,再大的磨难、挫折都能扛,成功一定属于自己。

"天行健,君子以自强不息;地势坤,君子以厚德载物。"这是中国清华大学的校训。清华大学的校训出自《周易》,大意是:天的运行刚强劲健,君子处世,应像天一样,刚毅坚强,奋发图强,永不停息;大地的气势厚实和顺,君子应像地一样,增厚美德,容载万物。这是一般人难以达到的高度,清华就是清华,校训也不简单,非让人"跳起来摘桃子",告诫莘莘学子:做学问、做事业,一定要自强不息,追求最高境界;做人一定要讲究美德,能够厚德载物,知行合一,笃行不息,将立德树人融为一体。所以,社会对从清华大学走出来的学子总是高看一眼,清华大学为国家培养了一批又一批有德又有才的高端人才。

这些校训没有豪言壮语，没有华丽辞藻，每一个都很朴素、具体，十分励志，饱含哲理，给人启发。

不可否认，校训很重要也很必要，对一个人的成长有启发，甚至能够影响人的一生。校训为社会输送了先进理念，有助于培养优秀人才。

高考的如意与不如意

紧张的高考大幕已经落下,莘莘学子在完成了十二年学业的基础上,接受了盛大的高考"检阅",经历了人生大考,开启了面向未来人生的新征程。

高考结束了,离"发榜"还有一段时间。对广大考生而言,无非两种情形:一种是如意的,觉得自己发挥良好甚至超常,一脸春风得意,乐滋滋地静候佳音;一种是不如意的,觉得自己发挥不够正常甚至失常,一脸沮丧焦虑,认为可能考不上心仪的高校甚至担心名落孙山,害怕"发榜"的到来。于广大家长而言,可能与孩子心情一样,随着孩子的状态、情绪、心情而波动,可谓"几家欢乐几家愁"啊。

无论是哪种结局,无论是考生还是家长,大可不必过早有这样的"定论",或喜或悲,因为考试结果还没有出来。所以,当下要做的是保持平常心、好心态,因为已经考过了,一切归零。作为考生,只要自己拼尽全力、问心无愧了,就可以把绷得很紧的弦适度放松一下,作为家长,看到孩子努力了就行了,理性地看待如意与不如意,好好"款待"一下自己的孩子,毕竟十年寒窗不容易。倘若成绩不如意甚至落榜,那是孩子的发挥问题,抑或能力、天意。

的确,高考是人生重要的一次大考,关乎孩子的人生未来。但当下还没有"发榜",谁也不能完全凭自己感觉来判定如意还是不如意,成熟的家长更应该如此,一切皆有可能,好比足球比赛,不到最后一刻,不知道谁能笑到最后。

在我看来,这只是一场重要考试,不能完全表现真实的你,也不可能完全决定你的人生未来。成绩公布后,倘若你果真如意了,自然值得欢喜,全家为之而高兴,天经地义,说明十年寒窗苦没有白费。但高考是小考场,人生才是大天地,考试是个点,人生是条线,后面还有无数个这样的点等待着你。没有人因为一场考试赢得所有,也没有人因为一场考试输掉一切。高考成绩固然重要,但比成绩更重要的是,你是否成长了、是否成人了、是否有了强大的学习能力和抗压力?在一番兴奋之余,你还得好好反思这些,你的未来是什么?你觉得自己长大成熟了吗?绝不能一味沉溺如意之中,不能自拔。须知,社会上,"高分低能"现象并不鲜见,高分在手便目空一切、忘乎所以不在少数,之后的学习停滞不前,遇到问题、压力,束手无策者也是屡见不鲜。所以,高考的成绩如意是暂时的,要想赢得更多如意或成功,必须学会把自己变得优秀起来、强大起来,心智成熟,本领过硬,笑对人生,这样,你才会走得更远,人生才会风光无限。南怀瑾先生说过:"不要以为拿什么大学文凭、有个博士学位就厉害了,这不算成功。你要晓得,教育的目的是成功做一个人。"用今天的话说,就是"立德树人",既要有高尚品德,更要有为国担当奉献的真本领。这方面,家长理所当然应比孩子更清醒、更明白。

如果高考不如意,也不要觉得天塌下来了,过度垂头丧气,精神萎靡,感觉无颜见家人与亲朋好友。考场如赛场,输赢是常事,一场考试并不能定终身,上帝关了一扇门,却会给你开启一扇窗。没有考上心仪的高校,你可以发奋努力,越挫越勇,通过提升学习能力,还有二次选择机会,保不准会心想事成,考上如意高校,取得预期效果,学习能力才能决定你的未来。古今中外,多少名人都是从不如意走向如意的,不胜枚举。

如果不幸落榜了,对自己及家人确实是个不小的打击,因为十年寒窗苦,一朝付东流。痛定思痛后,一定要眼睛向前。这时候,考生万万不可想不开,要及时地、理智地调整心态,越是困难越向前,落榜不落志,"卷土重来未可知",今年不行还有来年。再说,高考不是唯一出路,条条大路通罗马,不要因为一次失败,就放弃了自己成长、成功的机会,熬过了眼前的难关,你会发现高考不是一个所谓的终点,而是新一段人生的起点,只要你足够坚强,勇于拼搏,接下来每一段人生,都将是你发光发热的舞台。学历不等于能力,没有大学文凭而打拼成功的人多了去了,或许你将来就是其中之一。作为聪明的家长,此时更要给孩子足够的人文关怀、心理慰藉,千万不要雪上加霜,或许你的孩子是另一条路上的"人中龙凤"。

　　总之,高考的如意与不如意,无论考生还是家长,都应该以平和心态,理性视之。

抵达成熟的彼岸

我们常说"嘴上无毛,办事不牢",是说一个人年轻,可能不够成熟,事情交与他,总觉不放心。

的确,一个成熟的人能独立思考,办事稳妥,举重若轻,宠辱不惊,有大家风范,往往会受人尊重,能行稳致远,在家庭,就好比定心丸,在单位,就好比压舱石,是社会的珍贵资源。

人人都向往尽快成熟起来。成熟,能够让人成长,变成一个大写的"人",能够举止稳重,经营出精彩美好的人生。

成熟诚可贵,令人向往,那么,成熟的标准是什么呢?

在我看来,起码包含四个要素:心留善,话留德,事留心,人留路。看似普普通通,实则做到并不容易,成熟不是你想做到就立马能够做到的,需要一个长久的历练过程。

心留善。"人之初,性本善",可为什么往往会"性相近,习相远"呢?就是因为每个人的思想、修养、胸襟、心态等是不一样的。有的人"三观"不正,老觉得社会对他不公平;有的人心理阴暗,看什么都觉得对自己没有善意;有的人遇事冲动,颇有"过江千尺浪"的做派,冲动过后又后悔无比;还有的人害怕吃亏,只图索取不愿付出……心里一点善意都没有,成熟又从何而来?

心留善就是要"三观"正确,不断修炼自己,就是要心中阳光一片,对一切充满善意;就是要遇事波澜不惊,心态平和,就是要甘于付出,乐善好施。好比一锅鲜美的汤是慢慢熬出来的。只要心有繁花,成熟不请自来。

话留德。常言道:"良言一句三冬暖。"又云:"一句话让人笑,一句话让人跳。"讲的都是说话的学问。人最容易犯的错就是"口业",错事未必天天做,难听的话却能脱口而出。

有的人说话总是锋芒毕露,让人难以接受;有的人得理不饶人,得寸进尺,只要"口惠"而不顾其他;有的人自视高人一等,不管什么时候、什么场合都要夸夸其谈,令人反感;有的人管不住自己的嘴,缺德的话都从自己嘴里跑光了,结果变成回头箭,反过来射伤了自己。口无遮拦,少了口德,结果毁了大好名声和人生,如此一落千丈的例子也不少见,正所谓祸从口出,沉默是金。

听其言,就能看出一个人成熟与否。自己的态度温和一些,为人低调谦虚一些,言语好听一些,不说伤人的话,多说暖心窝的话和对人有益的话,如此,必然话留德。

事留心。我们常说:"世上无难事,只怕有心人。"一件简单的事做好了,就是不简单;一件平凡的事做好了,就是不平凡;一件复杂的事做好了,就更厉害了,是难能可贵的有心人。

美国作家写的《致加西亚的信》这本书,一问世便洛阳纸贵,时至今日,仍是世界上最畅销的书之一。何故?因为它是职场上的"教科书"。书中主人公罗文要完成美国总统交给他的送信的使命,在多人没有完成的情况下,罗文历尽艰辛独立完成了。因为他想尽了办法,克服了种种困难,是真正的有心人。今天的职场更需要这样的人。

回头看国内,格力集团总裁董明珠,从一个打工妹做起,因为时时刻刻用心用情用力,终于做出了今天的成就,并让产品成为知名品牌,这是事留心的厚积薄发。

看来,"态度决定一切",既是名言,更是法宝。

做任何事情,认真与马虎、主动与敷衍、有心与无心,其结果必然大相径庭。混日子,只能是浪费了时光,耗尽了热情,磨光了能力。

用心做好每件事,方能取得不平凡的成绩,得到你想要的结果,生活也自然不会亏待你,你一定会比别人赢得更多。

成功之路,从来没有捷径,唯有千锤百炼,方能一步步站上顶峰。

人留路。杨绛先生曾说:"岁月静好是片刻,一地鸡毛是日常。"生活不会都是彩虹,一定会有暴风骤雨,甚至是电闪雷鸣,万万不可把自己的路都堵死,一定要学会留出路。

没有人是一座孤岛。人要想在世上立足,就要广结善缘,真心待人,多交朋友,这样,你的路才会越走越宽。

做人别太绝,做事别太钻牛角尖。冤家宜解不宜结,把人逼到绝路,只会两败俱伤,得饶人处且饶人,须知兔子急了还咬人。

其实,做到人留路并不太难。心大一点,换个视角看问题,一切便豁然开朗、柳暗花明;学会退让,退一步海阔天空。让,不是屈服,是一种大度,是君子风范。让朋友一点,友情会更稳固;让家人一点,家庭会更和睦;让同事一点,工作会更轻松。

好景不怕等,好路靠自己走。

要做到"心留善、话留德、事留心、人留路",得与自己较劲,只要能吃得下这个苦,久久为功,你就能一步步成熟强大起来,抵达成熟的彼岸。

成熟不是有城府,是人的一种高级修养,是人的一种理想境界,更是人的成功之道。

取悦自己　优雅变老

日月星辰,运转不息,这是自然规律。岁有四季,"春有百花秋有月,夏有凉风冬有雪",这也是自然规律。于我们人类而言,对待规律只能遵从适应,不可抗拒改变。

我们每个人的人生也有"四季":少年、青年、中年、老年。这也是规律,时光不可倒流,岁月不可逆转。无论人生哪一个"季节",都各有各的特点和美好,都该完成那一段该完成的使命,跑完那一段该跑完的旅程,享受那一段该享受的时光和风景,顺势而为。少年、青年朝气蓬勃,固然可爱;中年成熟稳重,自然可喜;而老年阅历丰富,万事皆空,抑或功成名就,亦可自怡,幸福指数更高。

可现实生活中,总有一些老人或即将步入老年的人,并不这么看,他们不愿尊重规律,害怕变老,一副杞人忧天的样子。比如有的手中没有职权了,风光不再,感觉人走茶凉,很失落;有的容颜变老,青丝变白发,物是人非,于是愁容上心头;有的被各种生活琐事缠身,烦恼应运而生,显得不够大度优雅;还有的身体稍有恙,便惊恐万分、小题大做,认为不得了了……可谓不一而足。其实,这些都是名利思想在作祟,作茧自缚心理在作怪,唯心主义在闹鬼,如此会让自己的生活变得一地鸡毛,老得更快。所以大可不必,老了就老了,谁不会变老? 更何况老有老的优势和快乐,

"夕阳无限好",坦然对待,放平心态,取悦自己,这才是明智选择。

取悦自己,优雅变老,首先,忘记年龄是一大宝。年龄不过是一个数字,是一个代表了几度春秋的数字,是一个显示阅历丰富程度的数字。倘若忘记了生理年龄,你的心态就变得年轻了,所谓人老心不老。心态年轻了,自然会优雅从容、朝气蓬勃、奋发向上。记不清哪位哲人曾说过,年龄从来不是问题和界限,除非你自己难为自己。自古及今,大器晚成者,比比皆是,他们大多不在乎自己的年龄。

心若年轻,则岁月不老,品位自在,就不会在意青丝变白,不会惆怅暮色向晚,而是觉得人生每一阶段都是"最美的黄金期",老有老的味道。"莫道桑榆晚,为霞尚满天。""老当益壮,宁移白首之心?"一句话,忘记年龄,就一定会活出快乐,老有所为,活得年轻,老得更慢。不少科学家都始终保持一份年轻心态,快乐地扑在科学事业上,他们的很多高光时刻都在高龄时期,这就是例证。

其次,放平心态是最佳选择。人在世间走,何必斤斤计较、寸步不让?人上了年纪,一定要识得进退,懂得回归,看淡一切,看尽人间星河。过去再辉煌,也有曲终的时候,往事如烟,何足挂齿?不要在乎别人怎么对待自己、评价自己,要放平心态,学会潇潇洒洒、快快乐乐,活出人的雅量,活出淡泊心境,活出慈悲心怀,活出不争心态,活出雅而不俗的姿态。心放得宽,则笑口常开,睡得好觉、吃得好饭,老又如何?老又何惧?人人都会老。

放平心态重要的是取悦自己。人生上半场是为工作活着,下半场就要为自己乃至家庭活着,所以这个时候就不必看别人脸色行事了,做自己想做的事情,走自己想走的路,见自己想见的人,跟谁在一起舒服就和谁在一起,取悦别人不如取悦自己,在道德和法律的约束下,顺心而为。宁可孤独,也不违心;宁可抱憾,也不将就。入我心者,我待以君主;不入我心者,不屑敷衍,不然会搅乱自己的内心。取悦自己是保持好心态、优雅变老的法宝。

再次,遇事不惊是取悦自己的一种表现。人将老矣,什么大风大浪没见过,遇事不惊是"基本功"。王阳明说,"越是艰难处,越是修心时"。人生在世,不可能不遇事,关键是怎么处理事。朋友有事,热情伸出友谊之手尽力帮助,朋友是一个人老年时光的快乐圈、幸福园。家庭有事,拿出长者风范,冷静分析头绪,理性找出解决方案,风轻云淡,举重若轻,便可化险为夷,让家庭成为幸福港湾。自己身体若出现毛病,要心态豁达,想想身体"年久失修",有些问题在所难免,"小洞"能补则补,倘若真摊上"大洞"难补,也不要惊慌失色,注意及时止损,过好每一天,快乐每一刻。因为生老病死是人之常态,是无人能改变的事实,与其郁郁寡欢,不如顺其自然,让自己在老年时活得有尊严、通透、优雅。遇事不惊,泰然处之,是一种优雅的好状态。

最后,自得其乐是取悦自己的高境界。行将至老,大多"无案牍之劳形",无家庭后顾之忧。此时此刻,自得其乐、安享晚年,这也是家人的期盼。所以,一定要寻找适合自己的事情做,让自己的生活充实优雅,只有自己适合且喜欢的才是最好的。比如爱读书的,就读一些好书,既能"腹有诗书气自华",又可寻书中的"黄金屋";爱养花的,养一窗花卉,浇浇水,剪剪枝,凭窗远眺,赏心悦目,悟出生命的真谛;爱书画艺术的,学学书画,修身养性,陶冶情操,优雅至极,乐在其中,说不准还能搞出一些名堂来;爱写东西的,经常码码字,将自己的人生感悟、生活点滴记下来,我手写我心,不亦乐乎;爱旅游的,踏遍祖国名胜古迹,看看世界有多美,既领略大美河山,又锻炼身体;爱运动的,经常运动运动,生命就能焕发青春之光……总之,自得其乐是取悦自己的不二法门,没有任何爱好才是可怕的。

取悦自己,优雅变老,就是要老得如茶香,静坐而白云满怀,老得如诗行,薄语而亦素亦美,老得似花开,悄然而枝上生香,就是要有儒家的敬、道家的静、佛家的净。

微信朋友圈

现在是互联网时代,微信成为男女老少必不可少的社交软件,没有它很不方便,会觉得处处受限,生活也寡淡无趣。甚至有人戏言:没有微信可能生活不了。虽过之,但说明它有多重要。

有了微信,自然衍生了微信朋友圈。如今,微信朋友圈人人都有,成为大家彼此联系、办事、交流、聊天的桥梁,既像幕后默默无闻的英雄,又像跨越时空的友谊使者。

不可否认,微信朋友圈的作用的确强大,可以帮助我们了解难以估量的信息,微信在手,无所不知,无所不有。微信大大方便了朋友之间的联系,不论近在咫尺,还是天南海北,有个事情,想说个话,动动手指,发个微信即可;突破了时空限制,不分昼夜,不论地域,若来个视频,双方音容笑貌尽收眼底;交际功能强大,你加我,我加他,范围越来越大,打开手机微信,朋友圈能够拉出一大串……所有这些,都是微信朋友圈带给我们的方便和快乐,还真要感谢它,万能的微信朋友圈。

万物利弊共存,微信朋友圈也不例外。前面说的都是它的好,实际上,它也有不完美的地方,甚至是危害,弄得不好,会徒增烦恼,甚至要受到惩罚。所以,对微信朋友圈,我们要用理智、冷静的态度去弊趋利,正确认识、把握和使用。

微信朋友圈好好分类,不能自乱阵脚。现在是开放多元的社会,是联系广泛的社会,手机里的朋友数百上千,说明你交际能力强,人缘好。细想一下,朋友圈大致分为:家人圈,包括家人、亲戚,这些都是你离不开的至亲的人;同学圈,大学的、中学的,甚至小学的,还有参加各类学习培训的同学,这些都是你学习路上的朋友;工作圈,你所在单位的人员,或者你的工作对象、相关人员,这些都是正儿八经的工作关系;老乡圈,不管熟悉与否,只要来自一地,就是老乡,这些都是让你记住过去及乡愁的朋友;好友圈,经常联系、关系密切、无话不谈的朋友,这些都是你生命中的挚友;新朋友圈,一次偶遇,某个场合,相识了,加了微信,可时间一长,有的你可能都不认识或不记得了。这么多朋友,你若不分分类,细心把握,很容易自乱阵脚,给你带来不必要的烦恼。常言道:"人多了,会无事生非;事多了,会引火烧身。"错发了微信,说了不该说的话,弄不好就会惹事,自寻烦恼。

在微信朋友圈发信息,谨慎为妙。现在人们习惯"机"不离手,"低头族"居多,手指轻轻一点,微信发出去了,方便得很。有的人爱出风头,自以为消息灵通,总爱发些不确定、不权威的东西,听风就是雨,结果被互联网管理部门甚至司法部门找去约谈批评甚至依法处罚,这方面的教训有很多。有的人"三观"不正,品位不高,老发些不该发的内容,试图调侃,让人笑一笑,老实说,这些东西发多了,只能给自己的人品减分,别人会对你"另眼相看",心里骂着"什么东西"。有的人不知是忙中出错,还是情迷意乱,把私密的暧昧微信发错了对象,结果"东窗事发",后院起火,上了热搜,一下成了"名人",等待你的是什么可想而知,这叫"搬起石头砸自己的脚",这样的例子也不少。所以,在微信朋友圈里不要随便发信息,想清楚了再发,还要尽量多发些正能量、有意思的东西。

理性看待"朋友圈里无朋友"这个问题。很多人一定有这样的感慨,打开微信朋友圈,名单一大串,竟然不知道该找哪一个聊天。原来很要好的朋友,创造机会经常见面,把酒言欢,海阔天空,无拘无束,但自加了微信后,见面机会日少,反而觉得疏远了,难得再聊天。有的久未联系的同学、同事、朋友、老乡等突然联系上了,当然开心,可热络一阵后,各有各的生活,关系自然要降温,此后鲜有联系,更别说聊天了。有的朋友因为利益关系,用得着时联系一下,或者老找你办这办那的,你哪有心思跟这样的人聊?干脆"眼不见心不烦"。有的朋友是迫不得已加上的,未加备注,只有网名,时间一长,叫什么、干什么、在哪里加的,全然不记得了,谈不上是朋友。还有的人自我保护意识强,对朋友圈进行"分组可见",设置了"仅展示最近三天"之类。虽然朋友圈里有朋友,但并不都是真正的朋友。

别太在意别人的关注点赞。我们常常有这样的感受,就是发了朋友圈后,会时不时关注有没有人点赞,是谁点赞的。看到别人点赞或互动,当然开心不已,觉得对方懂自己,是知己。可看到朋友在另一个朋友的朋友圈里点赞,而没有在自己的朋友圈里点赞,就会疑窦丛生,觉得与他有距离。对那些不爱点赞、喜欢"潜水"的朋友,认为他们对自己不重视,不够朋友。诸如此类,其实是没有把心放在自己身上,而是放在他人身上了,他人的一举一动牵动着你的神经,随着朋友圈的刷新而让你心情起起伏伏、心绪不宁。反之,心若在自己身上,一切也就风轻云淡了,心若不动,风又奈何?点不点赞,是他人的自由,没有必要用点赞绑架他人,最终绑架自己。点赞的,不代表距离近;不点赞的,不代表距离远,这并不一定完全是真相。真正的亲人或铁杆朋友,是无须通过点赞来证明的,一切尽在不言中。

现实中,我们离不开微信朋友圈,但要积极用好微信朋友圈,并以理智的心态看待微信朋友圈。

生命贵在运动

毛泽东主席曾说过："发展体育运动，增强人民体质。"这是希望全国人民在发展体育运动中，强身健体，更好地建设社会主义。进入新时代，习近平总书记高度重视人民健康，提出要建设和实现健康中国的目标，旨在让人民身体更健康、生活更幸福。领袖们的教诲，促进了全民运动蓬勃兴起，各级运动会竞相举办，体育强国，全民健身氛围越来越浓厚。特别是当下，运动已成为人们的一种习惯、一种时尚，人人热爱运动，个个参与运动，如跳广场舞、跳健身操、打球、快步走……这些热门的群众运动方式，成为从城市到农村的亮丽风景。

诚然，生命贵在运动。现在，人民生活水平好比芝麻开花，小康社会的目标也已实现，一不愁吃，二不愁穿，幸福指数高得很，大家最关心的就是自己的身体健康。拥有健康，才能拥有精神生活，才能家庭幸福。而要身体健康，运动是不二选择，要选择适合自己的运动方式，要加大运动投入，要持之以恒、久久为功，生命贵在运动。反之，不注重运动，又没有科学的生活方式，身体自然会每况愈下，甚至三天两头往医院跑，这样的状态大概谁都不喜欢。

我年轻时，自恃身体好，加上在机关工作很忙，从不参加什么运动锻炼，也不见身体有什么大碍，可能是年轻带来的"福利"，扛得住。到了40

岁左右,不运动的后果日益显现,透支健康的副作用出现了,与众多"机关人"一样,经常腰酸脖胀,精气神不足,也就是所谓的"机关病"。那时,我上有老下有小,繁忙的工作任务又不能耽搁,人生之路还长,岂能任其发展?于是,我猛然醒悟,必须要运动,改变现状。那时候,运动的条件没有现在好,想运动又没有什么时间,我就"因地制宜",根据自己的身体状况,自创了一套"运动操",时长二十分钟左右,天天晚上在家里锻炼,有头部运动、腰部运动、四肢运动、下蹲运动,还有俯卧撑……一番锻炼下来,气喘吁吁,冬天身体暖和,夏天大汗淋漓,人虽然累一些,但效果不错,所谓的"机关病"也烟消云散了,身体的柔韧性比一般人强,人也精神许多。就这样,我坚持运动了数年,身体一直棒棒的,很少去医院。生命贵在运动,我尝到了运动的甜头。

俗话说:"树老根多,人老病多。"随着年龄的增长,身体也出现了一些毛病,正所谓一岁年纪一岁人。每年单位体检,体检报告单上不可避免地出现一些医嘱,什么要到医院哪个科复查,什么注意随诊,等等,反正不是什么大碍,不会危及生命,我从没有把它们当作一回事,看看也就把报告单放柜子里了,心里还安慰自己,身体好比一辆汽车,跑了这么多年,岂能没有点什么毛病?与别人聊起这个话题时,我还显得理直气壮、振振有词。说归说,但我自创的"运动操"一直没有停,甚至还加大了一些运动量,身体也一直正常得很,想着生命贵在运动,此言不虚。

直到去年单位体检,惊险的一幕发生了,医院居然给我打来电话,说我身体某部位有恙,要引起重视。虽然我毫无感觉,但医院这么认真负责,更不会说假话,我岂能充耳不闻?我必须当回事,对自己的身体健康负责。为了求证,我跑到南京的医院检查,挂专家号咨询,结果与在马鞍山检查的差不多,于是,去年底我就在南京做了一个微创手术,住院十天才回家,生平第一次手术,受的那罪那苦,要多难受就有多难受,无可奈何。如今虽然恢复得不错,但术后的影响多少有一点,需要加强运动加以改善。运动是最好的良药,现在,我运动的项目比较多,除了过去自创的"运动操"外,还学习了太极系列的"站桩"以及气功功法"八段锦",每天早晚各做一次,练内功,强身体,还常常跑到奥体中心游泳,身体状况也逐渐改善,再一次证明了生命贵在运动。

  人民大众热衷于运动,说明人人珍爱健康,分享新时代的幸福,合力打造健康中国。我的切身经历,说明运动是身体最好的灵丹妙药。运动不分国界,世界有奥运会;运动不分年龄,老年人通过运动来强身健体,年轻人要运动,不要仗着身体好,提前透支健康,少年儿童也要运动,运动从娃娃抓起。

  热爱运动就是热爱健康、热爱生命,因为生命贵在运动,这是颠扑不破的真理。让我们一起运动,一起向未来。

感 悟

敬畏健康

健康,《现代汉语词典》解释为"(人体)发育良好,机理正常,有健全的心理和社会适应能力"。机理正常即人体各个器官以及心理、精神一切无碍,运转正常。这是所有人都需要的一种生存状态,是所有人做事的基础,更是人生最大的财富。若没有健康,人必将活得痛苦,行事必将没有保障。可见,健康之于一个人何等重要,人人希望健康并享受着健康的快乐,人人希望永远健康并让生命之树常青。人们见面问候或遥致祝福时,总爱来一句"祝您身体健康"。

虽说健康重要,但并非人人都能敬畏健康。人们常常在职场上、生活中不珍惜健康,常常在不经意间透支健康。待到不健康的时候,便会仰天长叹,责问自己:"哎呀,平时怎么就不注意一下健康呢?"

比如,在进食中,自己喜欢吃的东西,会毫不节制地猛吃,什么科学膳食、荤素搭配、合理营养全然不顾,置之脑后。到头来必定付出代价,"三高"呀,肥胖呀,等等,会接踵而至。

比如,在应酬中,同事、朋友遇到一起,称兄道弟,海阔天空地神侃,觥筹交错,"感情深,一口闷""酒杯一响,二话不讲"……此类豪言壮语,饭桌上此起彼伏,不绝于耳。

比如,在娱乐中,进了歌厅舞池嫌时间过得太快,"砌起长城"全神贯注,如吃了兴奋剂,兴致大增,乐此不疲,甚至通宵达旦,真有点像战场上杀红了眼的勇士。嗓子变哑了,眼睛熬红了,脸色蜡黄了,神情疲惫了,敢情也是无怨无悔。

比如,在家庭中,遇到一点不快就"冷战",亮"红灯",碰到一些不顺就相互埋怨甚至动手相向,缺少理解、沟通,爱情、亲情缺失,留下的是精神上的煎熬和肉体上的痛楚,糟糕的家庭生活,让健康也大打折扣。

比如,在职场中,看到资历、能力不及自己的人升迁了、换岗了,看到辛苦付出不及自己的人评优了、拿奖金了,于是,心理失衡,心灰意冷,觉得天是黑的,看不见阳光,心力交瘁,甚至把自己推向反面,"破罐子破摔",也来玩钩心斗角的游戏。其实,名利是身外之物,淡泊一些为好,人生不如意之事十有八九,作践自己不值。

……

想想这些生活、职场中的场景和细节,如此地消耗健康,甚至是损害健康,实在可惜可怕,实在得不偿失。生命诚可贵,健康也经不起折腾。人们在不健康的时候才会真正体味到健康真好、健康可贵,才会责怪自己当初有那么多个"不应该",才会从内心深处发出"早知现在,悔不当初"的感叹,才会暗下决心一定要敬畏健康。

我们每个人,无论是在生活上还是在职场中,无论是在潜意识里还是在行动上,都要敬畏健康,保持健康,这也是一种毅力、一种修炼、一种境界。因为健康是福,健康是最大的财富。你健康了,幸福地活着,便觉得快乐,亲朋好友也少了牵挂担忧,跟着快乐。你健康了,才能施展抱负,有所作为,为社会尽一己之力。我们健康了,生活才会充满阳光,才会更有质量,我们的社会才会变得更加文明进步,多美好呀!

行文至此本该打住,恰读赵朴初老先生的《宽心谣》,咀嚼品味,仿佛找到了我们该如何敬畏健康的答案,话语朴实,但句句在理,发人深省。不妨摘录如下:

感 悟

日出东海落西山,愁也一天,喜也一天。
遇事不钻牛角尖,人也舒坦,心也舒坦。
每月领取养老钱,多也喜欢,少也喜欢。
少荤多素日三餐,粗也香甜,细也香甜。
新旧衣服不挑拣,好也御寒,赖也御寒。
常与知己聊聊天,古也谈谈,今也谈谈。
内孙外孙同样看,儿也心欢,女也心欢。
全家老少互慰勉,贫也相安,富也相安。
早晚操劳勤锻炼,忙也乐观,闲也乐观。
心宽体健养天年,不是神仙,胜似神仙。

你喜欢哪种旅游

当下,人们都过上了小康生活,吃穿根本不用担心。于是,旅游成为人们生活中的一种时尚、一种乐趣、一种享受。赏春日的花卉,观冬天的雪景,没有人不喜欢出门旅游的。

每逢重要节假日,人们更是蜂拥而出,甚至全家出动。举国上下,旅游热浪一片,东南西北,名山胜川,哪里不是人山人海、比肩接踵,一派盛世太平景象?不过,人们在浏览风景、享受热闹的同时,由于只能"看人头"、耗时间而多多少少感到困惑和劳累,大凡重要节日出去旅游的人,没有谁不会发出如此感叹!

其实啊,我们没有必要都去凑这个热闹,完全可以考虑错峰出游,因为当下旅游目的地太多,政府也鼓励旅游,形式也有多种选择,关键看你旅游的动机和目的是什么。倘若你"爱己所爱",合理安排,旅游就会变得轻松自在,富有意义,还旅游本来面貌。

如果你想寻一方安静、品别样小景,可以来个"小众游"。小众游自然要同行者人少,而且彼此情趣相投,谈得来,再寻一个鲜有人知的旅游点去玩,虽不是著名胜景,但"曲径通幽",远离喧嚣,契合自己心境,少了"丝竹之乱耳",如同世外桃源。与好友或亲人玩上一两日,可以享独特风景,品独特人文,尝独特美味,体验独特居住环境,神仙一般,不亦乐乎。

比走马观花、看热闹、拼体力、耗费用的"热门游"强多了,别有一番情趣,颇有"世人皆浊我独清"和"人无我有,人有我独"的况味。

如果你把旅游当作情绪消费、心态休闲的方式,则完全可以选择"休闲游"。休闲游,顾名思义,在于"休"与"闲",不刻意周全,只图自在松弛,让自己快节奏的生活慢下来,让绷紧的情绪放松下来,去除心灵的杂草,赋予身心新能量、新视角、新体会,那才叫修身养性、韬光养晦呢。或许在不经意的休闲游中取舍了许多,让自己的情绪变得更高,心态变得更好。比如,有些地方就建设了"慢城",游人漫步其中,让心灵自由放飞,心中产生愉快的情绪和正能量,岂不甚好?再比如,有些人看似漫无目的地看山观海,一看就是大半天,看到后来,他眼中的山已不再是山,海也不再是海,而是人生旅途中的一个精神驿站,这样的旅游调节了自己的心态,有一种"此时无声胜有声"的意味,体会自品。

如果你爱好探索未知的乐趣,喜欢邂逅不一样的惊喜,那你可以选择"即兴游"。按照预期设定的旅游路线旅游,抑或跟着旅游攻略,一个不落地去那些网红打卡地,看似面面俱到,实则缺乏意外惊喜和乐趣,一趟旅游下来,没有什么回味和趣事,觉得就是"到此一游"。而即兴游则不然,给自己的旅游行程留些空白,不完全排满,遇到未知的、好玩的、惊喜的,就临时改变行程,直奔而去,"无心插柳",会有不一样的体验、说不完的惊喜和乐趣,堪称一举两得。据最新统计,即兴游越来越受到人们青睐,因为即兴游的性价比更高、惊喜乐趣更多。

如果你不想走马观花地"到此一游",而是想慢慢体味当地人文典故、风土人情、烟火生活,那就来一次"沉浸式旅游",或叫"深度游"。来到旅游地,不做匆匆过客,住上几天,慢慢欣赏当地风景,慢慢品味当地人文典故,慢慢体验当地烟火生活,甚至与当地人拉拉家常、参与其中一些有趣的活动,让自己融入当地,真切感受一方水土的魅力。不管过了多长时间,你都会对这旅游之地感情如故,一切说得清、道得明、悟得透,如数家珍,终生难忘。如果你有文字功底,可以炮制出这样那样的文章来;如果你是画家,可以妙手丹青;如果你是摄影师,则可用镜头记录美好瞬间,实乃不虚此行。最近,我的一位刚退休的朋友,跑去祖国西南部自驾游玩,一玩就是50余天,我很惊讶,佩服他的"功夫",戏称他乐不思蜀。在微信朋友圈里,他发了不少迷人的风景照,介绍了不少风土人情,这样的旅游让他自己刻骨铭心,也颇令别人眼馋,这就是地道的"深度游"。

如果你怕麻烦,不想费周折,只想单纯看看祖国名山胜川,或者体会一下外面世界有多精彩,则可以随旅行团旅游,也可"随波逐流游",这样的旅游叫"大众游"。大众游经济实惠,不用你操心,线路也固定,只是旅游的质量可能打折扣,没有自己能支配的时间,甚至平添不尽的购物烦恼,我是不大喜欢的。

当然,旅游种类可能还有很多。以上所举,供诸君参考,"青菜萝卜,各有所爱"。每个人的情况不一样,旅游动机不一样,想法不一样,故而选择旅游的方式一定也不一样,这很正常,无可厚非。你到底喜欢哪种旅游呢?

游記

徜徉心湖

　　这是一片秀丽广袤的土地,丘陵起伏,层峦叠嶂,草木葱绿,竹海滴翠,天空湛蓝,鸟儿欢鸣……没有一点儿噪音与污染,远离城市的喧嚣,仿佛世外桃源。这是一片交通便捷的土地,东南北三面与南京江宁区接壤,距南京禄口国际机场约19公里,距南京主城区约35公里,西面则直通马鞍山市,距马鞍山高铁东站7公里,道路交错,区位优越,进出方便。这是一片交口称赞的土地,有说它是华东地区植被保护得最好的地方,有说它是天然氧吧、城市绿肺,有说它是马鞍山的东方明珠、南京的后花园,有说它是放松心情、融入自然的福地,有说它是来了不想走、走了还想来的佳地。这就是马鞍山市花山区的濮塘休闲度假区。

　　心湖,一个碧波荡漾的山中之湖,在群山环抱中横空出世,犹如"高峡出平湖"。心湖,一个富有诗意的名字,如同镶嵌在度假区里的一颗璀璨明珠,熠熠生辉,光彩夺目。它就坐落在濮塘休闲度假区核心景区里,风光旖旎,四季如画,徜徉其中,令人如痴如醉,流连忘返。

　　心湖,循山建湖,原名东方红水库,始建于1974年,水域约280亩,当时的主要功能是防范山洪和灌溉农田。时过境迁,随着度假区的开发建设,这个水库的名字也蝶变重生,从烙上时代记忆变为悦耳动听。之所以取名为心湖,是因为从高空俯瞰,这里山丘、堤坝蜿蜒连绵,这泓清水被镌刻成了一个"心"字,实乃大自然的造化。但我以为,除了状如"心"字,还因为这里湖水清澈如心,湖面涟漪,一尘不染,静影沉璧,一览无余;上下天光,一碧万顷,仿佛"君子坦荡荡"之心。更有观湖之情入心,目及湖水,心旷神怡,晨观则日出洒金,波光粼粼,暮看则余霞尽染,"一道残阳铺水中,半江瑟瑟半江红",览物之情,宠辱皆忘,物我两忘,不亦乐乎?

心湖的四面是起起伏伏、宽阔平坦的柏油马路,依山傍水,蜿蜒连绵。坐上观光游览车巡游一周,美景迎面而来,有种车在山中行,人在画中游的快感。倘若花一个多小时步行一周,则能细细欣赏株株花草,尽情享受清新空气,又有一种"悠然见南山"的休闲归隐般的惬意。

心湖的四季,景色各异,美不胜收。春则鸟语花香,夏则青翠欲滴,秋则百花烂漫,冬则白雪皑皑,正所谓"风光不与四时同"。无论什么季节赏湖,都有新鲜的看点,都有别样的情调。心湖美丽动人,三百六十五天等候着你。

心湖的东面和南面是一眼望不到头的崇山峻岭,碧绿繁茂的草木装扮着湖边,山傍水流,山映水中,构成了一幅青山碧水图,成为画家们的钟爱之所。依山而建的山地车赛道,是体育爱好者的好去处,惊险刺激,既能锻炼释放激情,又能眼观巍巍青山、耳听山风鸟鸣,健身、赏景两不误。据了解,这里成功举办过全国性的赛事。在东侧马路与湖边交界的边缘,修建了一段萤火虫水岸,静谧的夏夜,萤火虫漫天飞舞,草丛里星光闪烁,水岸边星光灿烂,夜空中星彩梦幻,萤火虫水岸俨然成了童话世界,让你尽情享受温馨浪漫的夜晚。东北边的山脚下,矗立着一块巨大的标牌,上书"濮塘国家度假公园"几个大字,格外醒目,是拍照的好地方。从山脚往前走,有一片绿草地,平坦柔软,可供人玩耍嬉戏,搭建的舞台可以举办文艺活动,建好的茶楼可以让游客小憩。穿过草地,越过马路,便是湖边的沙滩。黄色的沙滩给心湖增添了几分妩媚,沙卧湖边,水抚细沙,相互倾诉,相得益彰。你可以在沙滩上享受日光浴,也可以留下串串脚印,体验"山中沙滩"不一样的感觉。

心湖的西侧原是水库的堤坝,长约500米,宽约10米。如今,"旧貌换新颜",堤坝变美景。一个个铁质拱形门环一字排开,覆盖整个堤坝,门环上缠绕了密密麻麻寓意为"醉人恋情,依依思念"的紫藤花,刚好契合了心湖的意境。拱形门环与紫藤花相互缠绕,巧夺天工,浑然一体,形成了紫径长廊,非常浪漫妩媚。远远望去,既像浪漫无限的时光隧道,又似甜蜜无比的幸福长廊,还如系在心湖边上的一块耀眼夺目的漂亮纱巾。这等美景,没有人不心神荡漾,没有人不驻足陶醉,没有人不拍照留念。更有即将步入婚姻殿堂的情侣,一定要将幸福时刻留在这个幸福之地,寄寓心心相印、百年好合。站在紫径长廊往西看,映入眼帘的是500亩水面的荷塘,很有气势,既能体验到"清水出芙蓉,天然去雕饰"的美景,又能体会到"出淤泥而不染,濯清涟而不妖"的意境,荷塘与心湖、紫径长廊有机结合,浑然天成。客观地说,这里应该是心湖最漂亮、最浪漫、最令人陶醉的地方。

心湖的北侧,是进入心湖景区的唯一入口,宽阔的马路,茂盛的花草,精致的路灯,整洁的游客中心,使你未进心湖便怦然心动。引人注目的当数15栋能容纳300人的铁皮巨人集装箱酒店,这些用钢铁集装箱做成的酒店,既环保耐用,又契合了马鞍山钢铁城市的元素。酒店分布在小东山的半山腰,掩映在绿荫丛林之中,绿色植被、山水景色别具一格。酒店名字听起来,有点"硬汉"气,其实不然,这些酒店突兀山中,外观鲜亮,像城堡,似木屋,很有浪漫情调。酒店设计人性化,上下两层,在二层平台能远眺赏景;设施现代化,能与星级酒店比高低;品位艺术化,内部装饰浪漫上档次;功能多样化,集吃住与休闲于一体。当你游玩了一天,住上这样的酒店,也算是"快乐集合,开心满箱"了,幸福指数一定很高,还会油然生发出"极目楚天舒"和"一览众山小"的感慨(只可惜,因为生态需要,如今这个酒店被撤了)。酒店外面的山脚下,分布了丛林迷宫、野孩子乐园、蚂蚁洞等游乐场所,适合亲子游、情侣游,游人在这里可找回自己的童趣。

  徜徉心湖,你一定会觉得很美,不虚此行。是的,心湖之美,美在自然,美在大气,美在意境。这等美景,这等美妙,这等美好,令人心动,令人向往,令人赞叹。我忽然想起苏轼赞美西湖的诗句,想套用一下:"水光潋滟晴方好,山色空蒙雨亦奇。欲把'心湖'比西子,淡妆浓抹总相宜。"愿心湖的明天更美好,敞开胸怀,拥抱八方来客。

濮塘神奇"四绝"

在马鞍山濮塘休闲度假区，广为流传着四种神奇现象，可称为"四绝"。这些神奇现象至今答案无从揭晓，人们只能作种种猜测，可谓"知其然，而不知其所以然"。这"四绝"便是千年古树、玉乳泉、怪坡、钟鼓地。正是这"四绝"，给度假区增添了无穷魅力，蒙上了神秘色彩，留下了无限遐想，让度假区遐迩闻名。

早闻"四绝"神奇，但耳闻不如一见，我决意细细探访一下。夏日的一天，我们驱车来到白母园里的千年古树前。刚下车，就听见蝉声一片，此起彼伏，悦耳动听。抬望眼，绿色茫茫，草木繁茂，竹海摇曳。走近看，千年古树立于洼地，被群山簇拥，参天挺拔，枝繁叶茂。古树生于斯，长于斯，也太会选择地方了，多么好的生态环境。陪同同志介绍，这株古树是雌性的银杏树，因结有白果也叫白果树。经专家考证，这古树植于唐朝，距今1200多年，故谓之千年古树。古树高24米，参天而立，树径9米，五六个人合抱未必能抱过来，树冠覆盖面积600平方米，就像巨大的绿色华盖。目睹古树之大、之沧桑，我有些心潮澎湃，很想探究古树背后的神奇故事。陪同同志又介绍说，若干年前，古树在离地面3米多高的树丫中长出一株树径达35厘米且与之合抱的小黄连树，它们相互偎依，亲如母子，人们亲切谓之"白母抱黄儿"，白母园由此得名。传说小黄连树之所以能长出来,是因为隔着一座山梁的那边有一株雄性的银杏树,两树隔山相爱,于是有了这爱的结晶。这种传说虽有点科学道理,但孰真孰假无从考证,至今是谜,给古树蒙上了神秘色彩。可惜的是,数年前因为大旱,小黄连树死了,古树再也没有长出新枝,再也看不到"白母抱黄儿"的情景了,但一段美丽的传说流传下来了。我想,树中长树,实在难见,的确神奇,心里猛然冒出一首小诗:"古树植于唐,茂密又参天。枝上长新树,笑谈如神仙。"

陪同同志说,玉乳泉就在千年古树传说中的那株雄性银杏树附近,不妨顺便去看看。我们又驱车前行,在窄窄的柏油小道上蜿蜒慢行,几乎钻进了山肚子之中,终到目的地。只是小道两侧杂草丛生,颇有"远芳侵古道,晴翠接荒城"的意境。玉乳泉静静躺在沟壑里,孤苦伶仃,没有生机,与它的名字相去甚远。杂草又掩盖了栈道,无法走到玉乳泉跟前,只能远观丝丝泉水汩汩细流。旁边立有一块有关玉乳泉的石碑,因年代久远变得模糊,无法看清具体内容。正当我有些沮丧的时候,陪同同志兴高采烈地说,你知道为什么叫玉乳泉吗?传说杭州灵隐寺心印禅师游至此地,见环境空幽,深爱不已,决定在这里建佛殿禅堂,可用水困难。明成化辛卯年(1471)间,会看风水的王衡途经此地,听说禅师缺水,便用手指着一块枯石说,此地有水。凿石一丈余,果然泉水涌出,色如乳水,甘洌香甜,因此得名。传说归传说,真正答案不得而知。我想,枯石里能流出泉水,几百年不竭,色如乳汁,确实神奇,况且这里环境空幽,太适合修身养性了,于是吟出一首小诗:"枯石长泉眼,出泉似乳汁。细流五百年,清心兼洗俗。"

怪坡就在玉乳泉附近,离开玉乳泉很快就到了怪坡。濮塘怪坡位于濮塘镇通往南京市江宁区石塘村的县道上,全长120米,一侧紧挨山丘,另一侧是长长的峡谷,环境幽雅,地势险要,再往东北方向走不远,就是山水农家石塘村景区。两地景区相连,可谓珠联璧合。怪坡之所以怪,是因为明明看到的是上坡,却通过实验变成了下坡,不可思议。比如将水倒在怪坡路面上,居然会出现"水向高处流";比如将车停在坡中间挂上空挡后,居然会惊现"车往坡上走"。原因莫衷一是,有说是"磁场效应",有说是"视觉差异",至今没有定论。正是这般神奇、刺激,吸引了各地来客。大凡来马鞍山做客的,基本都会被主人安排去体验一把,大凡到濮塘景区游玩的,都必定要到此一游。到了节假日,这里更是人气暴涨,车水马龙,游人或用矿泉水瓶试之,或用水杯试之,或干脆驾车体验。我也将信将疑,出于好奇,就用矿泉水瓶做回试验,果然瓶子由低向高滚去,我一边连连摇头,一边喃喃自语:"上坡变下坡,世人皆称奇。躬行去感知,归来不敢提。"怪坡是40年前当地一位丁姓老人无意中发现的,他傍晚开着拖拉机拉着建筑材料走到这段路下坡,拖拉机竟然走不动,反而往后退,仿佛有神力作用,老人好生奇怪,以为自己碰到了仙人或鬼。老人的儿子自然不信,第二天叫来几个朋友,都开着拖拉机来这里试试,结果一模一样,怪坡的名字就这样传开了,并由此名声大振。如今的怪坡,已成为度假区一处重要景点,也是马鞍山宣传自己的一张神奇名片。

最后一绝是钟鼓地,在心湖景区的西南面。陪同同志告诉我,钟鼓地目前道路不通,有待开发,只能远看,难以近观,"养在深闺人未识"。我们就来到心湖景区的紫径长廊上向西南眺望,也别有一番心境,白云悠悠,青山隐隐,松涛阵阵,凉风习习。陪同同志指着远处一座山说,在这座山前有个土丘,站在土丘上,用脚跺跺,地底下会传出声如钟鼓的奇异回声,由此得名。声音从何而来?不得而知。更多说法是跟明皇朱元璋的墓有关。土丘下面可能是墓,所以跺地才有回声。有说就是朱元璋的墓,当年朱元璋在南京死后,出殡时弄了多个出口,规模、仪式搞得一模一样,分不清哪个是真的,主要是防止盗墓。这里离南京很近,墓穴方向朝着南京,土丘后的山叫考山,谐音"靠山",土丘前是一个已被拆迁名叫朱村的村庄,从这些迹象看有点像。也有说是朱元璋的一座假墓,虽然他被埋葬在南京明孝陵,但当年朱元璋为自己建了不少假墓,此处是一个。还有说是朱元璋老婆的墓或他的嫔妃的墓。众说纷纭,但有一点可以肯定,钟鼓地的传说不会空穴来风,这里面一定有故事。正是这故事里的事,绽放着精彩,为度假区又增添了一分神秘,希望不久的将来,度假区能把这里打造成一个新的旅游亮点。蓦然,我心中生出一丝感慨:"孤丘卧山中,足跺闻鼓音。山脚遗朱村,疑是明皇陵。"

　　探访了千年古树、玉乳泉、怪坡、钟鼓地这"四绝",久久回味,确感神奇。虽然谜底未解,但从另外一个角度看,不解也好。因为一神奇一佳话,一神奇一文化,一神奇一魅力,能为游客留下茶余饭后的谈资和再来探寻的欲望,能为度假区增添丰富内涵和几多精彩。期待濮塘休闲度假区的"四绝"叫得更响,大胆赶上黄山的"云海、奇松、怪石、温泉"这"四绝"。

冬夜的雨山湖公园

冷月高空悬挂,湖面寒气袭人。冬夜的马鞍山雨山湖公园,虽然寒意十足,但依然像个冷美人,魅力诱人,吸引着广大市民前来放松溜达,有的赏景观灯,有的闲谈漫步,有的锻炼健身,俨然忘却了寒冷,洋溢着生机和幸福。

偌大的公园里,树木高耸,虬枝峥嵘,在不断变换着的彩灯照射下,树叶斑斓,树影修长,十分好看,寒风吹来,树枝摇曳,沙沙作响。一盏盏路灯,既像一个个小精灵似的,绽放着笑脸,钻进树木丛中,似与树儿私语,又亮化了公园的四面八方。朝西看,广阔的湖面上,水平如镜,倒影如画;湖四周镶嵌的数不清的彩灯,或明或暗,朦胧迷人,形成了红紫蓝绿黄的灯带,像是灯的海洋,煞是好看;湖岸边绿树成荫,柳条细垂,犹如多情的少女;长长的休憩长廊,造型别致,酷似江南水乡。朝南瞧,众多被亮化的大楼,非常抢眼,彰显了都市的底蕴风貌,形成了一道道亮丽的风景线,映入水面,楼影修长,仿佛海市蜃楼。特别是公园东南角被亮化的金鹰双子楼,像一颗非常耀眼的明珠,耸入云霄,不断变换舞动着的漂亮的画面,色彩斑斓,变幻莫测,仿佛是一场灯光秀,吸引无数人驻足观赏拍照,点缀了公园,提升了城市品位,又成为城市夜晚的地标。哇,冬夜的雨山湖公园别有情趣,秀色可餐,难怪人人都想去玩赏。

正是这般好风景,夜幕时刻才逢君。每当夜幕降临,华灯初放,公园里人来人往,各得其所。爱唱歌的,在湖边的休憩长廊里架起麦克风,面对清澈的湖面,激情歌唱,歌声悠扬,陶醉了自己,也感染了路人。年轻情侣,择一佳地,在长椅上耳鬓厮磨,窃窃私语,爱意绵绵。有的新婚恋人,出其不意,借着公园夜色美景,拍起了婚纱照,人景合一,美不胜收,留下难忘记忆。中年男女手拉着手,或行走在公园的林荫道上,或漫步在湖边的景观道上,边走边聊,时不时发出笑声,仿佛在寻回初恋的感觉。年长者则坐在公园的长凳上,一边漫不经心地赏着月色灯景,一边自由自在地拉着家长里短,夕阳无限好。更有不少遛狗的市民,牵着狗绳,做起了人狗赛跑、人狗争道的游戏,不过有惊无险。冬夜的公园就是幸福的乐园,人们放松心情,释放压力,憧憬未来,无拘无束,无忧无虑,无比快乐。

生命在于运动。公园里锻炼健身的人很多,人们呼吸着新鲜空气,浸润着丝丝寒意,放开四肢,舒筋活血,健身养体。快走的人,身板笔直,甩开膀子,大步流星,一路生风。酷爱跑步的人,竟然穿着短衫短裤,露着鼓鼓的肌肉,一闪而过,瞬间把路人远远甩在身后,近看汗流浃背,远闻气喘吁吁,让人心生敬意,感到"冬练三九"的不易。设有健身器材的地方,就是锻炼人的福地,人头攒动,吊手的吊手,压腿的压腿,弯腰的弯腰,一派热闹非凡、生龙活虎的景象。更有意思的是,公园里活跃着一支由二三十人组成的市民健走队,每晚准时出现,成为一道亮丽流动的文明风景线。他们统一着装,一字排开,领头的腰挎一个播放器,不断播放着《运动员进行曲》《打靶归来》等,为快走助威,统一着大家的步伐节奏,行进间还高呼运动口号,甚是吸引人,有些路人受到感染,情不自禁地加入其中,跟着健走的队伍一起走。

冬夜的雨山湖公园,一派"疏影横斜水清浅,暗香浮动月黄昏"的意趣,扮靓了诗城,因为其漂亮、惬意、热闹,所以市民心向往之。是啊,城市不能没有公园,市民不能没有公园。

秀山湖之"秀"

秀山湖是马鞍山市城东的一个人工湖,离中心城区 10 多公里,与中心城区大名鼎鼎的雨山湖东西遥相呼应,现位于马鞍山城市副中心秀山新区境内。

该湖形成已有二十几年,有点"历史"了,很多人说不错,我虽然多次路过,但从没有驻足细细看过。一个阳光明媚的下午,我突发兴致,决定去那里观湖,一睹它的风采,寻找快乐。

信步于湖边的一个广场,放眼望去,秀山湖挺美,山水相映、诗情画意,像一个妩媚的少女,就像它的名字一样。如果要问它秀在哪里,观湖思忖,答案呼之欲出:秀在美景,秀在人文,秀在未来。

秀在美景。虽说它是个人工湖,但一点也不比自然湖差,甚至比自然湖更美,因为它有人工的着意造化。湖面有数百亩,远看像位少女,婀娜多姿,静静躺在那儿,挺漂亮的。湖中有一小山,"浮"在水中,山水相映,相得益彰,倘若是春天,一定有一种"白银盘里一青螺"的意境。湖水澄清,如镜照人,微风徐来,碧波荡漾,在阳光照射下,波光粼粼,满湖闪"金"。湖面上数只野鸭自由自在地游着,或扎入水中,或随波游动,煞是可爱。偶尔还有几只白鹭飞来飞去,时不时与湖面来个亲吻,给湖面增添了几分情趣。湖边黄色的芦苇亭亭玉立、亲密无间,微风拂过,摇头晃脑,仿佛给游人打招呼。参差不齐的高楼环湖而立，楼映水中，犹如海市蜃楼，一派都市气息。湖四周建了许多小广场、跑道以及跨湖栈道，供游人赏湖、拍照、锻炼等等，建设得挺全面的；岸边栽种了许多花草树木，清新了空气，又让绿色环抱了湖面，给湖平添了几分秀气。四周环境静谧幽雅，置身其中，仿佛世外桃源，很怡悦……这就是秀山湖的景色，你说秀不秀？

秀在人文。秀山湖位于秀山新区，而秀山新区又位于马鞍山市东边，紧挨濮塘国家森林公园，与南京相邻，位置优越且独特。这些年，秀山新区发展很快，一跃成为城市的副中心。新区内，房地产、互联网产业、楼宇经济、商贸企业等发达，经济日趋繁荣。高楼大厦拔地而起、比肩接踵，吸引了本地和外地市民纷纷购买，虽房价不菲，但购买力火热不减，购房者大多是奔着新区未来和秀山湖魅力而来的，如今也是人口集聚、人气旺盛。而秀山湖就像一颗璀璨明珠，镶嵌在新区内，给新区这片热土披上了漂亮外衣，增添了秀色，平添了人文景观，使人气暴涨。环湖四周，还有高铁站、奥体中心、秀山医院、名牌学校等等，道路四通八达，交通十分便利。新区内既充满现代都市气息，又充满人间烟火气息，更有人们放松心情、休闲游玩的好去处。人们累了，可以来湖边走一走；人们压力大了，可以凭湖眺望，释放压力；人们想运动了，可以来湖边跑步，或者在湖边广场跳舞；人们想亲子游时，可以环湖看看风景……这是秀山湖的人文"秀"。

秀在未来。随着马鞍山市"东扩南进"发展定位的推进、与南京都市圈的深度融合、濮塘风景区的建设发展，秀山新区位置越发重要，它东靠濮塘风景区，西接马鞍山主城区，北临南京，未来的发展空间和潜力很大，是马鞍山经济增长的福地，是科技含量高、新兴产业的集聚区，是人口大幅提升的集中区，充满无限生机和活力，产城一体化，宜业又宜居。秀山湖置于其中，如同新区的掌上明珠，充满巨大吸引力和无限魅力，并且会随着新区发展而增添新的景观，湖会变得更人性化、更漂亮、更有魅力，给人惊喜和放松,一定可以助力新区未来发展,可以吸引四方来客,未来可期,无限美好。这是秀山湖的另一种"秀"。

啊,秀山湖,说你秀堪称名副其实,因为你好比美化新区的"白菜心"、促进新区发展的"助力器",是造福百姓的新福地。

初识叶家桥

早就想看看博望区境内古桥叶家桥,想一睹它的"尊容",想了解它背后鲜为人知的故事,在冬日一个阳光明媚的下午终于如愿,与几个朋友一起驱车前往。

朋友Y君熟悉叶家桥,我一上车,就迫不及待地问他是否知道路怎么走、桥是什么样……迫切、喜悦之情溢于言表。Y君告诉我,路线他熟悉,至于桥,一会儿看了就知道了。顺着当涂到博望的省道往前走,在省道边立起的一个写着宝义村的牌子的岔口左拐,就走入了村级小道。虽说是村级小道,但富起来的新农村,路况很好,水泥路面,还有绿色护栏,可与省道媲美而又遥相呼应。遗憾的是路有点窄,七拐八绕的,路过的村庄比较多,故车开得有些慢。

也好,车慢行可让我一览新农村的风光,黄色的田野、绿色的菜地、清澈的水面、漂亮的村庄,在阳光的爱抚下,宛如画一般美。新农村的景色如此之美,让我迫切、喜悦的心情又增添了几分,心里不禁暗暗道:叶家桥,我来了,虽然我们从未谋面,但就像老朋友,久违了。

开了二十分钟左右,终于接近叶家桥,我兴奋的心情也莫名高涨。在一个名叫叶家桥的小村庄,我们的车停下来了,步行几十米就能看到我心仪的叶家桥。

一下车,我三步并作两步往前走,急切地想先睹为快。瞬间我像个孩子兴奋地欢呼:看到了、看到了……远远望去,古桥气势磅礴,横跨河上,连接着东西两岸,颜色是灰褐色的,造型是拱形的,就像一个饱经风霜的老人,皮肤不再光滑,腰也累弯了,我心里顿感它的沧桑,同情它的辛劳。走近一看,虽然没有我想象的那么伟岸,但实实在在是一座小巧玲珑的古桥,建造得精细牢固、古色古香。桥全长只有几十米,宽七八米,典型的石拱桥,连接了两岸,河水阻隔不了两岸人们的交往;桥面是条状青石铺就的,一块挨着一块,经年累月,有些斑驳,就像古城里的道路;桥两侧是几十厘米高的护栏,也是条状青石砌成的,有趣的是每个护栏柱子上有石雕的虎、狮之类的动物,这恐怕是古桥的特点;桥两端有一些古树,与古桥相得益彰,陪伴并护佑着古桥;桥下有五个拱形大孔,从侧面看,很气派、很好看、古色古香,既畅通了水系,又方便了运输;还有四个一头尖、一头方的长方形桥墩,像四个大力士,数百年来默默无闻地承载着桥体,保证了桥体和行人的安全。桥墩为何一头尖、一头方呢?我悟了半天,才得出结论:尖的那头是河的上游,便于水流淌,减少了水流对桥墩的冲击,维护了桥墩的安全。我不禁为古人的智慧而赞叹。再往下看,就是不太宽的丹阳河,河面漂浮着绿色植物,由于是冬季,水很浅。这就是我惦记多日的叶家桥,用一个字概括就是"古",古在沧桑,古在质朴,古在实用。我站在桥上,左看右瞧,品味着桥的古韵,穿越时空想象着当年的逸闻趣事、繁华和繁忙,迟迟不愿离去。

叶家桥是哪个朝代建的?谁建的?有什么故事?这一系列问题,我很想探个究竟,观其外,更要知其内,以便日后能讲好叶家桥的故事。我正困惑着,猛然看见桥的东端立了一块黑底白字的碑,碑上的内容一一解开了我的困惑,真是"得来全不费工夫"。碑题就叫《叶家桥》,碑文是这样写的:叶家桥,横跨丹阳河,是历史上当涂到溧水官道上的重要桥梁,长44米,高8.5米,宽8米,建于明代弘治年间,工艺精细,气势磅礴,有"江东第一桥"之誉。据传为当地叶员外所建。桥竣工之际,貌美如花、心地善良的叶员外的独生女,为免老父之忧,为保大桥千年永固,投身丹阳河献身祭桥,当地村民为永世感戴叶员外父女功德,将叶家村也改名叫叶家桥。哦,原来如此。我不禁在心里感叹:叶家桥啊,你历史悠久,经历了400多年的沧桑洗礼;你功能重要,便利交通;你建造精细,遐迩闻名。叶员外父女故事感人,人们当永世不忘。

叶家桥虽不及赵州桥那样出名,也不像广济桥那样雄伟高大,但无论是外观还是内涵,都有它独特的一面,有它令人称道的个性,叶家桥就是叶家桥。

如今的叶家桥坐落在马鞍山市博望区新市镇叶家桥村,依然发挥着连接东西两岸交通的作用,早已成为省级重点文物保护单位,也是新市镇、博望区乃至马鞍山市的一张亮丽名片。新市镇素称"米酒之乡",因其叶家桥有"江东第一桥"之誉,遐迩闻名,故新市镇米酒商标也注册为"叶家桥"米酒,以名彰名,果然不凡,其米酒已享誉长三角区域,富了一方百姓,这是古桥带来的经济效益。

据了解,当地政府视叶家桥为宝贝,十分注重保护维修,还对桥下的河道进行清淤、驳岸,让人们记住历史、记住乡愁,让古桥焕发勃勃生机,释放无限价值。

初识叶家桥,识得了古桥一番古韵、一番魅力,更识得了"新",新在新农村日新月异的变化,如此,乡村振兴的路还远吗?

长江不夜城游考

马鞍山长江不夜城名字大气,又充满浪漫情怀,听起来很有诱惑力。这可能是决策者们的一种心理预期,希望早点打造成人气爆满的网红打卡地,更是一种远见卓识,希望高水准开发运营永不落幕。

为一探去年底才对外开放的长江不夜城,2023年元旦那天,我慕名前往,游考了一个下午,直到华灯齐放,绚丽多彩时才离开,领略了它华丽而惊艳的"面容"。

马鞍山长江不夜城位于采石矶公园北门旁,坐落在长江之滨,与采石矶公园、滨江公园乃至薛家洼生态园连成一体,遥相呼应,抱团成景,相得益彰,给了旅游者们"玩就玩个痛快"的广阔空间、无限遐想。先不说不夜城之景,仅仅紧挨着的采石矶公园就了不得,它是个AAAAA级公园。公园内,秀丽不高的翠螺山被长江环抱,山水相连,气度不凡,山上有著名的太白楼、李白纪念馆、三元洞、赤乌井、三台阁等景点,每一个景点都有一段历史传说、文化传奇,让你仿佛穿越时光,可谓历史悠久,文化厚重。附近的滨江公园绵延数公里,临江而建,岸上草木葱茏,江上船只点点,让你一览无余地领略长江盛景,成为市民和游客休闲度假胜地。稍远的薛家洼生态园是习近平总书记曾经视察并充分肯定过的地方,是近年来马鞍山整治长江生态环境的经典之作,让昔日"脏乱差"的薛家洼华丽转身为人见人夸的生态园,不仅"江水共长天一色",岸边环境更是如诗如画,美不胜收,让人陶醉得流连忘返,"人民保护长江,长江造福人民"变成现实。在濒临长江的这块福地上,本就有这么多公园景点,现在又增添了长江不夜城这一神来之笔,岂不是珠联璧合、锦上添花?

我一踏进不夜城,便感觉热闹非凡,内心无比震撼,仿佛游览长江胜景、逛迪斯尼乐园,又仿佛逛小吃风情一条街,目不暇接、香味扑鼻、人流如织。可能大家与我一样,图个新鲜,饱个眼福,毕竟刚刚开业,先睹为快嘛。不夜城很大,占地134亩,面积近90000平方米,街区总长1100米,有点一望无际的感觉,一圈转下来,人还是比较累的。走进不夜城左拐,朝北有一面长长的、高高的风光无限的围墙,墙面运用现代科技及灯光艺术,把长江流域11个省市、自治区的文化、自然风光、历史传承等进行了全方位再现,从拉萨的布达拉宫开始,到上海的东方明珠结束,有重庆的朝天门,有湖北的黄鹤楼,有湖南的岳阳楼,有安徽的太白楼……活灵活现、栩栩如生、让人赏心悦目,犹如《清明上河图》;墙下是体现11个省市、自治区的文化特色产品的店铺,应有尽有,观购两便;对面则是一片明清建筑风格的小吃店铺,11个省市最著名的小吃在这里应有尽有、美味飘香,令人垂涎欲滴,想吃什么都能满足。你每走一步,既可感受一地自然风光,又可体验一地文化特色,还可品尝一地美味。我驻足这里良久,细观细品,不愿离去,仿佛置身于长江流域,看自然风光、赏风土人情、品美味佳肴,长江文化尽显其中。朝南看,不夜城里高高竖立着许多类似船帆的建筑,顶端是飞檐的黄色的牌坊造型,下面是整齐划一的绿色灯笼,中间是"长江不夜城"五个大字,还有不少五颜六色、造型各异的门楼,与"船帆"浑然一体,置身其中,仿佛人在船上行。城中央有一个巨大的露天圆形水池,无数喷泉伴随着美妙音乐和绚丽灯光,时而腾空升起,时而缓缓下落,此起彼伏,多彩夺目,好听、好看。水池旁边,有一些纵横交错、绵延逶迤的水渠,与水池连成一片,尽显长江韵味。不夜城里,古代文明与现代科技有机融合,既有明清风格的牌坊店铺,又有现代科技体验的各种场所,如时光隧道、哈哈镜等等,既有适合小孩游玩的各种游乐设施,比如恐龙、飞船、火车等等,又有适合年轻人观看的各种艺术表演,比如杂技、演唱、彩车巡游等等,还有适合各个年龄段享受的风味小吃,累了饿了可以歇歇脚、喝喝酒,一饱口福,古今合一,老少咸宜。夜幕降临时,华灯齐放,各个景点在灯光的装点下,别有韵味,五彩缤纷,如梦如幻,尽显风流,美不胜收。还有那旧式的小火车,非常有年代感,满身是"灯彩",既可载客,又是一道流动的风景。要看不夜城的美景,最好晚上去。在不夜城中,长江流域文化,特别是马鞍山地域文化极具特色,比如1958年毛主席视察过的马钢高炉也被搬进了街区,毛主席对马鞍山的题词十分醒目,马钢的驰名产品也有呈现,比如车轮轮毂、H形钢等等,堪称点面结合。这就是我初次走进长江不夜城的所见所闻所感,因为刚刚建成开放,所以还有一些设施在建,相信不夜城的未来会更好。

　　行文至此,本该画上句号,可文章题目中除了"游",还有"考",故而还想赘述几句。我游过后有两点思考:一是既然定位长江不夜城,就应该在长江、不夜城上下功夫,千方百计突出主题,增加长江内涵,厚植文化底蕴,强化不夜城特色;二是不夜城布局目前显得有点乱,除了那一面高墙形成的长江文化街区比较有美感、有品位、有内涵外,其他地方似乎不成体系,如果不看到处都写有"长江不夜城"之主题的话,会误以为这就是一个儿童游乐场,或者是一个风情小吃街。同时还缺少导游路线、重要景点介绍、旅游休闲区等等。所以,强化主题,增加文化内涵,合理规划街区,提升品位档次,加强人文关怀,让人有所收获,等等,这些应该成为长江不夜城今后的规划方向。希望长江不夜城永葆青春之花,形成无限魅力,能够留住人,能够让人看了还想来,真正成为马鞍山一张亮丽的文化名片。

探访"中国富硒第一村"

"中国富硒第一村"地处安徽石台、东至、祁门三县交界地,是AAAA级仙寓山风景区内的重要景区。从行政隶属关系上说,这个第一村属于石台县仙寓镇的大山村。大山村的山很漂亮,系黄山西脉,仙寓山还号称皖南第四高峰,又被称为仙人居住之地,名气很大。这里之所以"藏在深山人皆识"、遐迩闻名、游客如织、人来了想住下、人走了还想再来,是因为大山村群山环抱,峰峦叠嶂,山溪清澈,瀑布如弦,峡谷奇特,钟灵毓秀,具有原始生态特色,无任何污染,用"青山不墨千秋画,绿水无弦万古琴"形容,甚为恰当。大山村的空气特好,负氧离子含量高得惊人,1立方米高达140000个,是地地道道的天然氧吧,一呼一吸感到格外惬意、十分陶醉,让人忍不住驻足想多吸几口。更重要的是,大山村硒含量特别高,全国罕见,号称"中国第一",而硒对提升人的免疫力有巨大作用,到这里吃富硒饭菜,喝富硒茶水,自然有不寻常的养身健体功能。早就听说来这里既能看美景,又特别适合修身养性,于是,想亲自体验一下。耳闻不如躬行,怀着好奇心,前不久,我们几个人驱车近300公里,进行实地探访,想一探究竟。

从马鞍山出发,上高速,经铜陵,过池州,便进入石台,高速路很好走,风驰电掣,挺爽的。但再往前走,便是省道、县道、乡道,甚至是险象环生的盘山公路,还时不时遇到修路护坡,路难走多了,需要全神贯注,格外谨慎,让人有点提心吊胆。

中午时分,我们顺利到达了一个叫李村的一户民宿中,这家民宿是由熟人引荐的,一路上,民宿的老板娘不断催问我们到哪里了,生怕我们不去了。去了才知道李村环境差,村子小,离景区远,出去玩,需要翻山越岭,爬上爬下,很不方便,很累人,游客稀稀拉拉,到了晚上,蛙声一片,吵得人彻夜难眠。幸亏下午在游玩途中巧遇许多南京游客,他们说住李村不好,王村才是最好的,那里离景点近,环境幽雅,静谧得很,是游玩的最佳地点,也是养生的王牌之选。

初来乍到,一切茫然,但白天的麻烦和晚上的难眠,迫使我们"离李去王",尽管有点半信半疑。第二天上午,我们委婉地与老板娘告别,离开了李村,再驱车环山盘旋,七拐八绕,终于在王村找了一家民宿住下。

不比不知道,一比才知道王村果然名不虚传,堪称村中之"王"。据了解,大山村硒含量多的有三个村民组,分别是李村、王村、洪村,论自然资源、禀赋条件,数王村最好。所以,王村游客很多,很热闹,人气很旺,仿佛是大山里的都市。

王村的民宿家家都是三层左右的楼房,徽派风格,装修漂亮,设施齐全,家里打理得也让人格外舒服。民宿的名字大气响亮,如江南驿站、富硒人家、硒望山庄等等,牌匾大小统一,古铜色底子、烫金大字,古色古香,吸人眼球。村子比较大,房屋密度高,大多数情况下房子与房子之间只留下了窄窄的通道,不少房子还建到了半山腰,掩映在绿海中,像洋房似的。村子里的路不是水泥路就是青石路,融古今一体,得古今意趣。停车场虽然有好几个,但容不下四面八方游客的车,导致路边的车停得到处都是,可谓见缝插"车"。游客大多来自本省和周边,以皖苏最多,在那里到处都能听到家乡口音,仿佛都是故人。村子里农家超市颇多,卖水果、酒水和山里特产等,尤以富硒米、富硒茶为多,靠山吃山,应有尽有,基本满足游客需要。

王村离各个景区都很近,自然条件好,属于"天生丽质",游客来来往往、比肩接踵。这里空气清新,是典型的天然氧吧,负氧离子含量在电子大屏幕上会不断滚动、更新,让你情不自禁地深呼吸几口。山上植被茂盛,山下溪水潺潺,随处可见峡谷、瀑布,景观自然,造型奇特,仿佛人在画中游,你需要放慢脚步,细细咀嚼、慢慢品味。山溪流淌不息,因为含有硒,游客免不了用手掬水,或光脚下水亲密接触。山中的峡谷,鬼斧神工,谷深溪长,水澄如翠,名为"神谷"。还有一个很洋气的景点叫"一帘幽梦",山体仿佛一面倾斜的墙,山上溪水一泻而下,形成瀑布状幕帘,颇有情调,名副其实。离王村稍远处,有个长亭立于半山腰,叫氧吧廊,游客静坐长亭,吸吸氧,外加小憩。长亭旁有个人字形的瀑布,两股清泉上合下开,一泻而下,景观奇特,吸引无数游客在此拍照。

王村的富硒米全国有名,梯田立在半山腰,禾苗长在白云间,采用有机种植,传统农作,山泉灌田,在中国优质稻米博览会上荣获金奖,成为与五常大米比肩的品牌。就是价格不菲,5公斤米要100多元。

王村的消费水平不高,价格便宜,包吃包住一个人一天不过百元左右,一般人都能消费得起。有美景看,有农家菜吃,有卡拉OK玩,住宿条件也不错,生活不单调,确是个修身养性的好地方,价廉物美,谁不喜欢?

王村民风淳朴,山里人很热情、和气。我们住的那个民宿,老板娘老是问你是否满意,生怕你不开心。村民早不事农作,都改做旅游,以此为生,接待八方来客。留意细看村民,个个精干,鲜有肥胖者,而长寿者占全村人口比例在全国数一数二,是出了名的长寿村。

来这里的游客,以中老年居多,基本没有40岁以下的。以养生为主,游玩为辅,修身养性两不误。倘若结伴同行,同吃同住,同游同乐,住上数日,神仙一般,快活得不得了。回程时,再带点地方特产,尤其是富硒水,那才叫玩得开心,满载而归。

我们这次在大山村探访只待了三四天,还不够深入,也不过瘾,但感受舒适,身心愉悦,相约有机会再来。这次探访,让我感受到"中国富硒第一村"名不虚传,的确是养心养身的福地,被誉为"仙寓之地"毫不为过。更让我感受到生态保护太重要,再一次证明了"绿水青山就是金山银山",村民在家门口就能致富,乐享美好生活。

米公祠里的故事

米元章是中国书法史上大名鼎鼎的人物,是北宋时期"苏黄米蔡"四大家之一。其书法植根晋唐,得王羲之笔意,书风遒劲,别具一格,乃后人学书典范之一。米元章晚年时曾任无为知军,为官清廉,勤政爱民。他去世后,后人在其军邸旧址上建了米公祠,以示纪念,现坐落在安徽省无为县城西北隅。

我是一名书法爱好者,也是米字的仰慕者。春风和煦的四月,我慕名前往无为县城拜访米公祠,想探个究竟。由于是初次去,又无熟人相伴,找米公祠颇费周折,问及路人,十有七八答不知。经过不断打听,七拐八绕,费了半个时辰,才找到米公祠。虽然有些欣慰,但心中还是有些不快。

从正门入向右拐,便见一座黑瓦木墙的房子,房子大门的上方写着三个烫金大字"米公祠"。进入房内,墙上悬挂的都是无为县古今名人的头像和生平简介,如古代神医章吉老、中国远征军将领戴安澜,推崇名人励志后人,很好。

米公祠的旁边有一个两层高的飞檐翘角的楼阁,名叫聚山阁。据传米公非常爱石,如醉如痴,为将自己的爱石珍藏起来,米公建了聚山阁。站在二层能登高望远,徜徉一层则能欣赏古意盎然、形状各异的石头。这些是不是米公当年把玩的爱石不得而知,但人们知道米公在无为有个拜石的传说,他经常对着一块形如老翁的石头朝拜,成为一段趣事佳话。

从聚山阁逐级而下,映入眼帘的景点有杏花泉投砚台墨池,更有赫赫有名的宝晋斋。这些景点相隔很近,相互呼应,几成直线,一景点一趣事一历史。杏花泉是一口老井,如今泉水不见,可推断当年定有美丽传说。投砚台居于墨池的中央,墨池本没有池,因为米公酷爱王羲之的书法,羡慕王羲之的鹅池,就建了这个池,在池中央又建了个亭子,米公闲暇时喜欢在亭中看书挥毫,但因为池中蛙声一片,米公很烦。一次,他灵机一动,在亭内写一"止"字于纸上,包一方砚台,投入池中,岂料蛙声立止,次日池水也变黑。或许是蛙有意,水有情,才有如此这般神奇。投砚台墨池由此而得名。如今人们在亭内、池边抚今思古,想象着当年的情景,还拍照留念,也算是乐事一桩。

宝晋斋是一座古老的房子,称得上是米公祠里的核心景点、文化瑰宝。因为米公视晋代书法为宝,更喜王羲之的书法,故他建了这个房子,取了个带有情感色彩的名字宝晋斋。房内碑刻林立,珍藏了晋唐以来历代名家碑刻150余方,不少是米公自己家藏的晋人法书上石,有些还是孤本。另有50多位书法名家的70多件法帖原件。这里堪称书法殿堂,不仅有王羲之的《兰亭序》摹本、钟绍京的《灵飞经》刻本,还有米元章、苏轼、黄庭坚、赵孟頫、祝允明、文徵明、董其昌的书法刻本。我徜徉在这一块块碑刻前,细细品味着有些模糊不清的石刻和惊蛇入草的书法线条,想象着这些书法大师挥毫的情景,心神荡漾,不愿离去。米公祠工作人员告诉我,最有价值的东西和精华就在这里。此话不虚,要倍加珍藏,使其流芳百世。

米公祠是文化瑰宝,犹如无为县的一颗明珠,昭示着这个县城的历史文化底蕴。虽然占地不大,还有些简陋,但祠内环境静雅,池水清澈,石板地青黑,桂花树飘香,修竹摇曳,亭台楼阁古朴,令人置身其中,流连忘返。可喜的是,无为县正在修缮、扩建米公祠,兴建米公广场,相信不远的将来,米公祠一定不再有难寻的尴尬,会进入"柳暗花明又一村"的境界,吸引八方来客,展现自己的魅力。

悬空寺真"悬"

悬空寺，顾名思义，悬挂于半空绝壁上的一座寺庙，全木质结构，远远望去，让人惊心动魄。它位于山西省大同市浑源县境内，与著名的北岳恒山融为一体，可谓珠联璧合。它始建于北魏后期，距今1500多年历史，物是"时"非，它至今完好无损，面貌如初，堪称千年不朽，令人叹为观止。2010年，它被美国《时代》周刊评为"世界十大最奇险建筑"之一，遐迩闻名。

盛夏的一天，我慕名前往游览。远观悬空寺，仿佛是刻在悬崖上的一幅巨大的浮雕，岩石是灰色的，寺是赭红色的，非常抢眼，状如一条栩栩如生的长龙，横卧崖上，龙头二层高，龙身三层，龙尾只有一层，十分气派。走近一看，你会瞠目结舌，惊出一身冷汗。这悬空寺恰好嵌在恒山翠屏峰（海拔2000多米）悬崖峭壁间，距地面起码几百米，下临奔腾不息的唐峪河，似乎岌岌可危，让人担心瞬间会倒塌下来，其实不然，这就是它的"悬"。整个寺庙结构奇巧、门廊相连、飞檐翘角、雕工精细，古色古香。寺对面是恒山最高的主峰天峰岭，海拔3000多米，与之遥相呼应，颇得"天门中断楚江开"的气势，又得"两岸青山相对出"的意趣，这建筑、这环境、这气势，让你不得不击节称奇险瑰丽，感叹我国古代劳动人民的聪明才智和建筑水平。

尽管时值盛夏，骄阳似火，酷暑难耐，但来自四面八方的游客依然比肩接踵，络绎不绝，汗流浃背的人们丝毫没有减少他们游玩的热情，争先恐后想登崖一睹悬空寺的真面目。因为悬空寺占地只有150平方米左右，景区出于安全考虑，对登崖的人实行了限流，一次只许上去120人左右，参观时间约20分钟。由于登崖游客太多，上去一次，排队可能需要2个小时，所以，寺下面是黑压压的人群。这么热的天，这么长的队伍，我虽然很想上去看看，但还是迟疑了，决定不凑这个热闹，就在寺跟前细细品味，再请一个导游帮助讲解，岂不甚好？俗话说得好：会看看门道，不会看看热闹。

我站在阴凉处，盯着眼前的悬空寺，导游开始了她的讲解，把悬空寺的前世今生、建设情况等等讲得一清二楚，揭秘了悬空寺鲜为人知的历史。我边听边问，觉得比登崖上去看强很多。导游告诉我，早在1000多年前，这里洪水泛滥，民不聊生，当地老百姓认为这里有水怪在作恶。为了降住这个水怪，一个名叫武福的人，自告奋勇地牵头募集资金，建了一个形如龙的寺庙，即今天的悬空寺，民间传说龙可以征服水怪保平安，所以才有了这个寺庙。原来如此，我不禁赞叹，自古华夏儿女多豪杰啊。我又不解地问导游："既然悬空寺是全木质结构，为何历经千年沧桑而不朽不倒呢？"导游说："你问对了，这里面确有玄机。当初建造时，所用的木头是我们当地经久耐用的铁杉木，而且经过了长时间的桐油浸泡，木料坚固耐腐；为了牢固，先在石崖上凿孔，放进木榫，然后把作为寺庙横梁的铁杉木的两端也嵌进石崖里，无缝对接，就像今天人们打膨胀螺丝一样，所以坚不可摧；为了防止常年日晒雨淋，保护好悬空寺，老百姓特意选择了翠屏峰石崖的凹陷处，寺庙伸进里面，外面就像打了一把大伞保护，你说悬空寺能不千年不朽吗？到了明代，又做了一次加固维修，这才有了今日之风貌。"我恍然大悟，打内心佩服古代劳动人民对悬空寺的选址、选材、建造，这不就是今天的大国工匠吗？因为没有登崖看，怕留遗憾，心有不甘,我又问导游:"在下面看与在上面看有没有区别呢?"导游哈哈一笑,说基本无异,只不过上去了,能看到悬空寺背面还有一些佛像、佛龛而已。接着,导游又补充说,别看悬空寺不大,但内涵丰富,它集佛、道、儒三教于一体,将力学与美学有机统一,所以遐迩闻名。我心想,悬空寺除了"悬",还有这么多学问,正所谓小小悬空寺,大大真学问。

悬空寺,为罕见木结构高空摩崖古建筑,凝聚了中国古代建筑精华,是华夏古老文明的杰出代表。寺庙上不在巅,下不在麓,依势就形伏于恒山的峭壁上,又面临深渊,既像玲珑剔透的绝美浮雕,又如凌空绝飞的仙界琼阁。李白到此一游,醉后即兴写上"壮观"二字,刻在石崖上;徐霞客到此造访,不禁赞叹为"天下巨观";今天人们络绎不绝来此一游,会异口同声直呼"真悬"。我为华夏这一灿烂文化遗产而骄傲自豪,祝福悬空寺生命之树常青,魅力光彩无限。

初见平遥古城

坐落在山西省晋中市平遥县的平遥古城，是我国历史文化名城之一，是我国四大古城（其余三大古城为云南丽江、安徽徽州、四川阆中）之一，是国家AAAAA级旅游景区，荣获"世界文化遗产"之誉。能够冠以这么多令人眼馋的头衔，足以说明平遥古城之神奇和魅力。

平遥古城，我神往已久。仲夏的一天，终于如愿以偿。初见古城，心动不已，宛如在观看一部绝美的古城电影，一切都是古的，仿佛穿越时空，恍如徜徉在古代城堡之中；再看古城，叹为观止，你会为它的古而惊讶，觉得它古得那样完整纯朴、那样酣畅淋漓，是渗透在骨子里的，用古色古香、古意盎然形容似乎也不及，难怪有无数丹青妙手来这里写生，有众多摄影爱好者来这里留下古美瞬间，还有那么多四面八方的游客来这里畅游。

虽然我去过云南丽江，更常到安徽徽州，但都没有平遥古城那样能打动我内心，似乎有一种"黄山归来不看岳"的况味。在平遥古城，初次一圈走下来，我不禁感慨万千，觉得平遥古城的古，古在历史，古在完整，古在纯朴，古在文化……

平遥古城始建于周宣王时期，为西周大将尹吉甫驻军于此而建。照此算来，距今已有2800多年历史，也算是历经诸朝，历尽沧桑，几乎集华夏春秋文明于一身。春秋时属晋国，战国时又属赵国，秦时设置平陶县，汉时设置中郡县,北魏时改平遥县。由于位置特殊,乃四省通衢之地,自然成为北方要塞重镇,兵家争夺之所。明初,为防御外族南扰,修建了气势恢宏的城墙,总周长达到6000多米,墙高10米,底宽8—12米,顶宽2.5—6米,城墙由墙身、挡马墙、垛口、城门等组成,城墙的雄伟壮观由此可见一斑。清初,又筑建了四座飞檐翘角的大城楼,使古城更加绽放光彩,其中高大的市楼成为古城的最高点。所以,论及古城历史,悠久灿烂,源远流长,鲜有可比,这厚重的历史使古城古意大放光彩,古迹古物众多,刻在城墙上,写在民宅里。

今天的平遥县城一分为二,可谓古今两个世界。一边是颇具现代化的县城,宽宽的马路,高高的楼房,长长的绿荫,川流不息的车辆,具有现代性,与其他县城基本无异。一边是古意盎然的古城,也就是人们常说的平遥古城,虽然古城总面积只有2.25平方公里,但在当时历史环境下也算不小了。四面的城墙是封闭式的,俨然列队的卫兵守护着古城。城墙内,分布着4条大街、8条小街、72条小巷,纵横交错,将古城分割得整齐周正、错落有致,你随便走也不会迷路。街巷两侧是鳞次栉比的店铺和民宅,房子是砖墙瓦顶、飞檐翘角、木雕门窗,整齐划一,明清风格。除了四条大街外,其余街巷不太宽,但地面都是清一色的青条砖,光滑发亮,走过了一代又一代人。在街巷交汇处,还耸立着一些高高的古楼,大小高矮不一,给古城的古意增色不少,其中以南大街的市楼最高,最有代表性,使古城呈对称分布,城隍庙、县衙等古迹分东西而立,方便了游客的游玩。站在城墙上鸟瞰古城,尽收眼底的是一幅优美耐看的古民居画,是那样整齐划一、风格统一,你会情不自禁直呼太漂亮了,难怪吸引了那么多画家、摄影家来此造访。平遥古城是迄今为止中国保存最完整的古城,几乎完好无损地还原了历史,为了保护古城,如今的古城已改成了步行街。

平遥古城的古,不光体现在古城墙、古高楼、古民居、古街巷上,还体现在市井生活烟火味上。街巷两侧的店铺一个挨着一个,幡旗飘扬,大红灯笼高高挂,经营的大多是古玩、古装、陈醋、米酒和其他日常百货,经营现代化产品的店铺寥寥无几,复原了古城古代的人间烟火气。行走在大街上,常常能闻到那酸溜溜的陈醋味,看到一个又一个身着古装的人,听到不绝于耳的叫卖声,置身其中,倘若你忘记自己的游客身份,宛如身处古代。我用餐的饭店叫天元堂,房子是古老的,台子、凳子是古老的,就连饭店伙计的穿戴也是古老的,头戴红边黑圆帽,身穿带花纹的黑衣,男士还留了小辫子,我无心用餐,倒有心看伙计了。可见,平遥古城的古,是彻头彻尾的、纯朴无瑕的,目及之处,一派古意。

平遥古城的文化底蕴如同它的历史一样厚重。从古城地貌看,古城像个龟,南门是头,北门是尾,东西四座城门是四条腿,城内纵横交错的街巷是背上的龟纹,所以平遥古城也叫龟城,寓意古城能够平安长命,这是典型的中国传统文化。从文物上看,一土一木背后皆是说不完的故事,最具代表性的有文庙、关帝庙、城隍庙、清虚观,以及全国现存规模最大的县衙等。所幸我参观县衙时,还看了一出县官断案的戏,演得活灵活现、引人入胜,观看的游客摩肩接踵,全然忘了炎热。从老字号看,这里的陈醋和酒久负盛名,山西的老醋、汾酒至今人们依然无比喜爱。但更为可贵的是,这里是晋商的发祥地,不知道从这里走出去了多少晋商。这里开民族银行业的先河,最具代表性的是日升昌票号,它是由富商李大金出资,与总经理雷履泰共同创办,一度操纵19世纪整个清王朝的经济命脉,其分号遍及全国30多个城市乃至欧美、东南亚国家,以"汇通天下"著称于世。看到这个古迹,我会意地笑了,无巧不成书,我的名字居然与之相似,颇有点自豪感,赶忙拍照留念。这里还是中国"镖局"的发源地,镖局相当于民间武装,可以保镖人、财、物等,但随着时代的发展,镖局寿终正寝,虽然存续时间不长,但为古代保障经济流通发挥了不可替代的作用。从传统文化看,店铺两旁都有木质对联,内容多为告诉人们怎么为人处世;木雕、石雕非常多,精细考究,不输徽州……总之,平遥古城是地地道道的文化古城。

　　初见平遥古城,印象深刻,记忆美好,只能写下只言片语;倘若有机会再见平遥古城,一定会说出更多更多的精彩故事来。

拜水都江堰

"拜水都江堰,问道青城山。"这是余秋雨先生的名句,说得多妙。国庆假期,我首次游览了都江堰,对这句话有了自己的理解,认为它恰到好处,高度凝练,非常精彩。

都江堰属于成都市管辖,城市幽静大气,著名的都江堰水利工程就在此地,成为这座城市的典型标识和名片,城市或许因此得名。紧挨都江堰的是一座田垒山,不算高,但植被茂密,蜿蜒连绵;另一侧则是道教圣地青城山,离都江堰稍远,巍峨雄壮,绵延数十公里,可以问道,青山不老。

初看都江堰,江水清澈奔腾,青山碧绿相对,山水锦绣,既得"青山隐隐水迢迢"的意境,又是一幅天然的山水画。眺望青城山,对"问道青城山"有了自己的理解,因为青城山是中国著名的道教山,道教充满思辨和哲理,所谓"道法自然"也,倘若经常"问道"于此,定能增智得慧,受益满满。而俯瞰都江堰,对"拜水都江堰"该怎么理解呢?

从游览后的感受中,我似乎隐隐约约找到了些许答案。

"拜",在字典里有多种释义,但我以为这里的"拜",应该是表示敬意和祝贺的意思。在我看来,"拜水都江堰"至少包含以下三层意思:

第一,是对水的品格的致敬。水是万物之灵、生命之源,无私地滋润着这个世界。如果没有水,所有生灵都将无法生存,那将是多么可怕的事情。我们不能没有水,更要爱水、惜水。都江堰的水,2200多年前就滋润了缺水的四川大地,造就了天府之国,利及千秋万代。水又具有宽广胸怀,能够包容万物,发人深思,给人启迪,"海纳百川""智者乐水""上善若水,水善利万物而不争"等,都是对水的优秀品格的经典赞美,我们要致敬和学习水的这种品格。由是观之,"拜水"必要,理所当然。

第二,是对举世闻名的都江堰工程的尊崇。都江堰工程始建于公元前256年,距今已有2200多年的历史。那个时候,巴蜀大地异常缺水,今天的成都平原水系都是从都江堰引入的,如果没有都江堰,成都平原乃至更广的地域将不堪设想,何来地灵物阜、天府之国?都江堰工程虽然具有2200多年历史,但仔细考量,科技含量令人叹为观止,至今闪耀着智慧之光,颇像今天的"南水北调"工程,充分彰显着古代劳动人民的聪明才智,李冰这位了不起的大师,举世闻名。

去都江堰前,以为这个工程是个水库或大坝之类,去了才知非也。都江堰工程,是将上游岷江源源不断的雪水和冰水引入,利用三大工程导入巴蜀大地,福泽人民。而岷江的水可谓取之不尽,用之不竭,毛主席有诗句作为佐证:"更喜岷山千里雪。"这三大工程其一是鱼嘴,顾名思义,这个工程就像个鱼嘴,而且像鳄鱼的嘴,它将上游岷江的水在这里按比例一分为二,分别流到外江和内江(原来只有外江),分流到外江的水最终流入长江,而分流到内江的水则流入了急需水源的巴蜀大地,这是非常关键的一步,内江功不可没。所谓"按比例",就是在旱时内江水可占六成或八成,好让上游岷江水充分流入巴蜀大地,实现"久旱逢甘霖",而涝时内江水则只占四成或两成,确保巴蜀大地不会洪水泛滥。2000多年前,古人就有这样的智慧或者叫科学思维,建设得如此巧、妙、全,你不得不佩服、赞许、惊讶不已。其二是飞沙堰,上游的水免不了"泥沙俱下",为了保证水质,内江的水在这里被截留沙石,沉淀过滤后再向下游进发,确保灌溉和饮用无忧,并每隔几年就清淤一次。拿今天的话说,这是一个去污工程,何其有前瞻性。其三是宝瓶口,宝瓶口是将田垒山活生生地开了一个宽约80米的口子,口子一侧是田垒山,另一侧是离堆山(意为从田垒山分离而成),经过上面两个工程处理后的水,快速地从宝瓶口不断流入巴蜀大地,这是一个重要的入水口,故谓之宝瓶口。宝瓶口的水,奔腾不息,一泻千里,又分成若干水系,流入巴蜀大地,福泽万物和生灵,彻底解决了巴蜀大地缺水问题。可见,都江堰工程不是一个简单的工程,而是一个科技含量极高的系统工程,三个环节缺一不可,相辅相成,如此鬼斧神工,让人难以想象当初古人是怎么设计的,又是如何建成的,打内心赞颂古人的伟大。当然,都江堰工程在历代都有改建维修,确保安然无恙,为今所用。

今天的都江堰上,还建有几座吊桥,供游客观赏,与都江堰亲近;田垒山上,建有观阁台,可以让游客居高临下地俯视,一览无余地观景;所建的少许庙宇,意在祈祷护佑都江堰能够造福人民万年不倒。如今的都江堰气势恢宏,水流奔腾,硬件过硬,景色宜人,不仅造福于民,也成了一个旅游胜地。

第三,是对李冰忠于职守、造福于民的歌颂。都江堰是李冰的旷世杰作。当时,李冰任蜀郡太守,看到巴蜀大地那么缺水,想到上游有水而用不上,很着急,于是,他运筹帷幄,大胆规划、设计、建造了都江堰工程,耗时数年,让巴蜀大地成为天府之国,人民再无用水之忧。拿今天的话说,他是一位极富远见又有才干的好领导,为官一任,造福一方,功在当代,利及千秋。2000多年前的李冰,创建了如此举世闻名的工程,而且世代享用,我们没有理由不尊崇他的伟大创举,没有理由不歌颂他的千秋伟业,没有理由不向他学习致敬。所以,在今天的都江堰,到处能看到"智慧李冰"的赞美之句;在今天的四川,人们誉李冰是"四川大帝",我认为一点也不夸张,真应该对他顶礼膜拜,世代歌颂。

目睹都江堰,我的内心像都江堰的水那样奔腾不息,我们无法还原历史、想象当初,唯一想到的是要感谢李冰的创举,感谢历史的馈赠。如今的都江堰山清水秀,既成为旅游景区,又继续发挥着灌溉功能,而且荣获了世界文化遗产、世界灌溉工程遗产、国家AAAAA级景区等称号,你不认为名副其实吗?你不虔诚地"拜水都江堰"吗?

是武侯祠还是汉昭烈庙？

成都有个历史文化景区叫武侯祠，是宣传诸葛亮功绩的，遐迩闻名，去成都的人必去游览。奇怪的是，我从大门入，却没有看到武侯祠牌匾，只看到了蜀汉皇帝刘备汉昭烈庙的牌匾，这是为什么呢？这里到底是武侯祠还是汉昭烈庙？

带着这个不解，我就地请教了一名导游，试图请他帮我解开这个"疙瘩"。

导游说："你这个不解可以理解，大多数游客都会问我这个问题。现在，我明确告诉你，叫武侯祠或汉昭烈庙都可以，一点不矛盾，因为这里面既有诸葛亮的遗迹，又有刘备的遗迹和陵墓，是全国唯一一个君臣合祀祠，等你参观完后，你的'疙瘩'就会烟消云散。"

跟着导游的步伐，一边移步换景，一边听他即兴讲解。我们从大门汉昭烈庙入，见到一个不算长的甬道，甬道两侧树木葱郁，最有代表性的文物是两块石碑分立左右：一块是唐代碑，为唐大臣裴度撰文，是记录诸葛亮功绩的；一块是明代碑，是记录汉昭烈庙来龙去脉。导游说："这两块碑告诉我们两件事：一是武侯祠在先，早在唐以前就有；二是汉昭烈庙是在明代才将君臣合祀、'合二为一'的，之后，在清代又有修葺扩建。"只见石碑上的文字密密麻麻，斑驳陆离，透出厚重的历史感和沧桑感，我只能听而无法细品也。

过了这个甬道,进一古色古香之门,门额上书"明良千古"。导游说,这四个字最能反映刘备忠厚仁义、慧眼识才。是的,刘备弘毅宽厚,求贤若渴,百折不挠,终成帝业。"桃园三结义",他幸得关羽、张飞二虎将;"三顾茅庐",请年仅27岁的诸葛亮这个旷世奇才出山,辅佐他建立了蜀汉政权。他从当初的形单影只,到后来身边聚集了一大批文韬武略之士,靠的就是"明良千古"。甬道两侧皆是辅佐刘备建立蜀汉政权的文臣武将、风云人物之塑像及简介,文有庞统、姜维等,武有关羽、张飞等,都是蜀汉政权的核心人物,个个气宇轩昂、栩栩如生,很好地诠释了刘备的"明良千古"。看完这些塑像,我从内心感叹,得天下,要得人心,更要得良才,刘备就是例证。

过了这个门,又进一古色古香之门,门额上书"业绍高光"。导游说,这是讴歌刘备建立蜀汉大业功绩的。我深有同感。当初,曹操"挟天子以令诸侯",占据北方,得天时地利,实力雄强;孙权占据江东要地,有天堑可赖,实力不凡。只有刘备东窜西突,得荆州、益州(今四川一带)后才立足,是在劣境、弱势中得蜀而三分天下的,是三国中最弱小的,其成功来之不易,给他"业绍高光"的评价不过分。门里面便是刘备帝镀金身的坐像,他身体微胖,头戴帝帽,双手于胸前,面容安详,福相无边,目光正视前方,颇显帝王霸气,坐像下书有"汉昭烈皇帝"几个大字,让游客见事见人,一睹刘备风采。刘备坐像一侧还立有其孙子的坐像,陪伴他左右。我问,为何不是他的儿子而是孙子?导游说,众所周知,刘备的儿子是阿斗,即位后昏庸无能,投降后"乐不思蜀",而他的孙子却很有骨气,绝不投降,最终以身殉国,故立之。我恍然大悟,原来是这样。是的,没有骨气、节义的人怎能入这个门?

再往后参观,就到了武侯祠,门头显然要比刘备的祭庙矮,古代非常讲究"君是君,臣是臣",等级森严,门额的两边都写着"武侯祠"三个大字,乃郭沫若和李先念所书,足见其很不一般。进门后,是一个不长的过厅,两侧墙壁是岳飞所书的诸葛亮《前出师表》和《后出师表》及其他碑刻。过厅之后便进入了诸葛亮的祠,祠的牌匾上书"名会宇宙"。导游说,这是对诸葛亮功绩的歌颂。我以为诸葛亮帮助刘备在劣境中建立蜀汉,并忠心耿耿地辅佐其三代,57岁便病死沙场,其功绩确可与日月同辉、驰名宇宙,两篇《出师表》充分彰显了他的心声,人说读之"不落泪者不忠",他自己更是"临表涕零"。祠里有诸葛亮的坐像,只见他头戴纶巾,手拿羽毛扇,气定神闲,从容不迫,把他成竹在胸、遇事不慌不乱的性格表现得淋漓尽致。坐像上方书有"静远堂"三个字,体现了诸葛亮宁静致远、高瞻远瞩的智慧和才识。

出了武侯祠,便见一不大不高的土丘,上面长满了小草,倘若不看前面所立"汉昭烈皇帝之陵"这块碑,真不知道这就是叱咤风云的帝王刘备之陵,无法与其他帝王的墓相比,未免太"寒酸"了。导游说,这是刘备与他的两个夫人合葬之墓。把刘备墓建得如此简单,是诸葛亮的主意,主要为了防止盗墓者,担心惊扰君主。正因为普普通通,所以据说至今没有出现过盗墓的情况。由此可见,诸葛亮对刘备真是一片赤胆忠心啊。

整个武侯祠占地较大,掩映在古意翠柏之中,殿宇坐北朝南,布列在一条中轴线上,有大门、二门、刘备殿、过厅、诸葛亮殿等,最后是刘备陵园。祠内有蜀汉历史人物多尊,碑、匾、联多副,鼎、炉、钟、鼓10余件,这里既是蜀汉君臣纪念馆,也是研究蜀汉历史的一座博物馆,还是研究三国历史的延伸馆。

按理说,叫汉昭烈庙更为贴切,因为从地位上看,刘备是君,诸葛亮是臣,从殿宇看,大门上写的是"汉昭烈庙",而且前殿是刘备,后殿是诸葛亮,殿宇主体内容是祭奠刘备,也是刘备陵园所在。可为什么叫武侯祠呢?我分析,一方面是人们对诸葛亮"鞠躬尽瘁,死而后已"的精神品质的敬重和怀念,对他千古名篇《出师表》的喜爱和赞美,没有诸葛亮,就没有刘备之帝业,正因为人们称赞诸葛亮的这种精神品质和不朽之名篇,所以,武侯祠早已深深烙在人们心里;另一方面,是武侯祠建在前,历史更久,只是到了明代,才将汉昭烈庙与之合祀,人们叫惯了武侯祠,习惯成自然。如今,君臣合祀,"灵魂"相通,永久相伴,叫什么都无所谓了,正如导游所说,叫武侯祠或汉昭烈庙都可以。

浪漫的巽寮湾

浪漫是一种情怀，对感知的事物无比喜欢，于是放飞思绪，激情满怀地沉醉在感知的事物中；浪漫是一种轻松的心态，让心灵彻底放松，抛弃尘世，悠闲遐想，憧憬未来；浪漫是一种对美好环境的独特欣赏，满眼风光，赏心悦目，享受优雅。

惠州的巽寮湾就是这样一个地方，它傍山临海（南海），海湾虽不大，但内涵浪漫，是国家 AAAAA 级风景区，遐迩闻名，游人如织，素有"东方夏威夷"和"中国的马尔代夫"之美誉。你走进它、亲近它，犹如到了夏威夷或者马尔代夫，会情不自禁地为它点赞，一种浪漫的感慨打心底生起，会连呼"太漂亮了、太惬意了、太浪漫了"。

巽寮湾这个名字有点陌生，挺有意思，初识前面两个字不大认识，查阅后才知道："巽"音 xùn，义为顺从、谦让等，八卦名之一；"寮"音 liáo，义为小屋、小窗等。地如其名，气度不凡，天生颇得浪漫格调。

倘若看南海，在广东可谓一览无余，颇得"横看成岭侧成峰，远近高低各不同"的风景和意趣。比如看深圳湾，长长的海湾，宽宽的甬道，空旷大气，雄伟壮观，一边是广阔大海，一边是绿木成荫，巧妙交相辉映；看深圳小梅沙湾，放眼大海，根本看不到边，海水"发飙"，波涛汹涌，时不时卷起千堆雪，海滩则宽得很，任人戏耍；如果在珠海看南海，在情侣大道漫步浓情蜜意,目及之处,也是景色醉人,特别是那港珠澳大桥气势恢宏,飞架南北,你由衷感叹祖国的伟大……而到惠州看巽寮湾,则完全是另外一番景象,"小家碧玉",风情万种,浪漫迷人,让你啧啧称赞、流连忘返。

从深圳出发,一路沿南海向东,经著名的大亚湾,一个小时左右车程,便来到了巽寮湾。虽然我阅海无数,但因为从未到过巽寮湾,彼时心情还有些激动。据说与巽寮湾相邻的还有个双月湾,高空俯瞰两个海湾相对而依,形如两个月亮,奇妙的是一个海水平静淡然,一个海水波涛汹涌,故名之。因为双月湾年代有些久了,我便选择了开发不久、设施俱佳、景色浪漫的巽寮湾,双月湾待下次有机会再去。

观巽寮湾浪漫景象,需要找个最佳地点去品味。于是,我决定找个离巽寮湾最近的酒店住一个晚上,既可尽收眼底看海景,又可看海上的日落日出,还能听夜晚的海浪声。从网上查询得知,金海湾度假酒店不错,距离巽寮湾不过百米,好评多,是一家标准的五星级酒店,我决定就是它了。果不其然,这家酒店的黄金位置和浪漫环境令人心动,我庆幸自己的决定是明智的。

酒店的名字颇为浪漫,金海湾多好听,店如其名,环境幽雅,高端大气,富丽堂皇,刚走进大厅,我就好奇地东张西望。大厅内的奇石造型别致,光滑如镜,碧溪缓缓,高低错落,音乐舒缓,浪漫动听。面朝大海的一面,全是玻璃幕墙,通透明亮,选一处沙发椅坐下,便可一览无余先观巽寮湾,海水、沙滩、泳池、绿树、喷泉、奇石、花篮,还有船只、游人等,尽收眼底。五星级酒店环境就是不一样,房间很大,设施先进、齐全,还免费提供水果、泡温泉,早餐也比一般酒店丰富得多,可谓住得舒服、吃得舒服、看得舒服。

巽寮湾的浪漫体现在海水上,清澈如镜,湛蓝如天,海天合一。海水静如处子,并非波涛滚滚或者汹涌澎湃,就像个美少女,温顺地向游人展示自己的漂亮身姿。它是一座天然的海滨浴场,不用担心安全问题,用

"潭面无风镜未磨"形容恰到好处。即便海水偶有"脾气",也只是像美少女撒娇那样妩媚动人,轻柔地、慢慢地抚摸着沙滩。海两侧是植被茂盛、逶迤起伏的青山,"青山隐隐水迢迢",似乎说的就是这里。海面上也有少许翠色如黛的岛屿,遥看恰如"白银盘里一青螺",山海相连,交相辉映,就是一幅充满浪漫情怀的山水画。在这里看海,仿佛看画,你可看得清澈透彻,明明白白,也可让自己快节奏的步伐慢下来,急躁的心情平复下来,涵养自己的浪漫情怀。夕阳西下时,海水波光粼粼,金光闪闪,漂亮极了;早晨太阳冉冉升起时,阳光映红了海面,天上一个太阳,海里一个太阳,又是另外一番美景,让你喜爱至极。

巽寮湾的浪漫体现在沙滩上,沙滩不宽,但小巧玲珑,令人喜爱。至于沙子,哪里像是沙子?细腻得像面粉,白得像白银,一点杂质都没有,而且含硅量世间罕见,光脚踩在上面,吱吱地响,舒服得不行,比手工按摩脚强多了。人们尽情地在这里玩沙子,老少咸宜,更有甚者,戴着墨镜,干脆与沙子来一次亲密接触,躺在沙滩上享受日光浴,内心的欢喜溢于言表。在这里,沙滩与海水交融,轻柔拍打与细腻呵护融合,蓝白相间,令人心醉。我去过很多海边沙滩,记忆最深的是广西北海的沙滩,但与巽寮湾沙滩相比,可就是"小巫见大巫"了,巽寮湾的沙滩仿佛是"天赐白金堤"。

巽寮湾独具特色的是,海边还有一个天然的磨子石公园,自然形成,历史悠久,与海水、沙滩浑然一体,使海边蒙上了一层浪漫神奇的色彩,也是观看日落日出的最佳地点。这些是大自然赐予的,鬼斧神工般造化。那些造型各异的石头,有的似海龟,有的如蘑菇,有的像海象,不一而足。这些巨石,有的斜立着,有的两块高高地叠加在一起,险象环生,感觉摇摇欲坠、惊险刺激。这些石头大大小小,小的也重达几百吨,参差错落,奇美浪漫,一点不比海南天涯海角的石头逊色。经过海水多年的冲刷,巨石表面光滑,形成了形形色色的图案,仿佛向人们诉说着自己沧桑的历史,保佑当地的风调雨顺。总之,"奇、险、摇"成为磨子石公园石头的"三绝",

故而,这里俨然成了游人的钟爱之地、拍照的最佳地点。

在沙滩与酒店之间的百米距离内,也充满了浪漫,婚礼殿堂、小桥流水、花木锦绣、水池喷泉、儿童乐园、卡通画像、凉亭躺椅等,晚上还有篝火晚会、烟火表演,自然造化与巧夺天工高度融合,风情迷人,简直就像一个海边公园。人们观海累了,可以在躺椅上小憩一会儿,静心赏景;住酒店闷了,可以来这里逛逛散心,领略风情,挺人性化的。

巽寮湾,充满着浪漫和轻松,装扮得亮丽,是一个融阳光、海水、沙滩、礁石、山屹为一体的魅力景区,海水、沙滩、石头、青山,构成了巽寮湾独有的浪漫。在长达27公里的海岸线上,依山傍水分布着七山八湾,以"石奇美、水奇清、沙奇白"著称,浪漫可人。倘若想看不一样的大海,请来巽寮湾看看;若想体验一下轻松浪漫,巽寮湾一定是一个不二选择。

粤东明珠南澳岛

早闻南澳岛是祖国南海上一颗绿色翡翠、国家 AAAA 级旅游景区、被誉为"粤东明珠",怀着好奇,国庆期间,我与儿子他们一起驱车前往游玩,因为"百闻不如一见"。

过汕头市区后,很快就到达了通往南澳岛的唯一通道(之前靠轮渡)——南澳大桥。该桥 2015 年建成通车,是通往南澳岛的"宝贝",全长 11 公里左右,双向两车道二级公路。由于桥体是乳白色的,远远看去,像一条白色的绸带飘逸于大海之上,与蓝色的海水相得益彰,"一桥飞架南北",气势夺人,颇有港珠澳大桥的气派。由于大桥仅为两车道,又恰逢国庆假日,车多得数不清,密密麻麻排起了长龙,一拨一拨地过桥。等了一个多钟头,我们才得以过桥,车驶桥上,风光无限,扑面而来,心中快意油然而生,犹如自己在空中行、画中游,美美地给了南澳岛之游开了一个好头。

过了大桥,驶入环岛公路,公路也是两车道,修得不错,盘山而绕,我们故意放慢车速,品味一边是海、一边是山的难得美景,在无数次惊讶和感叹中,我们不知不觉到了下榻的酒店。

安顿好后已近傍晚,为了对南澳岛先睹为快,我与酒店工作人员聊起这里的情况,得知南澳岛地理位置极好,居于台湾、香港、厦门海域交会处,自古就是通商的必经地和中转站,现在是汕头市的一个县,辖三个镇、两个管委会,人口约70000,旅游资源丰富,岛上海湾多,古迹也不少,目前最著名的景点是素有"东方夏威夷"之称的青澳湾,那里岸阔、水清、沙细,又是处于北回归线上,不可不去……正聊得起劲,儿子催着去吃晚饭,到南澳,吃海鲜是必不可少的,于是找了一家海鲜饭店。南澳的海鲜新鲜、味美、品种多,就是价格有点贵、量比较少。

第二天早上,我们驱车观海。广阔无垠、水天一色的大海,是南澳的唯美景色、绝佳景观,来南澳必须观海。为了一品"远近高低各不同"的观海意趣,我们先上山鸟瞰大海,车盘旋而上,沿途花红树绿,植被茂盛,大多属热带和亚热带植物,到了山顶,白色的风力发电车很多,个个转得正欢,恍如童话世界。站在山顶看海,那种伟岸气势一览无余,任由自己环顾四面,仿佛凌空海上,我看大海,大海也看我,"相看两不厌",远处的岛屿,还有停泊的船只,隐隐约约,尽收眼底。

下山后,我们驱车开始了环岛观海。虽然环岛公路曲曲折折,但比较好走,全程约60公里,一路上,如诗如画的风光,十分宜人,只要有看点,我们就随时驻足细品,走走停停,停停走走。或见海滨广场,雕塑造型唯美,与大海交相辉映;棕榈树随风点头,好似欢迎我们;沙滩金黄柔美,任由海浪拍打。或见海湾处楼宇林立,参差不齐,人来人往,海面上停泊着数不清的渔船和运输船,点缀着平静的海面,路旁酒店、饭店比肩接踵。或见浅海处放置了各种机械,大大小小的石块之类已经隆出了海面,可能是围海造景,人类已向无穷的海洋要效益。沿途皆是画,风景如此独好。

最后一站,我们选择了必看的青澳湾。这里果然名不虚传,集市繁华,高楼林立,服务设施齐全,一派现代都市气息;人流、车流熙熙攘攘,场面火爆,彰显着非同一般的人气。它被两个相向的岛屿拥抱,呈凹字形的海湾太美了,海面一望无垠,海水湛蓝,阳光下更显妩媚韵致,释放青春活力;海浪翻滚,涛声阵阵,"卷起千堆雪",刺激无比;沙滩细柔,白里透黄,任凭"白浪逐沙滩"。无数游客,或尽情享受日光浴,或不惧海浪接受冲刷,或乘快艇飞海感受刺激……心中所爱,各得其所,笑声、尖叫声不绝于耳,广播里不断传出要游客注意安全的提醒。身临此境,我岂能无动于衷?于是情不自禁地卷起裤脚,与海水、沙滩亲密接触,一享人与自然共处的快感。沙滩外面是中国南澳北回归线广场,广场上矗立着一个门字形托着地球仪的建筑标志,造型别致,富有寓意,告诉人们这里是北回归线穿过南澳的地方,很多游客在建筑标志前拍照留念。青澳湾不愧被誉为"东方夏威夷",难怪有人说,"不到青澳湾,南澳是白玩"。

又到傍晚时分,尽享一天美景后,已是饥肠辘辘,于是继续去海鲜馆吃海鲜,似乎百吃不厌。吃完晚饭,跑到县城转悠告别,感觉宁静安逸,如果抛开四面的大海,这里就是个小山城,不过,县城的建设规模、现代气息与岛外比,还是有差距的。

顶着一轮红日,伴随着海风吹拂,回味着种种美景,带着几分不舍,我们驱车在返程的路上。我一边不断隔窗四处张望,一边心里呢喃:"南澳岛,再见了,有机会还会来。"

珠海览胜

珠海遐迩闻名,去过几次,可每次都是匆匆而过。最近又去珠海,目的是旅游,为时两天,想细细品味一下这座城市。

珠海是广东省的一个地级市,地道的海滨城市,东与香港隔海相望,南与澳门紧密相连,是珠三角中海洋面积最大、岛屿最多、海岸线最长的城市,也是中国改革开放的前沿城市、最早的四个经济特区之一。优越的地理位置和先发优势涵养了这座城市,其发展的步伐很快,2020年GDP总量达3480多亿元;社会文明程度较高,较早就荣获了"全国文明城市"称号;城市建设很美,宜居宜业的美誉实至名归;外向魅力很大,素有"百岛之市""浪漫之城"之誉。单从这个城市的车牌号在广东省各城市中的排序便可窥其一二,为粤C,位列广州、深圳之后,不简单。

到了珠海,首先要去看看通车不久、举世闻名的港珠澳大桥,这恐怕是许多人的不二选择。这座大桥"当惊世界殊",创下了多个世界第一,长度(全长55公里,主桥近30公里)、建设时间跨度(2009年开工,2018年通车)、投资额度(1200多亿元)、工程规模难度(海下隧道、海上人工岛)等都是世界第一,彰显了今日之中国的科技实力和经济实力。这座大桥一端接香港,一端至珠、澳,一桥跨三地,把珠海、香港、澳门紧紧连在一起,彼此同呼吸、共命运,加强了三地的互联互通,为大湾区乃至珠三角建设发展插上了翅膀,其政治、经济意义不可小觑。为了实地感受一下大桥的风采,我迫不及待地把看大桥作为首选。听人说,这座大桥的最佳观点是港珠澳大桥出境口岸处的观桥台,在那里可以一览无余地一睹大桥风貌,于是我一大早打个的士跑到了那里,想看个痛快,可是天公不作美,雾天影响了观瞻,心里有些不爽。好在大桥的轮廓还能够看见,像一条长长的巨龙,横跨在偌大的海面上,造型别致漂亮,呈现"天堑变通途"的壮观之景,让你心生惊叹和自豪,油然生起一种感慨:"了不起,中国地标性建筑港珠澳大桥!"

  港珠澳大桥无疑为珠海这座城市增光添彩,珠海也紧抓大桥机遇,做足文化旅游文章,近年来成功开辟了一条乘船环港珠澳大桥巡游的线路,就像广州的珠江游、香港的维多利亚港湾游一样,你可以乘着名为"大黄蜂"或"小白龙"的豪华游轮,尽赏大桥全部风采和三地沿海风光。你可以目睹大桥人工岛、风帆塔、海豚塔的壮观,你可以轻松快意地从桥下穿梭,你还可以饱览珠海、澳门和香港的风景,有种"人在船上玩,船在画中行"的感觉,很值得。我本想体验一下的,可不巧没去成,留了点遗憾,以后有机会一定要补上。

  情侣路是珠海著名景点,也是一张叫得响的名片,到了珠海不可不去。这条世界上最长的海滨观光路,全长 28 公里,被誉为珠海的"万里长城"。情侣路随海而走,弯弯曲曲,风景如画,道路一侧是一望无际的大海,远观海面有绿洲,近看海面露巨石,海与路边形成的金黄色沙滩,是无数人休闲玩耍的福地,或与大海亲密接触的必经之地。路旁的棕榈树笔直高大,绿枝摇曳,为长长的情侣路系上了绿色的飘带,蓝海、沙滩、绿树、色彩清新,交相辉映,这是怎样的一种美不胜收呢?道路另一侧是树绿草翠的山丘,鲜花盛放的公园,小憩喝茶的楼亭,高楼林立的城区,隔路与大海遥相呼应,相得益彰,又是怎样的一种浪漫情怀呢?再好的词语,也难以言尽这条路的风光柔情,只有身临其境,才能真切感受。我一边漫步流连忘返,一边细品自我陶醉。这等美景美意,再沐浴着海风,聆听着海涛,与佳人漫步,可谓人间至美至爱、世外桃源,将这条路命名为情侣路当之无愧。

顺着情侣路漫步,你不由得会走走停停,停停走走,或抚慰心情,或驻足观赏,或举手拍照,似乎想把这里的美景美意"一网打尽"。在路的一个大拐弯处,又称香炉湾,我忽见海面上突兀起不少古铜色的石头,在一块很大的巨石上,矗立着一个8米多高风姿绰约、身姿婀娜的石女雕像,非常引人注目。只见她颈戴项珠,腰系渔具,裤脚轻挽,双手高举一颗璀璨珍珠,双目注视着海面,面容和蔼,尽管长年风吹浪打,依然精神矍铄,一刻不息,原来这就是赫赫有名的珠海渔女像。据说,她是珠海人民的守护者和希望,能够保佑人们风调雨顺,是人们热爱生活、追求美好的象征,所以人们无比敬仰。大凡走到这里的游客,没有人不驻足拍照,或许是想讨个吉祥吧。再继续往前走一个小时左右,便到一个岛屿公园,这就是野狸岛公园,又叫名亭公园。公园里自然风光无限,硬件设施颇具人性化,不失为人们尽情游玩的好去处。最抢眼、最让人激动的是公园里矗立着珠海地标性建筑珠海大剧院,又叫"日月贝",外形独特,凭海临风,有点像悉尼歌剧院。之所以叫"日月贝",是因为它由一大一小两个贝壳组成,一个如日,一个如月,气势雄伟,相向而立,煞是壮观,成为游客争先恐后的游览之地。我去时,虽近傍晚,但仍然游客如云,大巴车络绎不绝,都是冲着这个地标性建筑来的。

圆明新园是珠海的一个开放式景点,顾名思义,它是仿照圆明园而建的,1∶1的比例,大得很,融皇家园林与江南园林风格为一体。圆明新园依山而立,中轴线由"正大光明""九州清晏""蓬岛瑶台""方壶胜境"大殿纵向组成,每个大殿都是黄墙、橘红色琉璃瓦、翘角建筑,古色古香;两侧要么是曲桥流水,要么是长廊亭阁,供游人赏景、喂鱼、休憩;中间有个较大的水域,漂浮着大大小小的画船,让人在水中荡漾,尽享惬意。初入此园，信以为到了圆明园，但若品味它的历史底蕴、文化氛围、皇家气象、精致建筑，还是有不小差距的，定然不如圆明园。但不管怎么说，在珠海闹市区能建这样一个新园，还一律免票，既给市民带来了历史文化传承，也为游客提供了一个新景点。在这个园里，我花了大约两个小时，一直在摩肩接踵的人群中穿梭。

　　港珠澳大桥、情侣路、圆明新园，都是珠海地标性景点，珠海是个好地方。

可园可人

一个偶然机会,终于促成了我去东莞看那可人的可园。

或许许多人与我一样,根本不了解东莞的可园。但如果你有机会去了,准会跟我感觉一样,流连忘返,赞不绝口。因为可园里有故事、有风景、有文化,很可人。

说起东莞的可园,绕不开一个人,他就是清代东莞人张敬修(1824—1864)。他既是可园的园主,也是可园的创建者。说起张敬修,你不得不佩服,因为他武能率兵打仗,文能著书写诗,琴棋书画印样样精通,还留下了不少精品力作;做官虽然仕途坎坷浮沉,三起三落,然功大于过,业绩可圈可点,史上有记载,其官位曾做到江西按察使、布政使,也算是个大官了。集如此才干、官职于一身,古往今来有几个?张敬修又是个充满理想抱负、性情仗义之人,志同道合者不少,文墨投缘者甚多,常常邀朋友雅聚,以此抒发理想情怀,切磋文化技艺。雅聚场所自然要雅,为此他决定建设可园,并亲自题写"可园"二字,旨在使自己和友人雅聚有个好去处。取名可园,意在可吃可住、可玩可赏,所以园内设施齐全,功能完备,将住宅、客厅、书斋、庭院、花圃、长廊、亭榭、曲水等有机融为一体,既有岭南建筑风格,又似江南私家园林,宜居宜游,书香弥漫。走进可园,你不得不佩服古人的创造智慧,不得不惊叹古人对闲逸生活的追求。张敬修终老之地也在可园,足见他对可园的喜欢。可以说,可园是一个不凡之人造就的一个不凡之园。

东莞的可园,始建于清朝道光三十年(1850),距今已有170多年历史了,承载了许多记忆,历史的年轮至今清晰可见。虽说它是广东四大名园之一,但园子并不大,占地仅有2200多平方米,袖珍得很,在我所看过的园林中可能没有比这个更小的了。园子虽小,我却着迷般地看了一个多小时,因为它耐看耐品,蕴含了岭南文化与苏州园林的精华,实在"小巧玲珑,设计精巧"。园内亭台楼阁,山水桥榭,厅堂轩院,一应俱全,布局高低错落,曲折回环,空处有景,疏处不虚,是岭南园林的珍品。远眺近俯,楼阁相映、亭廊环绕、曲水流觞、花树别致、山石有趣,一派世外桃源的景象,移步换景,美不胜收,到处是风景如画,到处可驻足留影,惹人总想再亲近一下,看一看、摸一摸。

可园可人,不仅在于它漂亮的景观,还在于它深厚的文化底蕴、人文情怀。一进大门,便是可园主人张敬修的纪念馆,其手握书卷的和蔼可亲的坐像引人注目。馆内有介绍他生平、家史及其书画印作品的展示,有陈述他建园思想、目的的展示,使人一入园便了解了大概。爬上楼阁,会情不自禁地感叹古人建造的匠心独具,居住、会客、观景各得其所,相得益彰,屋内的老陈设也是古色古香,引你去细细品读。走进书斋展厅,岭南画风扑面而来,山水花鸟画壁上观,十分清新可人,让你陶醉在艺术的氛围中。浓厚的文化底蕴,为可园可人添了魂、加了分。在可园里,还流传着张敬修与"二居"艺术相投,成为挚友的故事。居巢、居廉是堂兄弟,两人是颇有成就的画家,因有共同爱好,张敬修对"二居"关爱有加,经常请他们来园作画,让他们视园为家,共话理想、切磋画艺,居巢还一度成为他的幕僚。"二居"在可园做客、作画十余载,画艺大进,最终成为岭南画派的代表人物,可园由此也成为岭南画派的发源地。如今可园里陈列着不少"二居"的画,人们可以一睹大师风采,尽赏岭南画风。从某种程度上说,张敬修就是"二居"的伯乐,成就了"二居",催生了岭南画派。

"横看成岭侧成峰,远近高低各不同。"可园的可人在风景如画里,在人文情怀里,在文化底蕴里。虽然我是走马观花,匆匆而游,但观后咀嚼,依然津津有味。我突发奇想,倘若夜深人静时,登楼远眺,品茗茶,看星空,望月影,再拥抱一下园林的清新与秀丽,那是何等惬意?倘若压力"山大"时,置身园中,观宦海之浮沉,叹人生之变幻,品丹青之风雅,享山水之乐趣,尽可释放压力,那是何等放松,怎一个"可"字了得?

潮州印象

潮州是广东省东部的一个地级市,有着悠久历史,古称"潮州府",人杰地灵,国学泰斗饶宗颐、香港名人李嘉诚等显赫之士皆出生于此,广东三大文化之一的潮汕文化也源于此,因此,潮州作为中国历史文化名城,可谓实至名归。潮州的饮食文化遐迩闻名,潮州菜非常好吃,是广东乃至中国菜系里的代表。在去潮州之前,我对潮州基本就是这些碎片化的印象。

国庆假期,我有幸来到潮州,身临其境后,对潮州印象有了"提档升级",碎片化变得系统,我认为潮州作为历史文化名城,关键在于四个"一":一个人、一座桥、一条街、一流饮食。

"一个人"就是韩文公祠里大名鼎鼎的韩愈。51岁的韩愈,在朝廷遭贬,从京城长安流放到七八千里外的潮州,任潮州刺史。他没有因为遭贬而消沉颓废,而是满腔热忱地投入潮州治理之中,任职仅仅8个月,做的利民好事一大堆,勤政廉政,尊文重教,除恶养民……卓越的功绩令千余年来的潮州人感恩、难忘,于是,潮州人将潮州的笔架山称为韩山、鳄溪称为韩江,后人感叹"文公千古豪情在,山水而今尚姓韩"。苏轼的评价"文起八代之衰,而道济天下之溺",是对他一生为文、为政的高度概括。为永久纪念他,公元999年,潮州人始建韩文公祠,后经多次改建和维修成今日之面貌。如今的韩文公祠背靠韩山,面临韩江,与韩江上的广济桥遥相呼应。进入祠内左拐,是一个长廊,内有韩愈的生平介绍、治潮功绩,历代名流的赞语碑文,其中"功不在禹下"的碑文让人过目不忘。长廊尽头右拐,就是祠的主体建筑,共三层:第一层是个门楼,门楼匾额上书"百世师";第二层是大殿,大殿门顶上书"泰山北斗""百代文宗",殿内立有韩愈坐像,只见他气宇轩昂,手握书卷,目光如炬;第三层是两层高的殿楼,凌空而立,俯瞰潮城,殿顶分别书有"侍郎阁"和"韩愈纪念馆"。整个祠据地高阔,构建古雅,前后二进,并带两廊。韩文公祠是中国现存最早的纪念韩愈的祠,是缅怀韩愈为文、为政特别是在治潮时功绩的窗口,是潮州重要的历史文化景点和名片。韩愈为潮州的历史文化书写了浓墨重彩的一章,其尊文重教的遗风至今影响着世人,特别是潮州人。

"一座桥"就是举世无双的广济桥(又名湘子桥)。该桥横跨韩江,旧时是连接潮州东西两端的通道、通航贸易的驿站(今只有观光功能)。该桥历史悠久,始建于南宋1171年,经过历代改建和扩建,在明代形成了"十八梭船廿四洲"的建筑风貌,是迄今已知的世界上最早的启闭式桥梁(即通行时闭、通航时启),与赵州桥、洛阳桥、卢沟桥并称为"中国四大古桥"。该桥长500多米,共有32个桥墩、24座桥梁,中间连接了18艘浮船(浮船是为启闭用的),是一座集拱桥、梁桥、浮桥于一体的古桥。这种桥结构神奇无比,拱桥、梁桥全部用石材构筑,浮桥则由浮于江上的梭船并列连接而成,建桥材料在今天看来简直不可思议,让人不得不佩服古人的智慧和勇敢。漫步桥上,殿阁与亭台依次连接,明清风格,飞檐翘角,错落有致,每个殿阁和亭台都有当代书法名家书写的匾额和楹联,词翰俱佳,仿佛置身于古建筑、诗文、书法的海洋之中,兴时可以驻足凭江远眺、尽享古意,倦时则可于亭台休憩、品味词翰。桥西端不远处,矗立的是广济楼,楼底是灰砖砌的城墙,历史厚重,楼上是三层的翘角角楼,一楼一殿,古韵气派,一个拱形城门将广济楼与广济桥连为一体。每当夜幕降临,广济桥、广济楼华灯齐放,桥、楼别致的灯光秀,流光溢彩,让你进入一个梦幻般的世界。江水也是"半江瑟瑟半江红",美得无法用语言描述,眼睛看不过来,情不自禁地左拍右照。广济桥,是一座潮州人引以为骄傲和自豪的桥,是一座饱含潮州沧桑历史文化的桥,"到潮不到桥,白白走一遭"。

"一条街"就是尽显历史繁荣的牌坊街。这条绵延一公里的步行街,基本格局形成于北宋,定型于元明,牌坊群形成于明清,骑楼形成于清末民初。22个造型不一、内容不同的牌坊,横跨街面,四柱三门,鳞次栉比,气势恢宏,将沿街的"珍珠"巧妙地串联成一条街,每一个牌坊都流传着一个美妙的故事,记录着一个人、一个家庭的荣光。街两侧都是大大小小的店铺,应有尽有,展现着潮州人做生意的精明之道,来到这里,没有东西是买不到的。街两侧的房屋建筑古今相融、中西合璧,时不时还有一些反映历史的代表性雕塑,与牌坊交相辉映。华灯初放时,牌坊街更加亮丽,更富情调,人流如织,繁华世界,既让我们感受到潮州的文化气息、潮州人的悠闲自在,又让我们恍如穿越时空,在《清明上河图》里徜徉。牌坊街,浓缩了潮州辉煌历史,渗透出潮州商业繁华,彰显着潮汕文化气息,在这里,你既可以强烈感受到潮州古代的文明,又可体会潮州现代的繁华。

"一流饮食"就是遐迩闻名的潮州美味。潮州的美味很多、很出名,提起潮州菜,更是众所周知。这里我只想通过自己在潮州用餐的经历,说明潮州菜受多少人喜爱。"韩上楼"是做潮州菜比较出名的大酒店,那天我去那里吃中餐,排队等候用餐的人居然比用餐的人还多,楼上楼下都是人,要排队叫号,可能到潮州的外地游客都想一品潮州菜吧。我足足等了一个多小时,才走进餐厅,点了几道潮州菜,味道极佳,乃我少品;调料丰富、做工考究,乃我少见。我连连夸好,就是价格有点贵、量有点少。晚上又找了一家名气颇大的"官塘原味鱼生"小饭店,饭店虽小,但排队等候的人依然很多。在这里初尝了生鱼配调料的吃法,味道不错,一饱口福。

看来,一流饮食名不虚传,潮州是食客的天堂。

　　一个人、一座桥、一条街、一流饮食,是我对潮州的深刻印象,如果你有机会去,可以一看一尝。

莲花山公园畅想

　　莲花山公园位于深圳市区北端，坐落在深圳福田区境内，公园富有韵味，吸引广大市民和游客到此一游，俨然是深圳的网红打卡地。

　　是年国庆，我慕名游览了这个公园，居然生发了诸多畅想。

　　这是一个风景如画的公园。一进去，扑面而来的是望不到边的绿色，树木葱茏，缠绵虬枝，树不高但很密，如同一个个华盖，种类繁多，夹杂着不少名贵树种；草地碧绿，像一个个足球场，平滑而软柔，摸一下顺溜松软，十分养眼；在一望无际的绿海中，时不时点缀着红色、紫色、白色、黄色的花，交相辉映，美不胜收；山不高，石不大，石缝中竟长着五颜六色的花，非常奇趣；公园里分布着大小不等的水域，给公园增加了灵气，在水边小憩格外惬意；良好的植被给公园带来了新鲜的空气，清新凉爽，舒适宜人；道路两侧升挂了数不清的国旗，远观一片"中国红"，烘托了节日气氛。这个公园美在自然，置身其中，尽享美意，如在画中游。

　　这是一个服务市民的公园。在深圳这样一个大都市的中轴线上能有这么一个公园，确是市民的幸事福地，也为城市增添了一抹亮色。公园位于市中心，共有东西南北四个进出口，道路四通八达，交通非常便捷，市民进出方便至极。茶余饭后，假日休闲，逛逛公园，美事一桩；锻炼身体，领略自然风光，增进亲情、友情、爱情，自然是风水宝地；休憩长廊，道路标识,如厕之地,高端大气,人性化十足,一展大都市的气派。这里有儿童游乐场,孩童的天真烂漫可在这儿尽情释放;有放风筝的地方,牵着线,任风筝自由飘曳,心情随之飘荡;有垂钓塘,端坐一隅,手握钓竿,放长线钓大鱼,不亦乐乎;有"相亲"角,花木成群,芳草萋萋,美景美意,助有情人终成眷属……城市是人民的城市,公园是服务市民的公园,在这里得到很好的诠释。

这是一个鸟瞰城市的公园。要想领略深圳城市风貌,登上莲花山公园顶端就可"一览众山小",美景尽收眼底。站在这里,可以看到城市全貌,可以环顾东南西北中,因为它位置独特,位于城市中轴线;你可以看到满目的摩天大楼,比肩接踵,或耸入云霄,或造型别致,或成群结队,不是商务区,就是总部经济区,深圳摩天大楼的数量据说是全球第一;你可以看到近处的深圳市委、市政府大楼和著名的市民广场,空旷辽阔,大鹏展翅的雕塑造型非常抢眼,寓意深刻,于是"鹏城"成为深圳的别称;你可以看到远处的香港,虽然有些朦胧,但同胞牵挂之情是那样强烈,心中的喜悦是那样绽放;你还可以站在高高山顶,居高望远,心旷神怡,一任想象的翅膀自由飞翔。无数市民和游客满怀欣喜,驻足环视,拍照留念。

这是一个缅怀伟人的公园。深圳的今天,离不开一个伟人的胆识擘画,这就是备受国人尊重和爱戴的中国改革开放总设计师邓小平同志,也是深圳今日辉煌的始创者。中国人,尤其是深圳人,会永远缅怀他,感激他。莲花山公园顶端不仅是鸟瞰城市之地,更是人们缅怀一代伟人邓小平之所。这里矗立着邓小平同志的大型铜像,他面带微笑,从容不迫,步履坚定,给人的感觉和蔼可亲,力量十足,信念坚定,底座上刻着由江泽民同志题写的五个大字"邓小平同志"。铜像下方是一片绿地,寓意改革开放的春风吹拂了中国大地,处处是绿色田野、希望田野。邓小平同志的铜像矗立在莲花山公园顶端,时刻注视着快速发展的深圳和不远处回归的香港,他一定是欣慰无比,正如他所言,"深圳的发展和经验证明,我们建立经济特区的政策是正确的"。这段话用红色的石碑刻了下来,也立于莲花山公园内,令人回味。所有登顶的市民和游客,都会怀着崇敬之心,瞻仰邓小平铜像,感谢他为我们带来的幸福生活,争先恐后与一代伟人合影纪念,这位自称中国人民儿子的伟人永远活在国人心中。

　　每座城市都有公园,但像莲花山公园那样,位于市区中轴线黄金位置的不多,有这么多功能和意义更是少见,自然会让人有感而发、畅想不断。

游 记

好看好玩的小梅沙海湾

  儿子国庆加班耗时一半假期,但他还是抽空陪我去深圳著名景区小梅沙海湾看海,我自然高兴。来到深圳不去看海,肯定会空留遗憾的。
  小梅沙海湾像颗璀璨明珠,耀眼夺目;如鬼斧神工般,奇妙地镶嵌在海边。这里,三面环山,一面为海,山立海中,海托青山,山水交融,一幅典型的中国山水画。与海相对的山脚下是景区管理处,喇叭里不时传出提醒安全的声音,周围是游客冲浴、餐饮、购物、休憩之地,使人能够各得其所。一侧的山顶上,坐落着参差不齐的楼房,隐隐约约掩映在绿色中,山腰上露出弯弯曲曲的行道,供游客上山住宿,如果在这里能住上一晚,居高看海,不是神仙胜似神仙,自然价格昂贵。临海是月牙形的沙滩,岸线细长,沙细如黄米,柔软如丝棉,加上无数白色太阳伞的点缀,色彩和美,分外迷人。人们戴着墨镜,穿着泳衣,光着脚在沙滩上踩来踩去,追来追去,快乐得像孩童。或坐或躺在沙滩上,什么也不用想,来次免费的日光浴,静心与大海亲密接触,饱享大自然的恩赐。海水湛蓝清澈,无边无际,那种蓝让你心醉,不忍移步,那种广阔使你心胸豁达,宠辱皆忘。海浪波涛汹涌,肆无忌惮,有节奏地咆哮而来又呼啸而去,拍打着沙滩,卷起千堆雪,溅起朵朵浪花,你能强烈地感受到什么叫"一浪拍到沙滩上"。海面的静态之美和海浪的动态之美,吸引人们争先恐后地奔向海中戏水,亲吻

129

这片蓝色,站在沙滩上任凭海浪冲洗,考验你的胆识,到处是惊险的尖叫声和悦耳的欢笑声。海面上游艇像个勇士,劈波斩浪,呼啸而过,划出一道道浪沟,激起一串串浪花。海面上空偌大的彩色热气球,载着游人来回游弋,摇摇欲坠的样子,给人带来惊险刺激,高空看海一定别有一番感受。广阔的海面与无垠的蓝天相互映衬,天水一体,大气磅礴,让你领略"秋水共长天一色"的意境。阳光、沙滩、海浪、快艇、气球、楼房、人气……这就是小梅沙海湾漂亮的风景,这就是我强烈感受到的小梅沙海湾,这就是"来了还想再来"的胜地。在这里,没有浮躁喧嚣,只有宁静享受;没有功名利禄,只有人与自然和谐共处;没有年龄老幼,只有心情的无限释放;没有矜持羞涩,只有无拘无束。

在这里,一任自我是主情调,开心快乐是主旋律,好看好玩是主印象。

我被这诱人场景、愉快氛围深深感染,在环顾四周、尽赏美景、留下照片后,也情不自禁地加入了踩沙戏水的行列,像孩子似的用脚使劲踩蹦细沙,感受这份惬意;光着脚立于海边,任由海浪拍打,甚至想钻入海水中,搏击一把,只是不再年轻,且时间有限,未能一搏。

看着这蓝色海洋、人潮世界,感受着这天水一体、天人合一,心旷神怡,兴致满怀,我的心中情不自禁流淌出两首小诗,第一首《海湾即景》:三面环山一面海,月牙沙滩五彩纷。白浪卷起千堆雪,天地相接一片蓝。第二首《游客众相》:坐卧沙滩享日浴,搏击白浪传笑声。悬浮气球人欲坠,如箭游艇犁碧澄。记下此景,聊以咏怀。

游 记

花醉人心

　　花展我观看过多次，多数情况下是看过之后记忆就烟消云散了。但看"2023深圳月季花展"，却没有这样的感觉，而是有了许多惊喜和惊讶，被它的精心布局所折服，被它的美丽风情所感染，被它的清香四溢所陶醉，仿佛是一次盛大的赏花嘉年华，赏心悦目，回味无穷，久久难忘。

　　"2023深圳月季花展"，主会场在深圳市的人民公园内，主题是"春生草木，花开万象"，单单这个诗情画意的主题就让你心生欢喜、蓬勃向上，觉得美好春天如期而至，一切是那样万象更新、欣欣向荣，唤起人们畅享自然的美意和对美好生活的向往，主题大气而贴切。花展面积很大，17500多平方米的土地上布满了五颜六色、色彩斑斓的鲜花，一览无余呈现眼前，令你目不暇接。如此宏大的花展，举办者匠心独具，因地制宜地布置了五个名字好听而又醉人的展区，分别是："四时园"展区，春夏秋冬的花朵纷纷"亮相"，你喜欢什么花就赏看什么花，看得你眼花缭乱；"玫瑰宫"展区，玫瑰花艳丽动人，与公园内造型别致的玫瑰宫融为一体，还伴着花前月下的花卉长廊、老树凉亭，一起诉说着爱意、传递着美好；"花意溪"展区，就着公园里的水系，布置了五彩缤纷的花卉，花在水边，水映花上，颇有"湖光秋月两相和"的意味；"沁园春"展区，将春天的万象"一网打尽"，展现无限美好，让人感受蓬勃向上的力量；"春风园"展区，则位于

131

公园的东门口，你一进公园，就如沐春风，花海满目，花醉人心。这样的巧妙布局，大而不乱，可谓用心良苦；串联起来，连点成面，美不胜收，让游人观而不遗漏，你不得不为举办者的创意和构思叫绝称好！

是日，丽日高照，春风和畅，我从公园东门口的"春风园"展区进入，只见这里花团锦簇，花气袭人，因为地势较高，可以居高临下俯瞰，目之所及，色彩缤纷、流光溢彩，感觉就是花的海洋、花的世界。男女老少，人来人往，比肩接踵，驻足赏花，争先恐后拿着手机或相机拍照，亲近自然，陶冶性情。

我被这无限美好的一幕震惊了，内心感叹大自然的恩赐，迫不及待地从东门口坐电梯而下，直抵园内，沿着公园里干净整洁的马路，细细欣赏品味这花的海洋，这里看看，那里瞧瞧，一抬头，还看到马路两边的大树上，也布满了色彩艳丽的鲜花，老树配鲜花，那才叫"老树开新花"，挺奇特有趣的。走着走着，便来到了"花意溪"展区，小溪两岸的绿地上，隔一段就有一畦密集的花卉，五颜六色，高高低低，煞是好看，自然是月季花居多；小溪的水面上零星漂浮着一些小船，小船上布满了造型各异的鲜花，一船一景，可爱迷人，水面上还散落着许多花瓣，绿水也被染成了花海；小溪两岸的树上，挂了许多五颜六色、参差错落的小花伞，随风飘荡，这样诗意盎然的画面，美得让人心醉，如果我是画家，一定会妙手丹青。还有不少人摆着美姿，在这里尽情拍照，想留住这花人合一的画面，也有一些人别出心裁，穿着古代服装在这里拍照，感觉更合这场景的情调，非常抢眼。

过了"花意溪"展区左拐，再过一个小桥，就来到了"四时园"和"玫瑰宫"展区，美美与共，连在一起，形成园内最大的花海，锦绣万方，美丽壮观，暗香浮动，香气扑鼻，再加上园内原有的玫瑰宫、假山、老树凉亭点缀其中，更是气象万千，锦上添花，世外桃源一般。"玫瑰宫"展区，以红玫瑰为主，那火红的玫瑰，大朵大朵的，格外耀眼，成为无数年轻情侣的青睐之地，他们或传递爱意，或拍美照。当然，除了红玫瑰外，还有许多月季花,红的、黄的、紫的、白的,色泽鲜艳,花蕊娇嫩,花瓣薄柔,花朵妩媚,品种有初妆、幻紫、飞溅、红苹果等数百个,花展主题在这里得到绽放。"四时园"展区,顾名思义,四季花都有,什么紫罗兰、蝴蝶兰、蓝色妖姬,还有我叫不上名字的花,不胜枚举。这些花多姿多彩,红的像火、黄的像金、紫的像血、白的像雪,千姿百态,或完全绽放,或含苞待放,或亭亭玉立,或低首沉吟,太漂亮了,让人情不自禁地这里摸摸,那里闻闻,不亦乐乎。清香四溢的花香,沁人心脾,使你情不自禁徐徐地进行深呼吸,试图把这花的清香吸入体内,此情此景,真是花醉人心,没有人不叫好。

"沁园春"展区,我没有走进去细看,只远远地欣赏了一下,依然能感受到"春生草木、花开万象"以及"出门俱是看花人"的繁荣景象。

游了一圈,阅花无数,眼花腿乏,手机里的照片也"爆满",颇得"一日看尽长安花"的收获,又得"花中自有颜如玉"的情趣,美意绵绵,流连忘返,再累也值。

深圳市月季花展,年年都搞,因为月季花又叫"月月红""长春花",寓意很好,传递着美好的情感价值与人文内涵。年年岁岁花相似,岁岁年年"景"不同。"2023深圳月季花展",面积之大、构思之妙、展区之佳、花种之多、色泽之艳、姿态之美,是我过去所没有看到过的。用"人在花海游,花绽醉人心"形容自己心情,可谓恰到好处。

坐着游轮看南海

深圳濒临南海,看海有着得天独厚的优势,最著名的就是深圳湾,一边树木成林、草地芬芳,一边海天一色、气澄风徐,漫步中间的甬道上,心情倍爽,如痴如醉,所有的不快都会统统被抛去,胸襟也随之豁然开朗。我去过两次,可依旧想去。

中秋假日,儿子说带我去看海,我不假思索就问:去深圳湾吗?儿子笑答:在深圳看海,何止这一处?我们去另一处看海。我来了兴趣,问:去哪里?儿子告诉我,去蛇口港坐游轮看南海,现已成为深圳的网红打卡方式,最近刚刚开通,游轮还会从海上穿越港珠澳大桥,可奇特壮观啦。儿子说得我心动,这岂不是在南海兜圈,看桥又看海,多爽啊!自然满口答应,于是来了个说走就走的旅程。

蛇口港位于蛇口半岛南端,而蛇口是我国改革开放核心区、先行区,"时间就是金钱,效率就是生命"的理念就源于这里。因为临海状如蛇口,故得名。蛇口港四通八达,距香港新界3.5海里,距澳门、珠海25海里,经珠江水系与广东、广西相连。优越的地理位置和现代化机械的引入,使蛇口港成为中国最大的转运中心之一,华南地区重要的集散中心和中转口岸,货运吞吐量和客流量与日俱增。

因为节假日来蛇口港坐游轮看南海的人太多,等我们到了目的地,被告知当日票已售罄,而且票价随行就市,平日一位198元,现在是298元。没有船票的消息,如同给我们浇了一盆凉水,十分沮丧,高兴而来,失望而归,看来的确是旅游热门地。幸好,第二天的票还有,我们就买了,总不能白跑一趟。

第二天下午,我们有票在手,开车不慌不忙地赶到了蛇口港。人依然很多,男女老少,比肩接踵。安检后,进入候船大厅,大厅很气派,很现代,硬件很"硬",不比候机大厅差。因为登船时间还早,我就在候船大厅走来走去,隔窗欣赏形状、颜色各异的游轮,眺望一望无际的大海。13:50,登船口打开,刷票上船,终于登上了心仪已久的大湾区2号游轮。

要说这个游轮,真是大气漂亮,也很现代化,长71米,宽18.72米,共三层,能够容纳300多人:一层是个类似影剧院的大厅,数个沙发弧形排开,中间有一个舞台,可以搞些娱乐活动,舞台背后是个大电子屏幕,滚动播出大湾区建设、游轮介绍及游线情况,还有一个提供茶水、零食的大厅,供游客小憩;二层是个海洋体验馆,置身其中,仿佛入海,比较适合儿童玩;三层是一个大平台,站在上面可以极目眺望,还有歌手在演唱,为游客助兴。现在人真有创意也会玩,游轮设计得非常人性化,既是交通工具,也是娱乐休闲场所,因为整个游程时间长达三个小时,这种设计避免游客感觉单调枯燥。

14点整,游轮从蛇口港出发,看海之旅开启了,游客都很兴奋,有人欢呼,有人手舞足蹈。船因为大,加之开得不快,所以运行中很平稳,根本不会晕船。有的游客在大厅里,一边吃着零食,一边静静隔窗看海;有的游客站在走廊里,交头接耳,私语观海感受;有的游客则干脆爬到三层上,任海风吹拂,尽情眺望无边无际的大海,张开双臂释放心中的快意。能够如此近距离看南海,我自然不愿错过机会,爬上爬下,忽左忽右,想从各个角度看海,找找"横看成岭侧成峰"的感觉。那大海无边无际,海天一色,如果不是海中的绿色岛屿、隐隐绰绰的高楼,还有时不时过往的船只,你简直分不清是天还是海。那海水湛蓝湛蓝的,犹如满眼的翡翠,漂亮极了。看不过来的风景,让我感叹南海就是祖国璀璨的明珠,其位置、资源太重要了。时间一分一秒地过去,大湾区的无限风光也慢慢后移,不知不觉中,港珠澳大桥快到了,工作人员提醒游客,快出来看看港珠澳大桥、看看游轮是如何穿越大桥的,顷刻间,游客兴奋得一窝蜂跑到船头,有的满脸喜悦,惊叹不已,有的赶忙拍照,留下纪念……我也不例外,钻进人群中,一睹港珠澳大桥的风采,虽然我过去曾在珠海看过,但只是看了桥头一段,不是全貌,是在岸上,不是海上。如今站在船头看大桥,慢慢穿越桥底,别有一番情趣。只见大桥像白色的长丝带,飘逸在海面上,一根根立柱支撑着桥体,不远处,还能看见海上人工岛。在穿越桥底的瞬间,气氛热烈,广播里突然播出歌曲《我和我的祖国》,令人激动。工作人员介绍,大桥全长50多公里,连着内地与港澳,科技含量巨大,能够抗台风、抗地震,是中国第一大桥,也是世界第一大桥。我由衷感叹祖国伟大,大桥不仅是祖国在南海上的建筑杰作,更是祖国富裕强大的象征,世界上哪个国家能够做到?

  幸福的时光总是过得很快。一会儿工夫,游轮穿过了大桥,开始返回,我与其他游客一样,余兴未尽,忍不住回头张望大桥,目光迟迟不肯离去。游轮走远了,我才缓过神来,继续环顾左右,欣赏着南海瑰丽迷人的景色,还有隐隐绰绰的港澳高楼,觉得恍若仙境。如此零距离、长行程、大范围看南海,我还是第一次,真快活。大约17:15,游轮返回到了蛇口港,结束了这次"坐着游轮看南海"的旅程,回去的路上,我发自内心地感慨:这趟旅程值,有机会一定再来。

祖国山河灿如花
——深圳锦绣中华民俗村游记

写下这个题目,一定有人猜想我游览过祖国许多地方,身临其境地领略了祖国大江南北的秀丽山河,所以才会发出如此由衷的感叹。的确,我去过祖国许多地方,但都是在不同时间去的不同地方,是一种碎片化的游览。而只花一下午时间,就可饱览祖国山河胜景,发出祖国山河灿如花之感叹,何处可寻?就请你到深圳锦绣中华民俗村来吧,便可心想事成,怡悦满心。

深圳锦绣中华民俗村,顾名思义,中华的锦绣山河在这里基本被"一网打尽",祖国各地共计82处的华夏精美景区、景点,悉数被"移植"到了这里,而且每一处都是那样栩栩如生和逼真动人,令人感慨赞叹、惊讶不已。它所处的地理位置也很"锦绣",位于深圳最繁华、最富有活力的福田、南山两区交界处,又与深圳"世界之窗"遥相呼应,相得益彰,从而让国人更加热爱祖国和了解世界,又让世界更加方便地了解中国。深圳敢于拿出这么一大块"黄金宝地",作为展现中国和世界其他各国文明瑰宝的窗口,足见其胆识勇气和远见卓识,不愧为改革开放的先锋,为这座年轻的大都市,打下了深厚的文化底蕴,增添了无限神采与魅力。

是日下午,尽管天空有点阴沉,可我的兴致却很高,因为我一直想去看看而未如愿,今天能够如愿以偿,喜悦之情当然溢于言表。购了门票,便赶忙直奔"村"里,想先睹为快,一探究竟。

进入"村"里左拐,呈现眼前的,皆是展现祖国悠久历史、灿烂文化、秀丽山河这样的大美景观,右侧是展现风土人情和少数民族居住、生活、劳作场景的生动画面。在我看来,"村"子总体构思大气合理,布局巧妙,左侧以"物"为主,右侧以"人"为主,"人""物"合一,美美与共,极富观感与神采,你不得不被这精妙构思所折服。

闲话少说,还是赶快切入正题,从我的视角,徐徐展开锦绣中华民俗村的精美画卷吧,一睹华夏山河的伟大锦绣和精致"芳容"。

画卷里,有中国世界物质文化遗产大观园。泱泱华夏,乃世界四大文明古国之一,历史悠久,文化遗产甚多,在世界物质文化遗产名录里分量不轻,"村"里一一进行了呈现。万里长城是中国古代的军事防御工事,由墙体、壕堑、界壕、关堡等组成,绵延2万多公里,横跨15个省市、自治区,从山海关到嘉峪关,距今数千年历史,是中国古代杰出的建筑,是中国古代人民智慧的结晶,"村"里微缩了这个不可想象的巨作,基本呈现出了长城蜿蜒起伏的"身姿"和雄伟壮丽的风貌。兵马俑又称秦俑(始于秦始皇),是一种殉葬品,每一个造型栩栩如生,被誉为"世界第八大奇迹",成为中国古代辉煌文明的名片,"村"里当然不可或缺,让人感到不可思议。故宫是明清两代皇家的宫殿,位于北京中轴线上,有大小宫殿70多座,房屋9000多间,是世界上现存规模最大、保存最为完整的木质结构古建筑群之一,曾有24位皇帝在这里"办公"和生活,如此宏大建筑群和重要的政治地位,"村"里进行了再现,让人感到无比震撼。莫高窟是中国石窟中的瑰宝,有洞窟735个,壁画4.5万多平方米,彩塑2400余尊。无论其建筑的奇特性,还是其艺术的精美性,都是首屈一指的,为世界奇观。它与云冈石窟、龙门石窟并称中国三大石窟,这三大石窟在"村"里"相会",一字排开,让人一览无余,品味了解。布达拉宫是宫堡式的建筑群,具有藏族建筑风格,外面看有13层,实际只有9层,建于山腰,是历代达赖喇嘛的居所,也是西藏政教合一的统治中心,这座气势雄伟的建筑赫然立于"村"里,别具一格。除此以外,还有颐和园、天坛、承德山庄、苏州园林等等,在"村"里也是清晰可见,可供你慢慢欣赏。这些珍贵的世界文化遗产,代表着中国的历史和文化,反映了中国人民的勤劳智慧,为其他国家望尘莫及,游人观之自豪感油然而生,也令世界为之叹服,我们理所当然要好好爱惜和保护,让华夏文明始终保持着光彩夺目的底色。

画卷里,有中国名楼名塔名人的聚集地。中国的三大名楼全部被"搬进"了"村"里,江西的滕王阁、湖南的岳阳楼、湖北的黄鹤楼,皆是古代喜好舞文弄墨的官员所建,最后成为古代文人骚客、名流雅士聚会雅集的场所,留下了许多趣谈佳话,诞生了不少千古不朽的诗篇华章,如王勃的《滕王阁序》、范仲淹的《岳阳楼记》和崔颢的《黄鹤楼》等等,人们在这里既可细细观楼,又可慢慢重温诗文,会不由自主地物我两忘。陕西的大雁塔、云南的大理三塔、山西的飞虹塔、河南的塔林等等,各具特色,各展风采,再现灿烂文化,诉述千年历史,令人过目不忘。在"村"里,再现名人的祠堂陵墓也比较多,有被国人尊为圣人的孔子的庙,有被人们誉为"鞠躬尽瘁"的诸葛亮的武侯祠,有被诗坛称为"诗圣"的杜甫的草堂,这些名人都被载入了史册,他们的诗文令人耳熟能详。还有叱咤风云的皇帝的陵墓,有黄帝陵、明十三陵、成吉思汗陵等等,他们创造了历史和辉煌,为人们所景仰。总之,这个聚集地文化品位甚好,是"故事里的故事真多,说也说不完"。

画卷里,有中国山河无限好的山水之都。素以奇松、怪石、云海、温泉"四绝"著称的黄山、雄伟险峻的东岳泰山、感觉会摇摇欲坠的梵净山、大名鼎鼎的台湾阿里山等等,在"村"里昂首屹立,风光无限,让人们感受了山的力量和秀美。有山必有水,长江三峡、漓江山水、天涯海角、黄果树瀑布等等,在"村"里一览无余,"一泻千里",让人们仿佛听到了它奔流不息的哗哗水声和生命的最强音。还有人们非常喜爱的中国名湖也纷纷在这里"亮相",比如西湖、瘦西湖,婀娜多姿,风情迷人。皇家园林苏州园林、江南水乡小镇在"村"里"相会"交融,静谧可人。看完这一切,你不得不赞叹中国山水之大美,感叹风景这边独好。

画卷里,有中国佛教文化、石刻文化的圣地。四川的乐山大佛,巍峨高大、神态慈祥,还有江苏的南山寺、河南的少林寺,"村"里的寺庙多得很,让人们感受了中国佛教文化的博大精深、源远流长,也唤起人们要乐善好施。代表中国国粹的书法,在"村"里独树一帜,摩崖石刻、大足石刻等等,精雕细刻,婉转遒劲,让人们感受到了中国书法的独特魅力。传统的东西既是中国的,也是世界的,理应好好保护、发扬光大。

画卷里,有中国民俗文化的展示区。中国的民俗文化,非常丰富多元,东南西北中,各具不同。"村"里展示的北京四合院,很有味道,方方正正,大家风范。云南少数民族的民居、文字别具一格,富有原生态和民族味。更为精彩的是,现场少数民族的劳作场景和表演,抓人眼球,极具民族特色,"一方水土养育一方人"。那少数民族的"风雨桥"很漂亮,全是木质的,古色古香,是少数民族避风雨、谈恋爱的福地;那蒙古包粗犷大气,让人们感受了蒙古族人的豪迈。总之,这里的民居、民俗比较鲜见,需细细品味,让人们记住了历史和乡愁。

所有这些,就是我眼中锦绣中华民俗村的画卷,它能够让国人甚至世界更好地了解中国。历史古迹、灿烂文化、人文逸事、秀丽风光、风土人情等等,扑面而来,尽收眼底,背后的诸多故事,让人浮想联翩、咀嚼有味,真正是祖国山河灿如花,锦绣中华真锦绣。走马观花式的游览结束后,我还以一首小诗作结:"祖国山河灿如花,锦绣中华凝精华。东南西北八十二,栩栩如生谁不夸?"表达自己内心对伟大祖国的热爱、歌颂。

只可惜,一下午时间太短,我只能"一日看尽长安花",但肯定的是,值得一看。不过,也有两个小小遗憾:一是景区景点多,排序似乎缺乏章法,是否可以按照东南西北中或省份排序?如此让人们有规律可循;二是只见其"表"不见其"里",外面"风风光光",但缺乏文化内涵,可观而不可读也。希望未来能够有所改进,让锦绣中华民俗村观看有序、表里如一,生命之树常青,绽放无限光芒和魅力。

深圳老街

老街,是一座城市的地标,很多城市都有老街,它见证着历史,诉说着沧桑,记录着乡愁,成为一座城市的古韵风景地、城市会客厅、网红打卡地。

深圳也有一条老街,叫东门老街,但与别的城市老街完全不一样,因为它不是一条街,也不是一个古韵盎然的地方,而是一个街道纵横交错、方圆好几平方公里的步行街,是深圳最先发展、最早繁荣的地方,由于地处深圳市罗湖区东门街道,故名之。

东门老街,相比较深圳新崛起的地方,它是老的。罗湖是深圳最早崛起发光的地方,随着深圳改革开放步伐的加快,罗湖"新陈代谢"了,逐步变成了老区,而南山、福田等地,却成为深圳最为繁华、最有活力的新区,代表着深圳的新形象。尽管如此,东门老街的热闹程度一点也不逊色,依然风光依旧,魅力不减当年,业态彰显,人气旺盛,只不过少了些许现代化的摩天大楼及新兴产业而已。

东门老街的建筑比较有特点,基本都是不超过十层的大楼,墙体是玻璃幕墙,一层都是清一色的带走廊的店铺,以便为商家及行人挡风遮雨;还有少许粉墙黛瓦、飞檐翘角的建筑,鹤立鸡群,呈"金字塔"状,到了顶端就是一个四端翘角的亭子,颇有古色古香的味道;老街外围的大楼,与老街内的大楼排列错落有致,遥相呼应,相得益彰;老街的负一层、负二层名字颇有意思,不叫"负",而叫"富",表达了深圳人图吉祥、想进取的意愿。

　　老街的道路有点古意,因为是步行街,不是很宽,路面大多是条块石铺就的,犬牙交错,四通八达,怎么走都不会进入"死角",方便了行人逛街购物;路两侧有各式各样的座椅,逛街累了,可以就地小憩,非常人性化;街内的诸多广场,大小不一,形态各异,建有反映深圳时代变迁的各种雕塑,供人们欣赏拍照;广场周边的墙面,有的再现深圳发展历史,有的则显示了现代文化,能让人驻足观看。

　　老街的产业,最典型的是服装产业,这里是深圳乃至中国最大的服装销售和批发市场,销售服装的商铺店面不大,但多得惊人,随处可见,令你目不暇接,什么样的服装都有,什么价位的都有,款式新颖时髦,老少咸宜,由于深圳地处亚热带,故卖冬季以外的服装居多。因为服装对人有很大吸引力,所以老街天天人流如织,生意火爆。更为壮观的是服装批发市场,大一点的有国际服饰批发城、白马服装批发城、新白马服装批发城、宝马服装批发城等等,每天来批发服装的汽车,在老街外围一字排开,围得水泄不通,走了一拨,又来了一批,天天如此,成捆成捆的服装,被源源不断地发往全国各地。老街简直就是服装大世界,任你挑选。

　　老街除了卖服装、批发服装外,还有许多经营其他商品的店铺,看得你眼花缭乱,商品应有尽有,只有想不到的,没有买不到的,黄金玉器、钟表电子、水果副食、日用百货、风味小吃等等,琳琅满目,十分抢眼,叫卖声此起彼伏,像潮水一般,煞是热闹。老街里不全是小店铺,也有高端大气的商场,比如太阳广场、天虹广场、茂业百货,想买好一点的商品,可在这里挑选,不过价格有点贵。

　　论小吃,老街堪称一流,地上地下皆有小吃街,全国各地的小吃,在这里都有一席之地,什么重庆火锅、天津汤包、武汉热干面、长沙臭豆腐、桂林米线、台湾烤肠等,不胜枚举,集风味小吃之大成也。因为深圳临海,最多的小吃还是海鲜,种类多,新鲜又便宜,味道美极了,约几个朋友,点几盘海鲜,来几瓶啤酒,够你惬意享受一番,方便至极。总之,你在老街想吃什么都有,这里是吃货的天堂,每天人头攒动,比肩接踵,尤其是夜晚或节假日,更是人山人海,水泄不通,汇成人的海洋。

老街的娱乐设施很多,吃好了,衣服买够了,可以享受娱乐带来的快乐。电影院多得很,最新的大片在这里能够先睹为快;东门町的电子游玩城大而热闹,什么样的电子游玩设施都有,光彩炫目,乐声充耳,尖叫声不断,令人感到惊险刺激;密室也很多,让你感受不一样的刺激和快乐。每到周末或节假日,还有富有民族特色或地方特色的表演,让人在吃、购、玩的同时,得到一份娱乐的惊喜和快意。

老街夜晚的灯光特别美,墙体灯光、店铺灯光、树枝灯光、地面灯光等等,造型各异、色彩斑斓、流光溢彩、旖旎迷人,与路灯交相辉映,亮如白昼,置身其中,仿佛看一场盛大的灯光秀,令人兴奋不已。

老街的交通十分便捷,深圳比较大的地铁站——老街站就在这里,一号线、三号线在这里交会,出站就是老街,方便了人们前往老街吃、购、玩;而外围又都是城市主干道,公交车、出租车多得很,想来就来、说走就走,为老街的人气聚集提供了保障。

购物、娱乐,是人之本性,也是东门老街热闹非凡的内在原因,它提升了老街的人气,满足了人们需求,赋予了人们快乐。来深圳这样的新兴国际大都市,有机会逛下老街,也算是乐事一桩,会自得其乐。希望老街"老树"开新花,生命之树常青,继续绽放魅力,成为深圳购物、娱乐的好去处,成为深圳的一张亮丽名片。

今非昔比的中英街

提起深圳与香港交界的中英街,没有几个人不知道。

在香港尚未回归祖国时,我就耳闻中英街值得一游,可一直没有去过。虽然后来去过香港,但还是没到过中英街。最近来到深圳,我决意去中英街看看,了却一桩心愿。

中英街之所以出名,是因为它的特别和繁华。说特别,是因为它的地理位置特殊,街的一边是内地深圳,另一边是特区香港;说繁华,是因为它的商业、人气特旺,商铺林立,是一座购物天堂。

是日上午 10 点左右,我驱车到了深圳市盐田区沙头角的边境管理站,这是中英街的入口。一眼望去,周围黑压压一片,人们比肩接踵,水泄不通,有三五成群的散客,更有旅行团的游客,把本不大的管理站周边围得似乎喘不过气来,看来中英街名不虚传。因为这是边境之地,过了管理站就意味着出境了,所以,所有去中英街的人,必须在此办理出境手续。幸好现在科技发达,全程都是自动化,先扫个二维码,把个人信息输入进去,等待确认,通过了就意味可以出境了。然后依次排队走到自动取通行证机旁,凭身份证原件取《沙头角边境特别管理区通行证》,拿到这个证后,经过安全检验、人脸识别等程序,才能通关出境,管理得比较严格。由于都是自动化操作,所以速度很快,全程 15 分钟左右就能搞定,这要感谢科技的力量。

　　出了关,就来到深圳市盐田区沙头角街道与香港特别行政区北区交界处的中英街,这里是特区中的特区,刚入街就能看见一块大理石做成的"中英街界碑",黑底烫金字,上书"全国重点文物保护单位",广东省人民政府立。看到这个界碑,激动中又有几分联想,想当初,这里是一街"两制",一边是内地,一边是英国租界,泾渭分明。如今香港已经回到祖国怀抱,撤掉了这个"楚河汉界",彼此已融为一体了,为了纪念抑或是警醒,立了这块碑,很有教育意义。几乎所有的游客,都会在这块碑前停留拍照,这里既像入街前的一个教育站点,又像一个人气旺盛的网红打卡点。

　　中英街虽说赫赫有名,我也是期盼已久,但来到这里一看,心里难免有落差,与我想象的差距颇大。这条街不是高大上,而是又短又窄,长几百米,宽不过几米,甚至不及现在县城的商业街。令人兴奋的是,有一个墙面却让人眼前一亮,内心激荡,墙面上刻着大大的鲜红的国旗和香港特别行政区区旗,写有"深港合作,共创繁荣"八个大字,让人精气神十足,不禁驻足品味良久。深圳这一侧的"半边街"可能还保留着中英街往日的风采,繁华热闹,人流涌动,商铺都是清一色一层带走廊的楼房,颇有年代感,尽显历史沧桑,一个挨着一个,商品琳琅满目,耀眼诱人,吆喝声、叫卖声、议价声此起彼伏,热闹非凡,游客边游玩边进店参观,购物的人不在少数,大包小包,络绎不绝。我也饶有兴致地跑进店里看看,觉得商品可用价廉物美来形容,这里人民币、港币通用,兑换比为87∶100,与在香港买东西的行情差不多,难怪有这么多人购买。深圳"半边街"的景象让游客"窥一斑而见全豹",也算体会了一下中英街往日的风采。回首中英街当年,深厚的历史渊源,一街"两制"的景观,琳琅满目的商品,打造了购物的极乐世界。在那个商品短缺的计划经济年代,这里曾经是多少人梦寐以求的地方,能来到这里购物,就是一种荣耀、一种炫耀、一种满足、一种享受。今天,人们来到中英街,已经没有这种感觉了,大多像我一样,到此一游，领略一下，感受一把，因为国家强盛了，香港回归了，市场流通了，人们生活水平提高了。

到了中英街，不完全为了观光购物，还要了解一下它的"前世今生"。慢慢穿过中英街向南走，能看到长200多米的雕塑墙，白底黑塑，有诉说历史风云的，有展示人们劳作的，有反映当时生活场景的……活灵活现，让游客充分了解这里的过去。矗立在广场的一个"警世亭"，格外引人注目，用四根大大的柱子撑起，悬挂了一个警示钟，四周镂空，亭子底部是黑底烫金的文字，警示人们不忘这里曾经是英国侵占的租界，不忘国人受尽欺凌的鸦片战争，不忘丧权辱国的《南京条约》。临近海边的一栋楼是"中英街历史博物馆"，墙上挂满了爱国主义教育基地的牌子，这无疑是一本厚厚的历史教科书，是生动的爱国主义教育课堂，警醒人们勿忘国耻，牢记使命，忠于祖国，只可惜，博物馆没有开放，未能进去一观。

置身于中英街，放眼四周，还可以看到深圳沙头角宽敞的街道，整齐的楼房，如星的店铺，富足的生活；可以看到香港参差错落的栋栋楼房，或俯瞰大海，或耸入云霄，一派祥和安宁的气象；可以看到一望无际的碧蓝大海，一座座雄伟的青山，山海连体，唇齿相依。如此温馨画面，让你深深感受到祖国的强盛伟大，人民的手足相亲。

中英街，今非昔比，记载着一段历史风云，如今是祖国怀抱里的一颗耀眼明珠。

記事

深圳的秋雨

秋日客居深圳,好几回"领教"了深圳的秋雨。它像天上的云,飘忽不定,捉摸不透,又像孩子的脸,变幻无常,时柔时闹。一次,我从住的10楼乘电梯出去,出门时天气好好的,可待我出了电梯,已是斜雨裹风,满地水泡,雨来得就是这么快。

我从江南来,江南的秋天是少雨的,可深圳的秋雨比江南的夏雨还频繁,甚至还猛烈,这是为什么?又有什么特点?出于好奇,我对深圳的秋雨仔细品味起来,有了些许感受。

深圳的秋雨说来就来,毫无征兆。如同我那次出门,因知道这儿雨水频繁,我特意来了个"出门看天气",看要不要带伞,见天上阳光明媚,万里无云,我就放心出门了。换鞋、关门、等电梯、坐电梯,就这么一会儿工夫,等我迈出电梯时,已是天色昏暗、斜风细雨、雨水横流,毫无"前奏"。猝不及防的秋雨,让没有带伞的人或慌忙奔跑,或就地躲雨。不像江南,雨来临之前,征兆明显,会乌云密布,黑云压城,有点"路上行人欲断魂"的感觉,自然可以"未雨绸缪"。而这里,明明刚才还阳光明媚,转眼之间却雨声入耳,稀里哗啦,甚至挂着太阳也下雨,或"大弦嘈嘈",或"小弦切切",说来就来,让人措手不及。所以,在深圳,在阳台外晒东西是令人头痛的,必须专人看护,因为不知道什么时候会下雨;爱美是女同志的天性,几乎所有女同志的包里都会塞着一把伞，以防"天公不作美"。"饱带干粮晴带伞"，是应对深圳秋雨的法宝，也是许多深圳人的明智选择。

深圳的秋雨说停就停，瞬间放晴。犹如悄悄地来，也是悄悄地去，深圳的秋雨会不打一声招呼就悄然离去，瞬间晴空万里。不像江南，一旦秋雨来临，会绵绵无期，没完没了。深圳的秋雨虽然说来就来，风吹树枝、雨打玻璃，但它说停就停，太阳公公立马钻出云层，露出灿烂笑脸，真可谓"来无踪去无影"。再打个不太恰当的比喻，就像一个遇到伤心事的人，大哭一阵发泄完了后，复归正常，并无大碍。而且，秋雨来来去去、断断续续的情况，会在一天中循环往复搞上好几回，欲说还休，欲休还说，下下停停，停停下下，每次间隔时间都不会太长。这样的天气对深圳人来说，"有人欢喜有人愁"：欢喜的人感叹，老天真开眼，雨后凉爽好舒服；愁的人埋怨，老天不长眼，时晴时雨让人无所适从。其实，世事无常，每个人诉求不一样，自然会有不同想法，不足为怪。

深圳的秋雨驱赶湿热，亮化城市，甚是宜人。炎热、暖和是深圳一年四季的"标配"，深圳人是没有冬衣、冬鞋的，所以，即便是秋天，在深圳依然会汗流浃背，没有谁不希望凉快舒服一些。而频繁而至的秋雨犹如老天赐给深圳人的"大礼"，一场秋雨一场凉，秋雨为深圳人驱散了炎热，不用空调和电扇，就能享受习习清凉，惬意得很。换言之，秋雨好比深圳人的福利，秋雨宜人，宜人秋雨。尽管每场秋雨之后没有江南降温那么快，但对深圳人而言，已是求之不得了。众所周知，深圳是著名的国际大都市，高楼林立，绿叶满眼，车水马龙，节奏很快，每每经历秋雨的洗刷，城市就会焕然一新，格外清新亮丽，天更蓝、楼更亮、树更翠、人更爽，秋雨为城市绘就了一幅秋高气爽图！

深圳地处祖国南端，与香港隔海相望，属于亚热带季风性气候，热而湿是这个城市典型的气候代名词，这种气候造就多雨，是自然规律所致，只不过深圳的秋雨突如其来，飘然而去，时断时续，颇有情调。

哦，深圳的秋雨，你虽然有几分调皮，但你能够给人带来清凉，扮亮城市形象，更多的是让人生喜；你虽然不拘常态，多变无常，但你有个性，如同这个城市一样。

客居深圳闲记

客居深圳一段日子,少了故乡人间烟火气的琐事,日子过得平淡而闲暇。无事经常走走看看,颇得感慨,有即兴感知的,有勾起我过往经历的……于是乎,就想着把这些感慨记录下来,期待我对这座年轻而充满活力的一线城市有更多了解。

林立的高楼

深圳虽不是直辖市、省会城市,但它是中国最先改革开放的城市,惊人的发展速度一跃成为中国四大一线城市之一,人们俗称"北上广深"。

到了深圳,最让你无比震撼、直击心灵的就是无数的高楼,比肩接踵,参差错落,看得你眼花缭乱、目不暇接。这些摩天大楼,恐怕最能代表深圳的特征和个性,因为论历史和政治,它肯定比不上北京,论繁华和精致,它比不上上海,论地域特色和地位,它比不上广州,只有层次分明、耸入云霄的高楼,最能彰显这座年轻城市的现代化程度与无穷活力,可以与它们争个高低。

这些高楼,要么是居民住宅和公寓,要么是写字楼和百货公司,要么是金融中心和酒店,五花八门,功能多元,整天人来人往,"楼宇经济"在这里最火热,充分反映了这座城市的经济活跃程度。倘若你站在高楼处,无论从哪个角度远观,都是黑压压的一片大楼,感觉透不过气来,但走近一看,其实不然,深圳的街道宽敞空旷,大而华丽,人气很旺。高楼造型各异,高端大气,气象万千,有的像笔直的竹笋,有的像挺拔的利剑,有的像高耸的灯塔,不一而足,楼体外墙金光闪闪,漂亮得很,充分彰显现代化气息。到了夜晚,华灯齐放,如同白昼,这些高楼的魅力尽情释放,争先恐后地一展妩媚,五彩缤纷,流光溢彩,美轮美奂,那流动的灯光晃来晃去,不断"变脸",美极了,也充分彰显出这座世界现代化大都市的品位,让人惊讶、心醉。

深圳首屈一指的大楼是平安国际金融中心,近600米米,耸入云霄,是深圳的地标。其次是京基100大厦,高441.8米,接着是华润总部大厦,高392.5米,这些高楼可以与亚洲乃至世界高楼一比高下。所以,要看高楼,可来深圳,看了这里的高楼,可能你便无心看别的地方的高楼。

来了就是深圳人

"来了就是深圳人",成为深圳人的口头禅,在一些地方,还赫然写着这句话,充分体现了这座城市的包容性和人文内涵,让人感觉这座城市文化理念多元,不标榜自己的个性。比如,你要打听什么,不论是本地人还是外地人,他们都会耐心解释、悉心告知,深圳人态度很热情,让人听后很暖心。

深圳目前有近1800万人口,但常住户籍人口只有500多万,外来人口远远大于本地人口,是典型的移民城市,来自五湖四海、大江南北的都有,这也让"来了就是深圳人"成为铁打的事实。你置身其中,感觉如同在自己的故乡,生活习性与其他城市无异,天南海北的方言汇聚;菜的口味多元，全国八大菜系都有，想吃什么就能吃到什么，我来自安徽，喜爱徽菜，就到过"皖厨"用餐。不像广州，当地人大多说粤语，你听不懂，交流起来困难；菜以粤菜为主，有时你吃不惯，早茶一吃就是几个小时，感觉挺浪费时间的。

深圳的年轻人很多，街头巷尾，大都是充满活力的帅哥美女，而且个头普遍较高，成为深圳流动的风景。深圳人生活节奏比较快，走路都是行色匆匆，或许"时间就是金钱，效率就是生命"渗透了骨子里。在深圳，你看到的白领阶层人士居多，这里聚集了天下许多英才，科技创新、改革开放成为主旋律，彰显了这座城市的年轻魅力和生机活力，相信未来可期。

外地人来深圳，大多为实现自己梦想而来，使深圳成为令人羡慕的福地，他们也为这座城市的发展默默无闻地作出了贡献，深圳能有今天举世瞩目的辉煌成就和现代化程度，离不开一批又一批"打工仔"的付出。"来了就是深圳人"，深入人心。深圳市政府在这个方面更是一视同仁，比如坐公交或地铁，只要你达到60岁，不分本地外地，凭身份证一律都免票，而且优先进出，部分景区亦然。所以，来到深圳，感觉很舒服，你会情不自禁地就把自己当作了深圳人。

衣食的天堂

谁都不会怀疑，人最离不开的两件事就是衣食，丰衣足食，才会安居乐业。在深圳，衣食可谓"一网打尽"，只有想不到的，没有买（吃）不到的。

深圳的服装店铺多得惊人，走到哪里，都会看见服装店，小店铺、大商场比比皆是。因为深圳属亚热带气候，基本都是卖春夏季服装的，琳琅满目，漂亮大气。或许因为离港澳比较近，又是国际大都市，所以服装尤为新潮，人无我有，人有我新，如同这座城市一样，始终走在行业的前沿。走在大街上，看到的都是着春夏服装的人，或高端优雅，或休闲随性，非常得体，十分耐看。我客居深圳罗湖区东门老街，因为这里是全国最大的服装批发城，所以看到的服装就更多，说是服装的天堂一点不夸张，整天人声鼎沸，热闹非凡。我也时不时逛逛，买点自己喜欢的服装。总之，款式各异、价格不等的服装，被南来北往的人批发出去，走向全国各地，整天车来车往，络绎不绝，大包小包，繁忙得很，热闹得很。

至于食，前面已有所述，这里再聊几句。因为深圳是移民城市，口味自然各异，有所需自然就有所供，所以食物也五花八门，来自天南海北。八大菜系皆有，想品尝什么就品尝什么，就是价格比较贵；风味小吃更多，湖南臭豆腐、湖北热干面、重庆火锅、云南米线等等，都能吃到。每到夜晚，食客聊着天、喝着啤酒，惬意得很。由于深圳是海滨城市，海鲜自然很多很新鲜，五花八门的做法，浓郁诱人的香味，令你垂涎欲滴。吃货们来深圳，大可一饱口福，一定会满载而归，不虚此行。

精细的城市管理

在深圳，不管你住多久，始终会觉得这里空气清新，街头巷尾看不到一点卫生死角，所有店铺经营井然，繁忙交通畅通有序……这与深圳精细的城市管理密切相关，所以深圳自我加压，提出了打造全国文明城市典范城市的目标。

我由于过去曾主抓过文明城市创建工作，所以对深圳的城市管理深有感触，多了几分感情、几分关注，觉得内陆城市与深圳有不小差距，是经济实力原因，还是管理创新、管理水平的原因，不得而知，或许二者兼有。

城市道路基础过硬，宽直平坦，地标清晰，花草满目，枝繁叶茂，一条道路就是一道风景，这与深圳这座城市的"年轻"有关，"后来者居上"。

道路清扫全部机械化,一天好几次,还时不时用洒水车洗路,所以道路清爽养眼。即便多日无雨,也会一尘不染。

街头巷尾,由于人多店多生意好,免不了产生垃圾,地面脏而油腻,可深圳的分类垃圾桶很多,也很漂亮,一字排开,就近让行人丢垃圾,十分方便,所以你看不到地上有一点垃圾。油腻的地面,用洗水车冲洗得干干净净,有时一天冲几次。边边角角,机械解决不了的,人工解决,环卫工人是"常驻大使",发现问题及时就地解决。

深圳对店铺的管理很严,"不准出店经营"不是一句空话,所有经营户不敢"越雷池半步",所以人行道很整洁、畅通。我所客居的地方,就有专门的城管和警察驻点,他们不定期联手巡查,或走路巡查,或开敞篷车巡查,发现一处违规就及时制止,店铺也很配合。我经常看到如果没有解决好,城管或警察就不走的情况,他们履职很尽心,我心里暗暗为他们点赞。

深圳的交通管理也很严,机动车道和非机动车道严格分开。在人流密集的地方,经常会看到单行道。汽车行驶规定多,所有乘车人员,不管大人小孩,一律要系安全带,道路实线是禁止变道或碾轧的,遇到斑马线一定要礼让行人,等等,这些都是"高压线",违反了必将受到重罚。儿子开车带我出去玩,反复跟我讲这些,我说管得好。行人则一般靠天桥或地下通道过街,彼此各行其道。所以,在我看来,深圳的车好开,交通管理很好,安全隐患也很少。

深圳的人性化设施做到了极致。街头巷尾,都有很多干净漂亮的座椅,人们逛街累了,可以小憩。公园内也是座椅无数,还有无数一字排开、干净漂亮的垃圾桶,垃圾桶旁边有高低两个洗手池,方便大人小孩使用,远看就像漂亮的建筑景点。深圳公共厕所让我十分惊讶,完全可以与宾馆的媲美,不仅硬件很"硬"、干净无味,而且人性化、高科技,里面抽水是自动的,提供厕纸,设置了手机位和挂东西位,外面的洗手池旁有镜子、擦手纸、消毒液等等,做得十分到位,想得十分周全。

城市管理方式大同小异,贵在创新,贵在精细,深圳提出创建全国文明城市典范城市,我坚信指日可待。

车之烦恼

如果问当下城市里最多的交通工具是什么,绝大多数人会回答是车。的确,如今的大街小巷、商场小区等,目及之处,密密麻麻的都是车,看得有些眼花。有车自然出行方便,加之成本不算太高,于是源源不断的人加入了有车族行列。

前不久,我也有幸成了有车族的一员。说实话,没有车的时候想车,可有了车又觉得烦恼太多。正如《围城》里那段经典的话,大意是没进入婚姻殿堂想结婚,可结了婚又想冲出婚姻围城。或许有人会说有车多好,还有什么烦恼?君若不信,请听我道来。

选车很纠结。有了买车的考虑法后,一定会考虑买什么牌子的车、买什么价位的车、在哪里买划算、后期服务怎么样……这一连串的问题挺折磨人的,必须认真思考。我也一样,因为选车吃了不少苦,跑了许多4S店,看了许多牌子的车,还约来朋友一起去挑选,并美其名曰"选车顾问团"。经过一段时间的奔波,反复比较、权衡,加上"选车顾问团"的推荐,最终我才拿定主意,买了一辆途观。这过程好比遇到人生十字路口,左右徘徊,纠结得很。从"左挑右选看花眼"到"不畏浮云遮望眼",是个艰难的过程,艰难的抉择。

用车很无奈。现在的车子非常人性化,智能化,功能多。车主与车子之间要有个相当长的磨合期,甚至有些车主虽然用了很长时间,但对车的功能仍然不能了如指掌。只有用中学,学中用,方能驾轻就熟。由于我过去开车不多,加之悟性较差,对车子的功能知之甚少,一脸茫然,颇感无奈。一次,我不小心把车后雨刮器弄坏了,关不了,看说明书不明白,又不敢胡乱弄,大晴天雨刮器老是划来划去,岂不让人笑话?我只好打电话求助4S店。类似这样简单的操作尚且不会,更别说复杂的。有时还埋怨现在的车子干吗搞得这么智能。

开车很窝火。"车子不好开""经常会堵车",这恐怕是当下有车族的共识。这并非空穴来风,比如:你在正常行驶途中,冷不丁有突然变道的车或者是强行加塞的车,把你吓出一身冷汗;公交车自恃体大,你得时时让着它;出租车要做生意,你得时时躲着它;电动车横冲直撞,你得时时防着它。每每遇到这些情景,尽管很窝火,还得告诫自己"别生气",坏了心情开车危险。特别是上下班高峰期,车水马龙,车子如蚂蚁般爬行,走走停停,扭来扭去;红绿灯"红长绿短",好像成心与你捉迷藏,你急它不急,一路下来,除了要有好的驾驶技术外,还要有好的心态。如此这般,真想弃车而走,眼不见,心不烦。

停车很痛苦。停车难是当下所有车主最头疼的一个问题,能停车的地方几乎停满了车。开车外出办事,最担心的是车停哪儿。往往要东钻西找,走上好长一段冤枉路,才能让你松一口气,可谓"踏破铁鞋无觅处"。没有车库的车主回家停车更头疼,就像没有家的孩子到处跑,见缝就钻,即便眼前一亮,找了个停车的地方,还要担心是不是违章,会不会对车有损害,车子能不能再开出来。天天如此,你说痛苦不痛苦?有人戏谑道:"开车办事找不着地,开车回家找不到窝。"还真形象生动。

车之烦恼虽然如此多,可有车之族仍如雨后春笋般增多,怎么办?我以为,买车者慎决策,想想有无必要;开车者讲文明,多点换位思考;管理者出出好主意,多想点破解高招,合力让车之烦恼远离人们。

千里自驾行记

儿子在广州工作,故而我往返于马鞍山和广州之间是常有的事。过去不是坐飞机,就是坐高铁,倒也算方便。忽然有一天,我想着要是自己能驾车去,定别有一番风味,就是路程有点远,横跨粤、赣、皖三省,总路程达1300多公里。

机会终于来了。是年五一前夕,儿子从广州回马鞍山,我们商定,借五一假期高速公路免费通行的契机,我请假与儿子一起驾车到广州,体验一下千里自驾的感觉。4月30日早6点,我们自驾启程了,我们一边交谈一边轮换着开,不知不觉就到了广州,此时已是午夜时分。我们感觉比想象中的好,还比较轻松,也堪称"一日千里"了。

过了一些日子,我要驾车回马鞍山了。我一个人开,肯定就没有那么轻松自在了。起先儿子不放心,执意陪我开车到南昌,他再乘飞机回广州。我安慰说,没必要这么麻烦,我已走了一趟,路线路况心中有数,又不赶时间,一天不行开两天,也算挑战一下自己。再说我的年龄、阅历放在那儿,有什么不放心的。在我的坚持下,我一人千里自驾终于成行。说实话,我嘴上说得硬气,内心还是有点打鼓,因为这是我第一次这么长时间长距离自驾。

出发的那天一大早,我带着一大堆吃的东西和儿子做好的返程路线图,坐上自己的爱车,精神饱满地点火,起步,开始了回马鞍山的行程。

刚开始,还是兴高采烈的。清晨空气清新,车辆不多,道路两旁景色养眼,人的精神又特别好,所以自驾起来惬意得很,车子也走得欢。风驰电掣般地开了几个小时后,不觉已走了300多公里,驶离了广东,进入了江西赣州境内。这一刻可用一个字来形容,那就是"爽"。

要不是肚子发出饥饿的指令,我会一直往前开,因为没有觉得累。早饭吃得早,到中午11点多就饿了,我开进服务区,简单地用了中餐,把肚子填了个大半饱,也让车子熄火休息一下。利用间隙,我给儿子打了电话,告知顺利平安。

吃过中饭后,我又抓紧赶路。此时太阳刺眼,我戴上了墨镜;车内闷热,我打开了空调;寂寞枯燥,我放起了高分贝的音乐;公路上车辆熙熙攘攘争先恐后,我小心翼翼驾驶着。先前那种惬意自在的感觉正在慢慢消失,枯燥疲劳正悄悄袭来。走了两个多小时,到了江西吉安境内,由于我有午睡的习惯,眼皮开始打架,特别想睡觉,我索性开进服务区小憩,顺便给车子加点油,此时行程近半。

眯了一会儿,算是过了午睡期,我又继续我的行程。此时自驾疲劳的症状不断显现,颈椎酸胀、眼睛难受、手脚麻木,处于一个比较难熬的阶段。我一边小心驾车,提醒自己坚持住,一边吃东西、抹风油精,补充能量和提神。在这个节骨眼上,公路上突然堵车了,车子排起了望不到头的长龙。我走下车活动一下身体,放松放松,缓解疲劳,也算是"天赐良机"。等了几十分钟后,车子才开始慢慢"爬行",到了一个高速出口,见不少交警正有序指挥车辆出高速,才得知前面出了重大交通事故,高速封路。交警说,要么出高速绕行几十公里后再上高速,要么耐心等待,但何时放行说不清。面对这突如其来的遭遇,我还真有些紧张,一脸茫然。我看大多数车辆选择出高速,我也随大流了。人地两生,怎么绕道、怎么再上高速只有听导航了。不承想,"屋漏偏逢连夜雨",刚出高速不久,老天下起了大雨,穿梭在不熟悉的省道及县道上,烟雨茫茫,车子的雨刮器使劲地划来划去,焦虑之心可想而知。我稳稳地握住方向盘,一门心思按照导航行走,并在心里默默祈祷:雨儿你赶快停停,车儿你千万别出故障,道儿你赶快让我上高速。祈祷归祈祷,路还是要走的,顶风冒雨,七拐八绕,行驶了约两个小时近100公里后才重上高速,我长长地松了一口气,算是经受了一次考验。

说来也巧,等我重返高速时,雨也停了,疲劳感也消退了不少,人像打了鸡血一样又精神起来,在限速范围内我一路狂奔,想把耽误的时间弥补过来。走着走着,天色暗了,车灯亮了,行程也过大半了,疲劳感又上来了,我一看此时已是晚上7点多了。我决定找个好点的服务区休息,吃个晚饭,住上一宿。正想着这件事,忽然看到了庐山服务区,心想庐山是名山,以庐山命名的服务区一定不会差,我开进去一看,果然验证了我的判断是对的。我决定就在这里吃饭过夜了,这真是"得来全不费工夫"。吃晚饭时,我又给儿子报了平安,说了下午那有惊无险的事。

在服务区过夜,有生以来我还是第一次。虽说这个服务区不错,但我还是有几分担心。车子停在那儿安全吗?酒店安全吗?所以睡得并不踏实。一个人的自驾行程是让人担忧的,孤独的,寂寞的。

第二天天刚亮我就起床了,我赶紧跑到车子旁边看看有无意外,当然,一切正常。简单吃过早餐后,又给车子加点油,再次踏上了回马鞍山的行程。走了两个多小时,终于到了位于江西九江市的皖赣交界收费站。那一刻,看到收费站如同看到久违的亲人,心里涌起一分喜悦,觉得回家的路不远了。

出了皖赣交界收费站,过池州、铜陵、芜湖,于中午时分进了马鞍山境内。看到自己家乡的一草一木,有种从未有过的亲切感,这跟以往出差回家的感觉是不一样的。于是,我情不自禁地在心里呐喊:马鞍山,我回来了;自驾,我挑战成功了。

虽说我喜欢自驾，但像这次长途跋涉一个人行驶了1300多公里，跨越三省，耗时一天半的时间，还是第一次。这也是人生的一次体验，一次自我挑战，正所谓"绝知此事要躬行"。这次千里自驾，我概括为经历了四个时期：兴奋期，刚出发时精神抖擞，心情倍儿爽，非常兴奋；枯燥期，高兴一番后趋于平静，没有人跟你说话交流，觉得寂寞、枯燥；疲劳期，长时间注意力高度集中，身体吃不消，还要应对意想不到的事情，会让你身心疲惫；放松期，当你就要达到预期目标的时候，心中会油然生出成功的喜悦，格外放松。得出了三点结论：一要做好准备，比如路线规划、车辆检查、食物采购等等；二要安全为上，时刻绷紧安全这根弦，集中精力开车，遵守交通法规，不搞疲劳驾驶；三要心态放松，把自驾过程当作一次愉快的旅行，遇到突发情况冷静对待、理性处置，学会自己与自己内心对话交流。于我而言，有了这一次成功的千里自驾，一定还会有第二次、第三次……因为人生就是旅行，更何况"无限风光在险峰"呢。

登机奇险记

8月中旬的一天,我从南京禄口机场登机,到广州去看4岁的孙子。

一年中难得有这么个机会,很自然,大包小包带了好几个,既有自己的一些生活用品和电脑,更有送给孙子的礼物,吃的、玩的、用的……我是两手不落空,外加双肩包,一副满载而行的派头。

弟弟开车送我去机场,光顾着与他唠家常,没细看儿子在微信上发给我的预订的机票信息,不知不觉到了机场T2航站楼,这也是我过去经常出发的航站楼,太熟悉不过了。

与弟弟道别后,肩背手提几个包,大步流星走进T2航站楼大厅,在茫茫人海中开始寻找换登机牌的地方,左寻右看,竟然没找着,"老革命"遇到新问题。碍于颜面加上自信不想问人,便掏出手机逐字逐句细读儿子发来的机票信息,不读不知道,一读吓一跳,上面明明写着到T1航站楼登机,怎么稀里糊涂跑到T2航站楼呢?这不是南辕北辙吗?立马按大厅里的指示图标向T1航站楼奔去,哪知T2与T1相距甚远,一路小跑、负重前行了约二十分钟,才诚惶诚恐地跑到了T1航站楼,放眼望去,也是一片人海。幸亏我到机场的时间比较早,要是抢着点赶来,还真悬,会误事,可能要成为热锅上的蚂蚁。看来凡事都要认真仔细,不能完全凭经验办事。

到了T1航站楼,开始寻找换登机牌和托运行李的窗口,偌大的大厅里,到处是人,到处是排着长龙的队伍,到底哪个是呢?这下吸取教训了,我再掏出手机"请教",细看微信上的机票信息,可怎么看也没找着,因为机票上压根就没写,顿时焦虑又生心头。担心时间耗不起,赶忙向机场工作人员求援,工作人员看了我的机票后,也不知从哪里得来的信息,告诉我在 G 窗口,我顾不上细问,赶紧找到 G 窗口。哇,人又那么多,回字形的过道里人头攒动,我三步并两步跟在人群后面排队,排着排着,心里还是不踏实,担心排错了,把时间耗没了,于是走上前再向引导员咨询,得到确认后才松了口气。我在想,为什么不在机票上或在大厅醒目处作个提示,方便一下乘客呢?

　　拿到了登机牌去安检,谁知道比过去严格很多。比如我带的水杯,过去安检时喝一口即可,这次不行,非要把水全部倒掉,只许留下茶叶。我因为包包多,不少又是带给孙子的玩具,安检得很慢,担心出问题。真是想什么来什么,安检员突然抽出我带给孙子的玩具长枪,左看右瞧,还试着扣动了扳机,我见状赶忙凑上前解释说,这是低龄小孩玩的玩具枪,只会发声发光,不会有什么危险的,你也试了,如果有危害,我肯定不会带的。因为之前我许诺给孙子带他喜欢的玩具枪,他高兴得要命,要是在这关口被没收了,怎么跟孙子交差?还好,安检员似乎明白了我的心思,比较通情达理,见我态度诚恳,没有再说什么,安检总算通过了,我长长舒了一口气,这才叫有惊无险呢。事后我还是想,登机尽量不要带容易引起误会的物品,免得自找麻烦。

　　过了安检,来到候机厅等候。好不容易熬到正点登机了,当然高兴,因为飞机不晚点太稀罕了。见排了长龙队,我想走个巧,排到另一个只有几个人的队伍里,自以为聪明,猛然抬头一看立在眼前的牌子,我的脸唰地红了,原来这是优先通道,明文规定优先的对象,要么是坐头等舱的,要么是军人、孕妇等,难怪人这么少。像我这样的普通乘客,不符合规定,哪有优先理由?于是我不好意思地赶紧退出来,转到人多的队伍里,那一刻,我钻进地缝的心都有,这真叫聪明反被聪明误。

瞧瞧,这一连串登机曲折的过程,是不是有些奇险?虽然有惊无险,但告诉了我们一个道理,凡事三思而行为好。

绿皮火车上的畅想

很久没有坐过绿皮火车了,出去一般会选择飞机、高铁、动车这些舒适快捷的交通工具。前不久,我从深圳儿子家回马鞍山,听说有一趟深圳到苏州的 K34 绿皮火车,跨广东、江西、安徽、江苏四省,行程千余里,刚好经过马鞍山站,我决定体验一次,因为没有急事,又是直达,如此方便,何乐不为?买了一张下铺车票,坐坐躺躺不觉累,因为千余里的行程,绿皮火车要跑上二十个小时。

上了绿皮火车,有一种久违的新鲜感,一切似乎那么熟悉,又是那么陌生,东张西望,有些好奇,其实没什么特别,面貌依旧。由于深圳是始发站,人不是那么多,加之车厢里整洁干净,环境还是宜人温馨的,不禁为自己的选择叫好。我找好床铺、放好行李、整理就绪后,开始凝视窗外,心情喜悦而放松,思绪随着火车的呼啸颠簸自由自在地畅想起来。

不知不觉想起以前坐绿皮火车的事情。在记忆里,第一次坐绿皮火车是初中毕业那年,学校组织我们毕业生参观南京长江大桥。头天晚上,我激动得一夜没有怎么睡,因为要看魂牵梦绕的南京长江大桥,要坐从未坐过的绿皮火车,心情迫切,太带劲了。第二天,坐上火车后,心里别说有多高兴了,觉得火车这东西特别神奇,又快又稳又舒适,不禁东摸摸西看看,除了兴奋还是兴奋,只是嫌时间过得太快,还没有坐过瘾就到站下车了。在那个落后贫穷的年代,我们农家孩子能够坐上绿皮火车,是天大的梦想、莫大的福气,心中的那种快感、甜蜜持续了很久很久。

  之后,参加工作了,虽然坐绿皮火车的机会多了,但仍然是一票难求,跑远一点的地方,绿皮火车就是人们的不二选择,是"跑长途"的主要交通工具。现如今,社会发展很快,国家交通事业突飞猛进,人们生活水平提高,坐飞机、乘高铁如家常便饭,这些先进的交通工具日益成为人们外出的首选,因为坐得舒服,环境整洁,跑得又快,朝发夕至,绿皮火车似乎被人们逐渐遗忘了,被冷落一旁,鲜有问津。就像我,也是把坐绿皮火车当作一次重温"旧情",找找过去的感觉而已。我忽然联想,交通工具发展得如此快,好比飞机高度、高铁速度,这样的巨变,不正是我们国家多年来快速发展的一个生动缩影吗?

  火车就像脱缰的野马,不断狂奔,掠过无数广袤的山川田野、城市乡村,一幕幕从你眼前闪过,美不胜收,你会目不暇接,感觉自己就是一次风光旅游,领略伟大祖国幅员辽阔、气象万千、江山如此多娇,内心油然生发对祖国的热爱。沿途接二连三地看到火热的建设场面、农民辛勤劳作的场景,让你热血沸腾,感受到了这是一个勤劳实干的民族、奋发向上的民族,这一刻你会体会到发展是干出来的、幸福是奋斗出来的,情不自禁赞叹中华儿女多奇志。火车时不时会越过座座隧道,穿过道道桥梁,你会被这巧夺天工、横空出世的隧道、桥梁所震撼、折服,不由自主地为伟大祖国的强大而骄傲自豪,这些"遇水架桥、逢山开路"的奇迹,向世人展示了中国智慧、中国实力,使你真正感受到中华民族的复兴正当其时。一路行程,一路风光,一路歌咏,思绪随着火车的风驰电掣,如大海波涛汹涌,激情荡漾,一刻不平静。

  再放眼车厢内,与过去不同的是,几乎所有人都在用手机打发时光,各得其乐,有看新闻资讯的,有观电影视频的,有听美妙音乐的,把手机的功能发挥得淋漓尽致。人们玩手机的样子也是千姿百态,有躺在床上看的,有坐在椅子上看的,有靠在过道上看的,神情自怡,互不打搅,人人都是"低头族",个个显得聚精会神。目睹此景,不禁感叹今天的人们真幸福,走进了新时代,在有了富足的物质生活后,精神生活又是那么充实多彩。我忽发奇想,不知道过去远行时人们在长时间坐车中,是怎么熬过时间的,定然不会像今天能用手机来打发这么多的时间。这世界变化真快。

想着想着,有点饥肠辘辘了,我立马拿出儿子给我准备好的东西食物填一填肚子。在漫不经心的咀嚼中,触景生情,想起自己在深圳的快乐日子,一家三代团圆不易,其乐融融,每天含饴弄孙,心如灌蜜,观光游玩深圳景点,美景胜过美味……在这点点滴滴、平平常常的日子里,收获了亲情幸福,收获了喜悦快乐。我顿悟,人生苦短,理当善待自己,品味生活,寻找快乐,努力让生命的每一天都充满阳光。

绿皮火车不停行驶,离马鞍山站的距离越来越近,可我的思绪像插上了翅膀,继续飞翔……这畅想就像绿皮火车,跑得很远,想得很多。

幸福时光

儿子、儿媳在广州工作，公务也忙，所以与我们是聚少离多，一年相聚不过几次。

今年元旦假期，我和爱人抽空去广州，与儿子、儿媳一起过了新年。时间虽短，但感觉到无处不在的浓浓亲情。

乘飞机到广州的当晚，儿子早已订了广州一家有名的私房菜馆，叫炳胜私房菜。这家菜馆食客如云，不提前订难得有包间。我们一家四口围席而坐，喝酒吃菜、嘘寒问暖，亲情洋溢，兴致很高。儿子、儿媳一边给我们介绍菜肴，一边不停地敬酒、夹菜，细心、体贴入微。虽然我一再要求少点菜，但孩子们还是点了好些菜，四个人一顿吃下来，仅菜肴就花了1500元，广州的消费有些高。

第二天，我就提议以后吃饭，尽量在家里做，一来可品尝我爱人不错的烹饪手艺，二来找点家的感觉。儿子答应了。儿子、儿媳年轻，昼夜错时，上午一般睡到12点才起床。我和爱人想着让孩子们好好享受假期，于是买菜做饭成了我们的日常事务。每天上午到超市买菜，回家后爱人要忙碌一阵子，做几个可口的菜。待做得差不多的时候，叫他们起床吃饭，一家四口边吃边聊，爱人问孩子们菜是否可口，孩子们夸菜做得好，甚是开心。

爱人是闲不住的。用她的话说,这次来要尽量帮孩子们做点家务。于是,买菜做饭,收拾屋子,打扫卫生,洗衣洗被……忙得不亦乐乎,无怨无悔,还吆喝着我一起干。虽然有点累,但我们都洋溢着一脸的幸福。

儿子前年在广州近郊买了一套130余平方米的新房,一直空着,最近才基本装修好,达到入住的标准。我和爱人想看看,于是儿子驾车半个多小时带我们来到了新房。儿子、儿媳一边介绍设计理念、诉说购置家具的艰辛,一边问我们感觉怎么样。我们连声说好,我用"典雅、大气、合理"六个字赞许,说得我们一家人笑意盈盈。

我和爱人虽不是第一次去广州,但儿子结婚后,我和爱人一起去还是第一次。儿子、儿媳执意带我们在广州逛逛。广州长隆国际大马戏闻名遐迩,是全球马戏精英合力打造的马戏盛宴,游客来自五湖四海,门票四五百元一张。儿子说服我们去看,也值得一看。于是,儿子驾车领我们去看。由于是晚场,要在长隆用餐。虽是自助餐,但酒店豪华,吃的大多是海鲜,价格不菲,每位餐费达四五百元,自助餐成了大餐。我和爱人吃不惯,孩子们却吃得津津有味,我们也很高兴。用完餐就转移"战场",看大马戏表演。偌大的演出现场已是人山人海,演出虽只有一个半小时,但每个节目都很精彩,掌声如潮,尖叫声如雷,此起彼伏。演出时灯光与音乐交相辉映,人与动物高度默契,杂技与滑稽有机结合。虽然门票有些贵,但我们看过后觉得不虚此行,钱花得值。

前几年,广州建了一座标志性建筑——广州塔,广州人爱称其为"小蛮腰"。一塔倾城,与上海东方明珠堪称孪生姐妹。塔高600米,耸立在珠江之畔,整个造型像少女的细腰,登上塔可鸟瞰整个广州城。夜幕降临,万家灯火,此时登塔,时机最佳。因为不断交替变换的五彩灯光把广州塔打扮得分外娇艳好看,登塔既可一览珠江的夜景,更能全方位看到色彩斑斓的广州城夜景。在返回马鞍山的前一晚,儿子又带我们登上广州塔,居高临下,饱览了珠江的美丽,领略了广州大都市的魅力,真正是一场灯火的海洋，视觉的盛宴，我们觉得很养眼、开心。

短短几天，与孩子们一起吃饭、一起聊天、一起看房、一起游玩，过得很温馨、很充实、很惬意、很幸福，着实是一段感受至深、简单纯粹的幸福时光。

祖孙之乐

　　转眼间,孙子今年5岁了,是个人见人夸的小帅哥,其智商、情商颇高,现在深圳某幼儿园上大班。

　　5年前,孙子的出生,打破了我们夫妻俩平静安逸的生活,那时妻刚退休,还没来得及享清福,就只身来到广州带孙子(当时儿子、儿媳在广州)。妻一个人,要照顾襁褓中的孩子,要做家务,还要帮儿子他们买菜做饭,那份责任、那般辛苦谁能体会到? 好在妻子吃苦能干,硬是咬牙挺过来了。我则因为在市直机关某部门当一把手,自然无法脱身,孤身一人在马鞍山,白天在单位忙工作,晚上回家搞家务,生活全靠自己,既孤寂又不轻松。尽管我们夫妻俩那时感觉累而苦,但一想到是为了可爱的孙子,心里还是美滋滋的,一切苦累也就抛到九霄云外了。5年来,妻在广东照顾孙子的日子多,往返于两地是家常便饭;我则因此提出提前退居二线,及至退休,协助妻照顾孙子。就这样,来来往往、风里雨里,在奔波中吃苦,在吃苦中寻乐,日复一日,年复一年,孙子也不知不觉长大了,一切恍然如梦,仿佛就在眼前,真是岁月无声、日月如梭啊。

　　常言道"隔代亲",祖孙之乐,乃天伦之乐、人间至乐。在精心关爱孙子的成长过程中,在陪伴他朝夕相处的日子里,我与妻虽然付出了岁月的辛苦,青丝变白发,但同时收获了孙子的成长,从他的聪明、可爱、帅气中,得到了满满的幸福和快乐。

　　孙子打小就惹人喜爱,皮肤白皙,瓜子脸,眼睛大,睫毛长,鼻梁直,小嘴巴,标准的脸型、精致的五官,再加上他眼睛灵动有神,小嘴巴又会说,所以特讨人喜欢,无论走到哪里都很能吸引眼球。认识他的,爱跟他交流,逗他开心,连连夸他帅;不认识他的,也会多看他几眼,甚至会主动跟我们打招呼,说"小家伙真帅"。有一次,儿子带他逛街,竟然被广东省电视台少儿栏目的记者"盯"上了,表示有机会将邀请孙子到电视台做节目,你说巧不巧?我们做祖辈的,有这样帅气、神气的孙子,自然乐不可支,自豪得合不拢嘴。有时,我们也故意逗他,问他为什么这么帅?小家伙反应机灵,说有自己帅的密码。我们再问,密码是什么?他就胡乱编数据,逗得我们祖孙都哈哈大笑,笑声中洋溢着丝丝幸福。

　　孙子爱照相,又善于摆姿势,无论是旅游景区,还是日常环境,他的照片都很好看,个中缘由,颜值加姿势。五年来,我们给他留了不少靓照,记录了他成长的点滴、美好瞬间,照片多了,我就特意给他做了个网络影集。每当闲暇之余,我们祖孙会一起开心地欣赏照片,品味过去的点点滴滴,看到"精彩"处,相视一笑,他开心,我更开心。有一张他小时候哭闹的照片,每每看到,他嚷着不好看,要求删掉,可我就是不同意删,告诉他,这张照片挺好玩,反映生活的另一种状态,难得。

　　孙子的语言天赋我觉得有点超过了同龄人,常常用词成人化,颇让人出乎意料。有一次,我教他写一个字,练习时间长了,他就写得自如了,他拿着写好的字跑到我身边说:"爷爷,你看我写得怎么样?""很好!"接着他又说:"这是不是叫熟能生巧啊?"我说:"是啊。"可我惊讶了,小小年纪,他怎么晓得用这个成语,而且用得恰到好处?还有一次,我问他在幼儿园用什么餐具吃饭,筷子还是勺子?他居然这样回答:"或筷子,或勺子。"我十分意外,摸摸他的头,为他点了个赞,"或……或……"根本不是他这个岁数能说出来的。教他识字组词,我怕为难他,每次只要求他组一两个即可,可他语感好,常常会组出好几个,而且准确无误,比如"北",他就组了北京、北方、北边、北极几个词。能组出"北极"一词,我万万没想到。祖孙之间诸如此类的语言交流,充满喜感,快乐满满。

  孙子的情商高,脑子转得很快,你说到什么,他就会想到什么。带他坐地铁,人多座位紧张,我就告诉他,坐地铁要注意文明礼貌。一次,地铁上有两个人争吵,声音很大,他就跟我悄悄说:"不文明,公共场合不能大声喧哗。"我点头示意他说得对。当有好心人在地铁上给他让座时,他则会主动说"谢谢、谢谢",我鼓励他说得好。小家伙就是这么会举一反三。一起吃饭时,儿子有时故意考他,问奶奶好还是爷爷好?小家伙很聪明,说奶奶爷爷都好,甚至还要加上外公外婆,皆不得罪。儿子说,别看他小,肚子里是"一本清"。可有时,他的机灵聪明也有用错的地方,比如,他特爱看动画片,我们对他做了限制,为了说服我们,他故意可怜兮兮地说:"我现在好无聊啊,可以看会儿动画片吗?"如果我们不同意,他就会装哭,时不时瞄我们一眼,颇有"心计",看他那个熊样,我们只能"放行"了事。

  孙子的求知欲很强,或许他这个年龄,知识空白点多,对精彩世界充满好奇。他所看到的、听到的、想到的,只要有兴趣,就会问出"为什么",而且会一问到底,常常会把我们问住。一次,他爸爸的汽车要去加油,他问:"为什么要加油?"我们就说:"汽车就像人,要吃饭,汽车吃饭,就是加油。"本以为到此结束了,不承想,他又问:"人为什么要吃饭呢?"我们还真不好说明白。像这样刨根问底的发问,经常出现,"为什么"成了他的口头禅。不过,对他每次的发问,我们内心还是肯定的,因为他在求知。

  言传身教太重要了。一次,接他放学回来,路上,他喋喋不休跟我说学校里的一件事情,说了好几遍,我嫌烦,就告诉他,事情说一遍就行了,再说就是多余或者叫废话,我的语气里带有批评成分。过了几天,我送他上学,路上叮嘱他在学校里要好好听课、好好吃饭、好好睡觉之类,怕他没有好好听,没有记住,就多说了几遍,谁知,他跟我来一句:"爷爷,你这是不是也说废话了?"我一时无言以对,这真叫"以其人之道,还治其人之身"。不过,我还是开心的,因为他懂得了废话的含义。虽然小孩小,但大人的言行他清清楚楚、活学活用,所以,在孩子面前,大人一定要有好榜样,谨言慎行。

  孙子很黏妻,直言在家里,他最爱的就是奶奶,排第一位,妻的这份"荣耀"完全是靠她辛苦得来的,从孙子一出生,她就带他,至今如故。当时儿子他们在广州市区上班,家则在番禺,每天,就是他们祖孙俩朝夕相处,感情自然很深。晚上睡觉,孙子说要抠妻的"痒痒肉"才能入睡,有时让他跟爸爸妈妈去睡,他死活不肯。要是看不到妻,他一定会问:"奶奶去哪里了?"说很想见她。小家伙有点脾气、任性,有时弄得妻生气,让他离远点,他却很会哄人,叫奶奶别生气,还十分矫情地跑过去抱抱奶奶。妻做的菜,他比较爱吃,尤其是鸡翅、排骨,他一边尽兴吃,一边不忘竖起大拇指给妻点赞。看到妻累了,他会懂事地说:"奶奶,我给你按摩按摩。"小手从肩部开始,一直按摩到腰部,像模像样,也有力道,妻说还真不错,挺舒服。这舒服里蕴含着多少妻对孙子的付出,跳跃着多少祖孙之间的快乐!

  带孙子洗澡,是我感到幸福甜蜜的事情,因为我们之间能够亲密无间。抚摸着他那光滑而又结实的身体,看着他那活泼灿烂的表情,还有他十分配合的洗澡动作,我常常是爱心涌动,忍不住要亲亲他的脸颊,还要多此一举地问:"爱不爱爷爷?"他回答得干脆利落:"爱!"还叮嘱我,这是我们两个人的小秘密。瞧瞧,这小家伙是小人相,大人样。虽然为他洗澡有点累人,但其中的快乐无可比拟。

  ……

  我们很爱孙子,孙子也很爱我们。祖孙之乐,乐在隔代,乐在挚爱,乐在真情,乐在心田。

三代人的包书纸

大凡读过书的人，在上学时都要包书。爱惜书是一种好习惯，目的是保护书不被弄脏、弄坏。

记得 20 世纪六七十年代我上小学、初中时，都是自己包书。父母不识字，农事又忙，能供你上学已经不错了，哪有心思和闲工夫给你包书？只好自己来。那时，包书的纸大多是报纸，父母找在大队工作的熟人弄几张，那报纸也是皱巴巴的，尽管这样，弄回来后，我还是喜出望外，如获至宝，因为那个年代报纸紧张，不像现在这样普遍。对皱巴巴的报纸，我先是小心翼翼反复抹平，一遍又一遍，直到觉得可以包书才肯罢休。报纸弄好后，就是包书的过程，先拿书与报纸比画大小，觉得合适了、够包书了，就拿剪刀裁开，然后依据书的形状，在书的侧面上下各剪一个小口子，剪好后，开始折纸，上下左右都要折，折得非常用心，要求整齐平坦。一般先折封面，后折封底，折好后，把书合起来，报纸与书立马融为一体，整齐划一，很漂亮，如此才算基本完工，此刻心里会乐滋滋的，最后写上自己名字，算是大功告成。报纸不耐用，有时会弄破，实在找不到报纸包书，就把父母在商店买东西用来包装的报纸留下来，等东西用完后，敝帚自珍，拿来包书。待书念完了，书依旧比较新。所以，我打小就练就了包书的本领。再后来，我上高中了，便不用包书了。

179

到了儿子上学,包书的任务责无旁贷地落在我身上。一来我喜欢包书,自认为有"童子功",包得比较好;二来担心儿子把书弄坏了,言传身教地告诉他,读书人要爱惜书。所以,儿子在读小学、初中,甚至高中时,学习任务重,包书的活我都包了。在儿子那个年代,包书的纸比我小时候的好多了,不再是什么报纸,而是牛皮纸、挂历纸、塑料纸之类,高级多了,光滑且漂亮,书包起来好看,用得再久,包书纸都不会被弄破,还能防皱防水,拿下包书纸,书依然崭新。当然,除了我包得好,与儿子读书时爱惜书也有关。儿子对我包书的手艺十分赞赏,说我包的书比别的同学包的书好,用起来也方便,在他儿时的记忆里,老爸包书是最棒的。听了儿子赞美的话,我心里比吃了蜜还甜。

孙子最近刚上小学一年级,领了十本书回来,有语文、数学、英语、科学、道德与法治、美术等,书的尺寸比我小时候的书大多了,估计都是 A4 纸那么大。对孙子的新书,我自然看得比我小时候的书还要重要,作为爷爷,更喜欢给他包书,觉得是一种无比的幸福。我对儿子说,要给他把书好好包起来,儿子认同,觉得我包得好,让我给他包。可纸从哪儿来?有这么大的纸吗?纸又是用什么样的?这些问题,我一概不清楚。儿子说,好办,上网查查就一清二楚,我感叹科技的"福利"。过了一两天,儿子从网上买的包书纸到了,我真长了见识,现在的包书纸太高级:透明、防皱、防水、尺寸与书大小一致,既可以一览无余地看到书的封面、封底,又有胶可以把书牢牢粘起来,包起来十分方便,用起来根本坏不了,也不需要用剪刀。我三下五除二就将孙子的十本书统统包好了,速度很快,包得顺手、好看,比我小时候的书漂亮百倍,也比儿子小时候的书漂亮多了、实用多了,真是一代比一代强。儿子又夸我,给孙子的书包得真好看。我调侃道:我包了三代人的书,岂能不好?

读书人爱惜书自古及今皆然,这是一种好传统、好习惯,希望蔚然成风,值得代代相传。

包书纸仅仅是生活中微不足道的一朵小浪花,但通过三代人的包书纸,体现了自爱、伟大父爱、祖孙之情,也以小见大地体现了时代的变迁,社会的进步,人们生活水平的提高。

人间处处有惊喜

到了退休这个岁数,也算人生大功告成,此时养身健体比什么都重要。于是,我与妻商量,找一个氛围好的健身小团队,健健身,交交友,一起运动,一起快乐,岂不快哉!

刚好,我们家附近就有一个健身小团队,虽然与他们素昧平生,但由于我与妻健身心切,就主动跑去找他们,请求加入。这个小团队人挺好,也很热情,同意接纳我们。这是两全其美的好事:对我们来说,有点机缘巧遇,找对了人,"得来全不费工夫",当然开心;对小团队来说,队伍又壮大了一些,添了新人,也是好事一桩。

此后,我与妻跟这个健身小团队便结下了不解之缘,每天早上6点至7点、晚上7点至8点,会准时到约定地点参加运动锻炼,一天见两次,比上班还准时,我们运动得很投入、很认真。

这个健身小团队原先只有五个人,一个是师父A先生,教太极系列的,人和蔼可亲,教得认真,做示范时很投入,他的动作柔中带刚,如行云流水。一个是退休的当涂原副乡长B先生,是团队中年龄最长的,爱开玩笑,大家都喊他"大师兄"。一个是退休教师C女士,沉稳中又透出爱开玩笑的性格。还有两个是姐妹俩,真巧,与我同姓,没想到我这个冷僻的姓在这里居然找到"同伴"。妹妹是团队中年龄最小的,很活跃,很会说,常常把大家逗得哈哈大笑;姐姐则话不多,但人挺好。我与妻加入后,小团队变成了七个人。在师父带领下,我们天天一起完成健身作业,锻炼了身体,放松了心情,融合得很好,小团队的生活还是蛮开心的。

不承想,大千世界,茫茫人海,机缘惊喜出现在眼前。在我们这个小团队里,我与妻居然遇到了许多机缘巧合,实在大感意外,令我感慨万分,不由自主地感叹"相逢何必曾相识",人间处处有惊喜。

何以有如此感慨?因为在原先的五个人当中,除师父外,其他四个人都与我和妻有这样那样的机缘巧合。先说那与我同姓的姐妹俩,因为"庾"姓太少,字又生僻,难认难写,不像李姓王姓,所以,在很多场合,我都是"孤家寡人",有时遇到同姓者,会感到特别亲切和意外,情不自禁产生好感。我加入这个小团队后,"庾"姓居然占了三名,成为"大户",好高兴。经过一番细聊,我更意外的是,我们还真是一家人,同出一地,同一家族,论辈分,我还高出她们一辈,按家族习俗,她们喊我"叔叔",大有相见恨晚的感叹。由于我们年龄相仿,差不了几岁,我就说不要按辈分叫了,就叫"宗亲"好了,天天见面,免得我不好意思。此后,我们经常聊"庾"姓的烦恼,聊我们共同认识的宗亲,聊家长里短……宗亲之间没有什么顾忌。无意中多了两个宗亲,你说意外不意外?惊喜不惊喜?

再说教师C女士。由于妻以前做妇联工作,与女教师的共同话题自然多一些。一次,妻无意中说出孩子在外地工作,不在我们身边,女教师也有同感,说自己孩子离得更远,在国外,然后就聊孩子们的性别、年龄、职业等等。不聊不知道,一聊吓一跳,我们的孩子与女教师的孩子居然是同年同月同日同时辰出生,前后只差几分钟,而且是在同一个医院同一个产房,你说巧不巧?真是缘分。于是乎,她俩记忆的闸门大开,回忆起生孩子的场景及点点滴滴,虽然已经过去三十多年,但她俩说起来头头是道,记忆犹新,因为女人生孩子是一辈子也忘不了的事情。聊完孩子的事,妻与女教师又共同感叹彼此非常眼熟,觉得在哪里曾见过,原来就是在医院。人世间居然有这么巧合的事情,非常少见,能不惊喜吗?有了这层特殊关系,此后她俩聊得更欢。

最后说说原副乡长 B。因为我年轻时曾在当涂县政府部门工作过,那时经常要下乡,B 所在的乡我也去过,有点穷,他也认可。有了这层关系,我们的话题自然也多一些,常常忆起那过去的事情。怀旧有时也令人开心,再加上我也是当涂人,与他算是老乡,顿感收获了"他乡遇故知"的惊喜。

真是没有想到,我与妻参加健身运动这样一个简单事情,竟然衍生了这么多机缘巧合,太意外了,令人开心不已。在这么小的时空里,能遇上这么多的缘分,不得不感叹"人间处处有惊喜"。心若在,缘分就在。

横龙客

"横龙"是我的故乡,是马鞍山市银塘镇东部的一个小山村,毗邻黄梅山矿。我离开故乡在外工作几十年了,也算客居他乡的人。为不忘生我养我的故乡,我像古代文人墨客那样,给自己取个号,就叫"横龙客",将我个人情感与故乡山水紧紧地融合在一起了。"横龙客"既亮明了我的出生和成长地,也寄托了我对故乡的思念之情和我对故乡山水的感恩之心。

横龙是个偏僻的小山村。村庄不大,几十户人家,南北走向,再往前延伸便是窄窄的黄土马路,崎岖不平,晴天一身灰,雨天一身泥,是村子唯一的通道,交通十分不便。东西两侧是大山,绵延数公里,鸟瞰像个大峡谷。山上草木丰盛,松树茂密,虽说这不是什么可贵资源,倒也是故乡人靠山吃山的生财之道,每年夏末秋初之际,故乡人便成群结队上山砍柴,柴火晒干之后,再挑到集市尤其是黄梅山矿去卖,人称"卖柴",然后换些现钱买点油盐酱醋之类。记得孩提时代,我巴望着父母亲能天天"卖柴",因为"卖柴"不是改善了伙食,就是让我得到了零食,开心得不得了。

横龙是个缺水的村落。由于东西两侧是群山,山体又没能形成水库,全村人的饮用水就靠一些零星的水塘,倒也吃得干净环保。恼人的是每到夏天,饮用水就成了问题,一旦燥热数日,村庄附近的水塘就浑浊见底了,村子里的人不得不跑得老远,到山脚下的水塘挑水饮用,挑担水的时间相当于做一顿饭,真是辛苦,但也无奈。故乡人常说:"天不怕,地不怕,就怕遇干旱。"

横龙也是个民风淳朴的地方。村子不大,村子里的老老小小相处融洽,彼此熟悉得很,记忆中村子里从来没有出现过偷盗、械斗之类的事情。要是哪家有喜事,几乎所有人家都要来道喜,凑个热闹,喝口喜酒。村里人相处随意,从不矜持,端着饭碗串门子聊天那是见怪不怪、家常便饭。或许长年面山而居,又饮用不到活水,村子里人的性格像许多山里人一样,憨厚耿直,不善变通圆滑,这叫一方水土养育一方人。

我的童年、少年甚至青年就是在那个小山村度过的,虽然没有城里人过得热闹快活,但也觉得幽静有趣,仿佛世外桃源。说实话,成长的环境的确有些艰苦,但正是这种艰苦环境对我帮助很大,一生受用。那时候我上中学要走十几里的路,翻几座山,早出晚归,求学艰辛。但我暗暗发誓,要发愤读书,走出大山,改变命运。正是这种坚定,我成为村子里第一个通过高考走出来的人,让故乡人引以为豪。

如今,我离开故乡几十年,从当一名老师做起,一步步走来,走上了处级领导岗位,与故乡满目青山的历练、苦涩浊水的滋养、淳朴民风的熏陶密不可分,所以,我感恩故乡的培育,血液里流淌着对故乡的敬意。

时事变迁太快,20世纪与今天的新时代完全不一样了。如今因为发展需要,故乡已被整体搬迁,只留下拆迁后的残垣断壁和堆堆瓦砾,故乡人都从穷山沟进了城,幸福从天而降。只可惜,横龙这个村庄从地球上永远消失了,但我对故乡的感情,是不会消失的,内心常常飘起对记忆中故乡的思绪。

为了永久地记住横龙,我利用自己喜爱书法的优势,学着古人附庸风雅一把,决定从今往后书法作品落款既可署自己的姓名,也可署自己的号"横龙客",以示纪念。这也是我作《横龙客》拙文的又一来由。

回老家过年

20多年前回老家过年的事情总被想起,虽然已经遥远,但那个场景历历在目,那些亲情温暖如昨,那份乡愁记忆犹新,那种美好难以忘怀。

我的老家是一个交通不便、封闭落后的小山村,名字叫横龙,我生于斯,长于斯,是那里的水土养育了我,直到考取师范参加工作后,我才离开了老家,离开了父母和兄弟姐妹,离开了儿时的伙伴和熟悉的山头炊烟。

我工作的城市离老家不算远,顺当的话,坐上公交车加翻山越岭步行,半天左右可到。由于那时工作忙,孩子学习任务重,交通又不便,所以回老家的次数并不多。不过,每年春节,我都雷打不动地回老家过年,会提上一些礼物孝敬父母长辈,揣上平时舍不得抽的香烟与伙伴乡亲共享。遇上天气不好,回老家的路不太好走,可想想那些远道而回的游子,又觉得这算不了什么。

大年三十的年夜饭或者团圆饭,我们老家看得很重要很神圣,规矩颇多。家里人要到齐,少了谁都不会开饭,会觉得没有团圆;衣服要穿得崭新,把最气派最好看的衣服穿上,显得体面;饭菜很丰盛,一年中最珍贵最好吃的东西统统都会拿出来,一饱口福;程序有讲究,一定要先祭拜祖先,然后才能开始吃年夜饭。吃年夜饭时,座位有讲究,父母必须坐主座,其他人按年龄长幼依次而坐,坐错了会被视为乱了辈分,敬酒时也是这个顺序，敬父母要说身体健康、长寿之语，敬同辈人要说来年一切顺利之类，饭桌上觥筹交错，笑语不断，那一刻，所有的辛酸不快统统置之脑后，所有的真情实感一览无余，亲密无间的亲情像烟花一般灿烂绽放。吃饭吃菜也有讲究，饭吃多少盛多少，要吃干净，每个人都不能剩，剩了就会有将来要"讨饭"之嫌，拿现在的话说就是文明用餐不浪费；鱼做得大而好看，非常诱人，可惜只能看不能吃，寓意年年有"鱼"，要是动了筷子会被视为不吉利。至于其他，就没有什么要求了，可以敞开肚皮吃，放开酒量喝，打开话匣子说，一家人团团圆圆，其乐融融，共迎新年的到来。由于我是家里的长子，又是唯一走出农门的孩子，年夜饭上，父母会让我多说一些话开导弟弟们，觉得我见过世面，言之有理。可怜天下父母心，这既是父母对弟弟们的期盼，也是父母对我的信任。

大年初一一大早，一大群孩子像春天的麻雀，叽叽喳喳、嘻嘻哈哈挨家挨户上门道喜，只要说上"新年好""恭喜发财"之类的话，每个孩子就会得到一把糖果，而且人人有份，条件好的人家还会给些水果、副食品。孩子们拿到东西后，兴高采烈一窝蜂地走了，立即转入下一家，到结束时会比比"战果"，看看谁得到的东西多。大人们目送孩子们的背影，开心无比，觉得孩子们的道喜，是为自家讨了个好彩头、大吉利。这个习俗在我们老家叫"要糖"，参加"要糖"的孩子只要会走路就行，但最大不能超过10岁。虽然这个名称有点难听，但习俗独特、代代相传，在我的记忆里，我也要过糖，只是到了10岁以后就再也没有参加。至今我也不明白这个习俗的由来，或许是乡情祝福的传递，或许是一方水土造就一方习俗。

在我们老家，年初一至初三被视为春节中最重要的日子。在这三天里，首要的是提上礼品走亲访友，俗称"拜年"，拜年先去谁家、后去谁家，也有不成文的规矩，不能搞错，否则客人会怪罪的。比如外公家要先去，舅舅家也要去。给谁家拜年必须在他家吃上一顿饭，不端他家饭碗主人会不高兴的，认为你看不起他，所以走亲访友，一定程度上就是喝不完的酒。我老家有好几户亲戚,每年过年我自然也要去拜年,每到一家,主人非要留吃饭,有时实在吃不过来,必须呈上一堆理由和好话。那个年代,人很实在好客,民风淳朴。由于我平时回老家不多,村上的人见到我后常常喜欢与我唠唠家常,问问城里情况,问问我的情况,甚至问问他们遇到的困惑该怎么办。我很乐意与他们交心,回答他们的提问,并把自己带的香烟递给他们抽,真诚里透出真情,坦诚里蕴含关心。遇到儿时伙伴,更是开心无比,回忆儿时旧事哈哈大笑,聊聊当下趣事没完没了,必定海阔天空一番,甚至喝上一杯,再一起打牌,那种感觉特舒坦、温暖。

再有,时不时有舞狮子的队伍来村上热闹一番,也基本集中在这三天,使本来节日气氛甚浓的老家锦上添花。在锣鼓喧天中,在众人的簇拥下,耀眼夺目的舞狮子队伍活蹦乱跳走过来,挨家挨户地跳,不是在门口舞狮,就是在厅堂跃狮,人群中惊呼声、笑声如潮,人们喜悦、兴奋的情绪到了沸点。凡被舞狮子队伍跳过的人家,主人都会心甘情愿地赠送给他们一些钱物,以示答谢,因为觉得能够为来年带来好运。可以说,在老家的这三天,就是喜悦的三天、亲情的三天、幸福的三天,只管吃喝玩,啥也不用做,在老家过年的感觉真好。

"三天年过完,一切原还原。"这是老家人的口头禅。过完这三天,老家虽然还洋溢着节日的气氛,但年味已不如之前,开始复归平静,回归平常,有的人整装待发准备外出打工,有的人整理家务开始干活。我也怀揣暖意,告别老家回城。玩就玩个痛快,干就干个勤快,这是我对老家人的朴素印象。

20年前回老家过年的味道或许不止这些,但在我的记忆里这些最深刻。20年后的今天,老家已被整体征迁到城里,横龙这个小山村已不复存在,家父也于2006年仙逝,回老家过年已成为不可能,变成了一种奢望,真是世事无常啊。为了不忘却这份乡愁,我特请人刻了一枚"横龙客"的印章,自诩为横龙客,权当一种纪念和抒怀。

想起我高考的那些事

再过几天,就到了高考的日子。历经千辛万苦的莘莘学子,将在考场一比高下,接受祖国挑选。

我不知触动了哪根神经,情不自禁地忽然想起几十年前我高考的那些事。有些事记忆模糊,有些事则刻骨铭心。

1977年恢复高考制度,1978年我高中毕业,如果恢复得稍微晚一点,我就搭不上这趟车,高考或许就与我擦肩而过,也就没有我的今天,至今想起来都感觉悬。

按这个时间推算,我刚好是在"文革"中度过十年读书时光的。那个年代,教书的无力教书,读书的无心读书,衡量学习的尺子不是知识,而是政治表现,学习也不在课堂,而在社会。所以,读了十年书,腹中无多少墨水,空空如也。虽然幸逢高考机遇,也是心有余而力不足。

正是这般实际情况,加上家境贫寒,父母考虑让我学个手艺,好歹将来有口饭吃。这一次,我没有听从父母的安排,跟父母说,学手艺初中毕业就行了,何必等到高中毕业?我执意参加高考试试,发誓改变自己的命运。

理想很丰满,现实很骨感。年轻气盛、腹无诗书的我,想参加高考,顿觉有点登天的味道。既违父母命,又心想走自己的路,于是我横下心来,自学恶补。"书山有路勤为径,学海无涯苦作舟"成了那个时期我的自勉座右铭。即便脱掉一层皮,也要无怨无悔拼一回。于是,我在求学之路上筚路蓝缕、上下求索。白天,不管身在何处,一定是书不离手,书本成了我形影不离的良师益友;晚上,当人们早已进入梦乡的时候,我在煤油灯下耕读,直至灯油耗尽;夏天炎热蚊咬,我就把双腿放到水桶里贪凉避虫,不惧煎熬安心读书;露天电影放到家门口娱乐机会难得,我很有定力坚持不看,把自己关在屋里"一心只读圣贤书";哪里有辅导课,不管多远,我也千方百计跑去旁听……这一幕幕场景,好像是"头悬梁,锥刺股""囊萤映雪"的再现,至今刻骨铭心。我那时吃的苦、受的累,可能比现在的孩子多得多。村里人因此送我"书呆子"的绰号,经常以我作为例子教育孩子好好学习,甚至至今还有人遇到我说起那陈年旧事一娱。

机会总是青睐付出过的人,留给有准备的人。我由于坚持不懈在书山学海中艰难跋涉,屡弱的知识点逐渐丰厚起来,赢得了参加高考的机会。高中毕业那年,我听从了语文老师兼班主任的意见,报考了文科,老师的理由是我的作文写得好,经常被当作范文点评,考文科有优势,现在想老师多少还有点自私。其实,当时我内心里还是想报考理科,因为我喜欢数学、化学,在学校这些课被当作大课,而历史、地理我比较薄弱,也不被学校重视,但老师既然给我作出了选择,懵懵懂懂又毫无主见的我,第一年高考就报考了文科,结果可想而知,名落孙山了。

那个年代,有"学好数理化,走遍天下也不怕"之说,理科更为吃香。加之第一年的失利,1979年的高考,我就报考了我喜欢的理科,但物理是我的短板。有人说,爱好是最好的老师,是最大的动力,所以这一年的高考,我考得不错,超过了预选分数线9分。当时的高考政策是预选达线后填写志愿,再正式录取,以防正式录取时有其他意外情况。要特别说明的是,当时的高考非常难,用"千军万马过独木桥"形容毫不为过,夸大些说就是百里挑一,比现在高考难多了。我能够超出预选分数线,并填写了自己喜欢的志愿,的确不易,我异常高兴,觉得命运就此彻底发生改变,只等录取通知书到来的喜讯。亲朋好友们得知后纷纷要来道喜祝贺,好在我当时还比较冷静,觉得通知书没来不算数,不能接受任何道喜贺礼。按常规八九月份录取通知书就应该来了,可我等到9月底也不见通知书的到来,那段日子特别难熬,天天盼着邮递员,真叫"望眼欲穿"啊,有好友劝我应该去芜湖地区教育局问问情况(那时我们还属芜湖地区管辖)。过了国庆假期,我赶忙跑到芜湖地区教育局了解通知书没来的原因,接待我的人说:正式录取分数线比预选分数线提高了10分,所以你没有被录取;像你这种农村孩子考上来不容易,挺让人同情,你已达到预选分数线,也填了志愿,并不违背录取的大原则,再说还可以查查试卷,说不定还能找回一两分,如果你早点来问,肯定就能被录取了。我问有什么办法能够补救,那个人说,现在没有办法了,招生已结束,招生办公室(当时是临时机构)也撤了,他只负责接待解释。短短几句话,把我的梦想击得粉碎,让我的心情跌到了谷底,我是欲哭无泪,只好默默无语离开了这伤心地。我恨自己消息闭塞,恨自己天真无知,恨自己白费辛苦,恨自己毁掉了幸福。话又说回来,到底是什么情况,至今我仍觉得是个谜。

经历了这次从喜上眉梢到身心透凉的打击,我经过很长一段时间才缓过神来,有人劝我"是金子总会发光"。我如释重负,又艰难行走在高考的路上。可惜的是我没有把握机遇,乘势而上,继续报考理科,竟然迷失方向,鬼使神差地报考了文科,自然无果而终。到了我第四年高考,重新报考理科,由于试卷难度加大,加上自己文理科交替折腾,缺乏学习的系统性和深入性,再一次考场失利。

虽然高考年年有,但岁月不饶人,这痛这苦令人难熬。为了让自己尽快跳出"农门",有一份稳定的职业,我不得不调整自己的考试目标,参加了师范生的考试,从高考走向中考,自然不会太紧张。中考数、理、化、史、地等都要考,而我高考文理科都考过,这些于我来说轻车熟路,所以,考试自然一举拿下,而且以高分被师范学校录取,我成了全村第一个考出去的人。虽然没能考上大学,但在当时能考上中专也是非常了不起的,不亚于今日考重点大学;又包分配工作,挺让人羡慕的。道喜的人很多,我也觉得挺风光的。

再后来,我的高考心之依然不死。参加工作当了教师后,出于提升自己学历和教学水平的需要,我继续在考试的路上负重前行,先后考取了大专、本科,拿到了相应的学历,也算圆了高考梦。

回首我年轻时高考的那些事,30岁之前基本都是在考试中度过的,堪称"考场老手",而我要感谢这诸多考场的磨炼。年轻真好,有目标,有闯劲,有精力,勇于实现自我。年轻可贵,打下的基石牢固,为后来的人生职场储备了利器,受用无穷。今天的年轻人,更有理由抛弃舒舒服服、碌碌无为的安逸生活,趁着年轻大好时光,好好奋斗一把,命运在自己手中,人生能有几回搏?

话说吾姓

提起庾姓,很多人既不认识这个字,又觉得太难写,《百家姓》里难找到,"上层名流"圈里难觅到,典型的一个冷僻的姓。因为庾姓与于、喻、余、宇、俞、虞等姓氏读音相近,与"庚"字字形相似,所以非常容易混淆,常常闹出"张冠李戴"的笑话。

记得上学时,老师可能事先没有做好充分准备,点名时我不是被"遗忘",就是被误读为"庚日升",心里不是滋味。每每旧朋新友相聚,老友自然要把我介绍给新朋友,老朋友说我姓庾,新朋友问是不是"干钩于""人于余""口俞喻""虎头虞"……老朋友皆摇头,说就是那个庾,极想一语中的,可还是"言"不从心,说不出来,弄得我好尴尬。参加工作后,经常碰到按姓氏笔画为序选举的事,由于庾姓笔画多,常常排在后面,加上这个字不好认,我多少要吃一些亏,内心有些憋屈。类似例子还有,不想再举,庾姓给我平添了几分烦恼。有时气得扪心自问,老祖宗为什么搞出这样一个姓氏来?为此,早在30多年前,我就把这些烦恼诉诸笔端,写了《姓氏之苦恼》一文,居然有幸被《新民晚报》《安徽工人报》等报纸先后刊登,可能是有点生活趣味,题材有点稀奇之故。

人之天性,不服输是其一。越不明白的事情,越想弄明白;越是带给自己烦恼的事情,越想冲出去。于是,我就开始研究咱庾姓的来龙去脉,以备日后能说明白,少些尴尬和烦恼。不研究不知道,一研究吓一跳。咱这个庾姓还真不简单,首先出身高贵,因官名得姓,《元和姓纂》记载:"尧时有掌庾大夫,以官命氏。"所谓掌庾大夫,乃管理粮食官员。到周朝,管理粮仓的官员叫"庾廪",因为管理有功,被赐为庾姓。此后代代相传,流传至今。查《现代汉语词典》,对"庾"的解释词条是"露天的谷仓"和"姓",应该说与此有关。如此看来,庾姓属贵族之姓,还真了不起。其次历史悠久,源于颛顼(颛顼是上古时代部落首领,被后人列为"五帝"之一)、掌庾大夫,萌于汉(可考的庾姓先祖叫庾乘,是东汉时期的一个门卒,他饱读诗书,朝廷屡召不就),盛于东晋,衰落于南朝,可见,庾姓早在上古时期就有了,可谓历史源远流长。出身如此高贵,历史如此悠久,着实让我开心,心悦诚服地想,吾姓冷僻吗?

喜欢说好的、听好的,又是人之天性之一。自古以来,庾姓血脉代代延续,"故事"一定很多,说也说不完,那就拣鼎盛时期、高光时刻说吧。前文已说,庾姓盛于东晋。在东晋时期,庾姓红极一时,辉煌得令人羡慕。那时,有四大姓氏,既是名门望族,又能左右朝政,分别是谢氏(谢安家族)、郗氏(郗鉴家族)、王氏(王羲之家族)、庾氏(庾亮家族)。虽说东晋时期有"王与马共天下"之说,但庾亮这一族也堪称"庾半朝",即朝廷一半事情庾氏可以左右。庾亮(289—340),是政治家、军事家、文学家、书法家,历任晋元帝、晋明帝、晋成帝三朝大臣,属元老级人物。成帝年幼在位期间,他任中书令,实际执掌朝政,辅政有功。庾冰(296—344),庾亮之弟,在成帝死后,由庾氏掌朝执政,一生尽心尽责、谨慎节俭。庾翼(305—345),庾亮之弟,位居高位,有盖世之才,书法比王羲之出名还早,书法史上著名的"家鸡野鹜"之说就出自他口。庾文君(297—328),庾亮之妹,晋明帝的皇后,晋成帝的母亲。由此可见,说庾氏是"庾半朝"可谓名副其实,这时候的庾姓,家族势力达到了巅峰状态。

后世庾姓,虽不及东晋时期辉煌,但依然亦官亦文,其成就是"文大于官"。他们"腹有诗书气自华",写了大量诗赋文,甚至唐宋不少诗人、文豪被庾氏才华所折服,写诗文讴歌他们在文学上的贡献。诗赋文最为出名的是"三庾",他们在中国文学史上占有重要一席,分别是:庾阐,官员、文学家,他的山水诗比谢安的出名还早,范文澜认为写山水之诗,起自庾阐诸人,他所写的《扬都赋》,一时洛阳纸贵;庾肩吾,南梁中书令、文学家、著名书法评论家,著有《书品》,首把书法按优劣分为上、中、下三品,对书法发展影响深远;庾信,庾肩吾之子,官至车骑大将军、开府仪同三司,诗文赋成就最高,与徐陵一起创立了"徐庾体",所写的《哀江南赋》《枯树赋》《拟咏怀二十七首》等,无论内容还是形式,都提升到了一个新的高度,在中国文学史上大名鼎鼎,杜甫说"庾信文章老更成,凌云健笔意纵横",毛泽东也曾说,南北朝作家,妙笔生花者,庾信就是一位。其《枯树赋》云:"树犹如此,人何以堪?"足见其对人生的感悟。

　　自南朝起,庾姓开始衰落,风光不再。我曾感慨作诗云:"潮有起落境,人无世代红。庾氏南朝衰,此后乏蛟龙。"

　　现在,关于庾姓的成语典故、名楼古迹也不少。"不敢越雷池一步""咎由自取""以小人之心度君子之腹"等,均与庾姓有关。在今天的九江,有文物之所庾亮楼;在今天的鄂州,有文物之所庾楼;在江西与广东交界处有大庾岭,该岭原名叫梅花山(因山上梅花甚多),因汉代庾胜大将军奉朝廷之命镇守该岭,后改名之。

　　庾姓人口太少,据2001年人口统计,中国庾姓人口只有5万人左右,但分布很广,河南、广东、广西、湖南、江西、山西、陕西、甘肃、江苏、安徽、上海、云南等地都有庾氏后裔。翻开《百家姓》,庾姓远远列于100位以外,不过,在韩国庾姓却是大姓,在286个姓氏中列97位,据说是庾翼的后代。因庾姓在中国人数太少,故而所有庾姓都有一颗"天下庾姓一家亲"之心,虽然不能相见,但会彼此隔空珍爱祝福,倘若有缘相见,定会一见如故,不恰当地说也是"物以稀为贵"吧。

过去，庚姓冷僻，绝大多数人会误读误写。如今，随着社会发展，高科技时代的到来，尤其是手机、电脑的普及，越来越多的人对庚姓不陌生了，张冠李戴的事少多了，我的烦恼也少了很多，可谓今非昔比，感谢社会的文明进步。

吾爱吾姓，愿所有庚姓者记住根源，一切安好，家和事旺，建功立业。

老房子情结

20多年前,由于单位关心,我在马鞍山市最繁华的解放路旁,分得了一套三室一厅的房子,面积不算小,楼层不算高,南北朝向,东西通透,客厅每天会随着太阳升起而阳光明媚、宽敞明亮,两个朝南的卧室更是冬暖夏凉,一个朝北的书房成了我打发空闲时光的乐园。说实话,在当时能够分得这样一套位置好、房型好的房子,我很幸运,很满足,心里乐不可支。别人也都说非常不错,投以羡慕、赞许的眼光。安居才能乐业,那种高兴开心的感觉,只有自己体会得到,自己也努力工作回报单位。

且不说房子有多好,单就位置来说,在当时也是属于顶尖级的,在市区恐怕再也找不到这样好的位置,这是共识,也是不争的事实。解放路有一条市区繁华、著名的商业街,要想逛街买东西,就到解放路,这里没有买不到的东西,还有非常火爆的小商品市场和花鸟市场。每到节假日,更是商贾云集,叫卖声不绝于耳,购者如云,摩肩接踵,路很难走得顺畅。即便现在依然名气不小,车水马龙,人气很旺。当时这里有全市最好的学校,马鞍山实验小学、马鞍山师范附小、马鞍山八中、马鞍山二中等名校集中在这里,九年制义务教育"一包到底";有全市最便捷的交通,火车站、汽车站都在这里,属于市区交通"动脉"的6路、13路公交车来来往往,每隔几分钟就有一趟;有全市最优质的医疗资源,马鞍山市人民医院就坐落在这里,马鞍山市医疗公司也在这里,看病十分方便;有全市最佳的休闲娱乐资源,市区最大最有名的雨山湖公园就在解放路的北端,西边还有北湖公园,成为人们茶余饭后的好去处,马鞍山市文化馆、马鞍山市工人文化宫、马鞍山市人民会堂等一批文化单位集中于此;大的菜市场也有好几个……说了这么多,或许能勾起许多人的记忆,无非就想告诉大家,这套房子的位置在当时的确是全市独一无二的,住这里的人幸福指数很高,谁不想在这里拥有自己的住房?可谓一房难求,让人梦寐以求。正因为如此,我在这里一住就是近20年,不想换地方。有的人问我,怎么还住那个地方?我说喜欢这里,有感情,生活太方便。

但是,随着时间推移、时代变迁,城市的发展空间"东扩南进",变大了,城市格局也发生了变化,新的商圈不断涌现。解放路这里的优势、繁华虽然依旧,但已不及过去,被20多年的时光慢慢削弱了不少。再说,我所住的小区早已变成了老旧小区,环境比较差,没有电梯,没有车位,居住质量打了折扣。于是,有一天,我与妻商量,恐怕要换地方住了,想着买套新房子,尽管对旧房子难舍。

经过筛选比较,几年前我在城市东边开发的名叫"东方城"的小区买了新房子。一来,这里靠着马鞍山的母亲河"慈湖河",是散步、锻炼的好地方;二来,靠着马鞍山东站、汽车站,出行方便;三来,靠着城市东边,空气质量优。再说,东方城这个小区挺大,高楼林立,名字也挺好。

新房子大气漂亮,有电梯,有地下车位,小区绿化密度大,环境也不错,房子的装修也比较理想,看过的人都说好,但还是有不满意的地方:因为属连廊房,家里采光无法与老房子相比,天暗的时候必须开灯;小区入住率不高,生活不方便,比如天天要打交道的菜市场就没有;入住的人素质也参差不齐,空调乱挂的、连廊房公共部位乱占的,比比皆是,很闹心;左邻右舍来自五湖四海,都是陌生面孔,即便碰面也不打招呼,感觉有点冷漠;还有小区装修房子的声音不绝于耳,吵得让人烦……虽然住进了新房子,物质上改善了许多,但感觉精神上少了许多顺意或慰藉,所以常常想起老房子。

对老房子,我们视为"老情人",爱它、想它、亲近它,总之很是牵挂。有中介知道我们老房子是空着的,想帮我们出租,可我们舍不得,担心房子被搞坏了,让"老情人"生气;又说帮我们出售,但始终没有寻找到合适的买主,可能骨子里还是有不忍让它离开的情结。虽然我们住了20多年,但房子保养得还算不错,"老情人"颜值蛮高,为了保持它的"容颜",我们每隔一段时间都要去通风打扫,不让它蒙羞,虽然有点麻烦,但我们愿意。心血来潮时,我与妻回老房子住几天,因为老房子里的家具、电器等一样没有动,住几天没有问题,感觉挺新鲜,就像一次旅行。老房子里的摆设乃至一切,常常能够让我想起许多往事,有喜有悲,心迹留痕,里面的东西再熟悉不过了,闭着眼睛也能找到。左邻右舍看见我们回老房子住,很热情,主动邀我们去他们家坐坐,拉拉家常,嘘寒问暖,开心无比,毕竟是老街坊了。想多买点菜,就开车回老房子那里去买,品种多,还新鲜便宜,顺便跑去老房子里转转看看,心里似乎踏实一些。

妻常常跟我说,老房子虽然没有新房子条件好,但感觉很温馨、安心又舒心,我也有同感。我想,这是感情使然、情结所驱,毕竟在那里住了20多年,老房子陪我们一起成长,风雨兼程,留下太多故事和记忆。对老房子里的一切,我充满感情,难以忘怀,真像个"老情人"。再说,那里环境熟悉,街坊熟悉,生活方便,非常热闹,比新房子这里强多了。

人们常常喜新厌旧,但对有些东西往往是敝帚自珍,比如对老房子之类就是,怎么也忘不了。老房子情结是一种人生过往,感情记忆,浓浓乡愁,也是大众情怀,人之常情。

乔迁"五喜"

经过近一年的辛勤付出，新房装修终于大功告成，进入了乔迁时间。

新房位于东方城小区，名称甚好，巧了，与我的微信名旭日东升还有些契合。小区里高楼林立，气宇轩昂。前有大大的休憩广场，草木翠绿，亭台相依，路面宽敞，机动车不得进入，一律进地下车库；后有全市的"母亲河"慈湖河，狭长飘逸，绵延数里，宛如在城市东边系上了飘带，河水清澈见底，两侧树木葱茏，道路平坦，是人们晨练、茶余饭后散步的福地。乘电梯进入新房，新中式装修风格赫然出现在眼前，简约而大气，一切设施皆为日后生活所想，房子宽敞明亮，白墙灰砖，实木地板，实木家具，家电高端，品质俱佳，墙壁上的字画，锦上添花，点缀了新房的中式味、文化情。书房虽小，因是自己日后蜗居之所，故精心为之，实用耐看，我颇为得意。这等环境和居室与以前我所住的小区、旧房相比，有天壤之别。因为旧居的环境实在不敢恭维，20多年的房龄，略显沧桑，归家得爬楼；小区老旧，出门喧嚣，停车难找车位。家是避风的港湾、温馨的驿站，乔迁之后，环境改善，硬件硬核，一切焕然一新，生活质量提升，自然会住得舒心，过得开心。此一喜也。

新房能有今貌，凝聚了我的许多心血。孩子在外地工作，妻子又在孩子那里，故而，新房装修的重任全落在我一人身上，成败好坏皆由我一人承担，可谓"压力山大"。虽然找了一家装修公司全包，但一切全靠自己做主定调，他们根据你的需要，为你出设计方案、按图施工，根据你的经济能力，帮你选择装修材料、确定档次品位，而且周期长，事烦琐。你如同一个乐队的总指挥，用哪些乐器、乐手们怎么安排、哪些先来、哪些后来、何时高亢、何时舒缓等，全由你定夺，只有心中有数，才能奏出美妙和谐的乐章，稍有不慎，一损俱损，会带来难以预料的后果。你说累不累，紧张不紧张？装修后期，还有窗帘、灯饰、家用电器等，需要选择采购，也是不省心的事情，事关装修的最后效果，要权衡比较多次，才能一锤定音。装修新房实在是工程浩大、劳心劳力，想尽了千方百计，吃尽了千辛万苦，饱尝了酸甜苦辣。"苦心人，天不负"，辛苦付出得到了回报，如今蓝图变为现实，自己的预期全部实现，朋友观之，好评如潮，就连装修公司也说我费尽心思。看着新房，盛享乔迁，乐不可支，既有春种秋收般的快乐，又有"十月怀胎，一朝分娩"般的喜悦。此二喜也。

　　装修新房涉及方方面面，既要与装修公司打交道，也要与建材市场打交道，还要与诸多商家打交道，一句话，要与许多人打交道。人与人打交道，只要心怀善意，坦诚相待，多一些换位思考，多为对方着想，就一定能把交道打好，关系处好，彼此开心。这次装修新房，我与设计师沟通顺畅，磨合甚好，他时常来房子里看看，我则凡事都爱找他，成了有不少共同话题的忘年交；与项目经理虽在装修过程中也有些磕磕碰碰，但都是对事不对人，事后和好如初，他说以后房子有什么事尽管找他；与一些建材销售商、家电销售商，本着买卖不成仁义在的理念，在成功交易后，竟也成了熟人，互加了微信，常常有联系。这些人，我与他们本不相识，因装修之缘，居然成了新朋友，多一个朋友多一条路，多好。此三喜也。其实，人与人之间，相识就是一场缘分，且行且珍惜为好。

　　乔迁，免不了要对家里物件来一次彻底整理，进行一次"吐故纳新"，在整理中，不经意间睹物想人、睹物思情，甚至获得意外之喜。别的不说，拿整理书房来说，就是如此。首先，对过去七零八落的藏书进行整理、分类，把不适宜的旧书拿掉，把有价值的图书分成若干类，置放在新的书房中，一目了然，看起来舒服，用起来方便，觉得做了一件家庭图书馆式的工作，每每看到友人签了名赠送我的图书，就会想起一段情感或趣事，仿佛历历在目；其次，对过去自己所写的东西进行整理、分类，看到凝聚着自己心血的专著，看到发表在许多报刊上的作品，看到一大摞作品获奖荣誉证书，颇感欣慰，从20世纪80年代末至今，我一直坚持笔耕不辍，收获颇丰；再次，对过去自己创作的书法作品进行整理、分类，毫不犹豫地扔掉了不少作品，因为已入不了自己的眼，说明我的书艺有进步，不比不知道，比了才知道"昔不如今"，对留下来的作品则按照临帖类、创作类分别摆放，或者按照书体、尺寸分类，总算完成了一项平时不会完成的任务；最后，还有意外之喜，有一些东西本以为丢掉了，不承想，在整理中蓦然再现，失而复得的心情可想而知，就像多年不见的朋友忽然重逢，别提有多开心。此四喜也。

乔迁之喜是人们生活中的一大喜，是家庭里的一件大事。兄弟姐妹知道了我要乔迁，都跑来道喜，挡也挡不住。想想也是，平时大家各自安好，忙各自的事情，鲜有这样大规模聚会，逮到一个机会，自然不会放过，开开心心热闹一番，释放一下浓浓亲情，乃人之常情。亲人们对新房的好评，对乔迁的祝贺，对未来的祝福，我自然洗耳恭听，来者不拒。那一刻，我觉得自己陶醉在亲情里，陶醉在幸福里。此五喜也。

"砚格斋",我的养心堂

数十年前,因为自己爱好书法、写作,经常磨砚台、爬格子,故也就学着古人样,附庸风雅,给书房取了个斋号,叫"砚格斋"。这个斋号虽然不够雅致好听,但我喜欢,觉得贴近我的雅好,忠于我的内心,也朴素明了。

两年前,我买了新房,"砚格斋"自然要挪窝,怎么装修书房,成了我考虑的重点。在我看来,书房是我的精神高地、快乐家园、休闲场所,不能没有,"宁可食无肉,不可居无竹"。而且还要针对过去书房存在的不足,进一步完善改进,所以,我对书房的装修很用心。可在妻看来,专门拿一个房间做书房,乃个人专属,于他人无益,似乎有点浪费。最后,我还是说服了妻,决定拿一个小房间做"砚格斋"。书斋宜明朗、清净,不可太宽敞。刘禹锡不是还写了一篇《陋室铭》吗?古人尚且如此,何况我辈?书房小一点也有好处,精致紧凑,宁静温馨。

针对房间小的特点,结合过去书房的不足,本着"方便实用"原则,我在心里谋划"砚格斋"的空间布局、功能需求。好在新房是全包给装修公司的,有专门的设计师,方便我们一起商量,于是,我与设计师的构想,一个个变成现实。如今的书房,有两面墙都是书橱,不过样式不一样,让我的藏书、书法作品、观赏玩件等各得其所;还有一面墙挂了装裱好的自己的书法作品,添了点雅气,旁边还设有观摩书法创作效果的功能区;一张大的书桌上中下三层,临窗摆放,通透明亮,坐立皆可凭窗眺望,放松心情;书桌对面,放了椅子,若同道朋友造访,门一关,品茗谈欢,甚为惬意;地面是木地板的,颜色古色古香,冬天不冷,夏天可以光脚,实用舒适;房顶有中央空调,不惧冷热,还有一个回字形的、能够调明暗的吸顶灯。整个书房装修是新中式风格,与书香、物件相得益彰,我很满意喜欢,看过的人也都说好。

现在,一有空我就往"砚格斋"跑,觉得在那里可以独享心境,养心磁场强大,更可做自己喜欢的事情。

"砚格斋",成为我的"图书馆"。过去七零八落的书,在这次乔迁中被我分门别类地摆放了,政治类、文学类、国学类、历史类、修身类、书法类……一一放在书橱里,贴上标签,方便寻找,有点像图书馆,想看什么书,唾手可得,打开书橱即可,比过去省事多了。"书中自有黄金屋。""书籍是人类进步的阶梯。"读书可以增长见识、开阔眼界、提高能力、加强修养,读自己喜欢的书更是,正所谓开卷有益。满屋书香,独品其味,怡心养智,不亦乐乎。

"砚格斋",成为我的"码字屋"。思想"来电"了,若有所思;抑或读书"来电"了,感慨生起,赶忙打开电脑码字,生怕灵感跑了写不出来。端坐在书桌前,放飞着自己的思绪,情感闸门大开,不停敲打键盘,一行行文字马不停蹄地在屏幕上显现,我手写我心,把自己想说的、想写的痛痛快快地表达出来,内心酣畅淋漓,爽得不行。需要引经据典、查找资料时,顺手在书橱中找找书,也是一次重温,码字、读书两不误,挺好。写得卡壳或累了时,小憩踱步,放眼窗外,来了灵感,继续码字。就这样,一篇篇文字,源源不断地从"砚格斋"里流淌了出来,乐此不疲,心手双畅,其乐无穷。

"砚格斋",成为我的书艺斋。爱好书法已有数十年,"砚格斋"成为我读书法理论、临经典碑帖、搞书法创作的地方,尽管断断续续,但从"无间临池之志"。我牢记"翰不虚动,下笔有由",常常向书法理论书、古碑帖讨教,不敢走野路;深知"心不厌精,手不忘熟",常常临池不息,遨游墨海,不敢走捷径。在这里,我品读经典,感悟书艺,兴致来时,挥毫泼墨,沉醉其中,美意满满。在这里,虽然耗费了诸多时光,浪费了诸多纸墨,但也有收获了,书艺越来越好。学习书艺是苦差事,需要吃得了苦,需要毅力恒心,但爱好的事情,虽累亦甜,苦中有乐。修习书艺作为人生的一种雅趣,是个不错的选择,可以修身养性,可以遣兴遣时。

"砚格斋",成为我的"清修堂"。一个家,倘若没有书房,便会觉得无可留恋。古人身入书房,心神俱静,陶冶性灵,如同斋戒一般。空闲之余,清修之时,我入书房,倒没有那么多戒律,可以随心所欲地畅想,想想自己、家人、亲朋好友,想想单位、工作、事业,想想社会、人生、名利,让自己沉寂下来,洗去心灵上的灰尘,让思想向上向善。也可以什么也不想,闭目养神,任云舒云卷,让自己身心彻底放松,乐得自由自在。

"砚格斋",成为我的"展示室"。大凡有亲朋好友造访,我都要领着来看看书房。我总认为书房是我装修最得意的地方,算得上是画龙点睛之笔,看过的人都说不错,我也有点扬扬得意,认为心血没有白费。再有就是,书房是我家的展示看点,不是每一个家庭都有专门的书房,说大一点,书房也展现了主人的精神世界和趣味追求,内心有一种满足感。

"斯是陋室,惟吾德馨。""砚格斋",是我心灵停留的地方,也是我养心的地方,我喜欢它。

春天欢快曲

春天是美好的,人人喜欢,人人向往,一切如诗如画,美意满满,是一首令人心神荡漾的欢快曲。

春天的风轻柔舒适,吹在身上,感觉别样清新;拂在脸上,感觉痒酥酥的,像小孩的手摸着你的脸。

春天的阳光明媚柔和,没有夏天的火辣,照在身上,特别舒服,谁都想走出去"晒一晒",乐享春天的阳光,全然忘了时间。倘若坐在河边椅子上来个"春光浴",神仙一般,不知不觉会眯上眼睛小憩、神游。

"百啭千声随意移。"春天的鸟儿比人还高兴,乐不可支地叽叽喳喳,音美悦耳。虽然我们听不懂鸟语,但它们唱响了春天的旋律,带来了春的气息。

春天的水面平静如镜,波澜不惊,阳光下,浮光跃金,波光粼粼。那水仿佛经过净化,清澈见底,讨人喜欢,很想与它嬉戏一番,楼房、树木、花草的倒影尽收水面。手持钓鱼竿,在具有如此美意的水边垂钓,该是怎样的一种感觉?钓的是鱼,陶冶的是心灵。

春天的树木经过冬天的"休眠",一下子精神起来,争先恐后地舒展身体,枝繁叶茂,浓翠欲滴,茂密得像绿色的华盖,姿态又像天上的云朵,到处郁郁葱葱,身材挺拔,壮观得很。尤其河边的翠柳,一排排整齐地倒挂着,像小姑娘的辫子,微风拂来,翩翩起舞,可爱极了。难怪古诗赞云:"碧玉妆成一树高,万条垂下绿丝绦。不知细叶谁裁出,二月春风似剪刀。"

春天的小草像铆足了劲似的,一下子从地里冒了出来。有的刚刚吐出绿芽,还不成气候,却有一种"草色遥看近却无"的意境;有的尽情展现自己的本色,唰唰地生长,踩在上面,毛茸茸的,即便被人踩多了,依然生命力旺盛,正所谓"春风吹又生"。

"人间四月芳菲尽。"春天的花最美,五颜六色,红的像火,绿的像翠,黄的像金,紫的像葡萄……让人目不暇接,赞不绝口,置身其中,仿佛是在画中游,你高兴得像个小孩,一会儿凑上去闻一闻、摸一摸,一会儿拿出手机驻足拍照,留下这美的瞬间。春天的花最多,遍地都是,山上、河边、路上、公园里……到处可见那姹紫嫣红的花朵,花的海洋构成了"春城无处不飞花"的景象。

春天的雨断断续续、淅淅沥沥,很可贵,不是说"春雨贵如油"吗?春天万物在生长,离不开雨水的浇灌滋润。古诗说"好雨知时节,当春乃发生。随风潜入夜,润物细无声",就是对春雨的赞美。

春天,于人们来说,是最舒适、最惬意、最美好的季节,人们都喜欢春天。春天气温适宜,不冷不热,晨练晚练,不受限制。碰上双休日,全家出动,踏青赏花,一饱眼福,尽享春的恩赐和味道,其乐融融。小伙爱帅,姑娘爱靓,这个时候,漂亮的衣服"走"出衣柜,一展风采,穿在身上,成为人间一道亮丽风景。

"一年之计在于春。"春天的人们最勤劳,在享受春光的同时,丝毫不敢浪费春光,"及时当勉励",珍爱春光,做规划、起好步、揽活干、勤播种……惜时如金,自觉自愿,笃行不怠,忙得不亦乐乎,想把无限春光转化为一年的丰收与喜悦。

"春色满园关不住。"春天的景是明快的,春天的情是真挚的,春天的人们是勤劳的。春天,不仅带给人们自然之美,更带给人们美好希望、生机活力、人间至美。春天真好!

大暑小记

今天是大暑,是一年中最热的季节,最典型的特征就是气温高、太阳毒、人难熬,所谓夏练三伏,指的就是这个时候。大暑过后,便是立秋,倘若遇上"秋老虎"也可怕,但愿今年不是。

大暑的热太厉害,遍地像新疆的火焰山。那太阳像火球,烤烫了大地,烤蔫了花、树,人只要在外面站一下,立马就像洗了个澡,浑身湿透;风也是热的,感觉像空调外机吹出的风,热浪袭人,非但不凉爽,反而更热;晒在外面的衣服,不管有多湿、多厚,很快就会干,要是时间稍长,衣服都会烫手;空气闷热,气压有点低,人动一动,就会气喘吁吁,胸闷气短;待在家里,没有空调待不下去,晚上睡觉,不开空调睡不了。水面被太阳烤得热气逼人,摸一摸,水是热的,闻一闻,热浪冲人,还夹杂着腥味。知了也叫个不停,不知疲倦,像抗议老天不善待它;狗伸出大舌头,呼呼直喘气,根本没有平时"狗模狗样"的精神头。

总之,大暑除了热还是热。太阳是白花花的,毒辣得很;马路是滚烫的,地面的热气"不客气"地扑面而来;汽车尾气、空调外机排气等是来添乱的,让热的砝码又加了一层;幢幢高楼像高墙,堵住了八面来风,压抑得人喘不过气来;田里的庄稼也是蔫的,耷拉着头,无精打采。晌午时分是热的顶峰,不是"路上行人欲断魂",就是人影无踪无迹,谁敢在外面待?

但也有例外，还有许多可亲可爱的劳动者，他们冒着高温酷暑，坚守岗位，汗流浃背地工作着，为人们营造一片清凉，为社会作贡献。环卫工人们挥动清洁工具，清扫着马路、小区，让人们多一些视野中的"清凉"；交通警察们站在马路中间，不管天多热，都坚守岗位，指挥着来往车辆，给人们带来交通安全；电工师傅们爬上爬下，仔细检查着电线、电器，因为是用电高峰期，生怕哪里出问题，给人们减少热的烦恼；外卖小哥们，不论天多热，不管路多远，只要接了单，立马风风火火地把人们需要的东西送到家门口；建设工地上，工人师傅似乎忘却了热，忙得热火朝天，与时间赛跑，赶工期抢进度；田间地头，农民大叔冒着中暑的危险，打理正在生长的农作物，期盼丰收；还有许多志愿者，没有人要求他们战高温，也没有报酬，但他们主动奉献一片爱心……这些劳动者，在大暑这样炎热的时候，坚守着岗位，辛勤劳作着，无私地奉献着，给社会、给人们带来一片清凉、安心和温馨，"宁可苦自己，幸福千万家"。此时此刻，这一批批劳动者就是最可爱的人，就是值得尊重的人，是他们的劳动汗水换来了无数人的幸福，创造着社会财富，我们应该为他们点个大大的赞，真诚地道一声"辛苦了"。劳动光荣、劳动伟大，在这一刻得到了最好的诠释。

大暑刚至，高温不断，"炎炎日正午，灼灼火俱燃"的日子漫长，我们每个人都要善待自己，保护自己，心态平静，坚守心中一片清凉，顺利度过这炎炎烈夏。喜欢游泳消暑的朋友，千万别大意，安全第一，别让不该发生的悲剧发生。那些可亲可爱的室外劳动者更要关爱自己的健康，做好降温消暑工作，只有你们健康了，才能更好地为人们服务。

大暑虽然大热，小文聊聊寄语，故题曰《大暑小记》，自认为可矣。

秋天的况味

　　日子如流水般从指尖滑过,刚刚告别了夏天,转眼间便到了暮秋。

　　秋天是个富有况味的季节,多彩的秋景、兴奋的秋事、浓郁的秋情……这景、事、情共生共融,让人别有一番滋味在心头,心生喜悦,遐想无限。难怪关于秋的诗文,古今有那么多。

　　秋景是迷人的。秋高气爽,天空湛蓝,不冷不热,出游最佳,说不清有多少人去秋游了;月光皎洁,满地洒银,月儿圆盈,赏月悦心,秋月是一年中最美的;秋风飒飒,一地黄叶,桂花飘香,沁人心脾,这是秋风赐给人们的视觉和味觉享受;枫叶红了,漫山遍野,菊花竞开,色彩斑斓,好一幅秋景图;闲暇时光,踱步公园,庭中望月,岂不快哉？这是人生片刻的享受……总之,秋景虽没有春天的妩媚妖娆、夏天的热烈茂盛,但它是那样迷人,讨人喜欢。

　　秋景又是悲情的。小草黄了,树叶落了,鲜花凋了,鸟儿飞了,天转凉了,一派残枝败柳凄凉景象,没有办法,这是季节的转换、生命的轮回,是为了孕育更好的明天。秋又告诉人们一年将逝,岁月无情,染了鬓霜,添了皱纹,老了光阴,让人在心生悲叹中添了几分成熟和睿智。古代大诗人们笔下生花,写下了"自古逢秋悲寂寥""秋色老梧桐"这样的经典诗句。

　　所以说,秋景迷人又悲情,况味是多彩复杂的。

记 事

  秋事是令人兴奋的。秋天意味着成熟和收获的到来，没有什么比这更让人兴奋喜悦。金灿灿的稻谷上场了，透红的果儿成熟了，鱼腾虾游，蟹大黄肥，放眼望去，风景这边独好，这幅"秋收图"，谁见了不会喜笑颜开、溢于言表？难怪中国设立了农民丰收节。丰收洗尽了农民万般辛劳，坚定了他们来年的信心，农民的小康生活就是这么一步步酿造出来的。农民如此，其他各行各业又何尝不是这样？工厂里，机器轰鸣，马不停蹄，一件件产品飞向海内外；工地上，人头攒动，披星戴月，工程接近尾声；研究室里，伏案深耕，胜券在握，成果呼之欲出，笑意写在人们脸上，乐在人们心坎上。

  秋事又是热烈的。秋天是个节日很多的季节，青年人有"七夕节"，老年人有"重阳节"，教师有"教师节"，国人有"抗战胜利纪念日"，人们因此热烈喜庆。但最重要的还是国庆与中秋。国庆节期间，满街的"中国红"，隆重庆祝共和国生日，让国人倍感骄傲自豪；中秋节，家人一起团圆赏月，亲情升温，家和业兴。这一刻，家国情怀在人们心中得到彻底、热烈的绽放，感觉伟大祖国越来越强大，千家万户越来越幸福。

  所以说，秋事是秋天的一道独特的风景，令人兴奋喜悦，心花荡漾，幸福满满。

  秋情是属于思念的。秋天是个多情的季节，脑海里的故乡情、亲情、友情、爱情……挥之不去。这种情嵌在月亮里，要不，怎么会有"露从今夜白，月是故乡明"和"海上生明月，天涯共此时"的诗句？这是对故乡、故人的遥思。这种情裹在秋风里，要不，怎么会有"洛阳城里见秋风，欲作家书意万重"的诗句？这是对亲人的无限思念。这种情飘在云朵里，要不怎么会有"秋风起兮白云飞，草木黄落兮雁南归"的诗句？这是对故土、故人的追思。这种情长在植物里，要不怎么会有"遥知兄弟登高处，遍插茱萸少一人"的诗句？这是对朋友的深思。这种情刻在人们心里，要不怎么会有"夕阳西下，断肠人在天涯"的诗句？这是内心最真诚的表白，思念肝肠欲断,何等迫切。所有这些思念之情,无不渗透在秋天的记忆里。

秋情又是催人奋进的。秋天预示着离冬天不远了,一年即逝,人们自然而然会回首自己所走过的路、所做过的事情、所担当的责任等。当不落遗憾时,定会踌躇满志地笃定前行;当觉得有差距时,自然会幡然醒悟,奋起直追,"不用扬鞭自奋蹄",这是一种积极的态度和工作、责任情怀。

所以说,秋情既有浓郁的秋思,还有催人奋进的情怀,秋情无限好。

春有百花秋有月,夏有凉风冬有雪。一年四季,各有千秋。回首四季,秋天"故事"最多,况味最浓,赞语不绝,所以,很多人喜欢秋天、热爱秋天、赞美秋天。

秋天富有满满的正能量,自古及今,是一首唱不完的赞歌、写不完的美诗。

冬阳

四季轮回,眼下正值冬天。

对于冬天,或许大多数人不大喜欢,因为它没有春的烂漫、夏的火热、秋的硕果,有的就是冰凉的世界与让人直跺脚的寒冷。

不是吗?冬天要么天气阴沉、寒风刺骨,要么冰天雪地、银装素裹,特别是数九寒天,滴水成冰、呵气成雾,寒冷得让人心情有些不爽,冻得放不开手脚干事,只想待在屋里唠家常、看风景,或者"绿蚁新醅酒,红泥小火炉",想像一些动物一样冬眠,不想挨冻。

那么,冬天是不是一无是处,完完全全地令人生厌呢?那倒也不是。可能人们最欢迎、最喜欢的,就是那一抹冬阳,因为它能带给人们温暖、生机和快乐。诗人白居易在《负冬日》里说:"杲杲冬日出,照我屋南隅……旷然忘所在,心与虚空俱。"冬阳一出,阳光一片,人们忘乎所以,尽情享受。这就是冬阳的价值和魅力,把人们喜悦的心情照得透亮。

的确,冬阳是迷人的。它有少女般的妩媚,不像夏天的太阳那么火热烤人,而是轻柔地照在大地上,柔和地洒在人身上,楚楚动人,格外妩媚。清冷的水面,有了冬阳,便变得波光粼粼,耀眼了许多;萎靡的植物,有了冬阳,就突然来了精神,身姿挺拔了许多;怕冷的动物,有了冬阳,嬉戏追逐,瞬间就会活蹦乱跳起来;畏寒的人们,有了冬阳,欣喜若狂,急匆匆地

215

跑出去尽享"日光浴"。无论日出日落，冬阳都是缓缓地升落、金灿灿地发光、慢慢地驱除寒意，富有画一般的意境。李贺有诗云："日脚淡光红洒洒，薄霜不销桂枝下。依稀和气排冬严，已就长日辞长夜。"道出了冬阳无尽的价值与妩媚。

冬阳倘若与冬雪"联手"，那样的景色更妙了，堪称"珠联璧合"，可与"落霞与孤鹜齐飞"媲美。你想啊，雪后的世界，笼罩在无瑕白玉之中，白茫茫一片，银装素裹，煞是好看。山，严严实实地被白色完全覆盖；水，"千里冰封"；树，吃力地撑起白玉华盖……此时此刻，在冬阳的照耀下，真是"风景这边独好"，有白雪皑皑，有阳光和煦，一切是那么透亮、那么亮眼，好一幅冬阳冬雪图，大自然的神奇造化，令人赏心悦目、赞叹不已。我不是语言大师，即便搜肠刮肚，也无法用语言来赞美、形容这番美景，于是寻到了一些大师级的诗句，一解心中之难。唐代诗人祖咏云："终南阴岭秀，积雪浮云端。林表明霁色，城中增暮寒。"宋代诗人杨万里云："最爱东山晴后雪，软红光里涌银山。"毛泽东主席词云："须晴日，看红装素裹，分外妖娆。"这些诗词都很好地描绘了冬阳与冬雪融合后的唯美景色，美美与共，精妙绝伦，我特别喜欢"软红光里涌银山"和毛主席的这几句词。只可惜，随着全球气候变暖，这样唯美的景色是越来越少了。

冬阳又是温暖的。冬阳一来，寒冷溜走，冰雪融化，无私地给人们带来温暖，暖了身体，乐了心情，于是人们三三两两、嘻嘻哈哈地跑出屋外晒太阳、享温暖，尽享大自然的恩赐。记得小时候在乡下，每逢冬阳出来，乡亲们就会搬出凳子，在屋檐下面沐浴冬阳，嗑着瓜子，拉拉家常，喜笑颜开，充满温馨的人间烟火味。人们把家里该洗的、该晒的，统统地办了，内心自然暖洋洋的。动植物们也像人类一样，尽享冬阳带来的"福利"，"韬光养晦"，积蓄能量，坚信"冬天来了，春天还会远吗？"，等待春暖花开的那天，释放自己带给人类的"惊喜"。可见，在寒气逼人的冬天，冬阳无疑是"冬天里的一把火"，温暖着人世间的万事万物，弥足珍贵。

总之,冬阳是冬天里上苍赐给人们的最好礼物。心中有太阳,人间不畏寒。

人文

马鞍山,一座名副其实的"诗城"

"诗城",是马鞍山市的别称,是嵌在骨子里的,契合马鞍山的历史与现状,是一个浪漫好听而又十分诱人的名字。

可能很多人会说,马鞍山因为有马钢,又是"因钢立市",不是叫"钢城"吗?的确曾经也这么叫过,但随着时间不断推移,马鞍山发展发生了巨大的变化,特别是2009年荣获中部地区第一个"全国文明城市"称号后,"钢城"这个有点"黑粗大"的别称似乎与马鞍山现状有点不匹配了,于是乎"诗城"慢慢替代了"钢城",成为人们喜欢且爱听的称呼,"钢城"只留在人们记忆中了,官方也是这么宣传的。

在我看来,今日之马鞍山叫"诗城"名不虚传。从经济发展看,马鞍山早已不是一"钢"独秀,而是产业多元,生机勃勃,县区经济各具特色,经济开发区、慈湖高新区、郑蒲港新区各有千秋,"生态福地、智造名城"成为马鞍山的新发展定位;从地理位置看,浩浩荡荡的长江穿城而过,距离南京几十公里,天然融进了"南京都市圈",是安徽向东发展的"桥头堡"。习近平总书记视察马鞍山后,寄予马鞍山"安徽的杭嘉湖、长三角的白菜心"的新期望,马鞍山正在努力践行;从人文环境看,大青山恬淡幽静,采石矶险峻灵秀,马鞍山伟岸雄浑,丹阳湖烟波浩渺,慈湖河曲折蜿蜒,是个典型的山水之都,更有历代诸多文人墨客来马鞍山写下的许多经

221

典诗篇华章，打造了"课本上的马鞍山"；从居住环境看，马鞍山曾获得过国家人居奖、国家园林城市等荣誉，而且又是"九山环一湖，翠螺出大江"，风景如画，生活舒适，宜业宜居。凡此种种，说马鞍山是一座"诗城"，名副其实。

当然，称马鞍山是"诗城"远不止这些，还有更为重要的内涵，因为马鞍山曾是历史上两代诗坛霸主的钟爱之地、交会之所。一个是南北朝时期的山水诗巨匠谢朓，他是谢灵运的后人，在任宣城太守时，多次来马鞍山，留下了许多诗篇；一个是盛唐时期的"诗仙"李白，一生放荡不羁、浪漫无比，因为十分仰慕谢朓的山水诗，加之晚年穷困潦倒，故而来马鞍山投靠其族叔李阳冰，从此与谢朓灵魂"相会"，马鞍山也因此成为李白的终老之地。虽然两位诗坛巨匠相隔两百多年，但他们的诗堪称"顶尖"，是后人难以逾越的两座高峰，享誉海内外，所以历代诗人经常慕名而来，"朝觐"这两位诗坛巨匠。历代六百多位著名诗人像雁阵般栖息于马鞍山，尽管是境况不一、心怀异志，但他们到了马鞍山，凭吊瞻仰"诗仙"李白后，或排遣烦恼，或心神荡漾，或诗兴大发，留下了一千多首脍炙人口、千古不朽的诗篇。六百多位诗人、一千多首诗歌，马鞍山实乃无愧于"诗城"之称，其中，李白为马鞍山奠定了"诗城"的雄基伟业。

有鉴于此，马鞍山官方曾于2005年组织专家学者编写了《诗润"江东第一城"——著名诗人在马鞍山》一书，选取了历史上四十多位著名诗人来马鞍山凭吊李白的"前因后果"和精彩片刻，留下了一段段神奇故事和美丽传说，更诞生了诸多经典诗作华章，较好地回答了马鞍山为什么能够成为"诗城"这个问题。最近，我对这本书连读了几遍，大体解开了这些著名诗人来马鞍山的"谜底"，认为可分四类情况，以此文让人们更加了解"诗城"历史，为"诗城"马鞍山增光添彩。

第一类，盖因仰慕"诗仙"李白而来，这是主流。李白是盛唐时期的"诗仙"、霸主，是充满激情的浪漫主义诗人。他诗情磅礴，情怀浪漫，四海为家,铁血傲骨,可以用"仙风道骨"形容,无人不顶礼膜拜、景仰有加。他在马鞍山留下了六十多首诗篇绝唱,比较著名的有《望天门山》《夜泊牛渚怀古》等,晚年的最后诗作《临终歌》,也是气势逼人,"大鹏飞兮振八裔,中天摧兮力不济"。其语惊天骇世,至死都觉得自己报国无门。这样伟大的诗人,谁能(敢)不仰慕?于是,有自认是李白后身的杨万里寄情采石、青山;有李白的好友孟浩然夜泊牛渚;还有白居易、陆游、李清照、赵孟頫、萨都剌、施闰章、袁宏道、袁牧、赵翼等,争先恐后来马鞍山拜祭李白,放声高歌。传说吴承恩写《西游记》,写到孙悟空大闹天宫时有困惑,跑到李白祠,收获灵感,觉得两人太相似,于是下笔如行云流水。近代诗人郭沫若专程来马鞍山凭吊李白,还应邀题写了"采石矶公园"几个遒劲大字。

第二类,因为官场失意或屡试不中而来放松心情。在这些失意的诗人看来,李白这样一个才华横溢的诗仙,也是屡试不中,靠伯乐贺知章的荐举,才步入仕途,得到皇帝器重,坐上了翰林之位,但他那天生放荡的个性,导致他必然会弃离官场,最终也是穷困潦倒。与李白相比,他们的失意简直就是"小巫见大巫",他们的这点打击算不了什么,到了马鞍山,就能完全释怀,看空一切,放松心情。就像现代人常说的那样,到了病房,什么都想开了、看明白了,一切的苦闷、烦恼统统会置之脑后。刘禹锡被贬至和州刺史,到马鞍山看看想想,心情好多了,写下了著名的《陋室铭》,"斯是陋室,惟吾德馨",表达了他此时一种坦荡的心怀;曾编过《永乐大典》的解缙,被罢官路过马鞍山,拜谒李白后,并没有气馁,结果再度被朝廷起用;王阳明官至三品,功高震主,才高遭妒,与采石广济祠住持一番畅谈,一解心忧;文天祥被俘从广东解押到北京,途经马鞍山时,在采石与法师交谈话诗,将生死置之度外……再有,就是那些才华横溢但屡试不中的诗人,到了马鞍山拜谒李白后,觉得也并非都要"学而优则仕",写诗照样可以流芳百世。出身名门贵族的韦庄,年近花甲也没有考中入仕;晚唐的杜荀鹤、唐彦谦等一生屡试不第,但他们最后都成了著名诗人,正所谓上帝关了一道门,又给你开了一扇窗。

第三类,不少著名诗人曾在马鞍山及周边地区任职为官。马鞍山风光优美,钟灵毓秀,不少诗人愿在此为官,并留下了诗篇。唐代诗人许浑曾任当涂县令,不仅为民做了好事,还留下了不少诗篇;曾巩是欧阳修的弟子,曾任职当涂,没过几年,欧阳修因公也顺道来当涂看望曾巩,双双留下了华丽诗章;黄庭坚晚年仕途坎坷,向朝廷申请要求到当涂任职"养疾",可惜只任职九天便离开当涂履新,短暂的九天里,他与诗友郭功甫等雅集论诗,开心不已;风流才子李之仪57岁时被贬至当涂,写了不少情诗,只可惜妻子、儿女都死在当涂,自己最后也被葬在当涂藏云山。放眼周边,在池州任刺史的杜牧,去乌江、到采石、游当涂,留下了诗篇;在无为任职的米芾,被当涂大青山自然风光和诗人谢朓、李白遗风所陶醉,惜墨如金的他,居然为大青山题写了"第一山",真是青山有幸。

第四类,当涂本土诗人以及他们邀请来的友人。"一方水土养一方人。"当涂历史悠久,历来文化底蕴深厚,书香四溢,名人辈出。著名诗人郭祥正就是杰出代表,他是当涂人,一生没有做官,但他的诗风、性格、爱好(嗜酒)等颇与李白相似,名声赫然,被宋代的梅尧臣称为天才、"李白后身"。因此,他的诗坛朋友颇多,先后邀请一批著名诗人来当涂踏青咏诗。苏轼被贬路过当涂,应他之邀居然在当涂待了10多天,一起作诗咏怀,王安石、黄庭坚等诗坛大咖来到当涂,也有他盛情相邀的功劳。张孝祥,和州(和县)人,文坛地位颇高,诗风追苏轼,是豪放派的先驱,可惜英年早逝,只活了38岁。陶安,当涂人,深得明太祖朱元璋的器重,在朝廷为官,被朱元璋誉为"国朝谋略无双世,翰苑文章第一家",但他心念家乡,在姑溪、丹阳湖、大青山、望夫山作了大量诗篇。江东才子项斯在老师张籍(和县人)的推荐下考中进士,任丹徒县尉,回乡拜祭李白,与好友一起吟诗雅集。还有前面所说的唐彦谦与当涂湖阳诗人胡隐居同在京城考试而相识,因为两人均考试不中,"同病相怜",继而成为朋友,胡隐居邀请他来当涂湖阳做客,论诗品蟹,留下佳话。李清照、陆游等也是应当涂友人之邀来到了马鞍山。

滔滔长江水,千年诗意浓。马鞍山这个祖国版图上的弹丸之地,居然有诗仙李白长眠于此,有历代那么多的诗坛高手蜂拥而至,还有本土养育的大名鼎鼎的诗人,简直这是一条奔腾不息的诗歌长河,是一块诗情画意的生态福地,就是一张充满魅力的亮丽名片,"诗城"马鞍山,实至名归,遐迩闻名。为了纪念李白,弘扬诗歌文化,马鞍山迄今(2022年)已经连办了34届李白诗歌节,无数中外诗人、学者来马鞍山凭吊李白,怀古吟今。

所以,我要自豪地说,马鞍山是一座名副其实的"诗城"!

山水锦绣的大美安徽

在祖国的版图上,安徽如同一颗明珠镶嵌在中部地区。秀山名川,璀璨夺目;微风皖韵,扑面而来;历史掌故,如数家珍。1667年建省的安徽,其名也意境幽远、令人向往,取安庆和徽州两府首字而成。"安"盖为安好,寓意安康和谐;"徽"细解之,有人、有山、有水、有文,蕴含善良、美好之意。

一方水土养育一方人。身为安徽人,应知安徽景。大美安徽景,重在山水情,其名山名水不胜枚举,锦绣成林,诗意盎然,随着文字的流淌,让我们徐徐展开画卷吧。

这里有"归来不看岳"的黄山。它屹立于安徽南部,地跨黄山市三县(歙县、黟县、休宁)两区(黄山区、徽州区),是长江水系和钱塘江水系的分水岭,山势由东北向西南延伸,占地1200平方公里,其中黄山风景区约150平方公里。其名字也不断演变,秦以前叫"三天子都",因为黄山的三大主峰天都峰、莲花峰、光明顶传说为天帝居住的仙都;秦至唐天宝年间,叫黟山,因为山上的石头又多又黑;唐天宝六载(747),李隆基下诏将黟山改为黄山,沿用至今。早在明代,徐霞客登山后就发出了"登黄山天下无山"的感叹,后人继而总结出了"五岳归来不看山,黄山归来不看岳"的名句。1990年,联合国教科文组织将黄山列入了世界文化遗产和自然遗产名录。黄山素有"四绝"之美,"奇松、怪石、云海、温泉",景观独特,天下无双,大凡到过黄山的人,准会赞叹不已,陶醉其中,流连忘返。黄山是山之"集大成者",聚许多名山之神采,泰山的雄伟、武夷的秀逸、华山的险峻、庐山的飞瀑、峨眉的清凉、雁荡的巧石、恒山的烟云,在这里或多或少都能找到它们的影子。黄山千峰竞列,比肩接踵,共有72峰,一年四季如画,春花烂漫、夏涛阵阵、秋枫似火、冬雪绵延,什么季节来看都有惊喜,都有不一样的感觉。黄山是天下名山,早成共识。

这里有中国佛教名山九华山。它地处池州青阳境内,属于黄山支脉,是中国佛教四大名山(其余三大名山为峨眉山、五台山、普陀山)之一。早在唐时,新罗王子金乔觉到此造访,深为其幽静吸引,决定在此清修苦行,布道弘法。天长日久,终将此修炼成地藏菩萨道场,如今香火不绝,名声显扬。九华山原名九子山,大诗人李白来过后,写下了"昔在九江上,遥望九华峰"的诗句,此后名为九华山,一字之改,"点石成金"。九华山既有佛教古迹,又有自然丽景,双璧合一,久负盛名,整个山体犹如一尊大佛,以天台为首,有寺庙90余座,佛像6000多尊,拜佛者络绎不绝,人们祈祷安居乐业。其自然景观被后人总结为"十大景观":五溪山色、桃岩瀑布、舒潭映月、东崖晏坐、平岗积雪、化城晚钟、莲峰云海、九子泉声、天柱仙踪、天台晓日,其中桃岩瀑布是九华山第一大瀑布,化城寺是全山寺庙之首,相形之下,九华山的名气魅力,自然在于佛教。

这里有安徽简称发源地的天柱山。它位于安庆潜山境内,历史悠久,周武王曾在此封国为皖,故此山又叫皖山、皖公山,安徽简称"皖",盖源于此。天柱山的看点也不少,主要有二:一是摩崖石刻,这里石多石奇,或相拥相背,或断崖峭壁……吸引古代文人墨客来此刻石,共有400多块,王安石留下了"坐石上以忘归"的题刻,黄庭坚在这里自号为山谷道人。二是佛教文化,三祖寺是全国重点寺庙,其贡献是使禅法得以中国化,成为汉传佛教中最具中国特色的宗派之一,到天柱山,必去三祖寺。

安徽还有其他名山,可谓群山交响。有被誉为"江南诗山"的宣城敬亭山,有形如漂浮湖中之舟的安庆浮山,有道教圣地休宁齐云山,有牡丹闻名的巢湖银屏山,有桐城父子宰相长眠之地的桐城龙眠山,有号称"中国第一富硒村"的石台仙寓山,有"吴楚东南第一关"的金寨天堂寨,有"江北黄山"之称的霍山铜锣寨,有王安石留下名篇的褒禅山,有欧阳修留下名篇的琅琊山,等等,一山一景观,一山一世界。

山,的确是安徽人的骄傲,浑厚有力,或雄伟,或奇秀,或独特,遐迩闻名,成为安徽的亮丽名片。同样,水也是安徽人的自豪,奔流灵动,滋养众生,生生不息地把我们带向古老、美好和远方。

这里有历经沧桑的淮河。古老的淮河,像长江、黄河一样,也是母亲河。它位置特殊,既是我国南北气候过渡带,又是我国南北文化的交汇点,从河南进入安徽,桀骜不驯流经多个县市,后注入江苏洪泽湖。它在安徽境内全长约430公里,属淮河的中游,北岸是辽阔的淮北平原,南岸是绵延的江淮丘陵,灌溉着安徽46%的土地,造福着安徽广袤大地和万千生民。唯其如此,治理淮河的水患尤为重要,早在4000多年前,大禹就来到涂山治水,中国迄今遗存最早的水利设施寿县安丰塘也发挥着安澜于世的作用,新中国成立后,毛泽东主席发出了"一定要把淮河修好"的号召。今天的淮河两岸,水患根治,"水利部淮河水利委员会"就设在安徽蚌埠。淮河上修建了大小水库5700多座,比较有名的是霍山境内的佛子岭水库。"走千走万,不如淮河两岸。"是的,淮河畅通了水系,发挥着灌溉、交通两方面的功能,造福于民;淮河历来是兵家争夺要地,大泽乡起义、垓下之战、淝水之战以及淮海战役就发生在这里;淮河两岸风光无限、群星灿烂,李白、苏轼、王安石等曾泛舟于此,老子、庄子、管子、曹操、华佗、朱元璋等先后诞生于此,真可谓说不尽的淮河历史!

这里有奔流不息的长江。长江从江西湖口进入安徽安庆,最终经马鞍山和县流入江苏,途经安庆、池州、铜陵、芜湖、马鞍山五市,全长约400

公里,俗称"八百里皖江"。大自然的造化,滋养着皖江,平原丘陵一望无际,支流湖泊纵横交错,生态环境优美如画,"东风染尽三千顷",鱼米之乡甲天下,富裕着皖江。这里有"长江万里此咽喉,吴楚分疆第一州"的安庆,有"长江巨埠,皖之中坚"的芜湖,有"铜都"铜陵,有"钢城"马鞍山,一批知名企业从这里走向全国乃至世界,奇瑞汽车、江淮汽车、马钢、海螺、铜陵有色、安庆石化,个个生龙活虎,风头正劲。皖江沿途风景如画,首有安庆地标建筑、400多年历史的振风塔,笑傲长江;尾有"长江三矶"之一的马鞍山采石矶,拥抱江水。历代无数文人骚客,泛舟皖江,流连忘返,著诗无数,李白《望天门山》就是其中的力作。皖江文明历史悠久,繁昌的人字洞、和县的猿人化石、含山的凌家滩、潜山的薛家岗等,见证着人类文明之源,个个都是宝贝。皖江流域人杰地灵,我党创始人之一陈独秀以及桐城派、徽班进京、黄梅戏等就诞生于此。今天的皖江,正积极响应国家打造"长江经济带"的号召,"皖江城市经济带"应运而生,正在崛起,涵盖合肥、马鞍山、芜湖、铜陵、安庆、池州、宣城、滁州、六安9个市59个县,约占安徽总面积40.3%,成为安徽乃至中部地区崛起之脊梁,未来可期。

这里有澄江如练的新安江。新安江源于黄山休宁,终于浙江钱塘江,有大大小小600多条河流被其揽入怀中,覆盖黄山市四县三区,是黄山市地道的母亲河。因为黄山古称新安,故谓之新安江。新安江自然景观丰美,旅游胜景甚多,西递、宏村遐迩闻名,岑山及岑山渡、深渡镇、"三潭"也是网红打卡地,已成为人们游览黄山的"标配"。新安江是古徽商的黄金水道,大批徽商从这里走出,走向苏杭"天堂",倘若没有它,或许就没有徽商的发达。新安江处处是画,美不胜收,成为诗人、画家笔下的尤物,李白、孟浩然在此留下了精彩诗篇,渐江、黄宾虹在此创立了新安画派。新安江人文历史厚重,不仅诞生了新安画派、新安医学,还走出了教育家陶行知,出了"状元县"休宁。从一定意义上说,新安江也是现代文明的发祥地。

　　说到水,不能不说巢湖。它是中国五大淡水湖之一,因形如巢而得名(也有说与巢氏、居巢国有关),面积800多平方公里,水系发达,盛产银鱼,有"皖中明珠"之誉。这里曾经是三国时期魏吴交战之地,湖中的姥山,留下了焦妇盼儿归的故事;湖中的中庙,有"南九华,北中庙"之说。

　　"青山隐隐水迢迢。"随着这一幅幅山水画卷的展开,黄山、九华山、天柱山,山山如画,淮河、长江、新安江,水水如练,说安徽山水锦绣,名副其实,愿大美安徽,明天前程锦绣,逐梦成真。

试说中国四名楼

在伟大祖国广袤的大地上,矗立着许多遐迩闻名、濒临江湖、造型各异的名楼,它们气宇轩昂,饱经沧桑,不知疲倦,仿佛在讲述当年那些神奇美丽的故事,讴歌那段灿烂文明的历史,炫耀文人骚客们留下的经典的不朽诗作。这些响彻四方的名楼,扮靓了它们所在的城市,一名楼一胜境,吸引着来自四面八方的人,一名楼一景区。

在诸多名楼当中,最为举世公认的当数下面四大名楼,即山西的鹳鹤楼(又名鹳雀楼)、江西的滕王阁、湖北的黄鹤楼、湖南的岳阳楼。这四大名楼,堪称中国文化和建筑的翘楚。

鹳鹤楼位于今山西永济市蒲州古城,本是北周时期兵家修建的军事建筑,高大开阔,登楼有腾空欲飞之感,因紧靠黄河,常有食鱼鸟类、似鹤非鹤的鹳雀栖息于楼上,故又名"鹳雀楼"。由于古代战乱及黄河水泛滥,原楼早已难觅。到了2002年,当地政府按照"修旧如旧"的思路,在旧址上重修了该楼,仿唐形,四檐三层,"旧貌换新颜",成为知名景区。说起该楼,人们首先想到的是唐代诗人王之涣的《登鹳雀楼》,诗云:"白日依山尽,黄河入海流。欲穷千里目,更上一层楼。"这首诗妇孺皆知,通俗易懂,前两句写登楼之景,后两句抒发感受,饱含哲理,常被今人引用作勉,乃经典之句。

滕王阁位于今江西南昌的赣江之滨,声贯古今、誉播海内外,其高度、占地面积乃四大名楼之首。因为该楼是唐高祖李渊第二十二子滕王李元婴任洪州都督时所建,故名为滕王阁。此楼是封建士大夫们观光遣兴和迎送宴请宾客之地,故而空间大,设施齐,文化味浓。该楼历经时代风云,兴废达28次,至新中国成立后当地政府才重建成今天的样子,现共有九层。与该楼一样负有盛名的还有王勃的《滕王阁序》,序以阁而闻名,阁以序而著称,珠联璧合,相得益彰。

《滕王阁序》,全名为《秋日登洪府滕王阁饯别序》,是王勃在宴会现场一气呵成的一篇著名散文,有点像王羲之写《兰亭序》的场景,是不可多得的惊世之作、文化瑰宝。全文文辞飞扬,可分为四个部分:开篇是引子,其次是写景,再次是抒情,最后是叙事,相互关联,前后照应,既有地理人文的叙述,又有良辰美景的描绘,还有自己志向的表白。通篇对偶,以四字句和六字句为多;通篇用典,用得自然恰当;通篇字斟句酌,佳句迭出。如"物华天宝""人杰地灵""老当益壮,宁移白首之心?穷且益坚,不坠青云之志""东隅已逝,桑榆非晚"等等,数不胜数。更为著名骇世的一句是"落霞与孤鹜齐飞,秋水共长天一色",现已成为滕王阁正门的巨联。

黄鹤楼位于今湖北武汉的蛇山上,濒临长江,始建于三国吴黄武二年(223),距今1800多年,起初只有三层,盖为军事之需。后该楼历经沧桑,屡毁屡建达30余次,到1984年,政府在距原址约1000米的蛇山上,重建了黄鹤楼,扩高为五层。虽新楼较原址离江远了些,但由于山高楼耸,加之能俯视武汉长江大桥,楼变得更加雄伟壮观。新楼的风格既保留了古楼的一些特色,又注入了现代民族元素。楼每层都设有展厅,内容丰富,使之更加有内涵,目前已成为观光赏景、旅游会友、文人吟诗的佳地,成为武汉市的一张亮丽名片。

多少年来,无数名人登楼作诗,最为出名的当数唐代诗人崔颢登楼后留下的《黄鹤楼》,诗云:"昔人已乘黄鹤去,此地空余黄鹤楼。黄鹤一去不复返,白云千载空悠悠。晴川历历汉阳树,芳草萋萋鹦鹉洲。日暮乡关何处是?烟波江上使人愁。"此诗从登临怀古起笔,反复吟叹,感叹古今存亡变异,接着写眼前明亮景色,兴起异地乡关之思,最终落在"愁"上,意境丰满、悠远,成为一代绝唱,被推崇为"唐人七言律诗第一"。诗仙李白曾登临黄鹤楼,不禁诗兴大发,但看到崔颢题在墙壁上的这首诗后,便不再赋诗,还喃喃说"眼前有景道不得,崔颢题诗在上头",足见此诗的魅力和地位。再后来,心有不甘的李白在登临金陵凤凰台古迹后,模仿崔颢的这首诗,也写了一首大家熟悉的《登金陵凤凰台》,诗云:"凤凰台上凤凰游,凤去台空江自流。吴宫花草埋幽径,晋代衣冠成古丘。三山半落青天外,二水中分白鹭洲。总为浮云能蔽日,长安不见使人愁。"比较一下,难分伯仲,实乃异曲同工。

岳阳楼位于今湖南的岳阳市(古称巴陵),地处洞庭湖和长江的交汇处,山、水、楼交相辉映,风景如画,素有"洞庭天下水,岳阳天下楼"的盛誉。该楼始建于220年,距今已有1800多年,相传是三国时期东吴大将鲁肃的"阅兵楼",南北朝时期称为"巴陵城楼",中唐李白赋诗后改称"岳阳楼",自唐以后岳阳楼由军事用地转为文人墨客的观光吟诗之地。岳阳楼共三层,纯木结构,建造奇特,整个建筑没有用一颗铁钉,没有用一道巨梁,彰显了中国古代建筑艺术的辉煌成就。该楼也是饱经沧桑,屡毁屡建,现今看到的是清同治六年(1867)重修的,也是四大名楼中唯一一个保存良好、全木质结构、新中国成立前的建筑,有别于其他名楼。

说到岳阳楼,不得不说北宋时期文学家范仲淹的《岳阳楼记》。这篇脍炙人口、经典流传的散文,是范仲淹应自己好友巴陵郡太守滕子京之请,为重修岳阳楼而写的。文中写了岳阳楼壮观奇景、天气阴雨和晴朗时带给人的不同感受,表达了"不以物喜,不以己悲"的仁人之心,更彰显了"先天下之忧而忧,后天下之乐而乐"的家国情怀,文辞优美,由景生情,以情寓志,熠熠生辉。岳阳楼造就了《岳阳楼记》,《岳阳楼记》升华了岳阳楼。还不得不说杜甫的《登岳阳楼》,诗云:"昔闻洞庭水,今上岳阳楼。吴楚东南坼,乾坤日夜浮。亲朋无一字,老病有孤舟。戎马关山北,凭轩涕泗流。"全诗情景相生,沉郁顿挫,富有感染力,被称为"盛唐五律之首"。诗中既写了登楼的喜悦、看到的万千气象,又触景生情,表达了自己内心的沉闷和对国家的担忧,"坼""浮"等字非常传神。

人 文

酒文化之趣谈

写下这个标题,或许有人认为我是个"酒君子",其实不然,我不胜酒力,也不好酒,只不过喜欢对酒文化做点琢磨,就像一个不会踢球但喜欢看球的人。今儿,我就说说对酒文化的陋见。

酒是国粹。国粹者,国之精华也。史载,杜康乃我华夏"酿酒始祖",是夏朝人,可见酒文化历史悠久,源远流长,博大精深,伴随着华夏文明一路走来,既留下了"鸿门宴"这样惊心动魄的故事,也有李白宣泄"一日须倾三百杯"的万丈豪情。时至今日,国人品酒者甚多,爱酒者更是不计其数。

酒是生活中的常客。国人是非常讲究礼仪的,亲朋好友造访,一定要设宴款待,于是酒就成了必不可少的待客之物,"无酒不成宴",无酒不尽兴。酒与人生形影相随,你出生时摆满月酒,升学时做谢师酒,婚嫁时办喜酒,到有出息时喝贺酒,人生的重要节点似乎都离不开酒。至于重大节庆日,喝酒更是一路走"高",档次高、频率高、笑声高、情怀高。春节要喝屠苏酒,"春风送暖入屠苏",祈祷来年一切吉祥;端午要喝雄黄酒,"喝了雄黄酒,病魔都能走";中秋要喝桂花酒,朗月当空,对酒当歌,别有一番滋味。可见,酒行走在我们的生活中,成了我们生活中的常客。

酒是欢乐的使者。将欢乐迅速传递、分享并推向高潮的可能非酒莫属。李白有诗云:"人生得意须尽欢,莫使金樽空对月。"一语道尽酒能助兴,酒可尽欢。今天我们常说"人逢喜事精神爽,喝点小酒倍儿畅",也是这个意思。当我们完成某件事情时,就会情不自禁喝点小酒解乏,自我庆贺一下;当我们开心时,会不由自主地对酒当歌一把;当热恋中的男女情到浓时,美酒自然成了他们眉目传情的最好使者;当误会消除或合作成功时,心情海阔天空,定然要觥筹交错一番。还有酒场上的那些口头禅把欢乐传递分享,推向高潮,诸如"恭喜恭喜,酒杯端起""酒杯一响,二话不讲""感情深,一口闷"之类,没有感觉,没有激情,是断然说不出这些话来的。倘若是洞房花烛夜、金榜题名时、他乡遇故知,那酒更是主角,众星捧"酒",一定会喝得酣畅淋漓,无比痛快,飘飘欲仙。形象地说,欢乐如果是烈火的话,那酒就是干柴,能让欢乐更欢乐。

  酒是消愁的朋友。曹操诗云"何以解忧?唯有杜康";李白也说"五花马,千金裘,呼儿将出换美酒,与尔同销万古愁"。古人在遇到人生低谷或烦恼时,美酒三杯,便可解脱。"酒仙"李白,在人生不得志时,纵情饮酒,放浪形骸,潇洒一生,虽政治上无为,但成了名垂千古的诗仙;"酒圣"陶渊明"不为五斗米折腰",辞官不做,借酒归隐,钟情田园,成为赫赫有名的田园诗人;就连不胜酒力的苏东坡,自嘲"心似已灰之木,身如不系之舟",如此心境,常常借酒消愁,用酒隐匿心事,保持一份淡然;更有宋太祖赵匡胤,为解心中政权不稳之忧,唱了一出"杯酒释兵权"的好戏,显现了超常政治智慧。回到当下,每当人们遇上不尽如人意之事时,很多也是以酒解愁,或静静反思,或激情倾诉,或仰天长啸,宣泄情感,释放胸怀,然后调整心态,重拾行装再出发。酒如智者、长者,陪伴你渡过难关,走出困境。

  酒是文人才思飞扬的神灵。我们每个人的生命细胞里都潜藏着不同的才思基因,在某个瞬间,一旦被美酒点燃,便会让久违的潜能迸发出来,收获意想不到的效果。所以,文人墨客最爱喝酒,酝酿激情,寻找灵感,然后便会才思飞扬,或许这就是酒的独特魅力所在。李白倘若不爱酒,可能就没有那份奇特浪漫,就不会诗情万丈,或许成不了诗仙。所以杜甫才说"李白一斗诗百篇,长安市上酒家眠。天子呼来不上船,自称臣是酒中仙"。刘伶和贾岛都是历史上有名的大诗人,成就不凡,共同的爱好是喝酒,甚至留下了"贾岛醉来非假倒,刘伶饮尽不留零"的传说;书圣王羲之酣醉后即兴挥洒了"天下第一行书"《兰亭序》,醒来后,多少次摹写,再也无法达到那种妙境,可谓酒助其神来之笔。当下,不少文人墨客也爱喝点小酒,绝不是附庸风雅,而是为了找到感觉,激活才情,以期下笔如有神,文人的才情伴随着酒兴一路走高,飞扬起来。

酒是勇士壮胆前行的帮手。文人爱酒,勇士也爱酒。刘备、张飞、关羽三人靠酒结盟,谱写了"桃园三结义"的佳话,张、关二人助刘备赢得了江山。古代有名的战争也与酒分不开,出发前要喝酒,为将士饯行;胜利了要喝酒,弹冠相庆,以利再战,这是通行的"标配",似乎酒能够让人勇猛无比,力拔山兮。武松也是喝了十八碗酒后过景阳冈,胆识超常,力气过人,方能用拳打死老虎;杨子荣靠酒壮胆前行,智取了威虎山,成为人们心目中的英雄。即便今天,我们在攻坚克难时,也往往拿酒励志,加油助威,表明坚定的信心和胜利的决心。这时候的酒,是一种精神激励,是一片厚植潜能的沃土,是一位给你注入巨大力量的帮手。

当然,酒也是让你付出代价的始作俑者。我们常说,小喝怡情,大喝伤身,此话千真万确。有的人嗜酒成性,一日几顿,酒不离口,到头来喝坏了身体,甚至把命也搭上了,代价太大;有的人逢酒必大喝,非要喝到酩酊大醉不可,结果把酒局当战局,失言失态,发飙误事,事后后悔不已;有的人明知"喝酒不开车,开车不喝酒",可见到酒后,将此忠告置之脑后,喝了酒还要侥幸去开车,结果可想而知,一不小心把自己开进了监狱,这样的情形不胜枚举。所以说,酒虽有好处,但过度了就不好,酒的副作用也不小,万万不可小觑,否则会让你付出惨痛代价。切记喝酒要适度节制,以防这"液体之火"成为罪魁祸首而殃及池鱼。

　　酒文化博大精深,远远不止这些。鄙人一番趣谈,希冀博得大家茶余饭后一乐、一思。

春联的"今生前世"

春节将至,写春联、请春联、贴春联,是中国人绝不会忘记的事情,也是必须要做的事情。无论北国南疆,无论边陲内陆,家家户户的门庭都会将春联挂两边,红色鲜艳,喜气洋洋。在我看来,春联是中国传统文化的赓续,是增年味、添喜庆、讨吉祥、祈好运的重要载体。如今,随着人们生活水平提高,审美品位上升了,人们对春联从内容到形式要求更高,追求大气好看、寓意贴切、喜上加喜。

春联的"今生"如此火爆,经久不衰,怎么来的?它的"前世"是什么样的呢?可能许多人"知其然而不知其所以然",我试着揭开这个谜,也算普及一下中国传统文化。

春联在上古时期被称为"桃符"。周朝时,人们就在大门两旁挂上长方形桃木板,在板上写上神名或驱邪降福的吉祥语,称为"题桃符"。可见,春联的历史有多悠久。

五代时期后蜀主孟昶,在新年到来之际,命学士们"题桃符",他嫌学士们题得不太好,就自己题写了"新年纳余庆,嘉节号长春"一联,此联对仗工整,寓意美好,所以,一联既出,一举成名,成为中国历史上有文字记载的最早的一副春联。

到了宋代,随着纸张的诞生,桃符由桃木板改为纸张,但仍叫"桃符"。有王安石《元日》为证："爆竹声中一岁除，春风送暖入屠苏。千户万门瞳瞳日，总把新桃换旧符。"这首诗很有名，不少人都会吟诵，最后一句就表明了春联当时仍叫"桃符"。

直到明代，桃符才改为春联。据载，明太祖朱元璋特别喜欢春联，下旨所有官府民宅新年必须张贴春联。皇帝有令，一言九鼎，自然民间贴春联成风，自此，贴春联的习俗流传开来，直至今日不衰。更有趣的是，朱元璋还爱作春联，比较有名的是为一阉猪户作的春联，内容是"双手劈开生死路，一刀斩断是非根"，对仗工整，寓意贴切，也很幽默，成为史上佳话。所以，朱元璋被后人誉为"对联天子"。

由朱元璋爱春联，我突然想到唐代李世民独爱王羲之书法，正因为唐太宗李世民对书法的无声推动，整个唐代书法风气浓厚，法度严谨，流派纷呈，名家辈出，成为中国书法史上辉煌的朝代。他自己也成了一位赫赫有名的书法大家。明、唐两位皇帝对传统文化的推广具有异曲同工之妙，故我插上这一小段文字。

这就是春联的"前世"。到了清代、民国，直至今天，春联已成为新年的前奏曲，为新年营造了热烈喜庆的氛围，令人悦目赏心、心花怒放。伴随时代变迁，很自然，人们对春联的要求将会越来越高、越来越讲究。

从春联的"今生前世"，我由衷感叹祖国传统文化的博大精深，源远流长，为伟大祖国传统文化骄傲自豪！

秦始皇缘何能统一天下
——电视剧《大秦赋》观感

央视八套曾用20余天时间，播出了78集电视剧《大秦赋》，再现了2000多年前秦并六国那段令人震撼、扑朔迷离的历史风云，剧情的跌宕、演技的精彩、场面的宏大，把广大观众的眼球紧紧吸引住了。这部电视剧收视率颇高，不失为奉献给广大观众的精神大餐。

我也是此剧忠实粉丝之一，只要没有什么特殊情况，每晚必定准时收看，看着看着，突然想到，秦始皇缘何能统一天下呢？随着电视剧的播完，问题的答案也出现了，脑子里蹦出几个词，即"志向、智囊、治理、制度"，我觉得这几个词是秦始皇一统天下的关键，似乎毋庸置疑。

志向，是指秦始皇有不安现状的雄心、成就霸业的抱负。秦始皇年少时，也不是非富即贵，随生母赵姬生活在赵国，受人欺凌，颇受磨难，幼小的心灵里早已种下了坚定倔强、改变天下的种子。当上大王后，上天赋予了他成大业的平台，这颗种子随之日益发芽、开花。他没有得过且过，随波逐流，而是施展拳脚，有自己笃定的主张、远大志向，志在把秦国做强，逐步实现天下统一；他没有贪图享受，花天酒地，而是经常步入灭六国的"作战室"，励精图治，日夜劳作，志在将蓝图变现实，努力实现自己抱负。秦始皇就是秦始皇，他心高志远，雄才伟略，久久为功，霸气十足，最终如愿以偿，成为首位皇帝。用今天的眼光审视，磨难是最好的老师，理想靠不懈奋斗。

智囊,是指秦始皇身边有一个"智囊团",为他统一天下助生了飞翔的翅膀。在当时那种复杂环境下,想把一个国管理好、做强大,并蚕食他国,光靠秦始皇一人是不行的,一个人的智慧、精力是有限的。"一个好汉三个帮。"在秦始皇身边,就有一群忠贞不贰的文武大臣,志同道合的高人谋士,敢于担当的先锋勇者,如文臣李斯、武将王翦等,就是杰出代表,他们在危难时刻出谋划策,在紧要关头化险为夷,成为秦始皇的得力助手、左膀右臂,为秦始皇平定叛乱、统一天下殚精竭虑,死而后已。秦始皇也不是唯我独尊,而是睿智过人,他爱听谏言,集思广益,常常是朝廷议政、现场"办公";他疑人不用,用人不疑,激励文武大臣独当一面、相机行事。身边有这样一群目标一致的"智囊",秦始皇也大胆放手使用,堪称强强联手,自然所向披靡,大功告成。用今天眼光看,同心同德是根本,智慧取胜是王道。

治理,是指秦始皇雄才伟略,心有定力,壮士断腕治内政,心无旁骛统天下。秦始皇是个了不起的人物,有志向、有智慧、有能力、有魄力,秦国上下能对他唯命是从,敬畏有加,除了王权的威力外,很重要的是他的治理能力和人格魅力,绝非昏庸等闲之辈。面对嫪毐等人的狼子野心,他沉着冷静,若无其事地举办了加冕仪式,未雨绸缪地平定了叛乱,将嫪毐之流一网打尽;为安抚民心,增强国力,他下令修水渠,力求"仓廪实",奠定一统天下的物质基础;为实现自己一统六国的雄伟大业,他是"挂图作战","一国一策",软硬兼施,瓦解合纵,分步实施,花了十年时间,才先后消灭了韩、赵、魏、楚、燕、齐。每灭一国,无疑都是一场你死我活、惊心动魄的较量。能赢得这样的江山,实在是鞠躬尽瘁,治理有方,来之不易,值得后人称道敬仰。拿今天的话说,就是要登高望远、脚踏实地,空谈误国、实干兴邦。

制度,是指秦始皇眼光深远,善于用制度管天下。"没有规矩不成方圆",没有制度难成大事。秦始皇在用人上,就奉行了"任人唯贤"的制度,内不避亲,外不避仇。在平定叛乱后,皇室宗亲都向他要官,对他给宗室外的人加官晋爵有抱怨。这是一场没有硝烟的战争,可他没有胆怯畏惧、听之任之,而是晓明大义、理直气壮地坚持"能者上、庸者下",不分内外,这是何等的胆识啊。面对有的大臣提出的由来已久的"分封制",他深思熟虑后果断予以否定,而是设置了"郡县制",这是一种对历史制度的挑战变革,用从来没有的新制度取代因袭的旧制度,事实证明他的决定是正确的,成为后来中国政治制度的"模板"。打天下不易,守天下更不易,消灭六国后,他提出了"书同文,车同轨"、统一度量衡等一系列制度,力主天下大同,解决好统一后社会生活中的现实问题,足见他的决策是何等高明。再后来,在领导体制上,他还提出了"三公九卿"制,分工明确,各司其职,也成为后来封建制度的"模板"。拿今天话说,就是要勇于改革,完善健全国家治理体系。

  秦始皇以非凡的胆略、非凡的智慧、非凡的勇气,首次统一了天下,建立了第一个中央集权制朝代——秦朝,成为名垂千古、功不可没的政治人物,故后来他自诩为皇帝,借用了"三皇""五帝"中的各一字,也算是实至名归。皇者,开皇帝称谓之先河也,明代李贽曾赞誉秦始皇为"千古第一帝",一点不假。

心迹留痕

为了捍卫军人的荣耀
——影片《长津湖》观感

国庆期间，抗美援朝题材大片《长津湖》，赢得了大众广泛好评和媒体热议，有很高的上座率。怀着好奇，近日我也看了一场，觉得这部大片气势恢宏，场面震撼，形象饱满，军人可敬，战事惨烈，催人泪下，再现了抗美援朝战争的宏大场面，彰显了中国人民志愿军一不怕苦、二不怕死的革命精神。

同许多人一样，看完电影后，我心情难平，沉思良久，这场悲壮的战争究竟该不该打？中国军人为什么能够以弱胜强？电影给了我启示：打，是为了保家卫国；胜，是为了捍卫中国军人的荣耀。

该不该打？这是以毛泽东为首的中国共产党人的一次艰难抉择，新生的中国最终还是决定打。美帝国主义挑起事端，把战火烧到中国的边境，找上门来，岂能不打？毛泽东主席掷地有声说，"唇亡齿寒"，"打得一拳开，免得百拳来"，向世人宣告，抗美援朝，保家卫国，中国不是好欺负的。

战争的关键因素是军队。尽管美帝国主义拥有飞机、坦克、大炮等杀伤力很强的武器，拥有抗御恶劣条件的粮食和装备，拥有自以为是的"王牌军队"，硬件比中国军队不知强多少倍，可中国军人毫不畏惧，以钢铁一般的纪律、钢铁一般的意志、钢铁一般的勇敢、钢铁一般的坚强，与敌人拼死抗争,正所谓"硬件不够软件补",决定战争胜负的是人,而不是武器。中国军人紧握武器,依靠从不言败的精神和血肉之躯顽强抗击,把自恃强大的敌人打得落荒而逃,取得了以弱胜强的战果,捍卫了中国军人的荣耀。

　　捍卫军人的荣耀,是本片贯穿的一条主线,其表现的重要主题,从四个方面可以看出。其一,军令如山。出兵命令一出,所有军人立即归队,第一时间赶到现场集结。连长伍千里带着哥哥伍百里的骨灰刚刚到家,接到命令后旋即归队,义无反顾,就是一个典型。运兵火车被敌机发现后,情势十万火急,上级命令火速出发,军人们来不及换上棉衣,顾不上带吃的,就匆忙上路了,个人安危全然不顾。时间、时机是打仗制胜的关键因素,中国军人入朝后,坚定执行命令,克服天上有敌机、地面路不熟又难走的困难,冒着生命危险,昼夜兼程,每次都是按时赶到指定位置,再大的困难也不在话下。面对敌人天上、地面的双重侦察,中国军人趴在零下几十摄氏度的雪山里,纹丝不动,精神抖擞,宁可冻死也绝不暴露目标,就连敌人也感动得向牺牲的"雪人"军人敬礼。这就是中国军人的荣耀,纪律严明,军令如山,视服从为天职。

　　其二,作战勇敢。在大大小小的战斗中,中国军人都充满血性,犹如虎狼之师,高歌猛进,战斗勇敢,似乎要把积蓄已久的愤懑和全部的力量"井喷"出来,所向披靡。他们或打埋伏,让敌人措手不及;或正面交锋,使敌人腹背挨打;或"借敌打敌",利用缴获的武器装备打击敌人,"明知山有虎,偏向虎山行",把敌人打得如临深渊、闻风丧胆。中国军人深知武器装备不及敌人,硬碰硬肯定会吃亏,所以他们非常有智慧,十分讲究战术,运用巧妙周旋、神兵天降、协同作战等战术,化弱势为优势。大家都知道影片《上甘岭》讲述了一场恶战,但看了《长津湖》后,会觉得更惨烈,可谓中国战争史上少见的战役。长津湖一战,打出了中国军人的军威气势,彰显了中国军人的荣耀。

其三，无惧恶劣。长津湖一带地形复杂，山势叠嶂，又逢冬季，大雪纷飞，冬季零下几十摄氏度是常态，自然条件非常恶劣，是"生命禁区"。在恶劣的自然条件面前，敌人有吃、有房住、有装备御寒，而中国军人却缺衣少粮，穿着单衣，吃着"雪面"，啃着咬不动的土豆，山体为床，积雪为被，时常要埋伏在雪地里，又冷又饿是他们的常态。可他们心中装着祖国人民，装着军人的荣耀，依靠坚强意志、顽强毅力，咬牙渡过一个个难关，忍受着常人无法忍受的困难和痛苦，完成了一个个不可能完成的任务，创造了生命奇迹，连敌人也惊讶得瞠目结舌。看到这些无惧恶劣、可歌可泣的画面，无人不为之动容，潸然泪下。

其四，不顾生死。面对敌人强大的制空权和火力配置，中国军人没有一个被吓倒，早已将生死置之度外，以大无畏的英雄精神，与敌人进行着你死我活的较量，是一个特别能战斗、特别不怕死的英雄整体。英雄杨根思坚守阵地，打到只剩自己一个人，也不畏惧退却，人在阵地在，抱起炸药包奋力冲向敌群，被传为佳话；伍百里、伍千里、伍万里三兄弟前仆后继，哥哥倒下了，弟弟接着来，"头可断，血可流，战斗精神不可丢"，个个都是好汉；老兵雷公看到燃烧的信号弹是为敌机轰炸引路的，奋不顾身抱起，冒着枪林弹雨，开车一路狂奔，保护了战友，自己却倒在血泊中。这就是中国军人，为了荣耀，早已将生死置之度外，牺牲我一个，幸福千万人。

军人的荣耀就是信念崇高、听党指挥、精神无畏、意志顽强、作风优良、纪律严明……长津湖之战，中国人民志愿军作战勇敢、无惧恶劣、不顾生死，取得了最后胜利，创造了世界战争史上的奇迹，有力彰显了中国军威，捍卫了军人荣耀，令世界震惊佩服。中国军人了不起，向"橄榄绿"致敬，人民永远不会忘记你们。

共产党领导的大决战何以决胜
——电视剧《大决战》观感

为纪念中国共产党 100 周年诞辰,真实再现新中国诞生前夕那段波澜壮阔的历史风云,央视一套在每晚黄金时段,热播了 49 集电视连续剧《大决战》。该剧的时间跨度是从 1945 年重庆谈判,经过辽沈战役、淮海战役、平津战役,到 1949 年 10 月新中国成立,剧情内容真实,故事跌宕,场面宏阔,战事激烈,情节感人,是鼓舞人们坚定跟党走的精神大餐,是献给建党 100 周年的珍贵礼物。

我是这部电视剧的忠实观众,每晚必看,一路看下来,心潮起伏,百感交集。随着热播结束,观后感呼之欲出,真切地悟出了共产党领导的大决战胜利的根本原因,那就是:正义之战,人民至上;高瞻远瞩,指挥有力;上下一心,英雄无畏;襟怀坦荡,统一战线。

正义之战,人民至上。应该说,以毛泽东为首的中国共产党人领导的大决战,是一场天经地义的正义之战,这是由中国共产党性质、宗旨所决定的,它彻底粉碎了蒋介石国民党反动集团"假和谈、真内战、妄独霸"的政治野心,为实现民族独立和人民解放奠定了基石。《大决战》的背景是在重庆谈判破裂后,蒋介石反动集团为了实现自己的野心,自恃军事实力强大,又有美国人支持,单方面撕毁谈判协议,发动了国人一致反对的内战。共产党及其人民军队为了民族和人民大计,只能以革命的武装反抗武装的反革命集团,针锋相对,奋起还击。通过残酷的斗争,敌消我长,人民军队不断发展壮大,从战略防御转入了战略进攻,最后进入了大决战阶段,所以说,大决战无论是起因,还是目标,抑或路径,都是正义的。"得道者多助,失道者寡助",正义之战必胜。《大决战》充分诠释了"江山就是人民,人民就是江山",彰显了人民至上,共产党及其人民军队一切为了人民,一切依靠人民,不管是在战争一线,还是在后方,始终把人民利益放在首位,拯救人民于水深火热之中,视人民为亲人,所以赢得了人民的衷心爱戴、拥护支持。正是有了广大人民的强有力支持,人民军队才能由弱变强,势如破竹,节节胜利。在辽沈战役中,老百姓主动把自家门板拿来,作为解放军构筑战争工事的材料;在淮海战役中,老百姓冒着枪林弹雨,自发地把吃的穿的运到一线支援解放军;在平津战役中,老百姓要求和平的声音一浪高过一浪,促成了北平和平解放。正是人民的强大力量、有力支持,共产党领导的三大战役才能无往不胜。

高瞻远瞩,指挥有力。以毛泽东为首的中国共产党人,在大决战中,始终居高望远,深谋远虑,胸有成竹,三大战役怎么安排、每个战役怎么打、派出哪些野战部队、靠什么保障等,方案严密,未雨绸缪,可谓"运筹帷幄之中,决胜千里之外"。而蒋介石反动集团常常仅局限于一时一地一战,或"拆东墙补西墙",或"头痛医头,脚痛医脚",或顾首不顾尾,因此注定要失败,正所谓"将帅无能,累死三军"。在指挥体系上,以毛泽东为首的共产党"五大书记",经常一起分析战事,审时度势,共同谋划战略部署和战术安排,集思广益,废寝忘食,畅所欲言,如此的指挥、决策必然有的放矢、科学高效。相反,蒋介石反动集团,一人独裁,颐指气使,凭感情用事,靠感觉指挥,所以才屡吃败仗,兵力锐减,仅三大战役就被消灭了154万兵力。

上下一心,英雄无畏。共产党人及其人民军队是为了民族独立、人民解放这个共同目标而走到一起的,必然同甘共苦,风雨同舟,共同的目标让共产党人上下凝聚一心,最终克敌制胜。在《大决战》中,共产党上下一心、一呼百应的优势展现得淋漓尽致,不管哪一级都能做到令行禁止,风雨无阻,不打折扣,完成坚决。最高层党中央的声音掷地有声,一贯到底,生根开花,而且对各指挥员充分信任,用人不疑;三大战役的具体指挥人,敢于担当,临机处置,军令如山,辽沈战役、淮海战役、平津战役,个个可圈可点,这些胜利都是党中央英明决策、指挥员们正确指挥的结果。广大解放军官兵不忘初心使命,人人英雄无畏,将生死置之度外,用血肉之躯穿越敌人的枪林弹雨,彰显了"明知山有虎,偏向虎山行"的英雄气概。战士高玉宝虽然不认得几个字,但他被官兵们的英雄气概、无畏精神所感染,居然在战火纷飞的战场上及时记下了许多可歌可泣的事迹,是展示英雄无畏的一个缩影。相形之下,蒋介石反动集团,为了集团利益或者某些人的私利,上下分歧,派系林立,杂音不断,只求自保,指挥体系常常出现"肠梗阻",令不行、禁不止成为常态。至于士兵军官们,贪生怕死是"标配",打得了就打,打不了就跑,毫无士气可言。

襟怀坦荡,统一战线。人心不可逆,得人心者得天下。在《大决战》中,以毛泽东为首的共产党人,襟怀坦荡,十分真诚地向人民昭示,共产党领导的大决战,根本目的就是要打倒蒋介石、解放全中国,就是为了民族独立、人民解放,继而实现山河无恙、国泰民安。共产党人的坦荡襟怀和为民情怀,赢得了广大民众的心,感动了各界代表人士,甚至是一些国民党将领士兵,集聚了人心人气,团结了一切可以团结的力量,结成了最广泛的统一战线,为大决战的胜利增添了不可多得的新生力量。在辽沈战役、淮海战役中,都有国民党将领、士兵投降的事发生,最为突出的是平津战役中北平的和平解放,让这座拥有两百多万人、有着众多文物古迹的城市,没费一枪一弹,就彻底解放,当时固守北平的国民党将领傅作义将军,在他的老师、女儿的教育感化下,被共产党的战果、真诚感动,终于起义投诚。如果没有统一战线,这座城会死多少人、会被毁成怎样,将难以估量和想象。

　　《大决战》最后一集,展现了毛泽东主席对大决战胜利原因的精辟分析,他的话大意是,我们能取得胜利,一是依靠武装斗争,二是依靠人民,三是依靠统一战线。一语中的,千真万确。

居里夫人之伟大

对于赫赫有名的居里夫人,相信谁也不陌生,谁都知道她是一个伟大的科学家。但关于居里夫人的人生过往、科学成就等,可能不少人就说不上来,抑或一知半解。《名人传记》专述名人,为我们解开了这些疑惑。

当读完《居里夫人:像镭一样在黑暗中自带光芒》后,结合自己平时对居里夫人的一知半解,我脑海里不由自主地对这位女性形成了"四个伟大"的印象。

第一,对生活坚强不屈的伟大。居里夫人1867年出身于波兰华沙一个教育家庭,父亲是华沙一所大学的物理和数学老师,母亲是华沙一所女子寄宿制学校校长,虽然父母生了五个孩子,居里夫人(原名叫玛丽·斯可罗多夫斯卡,婚后叫居里夫人,以下都称居里夫人)是最小的一个,但家境殷实美满,在华沙属中产阶层。不幸的是,居里夫人9岁时,母亲去世,一家人的生活重担都压在父亲一人身上。为了减轻父亲的负担,学习成绩优秀的她,17岁就不得不中断学业,毅然决然去异国他乡做家庭教师。在此期间,她冥冥中感到自己有物理方面的天赋,三年后回到华沙,她一边打工进修,一边钻到表兄的实验室求学,坚定地朝自己物理、化学的梦想奋进,并决心去巴黎深造。1891年,她圆梦巴黎大学物理系,拿到了本科学位。刚到巴黎时,她过着非常清苦的生活,可她的精神世界沉醉在科学里。她曾说:"我丝毫不为自己的生活简陋而难过,使我感到难过的是一天太短了……"同时,她收获了爱情,嫁给了法国人皮埃尔·居里,定居巴黎。1903年,因为居里夫妇先后发现了"钋"和"镭"两种元素,同获诺贝尔物理学奖。可天有不测风云,在获得诺贝尔奖后的第三年,她的丈夫就遭车祸去世了,她失去了爱人,失去了科学的伴侣,这种打击太大了。然而,不服输的她自带光芒,科学的梦想支撑她忘却痛苦,继续前行。可祸不单行,之后在她身上又掀起了与丈夫的学生有恋情的情感风波,各种流言蜚语扑面而来,她坚强地顶住了,还获得了好友、世界著名物理学家爱因斯坦的理解和安慰。幼年失母,年少学业受挫,留学生活艰难,中年又丧夫,这一连串的人生打击、生活磨难,她都挺过来了,就像镭一样在黑暗中自带光芒。她说:"我的最高原则是:不论任何困难都绝不屈服。""路要靠自己去走,才能越走越宽。"

第二,对事业执着追求的伟大。1896年,居里夫妇共同在巴黎大学物理实验室工作。为了自己钟爱的事业,居里夫人一心钻研,如花似玉的年纪,对生活用品却从不追求,而搞科研渐入佳境,实验器具丰富无比,两者形成巨大反差。她说:"我们必须相信我们的天赋是用来做某种事情的,无论代价多大,这种事情必须做到。"还说:"把生活变成梦想,再把梦想变成现实。"正因为有如此对科学事业的执着追求,经过一段时间艰苦探索研究,到1898年,居里夫妇先后发现了"钋"和"镭"这两种放射性很强的元素,填补了空白,其中,"钋"位列元素周期表第84位,"镭"位列元素周期表第88位,后者的放射性比前者强很多倍。居里夫妇又花了近四年时间,充分证明了这两种元素的特征及其放射性。正如她所说,梦想变成了现实,得到了科学界的高度肯定,这是科学史上了不起的发现,是对人类健康的贡献。为此,1903年,居里夫妇获诺贝尔物理学奖,而居里夫人成为历史上第一个获得诺贝尔奖的女性。一个年轻女性,对科学如此执着,并荣获了世界科学最高奖,不得不令人敬佩。

第三,对科学成就贡献的伟大。"弱者等待时机,强者制造时机。"这是她的人生观。"科学家的天职叫我们应当继续奋斗,彻底揭示自然界奥秘,掌握这些奥秘以便能在将来造福人类。"这是她作为一个科学家的人生观。她说到做到,继续不懈地在科学领域遨游。在发现了上面这两种元素并获诺贝尔物理学奖后,她又于1911年,在镭元素研究、提取和运用方面取得一系列成果,成功将镭射线运用到医学上。她亲自设计了X光机,利用X光的成像定位"治病救人",利用强大的镭射线杀死癌细胞,有效推动了放射化学的发展,开辟了医学新领域,造福人类健康。今天的人们接受X光检查、利用镭放射治疗癌症时,千万别忘了居里夫人的巨大贡献。鉴于她的突出贡献,1911年,她又获诺贝尔化学奖,在她之前,世界上还没有哪位科学家两度获诺贝尔奖,她真正是科学界的巨星。此后的居里夫人,尊重科学规律与力量,仍然遨游于科学天空,著书立说,获得了100多个科学荣誉和头衔,历史上还没有哪位科学家能与之比肩,贡献无比巨大。由于她长年置身于放射性环境当中,在1934年不幸逝世,一颗科学巨星陨落了。

第四,对祖国无限热爱的伟大。爱国之心,人皆有之,居里夫人的爱国之心尤强。她虽身在巴黎,但心系祖国,她发现的钋元素,在命名时其词根与她祖国名字的词根相同,以表达对祖国永久的爱。尽管在法国荣誉加身,但她对祖国有求必应,1912年,华沙创办了一所镭实验室,她义无反顾地接受祖国邀请,指导实验室工作。之后,她又主动在华沙创建了镭研究院,虽然那时身体有恙,但她仍忘我筹建,并于1932年主持揭幕典礼,报答祖国,了却心愿。祖国也没有忘记这个优秀女儿,在1967年居里夫人100周年诞辰之际,波兰创建了居里夫人故居博物馆,让全世界的人永远记住这位伟大的女科学家。

居里夫人的"四个伟大",令人敬佩景仰、难以忘怀,值得人们好好学习、发扬光大。

用文字战斗的一生
——读《鲁迅的最后岁月》之我见

　　《名人传记》刊登了文章《鲁迅的最后岁月》，我非常热爱鲁迅，便一口气读完，内心如大海波涛，情伤时甚至会哽咽，情不自禁地有话想说。在赞叹编辑慧眼识珠的同时，更敬佩鲁迅这位中国家喻户晓的文坛巨匠，他在生命的最后岁月里，依然表现得那样坚强乐观，战斗不止，精神可贵，永垂不朽。

　　鲁迅（1881—1936），原名周樟寿，字豫山，后改名周树人，字豫才，浙江绍兴人。著名文学家、思想家、民主战士，新文化运动的重要参与者，中国现代文学的奠基人。他出身于一个没落的封建士大夫家庭，家业的衰败让他感受了社会的黑暗，加之母亲鲁瑞娘家在农村，使他有机会接触广大贫苦农民，正是这样的家庭背景，让他骨子里流淌着"哀其不幸"、正义发声、力图改造的血液。1898年赴南京求学，接受了进化论的思想，为他后来观察问题提供了重要思想武器。1902年赴日本留学，果断弃医从文，以期拯救大众，立下了"我以我血荐轩辕"的报国之志。之后，参加了辛亥革命，埋头整理古籍，养精蓄锐，用他的话说就是"新的生命就会在这苦痛的沉默里萌芽"。1918年，他第一次用笔名鲁迅发表了中国现代文学史上第一篇白话小说《狂人日记》，刊登在《新青年》上，从此便一发不可收拾，成为一代文学旗手，始终用文字战斗，成就卓然不凡，他的文字或批判封建伦理道德,或阐述文学革命见解,或宣传进步民主思想。代表作品有小说集《呐喊》《彷徨》,散文集《朝花夕拾》,杂文集《华盖集》等。其文学高度、厚度和精神力度、深度,鲜有人能与之相比,是个了不起的文坛伟人,敢打仗的精神勇士。

纸短言长,说不完的鲁迅。还是回过头来说说我读了《鲁迅的最后岁月》一文后的见解和感受吧。

文章比较真实地记录了1935年初至1936年10月19日鲁迅患病后生命最后的日子,所述与鲁迅一贯做人做事的风格高度吻合。细细读完全文,脑子里蹦出三点认知,加深了我对鲁迅的认识。第一,忘我战斗。鲁迅是我国文坛上备受尊崇的勇士,一生用笔战斗。即便在生病的日子里、在生命最后时光,也没有放下,将生死置之度外,忘我战斗。1935年初,在健康每况愈下的情况下,他辛勤地翻译果戈理的《死魂灵》第二部,没想到困难重重,"苦"得他"字典不离手",每翻译一两章,就疲惫不堪。"他精神不好,越来越烦躁"时,"始终没有放下笔",似乎唯有笔可以改变自我。在稍有劳累病情就会发作的情况下,他依然说:"我向桌子执笔的时候,是工作的时候;靠在椅子上看书的时候,是休养的时候。"忘我悲壮,他是个与笔为伍、以书为乐的人。应邀为《苏联版画集》作序,自己病得实在支撑不住,就靠在躺椅上口述,让妻子许广平记录下来,"走火入魔",令人喟叹。1936年10月18日,也就是鲁迅逝世前一天,是日上午鲁迅几乎是危在旦夕了,可见到当天日报来了,他仍然问:"报上有什么事体?"许广平告诉他,他翻译的《死魂灵》预告出来了,在头一篇上,鲁迅听后,仿佛又来了力气,要了报纸和眼镜,看了许久才放下。10月19日清晨5点多,死神终究夺走了鲁迅的生命,可在他身边,还有一本《生命与健康》没有读完。什么是"生命不息,战斗不止"? 鲁迅给了"教科书"式的诠释,可歌可泣。第二,人格高尚。鲁迅的高尚品德众所周知,他爱憎分明,爱交朋友,乐于助人,其名言"横眉冷对千夫指,俯首甘为孺子牛"堪是写照。唯其如此，他朋友很多，或仰慕他的才学人品，或与他一起共事，或被他倾心所助过……在他生命最后时刻，这些朋友纷纷主动给了他许多温暖、帮助、陪伴，这既是人格魅力所致，也印证了"高尚是高尚者的通行证"。萧军、萧红是我国近代著名的作家，曾受到过鲁迅在文学上的帮助，成为鲁迅的好友，为了方便看望和帮助鲁迅先生，他们主动搬到离鲁迅家很近的地方，经常去看望慰问，谈心聊天。宋庆龄先生是孙中山夫人，是著名的社会活动家，20世纪伟大女性，新中国的领导人之一，也是鲁迅的好友，她托人送来茶叶、糖食等给鲁迅，得知鲁迅"病得很厉害"，立即写信说："我恳求你立即进医院去医治！因为你迟延一天，你的生命便增加一天的危险！你的生命并不是你个人的，而是属于中国和中国革命的！"胡风、冯雪峰是我国著名的文艺理论家、诗人，当时文坛上的政要，与鲁迅关系密切，志趣相投，每每看望问候鲁迅，鲁迅显得非常开心，病情似乎"躲起来"了，精气神都来了，有说不完的话，高兴时还与冯雪峰在家吃饭喝酒，后来冯雪峰还成了鲁迅著作编刊社长兼总编。就连外国友人也非常关心他的健康，美国记者史沫特莱是宣传中国红色革命和中国共产党的名记者，自然与鲁迅关系甚好，她帮鲁迅请来美籍德国医生做检查，确定鲁迅的病是晚期肺结核，而且有可能过不了当年，史沫特莱当场"掩面而哭"，这是怎样的一种深情厚谊？1936年10月17日，鲁迅已经病入膏肓，生命进入倒计时，可他依然想起自己老师章太炎，伏案作《因太炎先生而想起的二三事》，虽然只写了个开头，但可以看出鲁迅不忘恩师之情，彰显了鲁迅高尚的人格魅力。第三，乐观坦然。或许鲁迅先生精神世界通透高深，文学水平登峰造极，面对死神，竟然毫不畏惧，乐观坦然，为常人所难为。尽管他的病情危机四伏，但他常常把大病说成小病，把肺病说成胃病，还认为与其天天治病，不如带着病痛工作下去，自信地跟朋友说，50多岁了，死了，也不算短命。多么乐观豁达的一个人。他给母亲去信说，自己的肺病"已经生了二三十年"，大的突发有过好几回，第一回是在兄弟失和时,第二回是和章士钊闹翻以后,第三回是初到上海,和创造社论争的时候,"今年是第四回"。把非常凶险的病情看作是常见的事,多么坦然的心态。在常人看来,死亡的话题非常忌讳,不会谈及,尤其是病情严重的人,可鲁迅毫不畏惧,竟然写了一篇《死》的文章,既有遗嘱的内容,也有对人生的看法,还与朋友讨论这个话题,这要有怎样的一种淡定和勇气?当他的生命临近终点,也就是10月19日凌晨时分,他依然表现得从容淡定,流露出对许广平的感激之情,说"时候不早了,你可以睡了",或许只有鲁迅才能做到,一代大师就这样飘升天堂。

鲁迅,一个横空出世的名字,一个用文字战斗的战士,一个宣传民族精神的勇士。毛泽东曾评价道:"鲁迅的方向,就是中华民族新文化的方向。"伟人评价如此之高,足见鲁迅的文坛地位!著名诗人臧克家为纪念鲁迅写了一首非常著名的诗《有的人》,诗中说:"有的人活着,他已经死了;有的人死了,他还活着。"是的,鲁迅的民族精神和文学丰碑不灭,永远活在课堂里,活在书籍中,活在人们心里。

傅雷的育子经

《名人传记》杂志刊登的《傅雷的世界》一文,我读后不仅为傅雷孜孜不懈地做学问所感染,更为傅雷的正确育子观所感动,觉得给人启迪,教育意义犹新。

或许有人对傅雷先生还不够熟悉,先费点笔墨稍作介绍。他1908年生,卒于1966年,上海人,曾留学于法国巴黎大学,主修文艺理论,中国著名的翻译家、作家、教育家、美术评论家,还是中国民主促进会的重要缔造者之一。他翻译了大量外国文学作品,译作五百余万言,朋友说:"没有他,就没有巴尔扎克在中国。"他教育孩子的理念科学先进,《傅雷家书》可见一斑。他与刘海粟、黄宾虹等艺术名家情趣相投,多有交往,成为艺坛美谈。他一身傲骨,满身棱角,是个有个性、有学问、有思想的铁汉子,"文革"中不堪迫害,含冤英年早逝。

他的育子经,概括起来有三:一是"身教重于言教",二是"授人以鱼不如授人以渔",三是注重"君子"之德。

"身教重于言教"。傅雷教育孩子,更多的是用自己的行为和学问感染和影响孩子,用行为给孩子"上课",树立榜样,使孩子们从小受到良好熏陶,潜移默化,这种身教比成千上万句唠叨管用,堪称"此时无声胜有声"。他对朋友推襟送抱,披肝沥胆,与志同道合者真诚相交,他的待人处世之道或许在孩子们幼小心灵里早已播下种子,是为"十年树木,百年树人"。他搞翻译可谓呕心沥血、精益求精,把巴尔扎克和罗曼·罗兰的文学巨著搬到中国,从来不敢轻松懈怠,他说:"任何作品不精读四五遍绝不动手,是为译事基本法门。"总是先钻进去然后再跳出来,务求"神似"。巴尔扎克的《高老头》,他前后译了三次,花费十余年时间,一次比一次传神达意,使中国人读起来那么津津有味;翻译罗曼·罗兰的被誉为"20世纪最伟大的小说"《约翰·克利斯朵夫》时,由于需要一些专业知识,特别是音乐知识,他先用三年时间基本完成译稿,再用两年时间重新打磨,幸好他学过音乐史,才如愿完成,目的是让中国读者真正读懂这部名著。此外,他对音乐、书画、雕塑等艺术也有颇深的研究和见解,认为艺术是相通的,还写出了《世界美术名作二十讲》。他的这种治学态度和求学精神及其学问涵养,无疑成为孩子们仰望的星空,孩子们长期耳濡目染,自然雕琢成玉。可在今天,我们有的家长望子成龙、望女成凤心切,教育孩子时说得头头是道,自己的行为却背道而驰,说一套做一套,让孩子怎么学榜样?又怎么让孩子心悦诚服?

"授人以鱼不如授人以渔"。授人以鱼只救一时之急,而授人以渔可解一生之需。傅雷教育孩子的理念和方法遵循"授人以渔",从根本上为孩子施教。他的两个儿子傅聪、傅敏,可谓"虎门无犬子",一个是著名的钢琴家,在国际钢琴大赛中屡屡获奖,成为一代音乐王子;另一个出色的教师,成为学校教学骨干,并继承了父亲的基因,一面教书一面翻译。除了他们个人很努力外,更多功劳在于傅雷这位了不起的父亲。首先,他慧眼识珠,善于发现孩子们的天赋,尊重孩子们的特长,因人而异,因材施教。傅聪3岁多时就喜欢安静地听西洋古典音乐,5岁时就有绝对音感,傅雷朋友也说傅聪可以专攻音乐,于是,傅雷就为他买了钢琴,不惜重金为他请了国际钢琴大师,"功夫不负有心人",傅聪终于成为著名钢琴大师,为父争光,为国争光。傅敏听到哥哥在钢琴上奏出的美妙之音,好生羡慕,也想报考上海音乐学院附中,可傅雷未允,认为他不是搞音乐的料,是个教书的料,何况学音乐要从小开始,此时已晚。不承想,傅雷一语中的,傅敏终成一个好的教书匠。而如今,我们有些家长不管孩子的天赋兴趣,硬着头皮让孩子学不感兴趣的东西,工夫没少花,结果很无奈,还有些家长看到别人家孩子学什么,也随意跟风,人云亦云,结果钱花了不少,效果没有多少,这都是不理智的选择。其次,他去伪存真,因势利导,善于用理性的方法教育孩子,使其"知其然,知其所以然",真正"授人以渔",让孩子一辈子受用。他非常重视孩子自主能力的培养,教育孩子对待生活和人生不要随波逐流,应有自己的想法。他曾对傅聪说:"一切做到问心无愧,成败置之度外,才能临场指挥若定,操纵自如。也切勿刻意求工,以免画蛇添足,丧失了Spontaneity(真趣);理想的艺术总是如行云流水一般自然,即使是慷慨激昂,也像夏日的疾风猛雨,好像是天地中必然有的,也是势所必然的境界。一露出雕琢和斧凿的痕迹,就变为庸俗的工艺品,而不是出于肺腑、发自内心的艺术了。"他把自己对艺术的理解和盘托出,高屋建瓴地指导孩子,站在理性的高度施教,必然使孩子受用无穷。对傅聪的文化课他也不敢小视,由自己承担,试图用古典诗歌和文学陶冶傅聪的音乐艺术修养。对傅敏学习翻译,他不求一字一句,不是"授人以鱼",而是制订了十年规划,系统培训,把自己对翻译的感悟告诉孩子,足见用心良苦。今天,我们有些家长教育孩子不讲究理论和方法,一味求其表象,结果是昙花一现。还有的求名心切,缺乏"十年磨一剑"的心态,孩子仅仅学了一些皮毛,便认为大功告成,实在荒谬。

注重"君子"之德。"子不教,父之过",自古就有成人成才之说。君子之德的教育对孩子成长来说非常重要,扣好人生第一粒扣子多么关键。傅雷对孩子"君子"之德的教育十分重视,他说:"弄学问也好,弄艺术也罢……先要学会做人。"德才兼备德为先。为了注重培养"君子"之德,他对两个儿子是既严又慈。严是严在他对两个儿子的管教非常严格,稍不听话,就会大发雷霆,这与他自己的人生态度和个性有关,傅聪鼻梁上的疤痕就是父亲严教的印记。特别是《傅雷家书》世人皆知,内容基本是傅聪留学波兰期间他们父子的书信来往,字里行间无不透露出父亲对儿子的关心和严格,生怕孩子出差错,这种严格甚至有些罕见。慈是慈在他有时对两个儿子又十分慈祥,傅聪、傅敏感觉他们的父亲还是他们的朋友,交流起来非常舒服,受益匪浅,至今他们都感激父亲。他给傅聪抄写《希腊的雕塑》,六万字,用蝇头小楷,每天抄一段,抄了整整一个月;他改傅敏翻译的东西,还写了一封十一页长的蝇头小楷的信,告诉他为什么这么改,哪个父亲能够做到如此认真尽心?多么深沉博大的父爱。今天的有些家长,教育孩子无非两个极端:要么放任自流,自然生长,注重身体,忽略品德;要么严管重罚,玩"猫鼠"游戏,教育孩子缺乏好的方法和氛围。他们是不是能学学傅雷既严又慈的育子经呢?

当代社会,人们都非常重视孩子教育,该如何教育?傅雷的育子经堪称"教科书",希望人们能从中悟出一些道道。

生命灿烂如花
——"中国的保尔·柯察金"朱彦夫

　　人活着,就应该让生命有意义,就要不断超越自我,敢于不惧任何艰难困苦,无论是精神上的煎熬,还是肉体上的折磨,都要勇于面对,极力抗争,不可虚度,踔厉奋发,努力让生命发出灿烂的光辉,也一定能够发出这样的光辉。

　　我写出这段感受,源于读《名人传记》刊登的《"幸存者"朱彦夫》。读完这篇文章后,我简直不敢相信自己的眼睛,被朱彦夫的极限人生和生命价值深深震撼着、感动着,于是,直接以杂志封面之题为题写下了这篇文章。

　　朱彦夫,何许人也?为什么将他誉为"中国的保尔·柯察金"?请让我娓娓道来。

　　朱彦夫,1933年出身于山东省沂源县张家泉村一个农民家庭,14岁参军,参加过上百次战斗,还参加了淮海战役、渡江战役等战役,因为有功,16岁就火线入党。抗美援朝时期,他参加了著名的长津湖战役,其惨烈程度众所周知。当时,他与战友一起坚守二五〇高地,当战友全部牺牲,阵地只剩他一人时,他毫不畏惧,打光了自己的子弹,却不幸被敌人的手榴弹炸飞起来又重重摔下,还被一名美军在腹部狠狠刺了一刀。幸运的是他大难不死,历经93天才在长春的军队医院醒过来,经过47次手术,人虽然活过来了,但成了一个"肉轱辘",无手无脚,断腿残臂,身高只剩1.32米,左眼完全失明,右眼视力仅为0.3,体内有7块弹片无法取出。青春年少,却成了"废人",生龙活虎,却变成万念俱灰,谁能受得了?谁能扛得住?可他是军人,是党员,硬是挺过来了,扛过来了,通过精心治疗、自我训练,他终于学会了自立,能够吃饭,也能凭借假肢站起来了。后来,组织上授予他特等伤残军人的称号,送他到医院疗养,可他偏偏"有福不享",说:"与其腐烂,不如燃烧。"不能让生命无意义,不能给国家添负担,于是,他执意回到老家自立。这是常人能够做到的吗?这是怎样的一种高尚品质?这是怎样的一种精神境界?令人感动无比。

回到一穷二白的张家泉村后,他依然像个战场上的战士,身残志坚,决定用改变家乡"讨饭村"面貌的理想和决心,"治愈"肉体上的痛苦,创造生命奇迹。他说:"我虽没手没脚,但有心有脑,哪能坐享清福?"他想到"脱贫先脱盲",就在家里办图书馆,在村里办全县第一个农民夜校,靠自己在医院治疗、疗养期间学的一点文化,当上老师,教村里人学了一些文化。1957年,因为能力出众、大家佩服,他担任了村支书,克服肉体上诸多不便和巨大痛苦,坚持身体力行,身先士卒,带领乡亲们打赢了脱贫"三大战役":先把祖祖辈辈荒着的"赶牛沟"改造成了良田,把荒着的山岭变成了梯田、苹果园、花椒园……让村民有饭吃;接着,开始了打井引水,没日没夜地干,让村民有水吃,有水用;再就是自掏腰包,为村里架线通电,1978年,村里电灯亮了,成为全县第一个通电的村子。整山造田、打井引水、高山架电这"三大战役",在朱彦夫的带领下,全部胜利了,脱贫攻坚他一干就是25年,这是怎样的一种理想坚持?这是怎样的一种生命博弈?想都不敢想,可敬可佩。

由于他身体是个"肉轱辘",加上多年的劳心劳力,49岁时迫不得已辞去了村支书的职务。可他是一个不愿让生命虚度的人,总想挑战自我,于是决定酝酿写书。可对于他而言谈何容易?一是身体有残疾无法写,二是文化水平有限,三是没有写作技巧。正当他一筹莫展时,曾参加过长津湖战役的迟浩田将军来看望他,得知他要写书,就说:"把你在战场上的所见所闻写出来,把你一生向困难挑战的经历写出来,这本身就是一部教育人的好教材。"领导的鼓励,使他茅塞顿开,他当场表态,有生之年一定拿下这本书,权当再打一个二五〇高地。1987年,54岁的他开始写自己的"回忆录",写书简直就是走火入魔,阅读时靠残臂翻书,靠舌头、嘴唇翻书,写作时嘴含笔或把笔绑在残臂上,那种艰难、那种痛苦常人无法想象。苦熬7年后,终于出版了33万字的自传体小说《极限人生》,迟浩田将军亲笔题词:"铁骨扬正气,热血书春秋。""树欲静而风不止",写出了第一本书后,他又开始考虑写第二本书。1999年,已过耳顺之年的他,完成了24万字的第二本自传体小说《男儿无悔》。两本自传体小说出版后引起极大反响,社会各界被书的内容所感动,称他是"中国的保尔·柯察金"。俄罗斯《真理报》记者说,"甚至中国的保尔更有过之"。

89岁的朱彦夫,依然按军人要求生活着。他,打仗不怕死,脱贫不怕苦,写书不怕难。他的生命,不仅有长度,而且有厚度,值得我们每个人尊重和学习。他说过:"呻吟和唱歌同样是发出声音,却有天壤之别,一个是忧伤,一个是乐观,唱比叹好,笑比哭好。"这或许是他思想深层的动力。他获得了"时代楷模""感动中国2021年度人物""中国的保尔·柯察金"等称号,当之无愧。

保尔·柯察金曾说:"人的一生应当这样度过。当他回首往事时,不因虚度年华而懊悔,也不会因为碌碌无为而羞愧;这样在他临死的时候就能够说:'我已把我的整个生命和全部精力,都已经献给了世界上最壮丽的事业——为人类的解放而斗争'。"朱彦夫就是如此,一生无悔,生命灿烂如花。

國學

不朽的司马迁

最近,读《历代文豪传》一书,读到西汉史学家、散文家司马迁一文,我被深深吸引,一边读一边感叹,觉得非凡成就之下必有非凡之人,对司马迁的一生和用生命铸就的《史记》油然升起敬意,被其治学精神所感染、人格魅力所折服,为其文学成就叫绝,千秋史笔悬日月,誉之不朽无可非。

古往今来,大凡有成就的人,都是奋斗出来的,其意志、精神超越常人,必是"苦其心志,劳其筋骨",司马迁就是这样一个人。他出身于西汉时龙门(今陕西韩城)的一个官宦之家,虽其家族没有显功贵爵,但世代大多为史官,其父司马谈就是个太史令。司马迁的童年是在刻苦学习中度过的,在父亲的指导下年幼时已能诵习《尚书》《左传》等书。10岁那年,他随做了太史令的父亲进京城长安,受教于汉代两位儒学大师孔安国和董仲舒。良好的学习环境,父亲的严格教育,儒学大师的精心指导,涵养了司马迁史学家的素养。20岁那年,司马迁奉父亲之命,从长安出发向东南行,开始游学天下。他在《太史公自序》中说:"二十而南游江、淮,上会稽……浮于沅、湘。北涉汶、泗……厄困鄱、薛、彭城,过梁、楚以归。"从他的记载中足见他漫游的地方不简单,皆有风云人物或传奇故事,淮阴是汉代名将韩信的故乡,汨罗江是屈原以身殉国的伤心地,曲阜是圣人孔子的老家,彭城是楚霸王项羽的都城,大梁是战国时魏国的首都……所游之地,史料丰富,为有志撰史的司马迁提供了生动的感性材料,这是在书本上无法得到的,也养成了他写史实证的精神,这是一种科学的态度,当然,背后的辛苦是不言而喻的。再往后,司马迁进入官场,担任过汉武帝的"郎中",继承父业也做了太史令,虽然官位不高,但经常有机会在汉武帝身边侍奉,所以,汉武帝巡游过的地方,也是司马迁足之所履。正是这个有利条件,为他写《史记》再次提供了难得的史料和实证。虽然"伴君如伴虎",战战兢兢,但他不忘夙愿,挤出点滴时间写《史记》,一刻不敢懈怠,谢绝来访,不顾家业,苦思冥想,奋笔疾书,正如他自述,"绝宾客之知,忘室家之业,日夜思竭其不肖之材力,务一心营职",是他专心著书的真实写照,更何况写史是难上加难、艰辛不易。正当他呕心沥血写《史记》推进到第七个年头时,一场飞来横祸降临到了他的头上——他因为仗义执言,为大将军李陵辩解,惹祸上身,犯了欺君罔上之罪,按律当斩。为了实现父亲的遗愿,为了未竟的《史记》,他毅然选择以"腐刑"赎身死,甘愿隐忍苟活,坚韧不拔,续写《史记》。"腐刑"对血性男儿来说,是莫大耻辱,生不如死。遭此巨大创痛,他依然屹立不倒,和着血泪,顽强地完成了《史记》这部光辉巨著,将他一生的追求、一生的维系,终于圆满画上了句号,应验了"自古雄才多磨难"这句话。当读到上面这些内容时,你岂能不为司马迁的求学精神、治学态度、坚强意志所感染?一定会心潮澎湃,肃然起敬,连叹不已。放眼今天新时代,同样需要司马迁式的人物,需要这种可贵的意志和精神。

记得有人说过,"卑鄙是卑鄙者的通行证,高尚是高尚者的墓志铭"。一个人若高尚,不论何等环境,不管怎样的场合,高尚风骨都会痴心不改,司马迁就是这样的人。他高尚的人格简直像座丰碑,让人景仰、折服。他出身官宦世家,很有志向,又家教严格,最终成为光耀祖宗、名垂千古之辈。他虽居庙堂之高,在皇帝身边,但不去投机钻营,巴结权贵,乞求高官厚禄,而是坚守自己的志向和做人原则,一心做着自己要做的事情,数年如一日,矢志不渝,终于成就了不朽之篇《史记》,彪炳史册,朗照乾坤。他善良正直,敢于仗义执言,虽然既不曾与大将军李陵把酒言欢,也与李陵没有很深的交情,但他坚持真理,不愿指鹿为马,全力为李陵败降辩解,还原事情真相,即便引火烧身也在所不辞,颇有"举世皆浊我独清"的英雄气概。为李陵辩解而含冤,被处以"腐刑",这在古代是有辱祖先、无颜见父母、难以立足社会的巨大耻辱,而他为了《史记》,强忍耻辱,不屈不挠,完成心愿,彰显了他的高尚人格。他是个孝子,时刻不忘父亲嘱咐自己修史的遗愿,呕心沥血,坎坷完成,展现了好男儿的担当。他的高贵人格散发着无穷魅力,光辉照人,令人折服。试看今日,能有多少人可与他比肩?

司马迁的生命长度不算长,但其生命厚度令人惊讶,一生成就不朽,令人惊叹。作为太史令的他,很好地完成了汉武帝下令修改历法的任务,与数十位历法专家一起,经过翔实的推算,终于确定了一个精密的新历——太初历。太初历奠定了阴历的基础,影响中国人的历法观念达两千年之久,其意义是巨大的。除了改历以外,他还受帝命完成了其他方面的改革,也是功不可没。但要真正说起司马迁的成就,就不得不说《史记》,这部与《资治通鉴》并称为"双璧"的巨著,最能体现他盖世无双的成就。《史记》是中国"正史之祖",被称为"实录""信史",鲁迅先生誉其为"史家之绝唱,无韵之离骚",如日月经天、江河行地,奠定了中国史传文学的基础,对后世影响极大。正如司马迁自述,《史记》目的在于"究天人之际,通古今之变,成一家之言"。从时间跨度看,《史记》记载了三千多年的历史,上溯黄帝,下迄汉武帝,笔下尽现这一时空的历史进程,为后人对这段历史的了解和研究提供了基本史料。体例上,开创了一种前无古人的史学体例,改编年体为纪传体,即以历史人物为叙述中心,采用本纪、书、表、世家、列传五种形式叙述,这是一个了不起的创造。本纪主要叙述帝王的政绩和历史大事；书主要叙述历代典章制度的沿革兴替；表主要叙述历代宗室、名臣的废立分削；世家主要叙述秦以前及汉代侯王的历史；列传主要叙述侯王以下对历史有重大影响的不同阶层人物及少数民族的历史。其中，本纪、世家、列传是《史记》的中心内容。其特色有：一是在叙述手法上，具有强烈的文学性，其中不少文章被收入学生语文教材，可以说《史记》既是史学名著，也是文学名著。因为它重视对历史人物、历史事件的描写，栩栩如生，如《项羽本纪》中的《鸿门宴》，几个人物活灵活现。二是叙述富有传奇色彩，这或许与司马迁本人性格上的浪漫气质及漫游时的所历所闻有关，如他刻画的"将军夜引弓"的李广、"力拔山兮气盖世"的项羽、"王侯将相宁有种"的陈涉，哪个不是顶天立地？三是经常"于叙事中寓论断"，或采用夹叙夹议的手法，表达自己的情感倾向和评判标准，如果说叙是画龙，议就是点睛了，如《屈原贾生列传》。四是语言富有强烈的生活气息，比较大众化、口语化，如"彼可取而代也""大丈夫当如是也"等，读起来好理解。五是对后世的史学、文学产生了广泛影响，如魏晋志怪传奇小说、唐宋传记散文、宋元话本、明清戏曲及演义小说等等，无不从《史记》中汲取了丰富的营养。《史记》全书130篇52万余字，以宏阔的视角展示了中国几千年的历史，以丰富的表现手法叙述了历史的万种风情，实在是鸿篇巨制、扛鼎之作、不朽精篇。司马迁在他短暂一生中，作出了世间不可多得又令人叹为观止的贡献。他的成就、他的创新思想，仍可以成为今天人们追赶的榜样。

中国自古就有"立德、立功、立言"三不朽之说，公认的有孔圣人和王阳明之辈。在我看来，司马迁也符合这个标准，有德、有功、有言，当属不朽之人。

"双峰并峙"的陶渊明

提起陶渊明,我与许多人一样,并不陌生,读过他的《桃花源记》《归园田居》等诗作,听说过他"不为五斗米折腰"的故事,打内心敬佩。敬佩之心源于他身上彰显着固穷守节和开创田园诗派两个鲜明特质,前无古人,光照后人,这两个特质犹如两座高峰屹立在中国文学史的绵延山脉中,我脑子里情不自禁蹦出"'双峰并峙'的陶渊明"这样一个论断。

陶渊明(365—427),名潜,字元亮,浔阳(今江西九江)人,东晋末至南朝宋初伟大的诗人、辞赋家,被誉为"隐逸诗人之宗""田园诗派鼻祖"。他出身于一个官宦之家,曾祖父陶侃是东晋的开国元勋,父亲陶逸做过安城太守。之所以取名渊明、潜,是因为他生不逢时,生在一个战争不断、晋王朝风雨飘摇的年代,一个家道没落、子孙在官场每况愈下的家庭,功名心已淡的父亲为了让他远离尘世,隐居度世,明哲保身,延续香火,用《诗经》中的"鱼在于渚,或潜在渊"为他取名,希望他如鱼儿一般度世即可。

环境可以造就人,可以改变人。正是这样一个动乱时代和没落家庭,使陶渊明看透尘世,有志难展,自小就把自己的情志转向热爱大自然,寄情于山水田园,转向读文识句,构筑自己的精神家园,"少无适俗韵,性本爱丘山"和"少年罕人事,游好在六经"就是写照。随着父亲去世,自己年龄增长,无情的现实问题把他从少年的快乐梦幻中拽了回来,迫使他使出浑身解数要为生活谋虑。20多岁时他又娶妻生子,家境更为贫困,经过一番思想挣扎后,他还是决定"投来去学仕"。29岁那年,他第一次出仕,做江州祭酒(职位很低),这是他无可奈何的选择。

陶渊明从青少年时代就向往一种如鸟儿一样欢快自由的生活,骨子里天生就有一种直率高洁的人格,出仕做官本非他的夙愿,只是生活所迫而已。在他的大半人生中,他始终处在心怀两端、时仕时隐的矛盾纠结当中。做祭酒不久,因为不堪忍受种种约束,他辞官回家闲居,写了一篇具有自传性质的《五柳先生传》,表达了他安贫乐道的志趣。他是读书人,自知"三十而立",已到而立之年的他不能一事无成,加之家庭生活十分窘迫,于是他决定再度出仕,先后做过桓玄(桓温的儿子)幕府中的一名下级官吏、大将军刘裕的参军、江州刺史刘敬宣的参军。这一时期,他虽说日子过得去,但在官场上奔波劳累,忍辱负重,心力交瘁,又自认为道不同不相为谋,于是再度产生辞官归田的想法,写下了"静念园林好,人间良可辞"的著名诗句,家乡园林那么好,官场世俗实在皆可抛。他的亲友们则不以为意,劝他要以生计为重,不要辞官。于是,41岁的陶渊明在族叔的引荐下,在家乡彭泽县做了县令,这也是他平生最后一次做官。县令只做了80多天,因为大家熟知的"不为五斗米折腰"的事情,他再一次愤愤辞官,回家隐居,过自己一直想要的田园生活,写下了著名的《归去来兮辞》,表达了他彻底告别官场的态度和对田园生活的无限热爱。这是他人生的一个重大转折点,标志着他田园生活的开始,表明了他固穷守节意志的坚定。

因为他重视节操,洁身自爱,不愿巴结权贵,所以,在官场他自称是"误落尘网"。离开官场归隐田园后,他如鸟儿出笼,如获新生,觉得一切都是美好的,心情无比舒畅。但生活终究是现实的、具体的,不全是欢乐,在那个动乱的、黑暗的年代,想要归隐田园谈何容易?自食其力必定艰辛无比。这一时期,他日子过得特别艰难,有时穷困潦倒,甚至吃饭都是问题,常常借酒消愁,喝得酩酊大醉。尽管如此,他做人却很有骨气,很有原则,再穷不能卑躬屈膝,不能失掉节气,宁可饿死,也不吃嗟来之食。在归隐田园的日子里,仰慕他大名的人不少,屡屡给他抛来橄榄枝,有要资助救济他的,有邀他复出官场的……这是多么大的诱惑,可都被他一一谢绝,这就是固穷守节的陶渊明。但他也不全是不食人间烟火,与志趣相投者一见如故,相处甚欢,喝酒交流,常常一醉方休,颜延之就是其一。虽然颜延之在江州做官,但他崇尚气节,为人正直,与陶渊明秉性相投,经常带酒与陶渊明对饮,还为陶渊明付酒钱。晚年隐居田园的陶渊明虽然日子凄苦,但精神欢愉。随着年纪增大,加上长期生活清贫、饮酒过度,身体日衰,427年,陶渊明走完了他63年的人生路。颜延之特意给这位名扬域内的大隐士敬奉了"靖节征士"的谥号,高度赞扬他无与伦比的高尚节操。

纵观陶渊明的一生,他视节义如山,固穷守节,可以说这是他人生的一座丰碑,如日月照人,令人无比景仰。

得失总是平衡的。陶渊明放弃官场,回归田园生活,钟情于隐士风范,促使他成为赫赫有名的田园大诗人。在他辞官后的日子里,他始终在清贫中寻找快乐,在田园中尽享洒脱,在饮酒中获得新生,得到取之不尽的田园诗创作素材。他写下了许多脍炙人口、名垂千古的诗篇,开创了中国文学史上田园诗派,一举成为田园诗"鼻祖",树起了他人生的另一座丰碑。

《归去来兮辞》是他辞官后的经典之作,昂扬向上,轻松明快,字里行间透露出辞官后的兴奋。"实迷途其未远,觉今是而昨非",有一种"亡羊补牢"的喜悦;"木欣欣以向荣,泉涓涓而始流",有林有水,秀色可餐,表现出了对大自然的热爱。《归园田居五首》是他隐居后成就最高、最辉煌的诗篇,是人们耳熟能详的代表作,写下了他的归耕之趣、劳动实感、迁谪之悲、饮酒行乐,其后的田园诗也基本是围绕这些基调创作的。不妨摘录其中几句:"户庭无尘杂,虚室有余闲""相见无杂言,但道桑麻长""晨兴理荒秽,带月荷锄归""人生似幻化,终当归空无""山涧清且浅,可以濯吾足"……这些诗句平实简约,回味无穷。《饮酒》诗中的"问君何能尔?心远地自偏。采菊东篱下,悠然见南山",写出了他悠然忘我、如痴如醉、超凡脱俗的境界,至今仍被人传诵。桃花源是他空想的理想乐园,《桃花源记》描绘了人间的美好,表达了他对美好生活的追求,写得可谓惊天动地。这些诗作,是他田园诗的经典之作,不少被收入现在学生的语文课本中。除此之外,他还写了不少表达自己心迹、与友人别离的诗篇。

陶渊明的田园诗,内容贴近现实,大多写他自己所耳闻目睹的,主题积极向上,精神进取,不少还具有忧民情怀,诗风清新质朴,通俗而富有哲理,后人评价其美学价值甚高。

陶渊明的田园诗,在他那个时代不如他的节气出名,人们认为曹植、谢灵运、庾信成就最高,他至多是个二流诗人。到了中唐以后,他的名声大振,其中白居易、韦应物等大诗人对他的诗十分崇拜,纷纷写"效陶"诗。及至宋代达到顶峰,确立了他在诗坛中比较高的地位。欧阳修对他推崇备至,认为晋无文章,只有《归去来兮辞》一篇;苏轼是奠定陶渊明诗地位的代表人物,他"独好陶渊明之诗",当年他被流放岭南时,尽管苦闷,但因为有陶渊明的诗集在身,变得格外轻松,他视陶诗是隔代知音,精神新生;辛弃疾、朱熹等对他的诗也是好评如潮。陶渊明的诗歌与为人在宋代备受推崇,为后来人们评价陶渊明确立了基调,提供了遵循。

重新认识庾信

庾信是南北朝时期大名鼎鼎的文学家,地位显赫的政治人物。我对他印象深刻源于两个方面:一是从书上读他的《哀江南赋》,泪眼婆娑,很感人,对杜甫所言"庾信文章老更成,凌云健笔意纵横"体会颇深;二是每每有人问我姓氏时,我经常提到他,说是庾信的"庾",因为我与他同姓而备感荣幸,搬出庾信脸上有光。对庾信的认识,仅此而已。

最近读《历代文豪传》中关于庾信一文,如见故人,觉得特别亲切,读得非常认真,加深了对他的了解,对他的认识也变得深刻而清晰。

庾信(513—581),字子山,小字兰成。祖籍南阳新野(今河南新野),诞生在江陵(今湖北江陵)一个锦衣玉食的仕宦之家,因为其八世祖庾滔随晋元帝司马睿南渡避难时将庾氏一门由南阳迁到了江陵。其祖父庾易是个"志性恬静,不交外物"的隐士,故朝廷有征聘也不应,但他的三个儿子都比较有出息,曾担任过中大正这一要职,在当时具有举足轻重的地位。其父庾肩吾是祖父的小儿子,才思过人,八岁便能赋诗,是当时著名文学家,曾做过萧纲的常侍、太子中庶子,萧纲即位时他被提拔做了度支尚书,长年生活在朝廷宫中。庾信正是出生在这样一个世代书香兼官僚的家庭,得天独厚的环境和生活条件,加上他像父亲一样,少而聪颖,仁心独秀,勤奋好学,终有作为,声名远扬。庆幸的是,他青少年时代正值梁代全盛之时，天下太平，梁武帝萧衍又非常喜好文学、热衷风雅，引导了整个社会附庸风雅、吟诗作赋的热潮，使庾信的文学才能"显山露水"，有了用武之地。可以说，"天时地利人和"成就了庾信光宗耀祖，名垂青史。

庾信的仕途可用"起步早、跨度长、官运畅"来概括，是梁、西魏、北周时期官场上的常客，曾经权倾一时。15岁时，他便被朝廷选中进入东宫（太子宫），为28岁的昭明太子萧统伴读。后来太子萧统去世，萧纲被立为太子，其父庾肩吾深受萧纲的信任和重用，庾信因此随父亲继续留在东宫，并被宫廷赏识。很快，他就像父亲一样，做了湘东王萧绎的僚属，可谓少年得志。30岁时，他离开京都，出任郢州（今湖北武昌）别驾，握有实权。据传当时他协同萧绎对付起义者时，起义者闻庾信大名，竟不战而溃，足见他当时的声望。544年，庾信被梁武帝萧衍派出任东魏使者，他不辱使命，不卑不亢，展现大国使臣的气度，得到梁武帝和东魏的好评。从东魏归来后，他任正员郎、东宫领直，还兼任建康令（京都最高行政长官），权倾一时。548年，发生了震惊南朝的侯景叛乱，梁王朝"五十年来，江表无事"的局面被打破了，梁王朝乃至庾氏一门从此走向衰败。549年，侯景军攻破建康（今南京），梁武帝死了，萧纲即位，即梁简文帝。庾信九死一生，直奔故土江陵。551年，侯景杀死了梁简文帝。552年，萧绎派军打败了侯景并杀死了他，在江陵称帝，即梁元帝，定都江陵。此时，在江陵的庾信又得到了梁元帝的信任，任右卫将军，武康县侯，加散骑常侍，权位显赫。554年，他奉命出使西魏，还未来得及回国，风雨飘摇的梁王朝就被西魏拿下，江陵被攻克，萧绎被杀，庾信也成为亡国使臣，只好寄人篱下。西魏为了笼络他，不断给他加官晋爵，他先后任使将军、抚军将军、右金紫光大夫、大都督、车骑大将军、仪同三司，超过了他过去在南朝的职位。然而，他高兴不起来，陷入忧国思乡中。这是他官场的重大转折点，也是他人生的一条分水岭，从大国之臣变为了敌国之臣，从梁朝官变成了西魏官。557年，宇文觉登基建立北周，由于庾信在西魏时就依附于宇文一门,所以,魏被周取代后,庾信的地位并没有受到影响,被封为临清县子、司水下大夫、弘农郡守,后又升迁为骠骑大将军、开府仪同三司、司宪中大夫、爵义城县侯,后世称庾信为庾开府,即指此时的居官。575年,庾信出任洛州刺史。577年,庾信回长安任司宗中大夫,主管朝廷祭祀和教化事宜,实为点缀,没有多少实权。581年,隋文帝一统天下,庾信也走完了他的人生。69岁的他死后,隋文帝深悼之,赠以本职,并加赠荆、淮二州刺史,让其子庾立世袭爵位。纵观庾信的政治生涯,他几乎历经南北朝各个时期,始终官位加身,为朝廷做事,但为官的界限是泾渭分明的,以出使西魏为界,之前是效忠祖国,气宇轩昂,如鱼得水,之后是屈节敌国,忍辱负重,寄人篱下,走了一条"先扬后抑"、晚年悲凉的仕途之路。唯其如此,后世对庾信不得已屈节西魏、北周的评价有争议,认为与我国传统的爱国主义教育和不仕两朝的忠君思想相悖。但我认为:首先,不管为谁做事,他始终没有做什么坏事,对历史的发展是有贡献的;其次,他屈节他国是被迫的,身不由己,是人家看重了他的名望、才能,过错不在他本人,或许能实现自己的政治理想呢?更何况,他常常以泪洗面思国怀乡,《哀江南赋》就是最好的证明。

  庾信的文学成就令人瞩目,远远超过他的政治作为,他的文学成就是后世推崇景仰他的主要因素。总体看,以他42岁出使西魏为界,分为两个时期。前期在梁朝,生活、任职在宫廷,诗文多为奉和、应景、取乐之作,轻艳流荡,富于文采。由于与徐陵同在东宫做事,才能相当,他们写了大量的宫体诗,被世人称为"徐庾体",一时成为人们效仿并奉为圣贤的诗体。后期羁留他国,诗文多为表达自己思国怀乡之情,或感伤时变、魂牵故国,或叹恨羁留、忧嗟身世,风格变得苍劲悲凉,《哀江南赋》、《枯树赋》、《拟咏怀》组诗等最能体现,这也是他文学成就最高的时期。庾信兼善众体,诗、赋、文都取得了极高成就,是中国文学史上多产作家之一,现存诗、乐府、歌辞300多首。杜甫有诗赞道:"清新庾开府,俊逸鲍参军。"

"庾信文章老更成,凌云健笔意纵横。""庾信平生最萧瑟,暮年诗赋动江关。"评价相当高。庾信更是个继往开来式的人物,推动古诗向近体诗转变,对唐诗的发展起了导夫先路的作用。杨慎称他的诗"为梁之冠冕,启唐之先鞭"。刘熙载说得更直白:"庾子山《燕歌行》开唐初七古,《乌衣啼》开唐七律。"他的赋不同于屈原的骚赋、司马相如的汉赋,而是自成一体,创立了骈赋,以骈文入赋,重视对偶,更具形式美,将赋推向了具有里程碑意义的阶段。纪昀说:"庾信骈偶之文,集六朝之大成,导四杰之先路,自古迄今,屹然四六宗匠。"他由南入北的经历,使他的诗文艺术达到"穷南北之胜"的高度,既清除了南朝诗人字斟句酌、过分追求华美之弊,又避开了北朝作家质朴有余、文采不足的缺憾,从而成为南北朝文学集大成者。自古及今,人们对他的文学成就评价甚高,认为他可与曹植、谢灵运齐名。毛泽东也曾说过,南北朝作家,妙笔生花者,远不止江淹一人,庾信就是一位。

庾信的文学成就,我认为得益于他出身于"五代有文集"的世家,其父庾肩吾对他影响甚大;得益于他天资卓越,勤奋不懈,做官与做文学两不误;得益于他所处的风云时代和他不平凡的人生经历,这为他的文学创作提供不竭源泉;得益于他勇于在继承中创新,把诗、赋提升到了一个新高度。

庾信是南北朝时期最后一位杰出文学家,他筑起的文学丰碑我们应当永存。

仙风道骨的李白

李白(701—762),字太白,号青莲居士,人称"谪仙人",唐代伟大的浪漫主义诗人,中国文学史上大名鼎鼎的人物,后世誉他为"诗仙"。他的诗可谓家喻户晓,几乎人人都能随口吟咏几句。"诗圣"杜甫曾这样评价他的诗:"笔落惊风雨,诗成泣鬼神。""白也诗无敌,飘然思不群。"

读《历代文豪传》中关于李白一文,我被他传奇的人生经历和成就所震撼,不禁热血沸腾、心潮澎湃,脑海里形成了这样的印象:李白,一个诗情万丈的诗仙,一个胸有抱负的志士,一个浪迹天涯的游子,一个豪放傲骨的文客。

一个诗情万丈的诗仙。李白天资聪颖,年少时所作诗赋就惊动世人,又天性疏淡浪漫,血管里流淌着狂放不羁的血液,再加上他"仗剑去国,辞亲远游"的不凡经历,见多识广,故而给后世留下了许多光彩夺目、气势磅礴的诗篇。他的诗就风格来说,是典型的豪放派,清新飘逸,想象丰富,意境奇特,语言奇妙,善于运用拟人、比喻、夸张等手法,具有一种排山倒海、一泻千里的意境,世人望尘莫及,"黄河之水天上来"气势如虹,"举杯邀明月,对影成三人"想象奇特。就内容来说,不拘一格,想什么写什么,见什么写什么,漫游时的耳闻目睹、所思所感等都成了他笔下的风雨。有写自己志向的,"我志在删述,垂辉映千春";有抒发自己胸怀的,"仰天大笑出门去,我辈岂是蓬蒿人";有关注现实的,"珠玉买歌笑,糟糠养贤才";有讴歌祖国大好河山的,"飞流直下三千尺,疑是银河落九天",这类诗占比较高,与他的漫游经历有关。就语言特点来说,极度夸张又自然率真,写情是"白发三千丈,缘愁似个长""狂风吹我心,西挂咸阳树",写景则是"蜀道之难,难于上青天",其语言的魅力如日月生辉。就贡献来说,他把浪漫主义诗风推向了巅峰,成为浪漫主义诗派的扛鼎人物;对各种诗体都很擅长,尤其在五、七言绝句和七言古诗的创作上达到了一个新高峰,后世的韩愈、李贺、杜牧、欧阳修、苏轼、辛弃疾、陆游、高启、龚自珍等著名诗人受其影响甚大;留下了大量经典代表诗作,如《将进酒》《蜀道难》《梦游天姥吟留别》《望庐山瀑布》《静夜思》等,世人耳熟能详,传诵千古。就作品数量来说,难以估量,因为他早年曾把自己的诗文交给好友魏万编辑,可惜失传,如今传世作品基本源自其族叔李阳冰所辑。仅在马鞍山地区,他就留下了60多首诗篇,由此可窥"全豹",其作品数量惊人。可以说,李白的诗歌成就在中国文学史上留下了浓墨重彩的华章,"诗仙"之誉,他当之无愧。

  一个胸有抱负的志士。在很多人眼里,李白就是个天性浪漫、狂放不羁的人,爱漫游、爱交友、爱饮酒、爱写诗是他的"标签"。其实不然,他也是一个胸有抱负,要"使寰区大定,海县清一"的志士,在人生的路上一直苦苦以求。早在18岁,他就拜访了具有经国济世才能,隐逸山中著书立说,又喜剑好酒,年过半百的名士赵蕤(赵征君)。赵蕤告诉他要成就一番大事业,应走科举制度以外的荐举和制举之路(荐举和制举是当时朝廷定下的吸纳有非常之才的制度),非常之人要走非常之路,不要走世人趋之若鹜的科举进仕之路,以免浪费时光、束缚天性;鼓励他读万卷书,行万里路,等声名鹊起时,定会平步青云、一展抱负;两人还常常在一起喝酒论剑。"听君一席话,胜读十年书。"此后李白的取仕之道、喜剑好酒等无不受其影响。25岁时,李白拜访了景仰已久、时年80岁的道教代表人物司马承祯。犹如伯乐与千里马相会，司马老先生赞李白仙风道骨，乃可造之才，定会鹏程万里、建功立业的，说得李白心花怒放，兴奋不已，遂作了《大鹏赋》以抒怀。30岁那年，他直奔京师长安问道寻路，虽然未果，可有幸接触了朝廷高层。不过，机会总是留给不怕艰辛、有准备的人，李白的不断漫游和苦苦问道，使他声名鹊起，引起了朝廷的注意。41岁时，李白终于被唐玄宗下诏入朝，做了翰林学士，成为御用文人侍奉皇帝左右，可谓一步登天，直达朝廷核心，赴京前他写下的"仰天大笑出门去，我辈岂是蓬蒿人"，一览无余地表达了内心喜悦，认为施展抱负的机会来了。在皇帝身边，才气纵横的李白深受唐玄宗的喜爱和信任，一时成为朝廷里的"红人"。但此时的唐玄宗已无心于问政，纵情于取乐，李白大失所望，觉得有志无门，加上他的才气和得意忘形、不拘小节的天性，让朝廷重臣们心生妒忌、颇为不满，特别是他让唐玄宗的心腹近臣高力士为他"脱靴"，埋下祸根。这些主观和客观因素叠加，使李白心生去意，决定上书求辞，终被唐玄宗"赐金放还"，结束了前后不到三年的翰林生活。此后，李白继续他怀志寻道的漫游。在庐山，永王李璘看中了他的名望和才能，再三邀其做幕僚，共除"安史之乱"。李白觉得甚合心意，加上他年过半百仍一事无成，认为这又是一个难得的机会，便参与此事。不料永王李璘兵败被杀，李白也因此卷入了永王李璘案中，虽免了死罪，但被流放。61岁时，已是风烛残年的他，仍不忘自己的抱负，听说李光弼领兵讨伐叛军，仍然奋而请缨，打算入李光弼的幕僚，后因病他半路上折返，终没能成行，其一生政治的抱负就此化为泡影。可见，李白的报国理想、大鹏之志，贯穿一生，至死不渝。

　　一个浪迹天涯的游子。李白一生，就像个游子，在漫游和交友中度过，走南闯北，四海为家，多在长江中下游一带，可用"海内存知己，天涯若比邻"形容他。依我看，他漫游的目的，一是增加见识和阅历，韬光养晦，二是提高知名度和影响力，寻找实现自己抱负的机会，三是饱览山河胜景,悠闲自在度日,写诗抒怀,四是问道交友,把酒言欢,吟诗作赋。18岁,风华正茂的他就离家到了梓州,与赵蕤大师结为忘年交。20岁,他跑到益州首府成都,眼界大开,巧遇朝廷大员苏颋,受其赏识。25岁起,他"仗剑去国,辞亲远游",离开故乡,开启了他"足行天下"的漫游,在江陵遇见了他仰慕已久的司马承祯,如见知音伯乐。之后,他泛洞庭,登庐山,下金陵、扬州、会稽一带。在漫游中,李白收获了爱情。27岁,在湖北安陆,李白与故相许圉师孙女结婚,这是他的第一次婚姻,婚后的李白,就以安陆为中心漫游周围各地达十年之久。这期间,李白与大他11岁的田园诗人孟浩然交往甚密,成为挚友,李白曾为孟浩然写过多首诗,足见其在他心中的分量。41岁时,李白因喜得唐玄宗的征诏做了翰林学士,在长安与80高龄的太子宾客贺知章相识,彼此经常论诗饮酒,留下了"酒中八仙"的佳话,贺知章呼李白为"谪仙人",这一美誉就此传开。不幸的是,这期间他的结发妻许氏早逝,李白深感悲伤,为照顾一双年幼的儿女,续娶了刘姓妇人,可因不合很快离异。他向皇帝交辞呈被"赐金放还"后,又开始了以梁园(今河南开封)为中心的漫游,达十余载。这个时期,他身心都是快乐的。在梁园,他再次收获爱情,娶宗氏之妇,与她相亲相爱,其一双儿女皆由宗氏抚养成人。在洛阳,55岁的李白与44岁的杜甫相遇,被后人誉为"李杜"的这对中国诗坛上的"双子星"因为志同道合,一见如故,形影不离,还经常偕同高适饮酒作诗、漫游、游猎,这成为李白生命中一段美好时光。由于李白、杜甫的政治抱负不同,此后两人再也没有见面,虽然两人一生中在交往不到两年时间,但感情非常真挚,相互写了不少诗篇。与杜甫分别后,李白北游,想寻找施展抱负的机会,结果破灭,只好回到梁园,再南游宣城、金陵、广陵等地。此时,已经年过半百的他,政治上仍一事无成,心情苦闷,思想消沉,开始纵情于求仙炼丹,酗酒行乐。在广陵,54岁的李白遇到了年轻的魏万,魏万也是个有几分风云之心、几分狂态的人,很仰慕李白,所以他们很投缘,李白把自己的诗文交给魏万,托他编辑,可惜后来失传了,只留下序文。755年,"安史之乱"爆发,李白游走于宣城、当涂、溧阳一带,隐居于庐山,写了不少战乱中老百姓的痛苦遭遇的诗,表达心中的愤懑。757年,56岁的李白因为永王李璘案被流放夜郎(今贵州桐梓),由于李白名气大,又属无辜获罪,流放中并不像犯人,倒像在漫游,还时常受到地方官吏的款待,当时的江夏太守曾与他同登黄鹤楼吟咏抒怀。759年,朝廷颁布赦免令,李白喜获自由,心情异常兴奋,立即乘返舟东下回江陵,写下了"朝辞白帝彩云间,千里江陵一日还。两岸猿声啼不住,轻舟已过万重山",心中的轻松快意跃然纸上。此后,他漫游江夏、汉阳、岳州、巴陵、浔阳、金陵、宣城等地,心情是愉悦的,迎来了他创作的高峰期。晚年的李白,生活是窘迫的,有时不名一文,连心爱的宝剑也被拿去换酒。762年,因为年老多病,生活无法维持,李白投奔当涂县令、族叔李阳冰,病逝在李阳冰寓所,走完了他轰轰烈烈而又充满悲剧意味的一生。去世前,李白把自己一生作的诗文交给李阳冰,请求为其编辑作序,世上所传李白诗文集,最早当为李阳冰所辑。可见,李白一生是在"路漫漫其修远兮"中度过的,在漫游中起起落落,悲喜交加,但其生命被赋予了价值和意义。

一个豪放傲骨的文客。众所周知,中国文学史上的文客大多有豪放傲骨的性格,所谓"文人清高",李白更是其中代表。他的豪放不羁的性格,从他一生不安现状、"辞亲远游"、四海为家中可见一斑。他饮酒豪放,酒是他生活的"标配",常常不醉不归,"天子呼来不上船,自称臣是酒中仙";他作诗豪放,诗中充满浓郁的浪漫主义色彩,常出惊世骇俗之言,"月下飞天镜,云生结海楼",倘若有酒更诗兴大发,"李白斗酒诗百篇";他交友豪放,不论文人骚客、知名隐士,还是达官贵人,只要情投意合,便会直率无拘,坦诚相待,兴奋不已;他推介自己豪放,大大方方,不扭扭捏捏,上进得了庙堂,下入得了江湖,常有惊人之举。同时,他做人是有傲骨的:早年在安陆,他向地方官员投赠诗文推介自己时,没有低三下四、卑躬屈膝,对地方官员的傲慢更是不屑一顾;在朝廷做皇帝的御用文人,尽享荣华富贵,可他不安苟活,居然义无反顾地请辞,"安能摧眉折腰事权贵,使我不得开心颜"最能传达他的心声;他看不起皇帝心腹——权倾一时的高力士,当着皇帝的面,大庭广众之下,竟然把腿一跷,要高力士为自己脱靴,这是怎样的胆识;他无辜流放时不失气节,没有怨天尤人,权把流放当漫游,这又是怎样的超脱潇洒;他晚年虽穷困潦倒,但没有落魄不堪,拿捏得很好,始终坚守自己的傲骨尊严。李白就是李白,他的豪放傲骨,天生造就,陪伴终身,当世公认,后世称颂。

  李白是仙风道骨之人,绝非凡夫俗子之辈,他的一生是轰轰烈烈的,传为千古美谈;他的诗歌无与伦比,为后世景仰,在中国文学史上璀璨夺目、辉映千秋。

寒儒"诗圣"杜甫

具有"诗圣""诗史"之誉的杜甫,是唐代伟大的现实主义诗人,是中国文学史上扛鼎人物之一,与"诗仙"李白齐名,后人称二人为"李杜"。韩愈赞道:"李杜文章在,光焰万丈长。"然而,这样一位非常出色的大诗人,却命运多舛,仕途坎坷,晚年凄惨,远没有李白那样自在潇洒,谓之寒儒毫不夸张。

杜甫(712—770),字子美,又称杜少陵、杜草堂(少陵、草堂皆为他曾经居住过的地方)、杜工部、杜拾遗(工部、拾遗皆为他曾经担任的职位),原籍湖北襄阳,出生在河南巩县笔架山下。他的世祖都是达官贵族,祖父杜审言是当时的著名诗人,与沈佺期、宋之问齐名,官至膳部员外郎;父亲杜闲,曾任兖州(今山东济宁)司马、奉先(今陕西乾县)县令。杜甫出生时,家境日趋衰落,他刚出生,母亲就撒手人寰,嗷嗷待哺的杜甫,是由大仁大义、颇有才学的二姑妈抚养长大的。735年,血气方刚的杜甫第一次参加进士考试,因为不愿巴结权贵,结果失利。746年,已过而立之年、有了家室的杜甫,不甘于一事无成,来到长安求仕,恰逢唐玄宗颁诏让天下有一技之长的人才进京候选(李白也是这样一步登天到翰林院的),他认为这是人生的一个转机,自然积极参加,可主持这次考试的是奸臣李林甫,用"野无遗贤"欺骗了唐玄宗,结果杜甫再次失利。就在此时,他的父亲又去世了,家里顶梁柱倒了,日子变得艰难不堪,那真叫祸不单行。为了生存,杜甫不得不低声下气做了贵族府邸的宾客,所谓宾客,就是高级奴仆,陪伴主人附庸风雅、宴游取乐,一言一行要看主人脸色,他的"朝扣富儿门,暮随肥马尘。残杯与冷炙,到处潜悲辛",道尽了做宾客的辛酸和耻辱。这种日子实在难熬,杜甫再次想到走仕途之路,不得不低头向权贵达官投诗,这是当时文人科举进仕的"通行规则",但还是没有成功。751年,已近不惑之年的杜甫,恰逢唐玄宗举行祭祀盛典,他一口气写了三篇《大礼赋》向皇帝自荐,虽然唐玄宗很赏识他的才华,可因为主试者依然是奸臣李林甫,结果可想而知。接二连三的打击使他身心疲惫,本患有肺疾的身体雪上加霜又患上了疟疾,加上长期食不果腹,还要养家糊口,可谓挣扎在死亡线上。755年,不知是杜甫频频向权贵投诗之故,还是自己已有一定名气,他时来运转,先被任命为河西县尉,可他拒绝了,后又改派他做右卫率府兵曹参军(比县尉小的官),他居然接受了,可能是为了生计,抑或不愿背负"不识好歹"的骂名和想着来长安十年总要有点结果。其间,他的小儿子又饿死了,中年丧子,其痛何哉。安史之乱爆发后,杜甫被迫离开长安,携家人开始了流亡生活,颠沛流离,风餐露宿,担惊受怕,杜甫一下老了许多。"天无绝人之路",抑或时势造英雄,757年,他在战乱流亡中投奔肃宗,结果被肃宗任命为左拾遗,这是一个可以向皇帝直接提谏言的重要职位。可好景不长,具有着文人气节的杜甫因为力挺宰相房琯,卷入了朝廷政治派系斗争旋涡,成为"牺牲品",任左拾遗七个月就被迫离开长安,被贬为华州司功参军,从此再也没有回长安。心灰意冷的杜甫,看到战乱中的江山满目疮痍,民不聊生,觉得与自己政治抱负大相径庭,又身陷朝廷政治旋涡,于是毅然辞官,结束了总共两年半左右的官场生涯,可谓"来也匆匆,去也匆匆"。离开华州后,携家人暂居秦州、同谷,自力更生,靠卖药、山中觅食维持生计,他的"男呻女吟四壁静"是这段艰辛生活的写照。走投无路的杜甫,蓦然把目光投向了"天府之国"成都,因为这里物资丰富、远离战乱,有自己的亲友和同道故交高适、严武这些地方官,所以,759年杜甫举家来到了成都,找到了一条"绝处逢生"之路。在亲朋好友的资助下,杜甫在成都浣花溪畔建了一个草堂,这就是今天人们熟知的"杜甫草堂",全家终于有了一个稳定的窝,这是自安史之乱以来一家人第一次过上了安稳的日子,高适、严武这些至交经常给予他关心、资助,并与杜甫一起饮酒同游,应该说这是杜甫平生过得非常开心的一段时光。后来,在严武的劝说、举荐下,53岁的杜甫再回官场,做了节度使署中参谋、检校工部员外郎。可能杜甫天生就不是做官的料,加上年老多病,又散漫惯了,做工部员外郎不到半年,再度辞官回草堂。765年,至交高适、严武相继去世,这些好友没有了,援助也失去了,伤心的杜甫决定离开成都,举家来到了夔州(今重庆奉节),在这里,杜甫又度过了一段生活无忧、开心快乐的时光,诗兴大发,作诗437首,约占他现存诗的30%。长期的磨难,生活的不堪,使此时的杜甫已风烛残年,不仅身患多种疾病,而且牙也脱落、耳也聋了,自知来日不多的杜甫,便想告老还乡、"叶落归根"。768年,他携家人乘船离开夔州东下,一路上,风高浪急,漂泊流离,疾病缠身,在岳州(今岳阳)他发出了"亲朋无一字,老病有孤舟"的感叹,令人感到凄凉。770年冬,杜甫还没有回到家乡,就在湘江的孤舟上悄然逝去,走完了他苦难坎坷的58年人生。43年后,他的后人才将他的遗骸运回河南偃师首阳山下,了却他的心愿,并请诗人元稹写了墓志铭。

杜甫的人生是不幸的,他的"寒",与其生长在家道败落、世道战乱的环境有关,也与他自身文人气节有关。生活的艰难、仕途的坎坷、亲人的离去、自身的病痛,让他痛上加痛,喘不过气来。尽管如此,他的精神世界是坚强不屈、积极向上的,用如椽大笔写下了许多辉煌诗篇,赢得了"诗圣""诗史"的赞誉,书写了精彩人生。这或许是他"致君尧舜上,再使风俗淳"的政治抱负所致,胸怀忧国忧民的家国情怀所致,血液里始终流淌着奔腾不息的诗意所致。下面且看看作为诗人的杜甫吧。

杜甫因为早慧，又家教良好，十四五岁时，就活跃于文坛，深得当时名流李邕、王翰的赏识和好评。他自己也有诗云："七龄思即壮，开口咏凤凰。九龄书大字，有作成一囊。"

731年，20岁的杜甫第一次漫游到南方。漫游是当时文人的时尚，可以长见识、推介宣传自己、结交权贵名流，也是文人取仕的"通行规则"，李白堪称其中的典型。他从洛阳出发，沿着京杭大运河抵今江苏、浙江一带，感受与北方不一样的文化，寻觅先贤们的游踪，也顺便走访一下南方亲戚。

735年，杜甫科考失利，开始了第二次漫游，这次是到北方，抵今河南、山东、河北一带，感受北方文化的粗犷，看看在山东任职的父亲，写了一些诗，最具代表的是五言律诗《望岳》，其中的"会当凌绝顶，一览众山小"人人会吟，成为名句，二十几岁竟然写出了如此有气度的诗。

杜甫比李白年轻11岁，杜甫小有名气时，李白已大名鼎鼎，故而杜甫对李白十分仰慕，终于在洛阳，两颗巨星相聚了，一起饮酒、漫游、论诗，时间虽不长，此后再也没有重逢，但共同理想、爱好让他们结下了深情厚谊，互留了不少经典诗篇。李白曾写《鲁郡东石门送杜二甫》："醉别复几日，登临遍池台。何时石门路，重有金樽开。"杜甫写的诗更多，如《赠李白》："秋来相顾尚飘蓬，未就丹砂愧葛洪。痛饮狂歌空度日，飞扬跋扈为谁雄"。在《春日忆李白》中，杜甫写道："白也诗无敌，飘然思不群……何时一尊酒，重与细论文。"称赞李白"笔落惊风雨，诗成泣鬼神"，断言李白"千秋万岁名，寂寞身后事"。

746年，过了而立之年的杜甫，来长安求仕，在长安少陵等地，他目睹了统治者强征士兵开赴边疆和统治者荒淫腐朽的生活场景，写下了《兵车行》《丽人行》等著名诗作，抨击社会的黑暗，愤怒地发出了"朱门酒肉臭，路有冻死骨"的心声。

755年,安史之乱爆发,社会一片战乱昏暗,民不聊生,杜甫看在眼里,痛在心里,写下了《羌村三首》《北征》等名篇。但更能反映他内心世界、发出对社会现实呐喊的是载入史册的"三吏"(《新安吏》《石壕吏》《潼关吏》)、"三别"(《新婚别》《垂老别》《无家别》),这史诗般的诗歌,世人皆知,真实地记录了当时社会的黑暗,代表着杜甫诗歌艺术成就,不少被收入语文教材中。安史之乱平叛后,他写下了《闻官军收河南河北》,"却看妻子愁何在,漫卷诗书喜欲狂。白日放歌须纵酒,青春作伴好还乡",欣喜之情溢于言表。可以说,安史之乱时期是他诗歌创作的井喷期、成就期,这一时期的作品表现出他强烈的政治抱负和忧国忧民情怀。

　　除此之外,杜甫还有三个诗歌创作高峰期,一是他中年辞官后暂住秦州时期,虽然生活穷困,仕途不顺,但精神充实,收获了诗歌的丰收,流传下来的有120多首。二是他在成都草堂时期,虽然作品数量不算多,但留下的都是经典名篇名句,如《春夜喜雨》中的"随风潜入夜,润物细无声",《茅屋为秋风所破歌》中的"安得广厦千万间,大庇天下寒士俱欢颜",《绝句》中的"两个黄鹂鸣翠柳,一行白鹭上青天。窗含西岭千秋雪,门泊东吴万里船",这些诗歌都体现了他乐观豁达的心情,几乎人人耳熟能详。三是他晚年寄居夔州时期,流传下来的多达437首,约占他现存诗的30%。代表作品有:被誉为"七律之冠"的《登高》,这首诗实际是诗人的自我总结,诗中的"艰难苦恨繁霜鬓,潦倒新停浊酒杯",诉说了他贫寒的一生;晚年漂泊时所作的《旅夜书怀》和《登岳阳楼》,道尽了人生的悲寂凄凉,"名岂文章著,官应老病休"和"亲朋无一字,老病有孤舟",令人潸然泪下。

　　我想,杜甫一生生活在如此艰难困苦的环境下,居然能写出这么多华章,以诗为伍,以诗明志,令人敬畏、佩服。他的诗就内容讲,很多都是忧国忧民、抨击黑暗的,也有不少是抒发自己政治抱负、人生感慨的,还有讴歌祖国大好河山、写给友人和家里人的诗,时代感、现实感极强,充满着正能量,没有风花雪月、无病呻吟之类,他是中国文学史上具有代表性的现实主义诗人;就数量讲,有1500多首,其中很多成为千古绝唱的名篇名句,他在唐代诗人中是出类拔萃的;就诗风讲,沉郁顿挫,风格多样,或雄浑奔放,或清新细腻,或沉郁悲凉,或通俗自然,闪现着"感于哀乐,缘事而发"的精神,其语言、意象性俱佳;就影响力讲,他五言、七言古体,律诗,绝句,无所不能,无所不工,是唐诗艺术集大成者,唐代韩愈、元稹、白居易,宋代王安石、苏轼、黄庭坚等名家无不对他推崇备至,所以,他被誉为"诗圣"当之无愧。因为他的诗具有强烈的时代色彩和鲜明的政治倾向,真实记录了安史之乱前后波澜壮阔的社会生活画面,一定意义上说,超出了文学范围,因而被誉为"诗史",有人说杜甫是"中国唯一影响随着时间不断增长的诗人"(孔庆翔语)。

　　杜甫虽是寒儒,但精神绝对不寒,光彩激励后人;杜甫是"诗圣",留下的文学遗产十分瑰丽,人们将永远铭记。

亦诗亦官的白居易

落笔这个题目,是我读完《历代文豪传》中关于白居易一文后,思考出来的。说他是诗人,无人不知,他是唐代伟大的现实主义诗人,也是唐代诗人中流传下来的诗作最多的,有近3000首,与李白、杜甫齐名,与元稹合称为"元白",与刘禹锡合称为"刘白",其诗歌创作理论颇有建树,是诗歌革新运动的旗手。说他是官员,却可能鲜为人知,他一生为官,上达朝廷、下至地方,有过顺境,也有过逆境,从政之时积极为民,拥有"达则兼济天下"的胸怀。两相比较,其诗歌的成就自然远远大于从政,所以说他亦诗亦官。

白居易(772—846),字乐天,号香山居士,又别号醉吟先生。祖籍山西太原,生在河南新郑。他生长在一个"世敦儒业"的中小官僚家庭,良好的家教,加上他天资聪颖、少时努力,十五六岁时就写了不少好诗,活跃文坛。年少时很发奋,自语"昼课赋,夜课书,间又课诗,不遑寝息矣。以至于口舌成疮,手肘成胝"。看看当下,有几人能比?16岁时为谋求发展,带着自己的诗,千里迢迢到长安拜见当时名流顾况,顾况见他是个毛头小子,就开玩笑说:"长安米贵,恐怕白居不易。"可当看到他写的"野火烧不尽,春风吹又生"的佳句时,立马刮目相看,认为他是个英才,"白居也易",只可惜没有下文。

"天生我材必有用。"29岁的白居易风华正茂,在长安考中进士,一举登第,可谓年轻有为、春风得意。32岁时,被朝廷授秘书省校书郎,与他一起同授的还有元稹,后来两人成为挚友,白居易曾说"身名同日授,心事一言知",足见两人的机缘和默契。因为他胸怀济世救民之抱负,不肯安心于校书郎的差事,就与元稹一起埋头研究世事,准备参加制举(朝廷为选拔非常之才举行的非常规考试)。他曾提出,当政者应以"天下之心为心""百姓之欲为欲",今天看来,仍有意义,体现了民本思想。"功夫不负有心人",结果两人双双考中,白居易第四等,元稹第三等,分别出任了周至县尉和左拾遗。县尉是个小官,对上逢迎,对下欺压,白居易是不甘心的,一边应职蓄势待发,一边用诗歌关注现实。其间,他根据民间传说和自己的想象创作了长篇叙事诗《长恨歌》,讲述了唐明皇和杨贵妃的爱情故事,该诗情节曲折,意境动人,语言清新,声调和美,艺术成就很高;还创作了讽喻诗《观刈麦》,写出了百姓烈日下割麦、拾麦的辛酸,对民生疾苦表现出体恤之情,讽喻诗,他用"补察时政"理念开启了诗歌革新运动。

35岁时,白居易被调回长安,任集贤校理、翰林学士,次年又任左拾遗(皇帝身边的谏官),仕途一路走高。为实现自己"丈夫贵兼济,岂独善一身"的意愿,他放开手脚,在朝廷、在皇帝身边,"有阙必规,有违必谏",写了不少奏折,这或许是文人固有的高洁仗义气节所致,结果当然是不受皇帝待见及当政者欢迎,幸亏宰相李绛的说情才得以幸免。这期间,他把自己的所思所想所谏写成了讽喻诗,以笔抒怀,以诗明志,"补察时政",共写出了170多首,是他讽喻诗创作的一个高峰,代表作品有《秦中吟》十首和《新乐府》五十首,最为出名的当数《卖炭翁》和《上阳白发人》等作品,分别写出了卖炭翁和宫女的悲惨生活,强烈表达了他对百姓疾苦的关心,对统治者的不满。在今天看来,他在左拾遗岗位上很称职,可在那个黑暗的社会,长期这样直言不讳,频繁谏言,必然给自己埋下了隐患,朝廷权贵者们肯定会伺机报复。终于,"导火索"来了,因为发生了宰相武元衡被刺杀身亡的事情,白居易十分震惊,认为是莫大"国耻",立马上书主张严缉凶手,那些早就对他心生不满的朝廷权贵,找到了报复机会,诬陷他越权谏言,皇帝听信这些,就把他贬为了江州(今江西九江)司马,他只好无限惆怅地离开了权力中心长安,为国为民的满腔热情遭受了冰雪般的打击,"始得名于文章,终得罪于文章",是他心扉的真实坦露。可以说,44岁的这次政治打击是致命的,是他人生的一道分水岭,影响了他的后半生。

来到江州后,身心俱疲的白居易工作清闲,他把注意力转移到了诗歌创作、诗歌整理和诗歌理论上,收获了丰收,留下了传世精华。在这里,他回应元稹《放言》五首,也写了《放言》五首,在第二首中写道:"不信请看弈棋者,输赢须待局终头。"表达自己不愿自暴自弃,相信会"卷土重来";写下了千古绝唱、叙事长诗《琵琶行》,把琵琶女的不幸与自己的遭遇紧密相连,发出了"同是天涯沦落人,相逢何必曾相识"的感叹,该诗艺术成就很高,情感色彩很浓,批评性很强,把琵琶女的内心世界、外在形象及音乐之美描绘得栩栩如生,成为经典作品;还写了《大林寺桃花》,留下了"人间四月芳菲尽,山寺桃花始盛开"的佳句。在这里,他把自己这些年写的800多首诗进行整理,分成讽喻诗、闲适诗、感伤诗、杂律诗四类,算是自己的阶段性小结,为后人评价他的诗提供了依据。在这里,他与一批诗人开展了诗歌革新运动,即新乐府运动,核心是主张诗歌一题写一事,追求诗歌的具象美和深度;语言平实通俗,"非求宫律高,不务文字奇",甚至提出"老妪解诗"、通俗易懂的要求;认为诗歌要为现实服务,用讽喻诗补政,并带头亲自实践创作,称他为新乐府运动旗手,不是溢美。在这里,他写出了著名的诗论《与元九书》,强调文学反映现实的根本属性,提出"文章合为时而著,歌诗合为事而作"的著名观点,对诗歌创作的内容、形式作了形象阐述,认为"诗者,根情,言苗,华声,实义","情""义"是内容,"言""声"是形式。由此可见,江州务闲时光被白居易充分利用,在中国文学史上留下精彩华章,虽然官职被贬了,但他在诗歌创作方面却走向了辉煌。

正如他所说"输赢须待局终头",46岁他时来运转,被朝廷调升为忠州(今四川忠县)刺史,心情自然欢愉。不过,此时的他,少了往日的棱角,变得成熟甚至有些消极起来,通过反思检点自己的过去,得出了"多知非景福,少语是元亨"的结论,后来的他,果然知道明哲保身,随波逐流了。在忠州任职两年后,又被朝廷召回任尚书司门员外郎,可是,朝廷内的政治斗争风云诡谲,令他无所适从,为远离是非,他决定离开朝廷,到地方任职。50岁时,他任杭州刺史,在杭州,他定位自己要过"中隐"生活,认为京官太"喧嚣",隐士太"寂寞",地方官刚好介于二者之间,是一种理想境界,这就是他的"中隐"观。立足这个定位,在杭州他一方面做了一些利民好事,尤其注重兴修水利,修筑了钱塘湖堤,一方面沉醉于杭州的名胜荟萃、市井繁华,常常游走于赏景作诗、饮酒寻乐、舞榭歌台之间,从一个为民请命的斗士蜕变成了一个贪图享受的俗吏。此时写了不少诗歌,比较出名的是《钱塘湖春行》,诗中含蓄地透露了他"最爱湖东行不足,绿杨阴里白沙堤"。53岁时,他在杭州任期已满,先回故乡洛阳购了宅邸,拿到了朝廷授的太子宾客分司东都的命令,为晚年生活做了准备。次年奉召任苏州刺史,江南诸州,苏州最大,故而他的公务有些繁忙,他力所能及,兴修水利,赢得了一些政绩和口碑。

56岁时,白居易再回长安任秘书监、刑部侍郎,人生的沧桑和岁月的无情使他已无心于政治,在一首诗中他写道:"人间祸福愚难料,世上风波老不禁。"于是称病回到洛阳,做了高级闲官太子宾客分司东都,正合心意。在洛阳,他半隐半居,交友乐游,写诗饮酒,修仙学佛,"闲适有余,酣乐不暇",生活十分惬意悠闲,长达18年,度过了他一生中最安逸、最美好的时光。这期间,他写了《序洛诗》《醉吟先生传》《达哉乐天行》三篇诗文,是他晚年生活、思想、创作的真实写照,欢快无比;与元稹、刘禹锡、裴度等诗人交往甚密,经常同游同吟;还享有河南尹、刑部尚书致仕等光环。846年,74岁的他病逝在洛阳。

纵观白居易的一生,他作诗一刻未息,留下的诗作近3000首,比"李杜"皆多,《长恨歌》、《琵琶行》、讽喻诗、诗歌革新运动等,是他在诗歌方面的特别贡献,在中国文学史上可圈可点,成就是辉煌的。为官之路伴其终身,仕途比"李杜"顺畅,少年得志时"兼济天下",晚年老成时"独善其身"。生活一直无忧,品质较高,活到了74岁,比"李杜"都高寿。在唐代诗人中,白居易是一个幸运而幸福的人,是一个典型的亦诗亦官的人。

心迹留痕

"一生襟抱未曾开"的李商隐

李商隐一生有志难报、命运多舛、英年早逝,在唐代诗人中,或许难找像他这样充满悲剧色彩的人物。他的好友、诗人崔珏曾这样评价他:"虚负凌云万丈才,一生襟抱未曾开。"如此评价,颇为中肯。

李商隐(813—858),字义山,号玉谿生,又号樊南生,怀州河内人(今河南沁阳),晚唐著名诗人,与杜牧合称为"小李杜"。他出身于一个没落小贵族地主家庭,由于良好的家教和个人的努力,16岁时写出了《才论》《圣论》(可惜今均已失),名震洛阳,还写得一手工丽的小楷,可谓文、书俱佳,才俊志大。按理说,他本应该"春风得意马蹄疾",可为什么"一生襟抱未曾开"呢?

生不逢时。晚期的大唐帝国宦官专权、藩镇割据、内乱纷争,就像年久失修的大厦,摇摇欲坠,李商隐就是生活在这样一个时代,大环境恶劣。入仕后,不小心卷入了激烈的朋党之争("牛党"与"李党"),因为他不"选边站队",自然难以得志,深受其害。家庭小环境也是走"下坡路":年少时,19岁的姐姐因为婚姻不幸而含恨死了,他心里留下了阴影;作为家中顶梁柱的父亲,遭贬到江南地方府做幕僚,一家人随父漂泊,823年,他10岁时父亲去世,家庭生活变得极其艰难,他曾用"四海无可归之地,九族无可倚之亲"的诗句形容。为了生计,小小年纪的他,凭借一手好字,当起了一名"佣书者",即抄书挣钱,维持生活。如此社会环境,让他人生有志难报,常遭打击挫折;如此家庭环境,让他成长发展艰难,缺乏有力支撑。

仕途不济。李商隐对人生充满憧憬,渴望有所作为,所以一直发奋努力,期盼有朝一日出人头地,功成名就。可是事实不然,他一生仕途漂泊不定,坎坷不济,依附于人,属于典型的有志无门,壮志难酬。他虽然早就参加科考,但因为当时流行考前"温卷",拿今天话说就是拉关系、走后门,凭他的家境及人品,名落孙山意料之中。"是金子总会发光",在洛阳,他的才华得到了朝廷一位重臣令狐楚的赏识,令狐楚常常帮助他、提携他,令他感动、感恩不已。829年,令狐楚任天平军(今山东境内)节度使,居然将未登第的他聘为幕中巡官,足见对他的器重,他也尽力相佐,两人如同伯乐与千里马一般默契,此后,令狐楚工作变动,他跟随其后,这段经历,是他一生中少有的愉快时光,也正是这段经历,埋下了他日后陷入朋党之争的隐患(令属"牛党"系,后面细说)。833年,令狐楚高居朝廷检校右仆射兼吏部尚书,他不便相随,辞去幕职,投奔任华州刺史的表叔崔戎,两个人关系甚好,除了有叔侄情谊,更多是志趣相投。这期间,他一边做着幕僚,一边不忘科考,坚持温习功课,希冀登第入仕。837年,或许承蒙令狐楚的光环,他终于如愿以偿,考中了进士,再应令狐楚之邀到其幕府就职,本想有一番作为,可好景不长,不久令狐楚病逝了。838年,他选择了入朝廷重臣王茂元幕府,可能与他对其女儿心有所属有关,得其器重,还与其女儿成婚,收获了事业与爱情双丰收。岂料这个看似平常的选择却异常"错误",因为王茂元(属"李党"系)与令狐楚朋党对立,势不两立,李商隐的正直以及"不识时务",必然让自己左右为难,夹缝生存,甚至成为牺牲品。839年,他通过吏部考试,获得秘书省校书郎之职,这是多少年轻仕子梦寐以求的位置,可为了远离朋党之争,逃离"高处不胜寒",在秘书省待了几个月后,他要求到地方做宏农县尉。840年,恰遇皇帝变更，朋党势力此消彼长，"李党"处于上风，他不甘居于县尉，感觉时势于己有利，再度入秘书省，认为自己大展抱负的机会来了。好像上天存心与他过不去，正当他满怀愉快心情干事业的时候，842年，他的母亲去世，按惯例他要回家守丧三年，赋闲时光让他错失了政治良机，不过获得了诗歌创作的丰收。845年，当他再回到秘书省时，皇帝又发生变更，风云突变，"李党"处于下风，他决定离开朝廷，随同乡同事郑亚一起去岭南任职。848年，他又被吏部派往周至任县尉，回到原点，十年光阴仕途不长，毫无建树，内心失意可想而知。再往后，他仕途持续不济，任职如走马灯，先后任京兆尹留假参军、武宁（今徐州）节度使卢弘的判官、六品闲官太学博士。到了850年，或许"看破红尘"，为逃避政治纷争、官职无聊和失妻之痛，他决定到东川（今四川）节度使柳仲郢府任职，因为二人对时局及朋党之争的认识和态度一致，情投意合，相处甚欢，这一次，他一干就是五年，可能是他一生中仕途岗位时间最长的。好心情也迎来了他诗歌创作的高峰期，其间写了许多悼亡和怀念家乡的诗。856年，他随柳仲郢调回长安任职，写下了世人皆知的《登乐游原》："向晚意不适，驱车登古原。夕阳无限好，只是近黄昏。"把忧唐之衰和个人迟暮之感结合起来，意味深长。858年，柳仲郢因朋党之争被罢免，他也随之去职，回到故乡，度过了自己人生最后时光，在"使我不得开心颜"的苦闷中，郁郁而死，年45岁。观其仕途，他一直走马观花，依附于人，自然虚负才华、襟抱难开。

朋党之争。这是李商隐"一生襟抱未曾开"的罪魁祸首、人生浮沉的最大"杀手"。朝廷内部，"牛党"与"李党"两派针锋相对，盘根错节，互相攻击拆台，长达五朝皇帝、半个世纪之久。对他有知遇提携之恩的令狐楚是"牛党"代表，令狐楚死后，他去了属于"李党"的王茂元府，而且做了其女婿，"牛党"一帮人认为他忘恩负义，"节操"有问题，自然将他划为"李党"，岂会善罢甘休？甚至直至今天仍有人对他提出质疑。平心而论，他不过是一介书生，主观上从没有把自己划为某一派，只是为了实现自己的抱负,努力寻找适合自己的舞台,要是他谙熟朋党之争,善于见风使舵,可能当初就不会入王茂元府,其科考之路、仕途生涯就不会走得那么艰难坎坷。所以,"节操"一说,多少有些牵强附会。再进一步说,朋党之争还左右着皇帝的亲疏,正所谓"一朝天子一朝臣",随着皇帝的变更,朋党之争也是此消彼长:"李党"得势时,他感觉在朝廷工作舒适一些;"牛党"得势时,他感觉不受待见,便想着到地方任职。其实,他也是朋党之争的受害者,让他备受煎熬折磨不说,还把他人生中最能够出彩的二十年消磨掉了,最终郁郁寡欢,英年早逝。

才高品洁。李商隐富有政治抱负,关注国家、人民命运,期望自己能够有所作为。其文学才能更是众所周知,写了约600首诗歌,内容多是忧国、怀乡、思亲、抒情等,在咏史诗、无题诗创作上成就颇高,善于运用象征、比兴手法,隐晦曲折,喜欢用典,这或许与他生活在朋党之争中有关。才华横溢的他,坚守自己做人原则,没有卑躬屈膝,没有见风使舵,不搞选边站队,即使饱受挫折打击,也不忘独善其身,应该说其品格是高洁的。才高品洁本可贵难得,遇上好时代、好环境,一定如虎添翼、鹏程万里。而在激烈的朋党之争中,才高品洁却受到排挤,往往更容易成为"牺牲品",所以他的朋友发出了"虚负凌云万丈才,一生襟抱未曾开"的喟叹。

旷世奇才苏轼

曾有人说苏轼是"完人",起初我觉得有点过了,但当我读完《历代文豪传》中关于苏轼一文后,便觉得此言不虚,他确是个旷世奇才。作为文学家,他是"唐宋八大家"之一、"苏门三词客"之一,在中国文学史上留下了许多脍炙人口的诗词篇章;作为官员,他虽仕途起落无常,但坚持真理,积极履职,为官一任造福一方;作为书画家,他是"宋四家"之一,创造了著名的"苏体",书画的成就也很高;作为社会人,他豪放坦诚,广交朋友,将相、平民皆能成为他的知音……

苏轼(1037—1101),字子瞻、和仲,号铁冠道人、东坡居士,出身于四川眉山一个清贫诗书之家,与父苏洵、弟苏辙合称为"三苏"。22岁时,在当时朝廷重臣、文坛领袖欧阳修的推荐和主考下,苏轼进京赶考,成绩名列前茅,一举成名入仕,同去的父苏洵、弟苏辙也是名扬京城汴京。欧阳修曾感慨地说:"读苏轼文章,不觉汗出,真痛快!""三十年后,不会再有人提到我了!苏轼的文章将独步天下!"欧阳修的预言结果成真。自此,苏轼开始了他辉煌而跌宕的人生。

苏轼是一个名垂青史的文学家。他的诗、词、文章都取得了非凡成就,在中国文学史上留下了许多精彩华章。不管是履新还是途中,风土人情、山水之乐、离别之慨、交友之欢、人生思考、现实风云等,皆成为他笔下的"尤物",可谓满眼风光、笔下生辉。他留存的诗有2700多首,大多表现对社会的看法、现实的考量和人生的思考,闪烁着哲理的光辉,如《题西林壁》《和子由渑池怀旧》《饮湖上初晴后雨》二首等;即便身处逆境,也不灰心悲观,其诗仍表现出对困难的傲视和痛苦的超越,"一蓑烟雨任平生""问汝平生功业,黄州惠州儋州",风轻云淡,举重若轻;诗风突破了同期诗歌生硬枯燥的束缚,内涵丰富,情感豪放。他留存的词有360多首,扭转了晚唐以来"词为小道""诗尊词卑"的旧观念,认为诗词同源,本为一体,"以诗为词",提高了词的文学地位,开辟了词的新境界,对词的发展功不可没;其词一改"艳科"格调,关注现实,善于用典,豪放抒情,《水调歌头·明月几时有》和《念奴娇·赤壁怀古》就是代表。他的文章类型多样,有散文,有史论政论,有游记小品,有辞赋,比较有名的是两首《赤壁赋》;为文崇尚文道并重,用笔挥洒自如,如行云流水一般。苏轼是"唐宋八大家"之一,也是宋代文学成就最高者之一。今天的人们,几乎没有不知道苏轼这个大文豪的,也几乎没有人不会吟诵他的文学作品,在各类教材中,他的作品比比皆是。

他是一个有操守、有作为的官员。苏轼同许多文人一样,是有气节操守的,在官场上跌宕起伏。他入仕的第一份工作是凤翔府(今西安西南)签判,这是一个州府幕职,尽管在幕后,他仍然做了不少减负利民的好事情,故被当地民众称为"苏贤良"。凤翔任期结束后,返京入直史馆,正巧赶上新旧天子交替,年轻的神宗皇帝支持领头人王安石开展了轰轰烈烈的变法革新运动,朝廷内守旧派(旧党)与革新派(新党)展开了激烈的斗争,苏轼虽有己见,但没有用,加上不愿卷入改革纷争,于是请求外任,任杭州通判。杭州是个好地方,西湖名天下,他视为福地,积极履职,做了不少利民好事,心情惬意放松,写下了300多首诗。1074年,苏轼被调往密州(今山东诸城)任知州,密州地处荒凉,又逢蝗灾,民不聊生,苏轼一边体察民情,上报中央,要求减免赋税,一边作诗词遣怀解忧。1077年,苏轼受命任彭城（今徐州）知州，正赶上彭城先发大水后遇大旱，他坐镇指挥，修筑设施，把灾害的损失降到最低，得到了皇帝嘉奖。1079年，苏轼被调往湖州任知州，到任后他给皇帝写了一封《湖州谢表》，称皇帝对自己是"知其愚不适时，难以追陪新进；察其老不生事，或能牧养小民"，多少带有自己的情感色彩，被他的朝廷对手们曲解放大，视为治罪良机，认为是对皇帝朝廷的讥讽。幸亏他才华盖世，加之太皇太后及王安石等人的力保，才使他免于死罪，被贬为黄州（今湖北黄冈）任团练副使，这就是历史上有名的"乌台诗案"，受到牵连的朝廷内外大臣数十人，"乌台诗案"成了苏轼人生的转折点、分水岭。在黄州，他自诩"老来事业转荒唐"，心灰意冷，可收获了朋友源源不断的问候和资助，与当地老百姓打成一片，更迎来了文学的丰收，写下了著名的《赤壁赋》《后赤壁赋》《念奴娇·赤壁怀古》等旷世名篇，还带领家人在城东开垦了一块荒地，自食其力，自号"东坡居士"，这个别号由此传开。应该说，苏轼在黄州虽政治失意，但生活是充实的，得到的也多。正当他准备在此安享终身时，1084年，他奉召赴汝州（今河南）就任，其间发生了两件事：一是家庭突发变故，从安排全家生计考虑，他上书朝廷准他在常州居住，神宗皇帝同意了；二是不久神宗皇帝驾崩，10岁的哲宗即位，皇太后（属旧党）执政，给他的仕途带来了生机和希望。1085年，在司马光的推荐下，苏轼东山再起，平步青云，先在登州（今蓬莱）任职，后回京任礼部郎中、起居舍人、中书舍人，不久升为翰林学士，达到顶峰。可是，文人的仗义气节，抑或"高处不胜寒"，让他再次卷入朝廷政治斗争，因为他既反对新法，让新党愤愤不平，又反对旧党不分青红皂白废除新法，旧党也心怀不满，他坚持真理说真话，不见风使舵，结果是两头不讨好。于是，他萌生了再度离开朝廷这个是非之地的想法。1089年，他以龙图阁学士出任知杭州，重回故地，满心欢喜，他为民办实事，抗涝旱救灾，兴修水利，挖西湖淤泥建苏堤，老百姓十分感谢他的善举和德政。再往后，随着朝廷风云，他在朝廷与地方为官是几进几出。1094年,由于高太后去世,哲宗(新党)执政,苏轼被贬到惠州(今广东)。到了惠州,他还是闲不住,为当地老百姓做实事,受到老百姓的欢迎。1097年,已是风烛残年的他,被贬到更偏远的地方儋州(今海南),虽然物质生活艰苦,但精神生活丰富充实。儋州三年,他是农夫,自给自足;他是医生,医己也医人;他是老师,开学讲课;他是学者,著书立说,如今儋州还有不少以东坡命名的村、路、桥等,足见他在当时是很受欢迎的。1101年,他病逝于常州,年64岁。纵观他的为官之路,不论顺境逆境、居高处低,他总是为民办事,以笔抒怀。

他是独领风骚的书画家。苏轼在中国书法史上属于扛鼎人物,占有举足轻重的一席,与米芾、黄庭坚、蔡襄并称"宋四家",书法融颜体等多家于一身,自成一家,独创"苏体",面貌厚实而扁平,行书代表作《黄州寒食诗帖》被誉为"天下第三行书",书法思想建树颇多,遵循"宋人尚意",他说的"天真烂漫是吾师""我书意造本无法"就是最好的说明,至今无数书法爱好者都在追随他的书法。其画重视"尚意",追求神似,属于"文人画",他提倡"诗画本一律,天工与清新",作品有《枯木怪石图》等。

他是朋友如云的高人。他是文人,才华出众,文坛大咖们与他交情甚好,欧阳修慧眼识才,新党王安石和旧党司马光都对他厚爱有加,秦观、黄庭坚对他慕名而访。他是官员,以民为本,积极作为,庙堂之高者(当然,异己者除外)与江湖之远者都愿与他交往,成为好友。他是一个仗义豪放、不拘小节、善于生活之人,人生处于低谷时,有那么多朋友来看望问候,自己还弄出了被后世称为"东坡肉""东坡酒""东坡帽"之类的,精神无比丰厚。

人的一生精力有限,生命有限。苏轼在64年的跌宕人生中,取得如此不凡成就,实属不易,令人敬仰。

一代才女李清照

在中国文学史的长河里,女中俊杰相对少见,然李清照是佼佼者,她的作品载入史册,名垂千古。她的词风婉约凝重,清新可人。郭沫若先生评价李清照云:"一代词人有旧居,半生飘泊憾如何。冷清今日成轰烈,传诵千古是著书。"她能够"今日成轰烈",在于她的"著书"。

李清照(1084—约1151),齐州章丘(今济南)人,号易安居士,宋代女词人,被人称为"千古第一才女"。读《历代文豪传》中关于李清照一文,似乎找到了她何以成为"一代才女"的答案。

家教熏陶。她出身于书香门第、官宦之家。其父李格非为官,是太学博士、礼部员外郎,从学是辞章能手,写得一手好文章,常常与好友晁补之品诗论文,晁补之曾赞赏道:"为文章日数百篇不休,如茧抽绪,如山云蒸,如泉出流,如春至草木发,须臾盈卷轴。"足见其父才思敏捷,文如泉涌,作品高产。其母王氏,也有很高的文化修养,善于写词作文章。父母如此良好的基因,必然会注入李清照的血液里,家庭如此好的教育氛围,必然会影响她的修为,于是,读书、写字、绘画、弹琴、赋诗、填词,成为她少时生活的全部,才华横溢、聪颖睿智是她性格的外显,"自少年便有诗名"。身处京城环境和丰裕家庭的她,少时生活优雅丰富,写了不少生活悠闲、热爱大自然的好词,如大家熟悉的《如梦令·常记溪亭日暮》:"常记溪亭日暮,沉醉不知归路。兴尽晚回舟,误入藕花深处。争渡,争渡,惊起一滩鸥鹭。"这首词记述了她在一个夏日傍晚,因贪恋美景归迟,泛舟误入荷花深处,出现了鸥鹭齐飞和人舟争渡的热烈场面。"争渡,争渡",洋溢着自得其乐和青春活力。良好的家庭环境熏陶,加上个人的天赋和努力,"一代才女"打下了扎实的"童子功",正所谓要想扣好人生第一粒扣子,家教是关键,好家风出人才。

琴瑟和鸣。幸福时光在流逝,李清照也出落成一个大姑娘,1101年,17岁的她嫁给了21岁的赵明诚。赵明诚的父亲赵挺之(也是一位书法家,酷爱藏书)是吏部员外郎。吏部员外郎的公子娶了礼部员外郎的千金,加上赵、李两家又是同乡,所以这桩婚姻是天造一对,门当户对。更为可喜的是,两人婚后志趣相投,相爱无比,生活甜美,他们的美好婚姻在历史上传为佳话、成为典范。赵明诚受家庭影响,在做官之余,特别喜爱收藏、鉴赏、整理古碑帖及金石,不惜重金,到处搜寻,用汗牛充栋形容他的藏书毫不为过。他花费了毕生心血将所得藏书整理、编辑成《金石录》,该书成为今天人们学习研究书法的巨著。夫君的爱好正合她的心意,自然也成为她的爱好,因为李清照酷爱读书、写字、绘画,所以两人有说不完的话题,道不尽的甜蜜,琴瑟和鸣,彼此常常为得到一本好书兴奋不已,为鉴赏一本好碑帖莞尔。这样的文化氛围,这样的心心相印,这样的甜蜜生活,给人到中年的李清照注入了源源不断的文化素养、人生见识、作词动力,使她的词进入新境界,如日中天。这期间的词大多写闺中生活和与夫君的离愁别绪,比较出名的有《一剪梅·红藕香残玉簟秋》:"红藕香残玉簟秋。轻解罗裳,独上兰舟。云中谁寄锦书来,雁字回时,月满西楼。花自飘零水自流。一种相思,两处闲愁。此情无计可消除,才下眉头,却上心头。""一种相思,两处闲愁",道出了相互无限的思念;"才下眉头,却上心头",则道出了思念无法排遣。婚后日子和美、琴瑟和鸣,进一步涵养了"一代才女"的天资,有"行到水穷处,坐看云起时"的况味。

《词论》问世。她不仅写词,还从理论上思考词的地位、发展、写法等,长期实践与理论的结合,使她写出了我国第一部由女性创作的词学理论专文《词论》,在文学史上有很高的研究价值。《词论》充分回顾了词的发展历史,认为词发于唐;提出了词"别是一家"的观点,即词要自立门户,反对诗尊词卑的旧俗,堪称词的"独立宣言";敢于向历史上词大家苏轼、晏几道、秦观、黄庭坚等人亮出自己观点,显示了"一代才女"风范;在词的创作方法上提出了一些个人思考,主要是填词要"协音律"、写作要"铺叙"、用语要"尚文雅"、情感要"主情致"、内容要"典雅庄重"等。《词论》的问世,不仅对词的理论有了升华,更为她的"一代才女"的名号提供了重要"筹码"。

词风大变。李清照一生以笔为乐,与词为伍,生活的荣辱、沉浮、感慨,尽现笔下,正所谓言为心声。她后期的生活因朝廷斗争和山河破碎而沉浮不定,如空中风筝颠沛流离。先是受党争影响和蔡京迫害,父亲罢官,公公去世,家境一落千丈,她和夫君只好回到故乡青州,夫君将住处取名为"归来堂",她则题字,意在追寻陶渊明一般的闲适生活。政治上受挫,并没有影响夫妻感情,精神世界依然丰富,她一边写词,一边帮夫君编辑《金石录》。后来,蔡京罢官,夫君东山再起,先后被任命为莱州知府、淄州知府,他们的生活平静而快乐。再后来,金兵南下,国家风雨飘摇,北宋亡,南宋建,她的生活与国家命运一样,变得颠沛流离、漂泊不定。为了保存好家中藏书,夫妻俩装了满满十五大车书,从青州南下运到了夫君任知府的建康,留下了丰厚的文化遗产。受时局巨变的影响,李清照开始关注国家大事,词风也因此大变,从小情小调的婉约,变为关注现实的凝重,试举两例为证:一则是《夏日绝句》"生当作人杰,死亦为鬼雄。至今思项羽,不肯过江东",借项羽知惭不肯过江东,讽刺步步投降的南宋小朝廷,写得豪气悲壮,至今大家耳熟能详。二则是词《临江仙》:"庭院深深深几许?云窗雾阁常扃。柳梢梅萼渐分明。春归秣陵树,人老建康城。感月吟风多少事,如今老去无成。谁怜憔悴更凋零。试灯无意思,踏雪没心情。"整首词笼罩在低沉抑郁的氛围中,末尾两句画龙点睛,极其凝重,寄托了对故国的无限哀思。1129年,夫君去世,她悲伤至极而大病一场。随后,随着南宋的退让她不断南渡,终老于临安。她晚年的漂泊之痛、失夫之痛与国家的丧辱之痛经常交织在一起,悲伤凄楚的心情,思国怀乡的情愫,经常跃然纸上,通过两首词足以窥见。其一是《声声慢》:"寻寻觅觅,冷冷清清,凄凄惨惨戚戚……这次第,怎一个愁字了得!"开头三句叠字的运用,准确、生动地表达了作者的感情变化,历来为人们称颂,最后一句"怎一个愁字了得",集中概括了她凄苦的心境,分量十足。其二是《武陵春·春晚》:"风住尘香花已尽,日晚倦梳头。物是人非事事休,欲语泪先流。闻说双溪春尚好,也拟泛轻舟。只恐双溪舴艋舟,载不动许多愁。""物是人非"既是对夫君的怀念,又是自己坎坷经历的总结;那"载不动"的"许多愁",既是个人的生活悲愁,又是国破家亡的悲愁。她晚年词的内容及词风大多属于这一路,这种剧变与她身处国破家亡的时代密切相关。后人评价她的词及词风都以南渡为界,分为前后两个时期:前期内容多是离愁别绪,表现出人性中最真挚的感情,词风婉约;后期内容多是思国怀乡,表现出浓厚的爱国感情,词风"雄骏"。

　　李清照,女中豪杰,她的才气如同她的名字一般,清澈明亮,"一代才女",当之无愧。

文武皆能的辛弃疾

辛弃疾(1140—1207),字幼安,号稼轩,历城(今山东济南)人。关于他,无人不知是南宋著名词人,豪放派词风的典型代表,其笔如椽。但他又"能武",军事天赋十足,一生主张抗金。文武皆能,颇有一代枭雄曹操的遗风。

未知的都是好奇的,先说说他"能武"的一面吧。他生于风雨飘摇、屡被金人侵略的南宋时期,受家庭影响,年少就有报国雪耻的志向。1161年,金人大举南侵,21岁的辛弃疾闻风而动,聚集2000多人投奔农民起义军领袖耿京,还鼓动朋友义端聚集的1000多人一起参加,自己出任耿京的掌书记(负责文书告令),显现他不甘受辱的大志和决心。但不久,义端投靠金营,辛弃疾"自知罪过",一路追赶,将其捉拿斩于马下,虽然年纪轻轻,但足见他果敢决断的特质。次年,他劝说耿京归属南宋朝廷,携手官府抗金。耿京答应后还派他作为使节与南宋朝廷联系,进展得很顺利,可不料耿京被其部属、叛徒张安国所杀,辛弃疾得知后,十万火急,率50多人突袭张安国,将其拿下示众,再一次显示了他的勇猛机智。单刀直入、智勇兼备的军事才能,至此初见端倪。

1165年,年轻气盛的辛弃疾,再也按捺不住报国的雄心,在南宋朝廷一派主和声中唱反调,"冒天下之大不韪",上奏自己抗金北伐的军事专论《美芹十论》,十篇文章系统分析了敌我形势、军事对策、抗金谋略,可谓深思熟虑,有理有据,价值甚高,可朝廷却不予理睬,束之高阁,仅派他做了一个闲官建康府通判。两年后,他被调到京城临安任职,皇帝召见了他,他再次向皇帝侃侃而谈,力主抗金,并鉴古析今,还把自己的又一篇军事专论《九议》,呈给宰相虞允文,希冀采纳,结果双双落空,一腔热血化为泡影。虽然谏言未被采纳,但其军事才能一览无余。

朝廷见他富有思想且有军事才能,于是派他去治理一些难管的地方。他先被派去经受战乱蹂躏、百废待兴的滁州任知府,不到半年,他把滁州治理得面貌一新,还建了一座名叫"奠枕楼"的阁楼供百姓登临游览,作了《声声慢》一词,"凭栏望,有东南佳气,西北神州",内心喜悦无比。1175年,江西爆发了茶商暴动,朝廷屡次派人镇压均告失败,于是派他赴江西平叛暴乱,他凭借卓越的军事才能果然不负朝廷之命,很快平叛了暴动,杀了暴乱首领,朝廷大喜。此后两三年,他深受朝廷重用,仕途上顺风顺水,先后做了地方安抚使、中央大理少卿(掌中央司法权)、湖北转运副使、湖南转运副使等要职,对这期间频繁的迁调,他曾自嘲说:"聚散匆匆不偶然。二年遍历楚山川""二年鱼鸟江上,笑我往来忙"。不过,此时的他变成熟了,少了气盛浮躁,多了城府闲适。

1179年,他任职于潭州知州兼湖南路安抚使,虽然只有一年左右,但他的组织才能和实干精神得到充分展示,做了几件大事:兴修水利、发展教育、创办飞虎军,利国利民。最为可圈可点的是创办了飞虎军,他建军营、招兵马、严管理、治军风,飞虎军名声大振,战斗力显著提升,后来成为金人最为忌惮的一支南宋国防军。"木秀于林,风必摧之",腐败的朝廷,小人的谗言,处处设阻,难以支撑他的所作所为和报国之志,使他不得其解,心力交瘁,倍感消磨。1180年,江西粮荒,朝廷又想派他去"救火",给他加官晋爵,任隆兴(南昌)知府,兼江西路安抚使,并加右文殿修撰之衔,他只能走马上任,用非常之策,不负众望地解决了粮荒问题,因救荒有功,朝廷再给他官升一级。这次升官,让本处在风口浪尖的他受到更多诽谤,使他重重摔了一跤,成为他仕途中一个重大转折点,皇帝考虑弹劾他的罪名很多,终于对他罢官削职。既然壮志难酬,他就想着回家归隐,在上饶,他购了一块地,此地依山傍水有稻田,风景独好,他亲自设计一屋,题名"稼轩",还将稼轩作为自己的号。解甲归田的他,在此务闲期间,收获了创作生涯中的第一个丰收期,写了大量题材广泛的词,如"一松一竹真朋友,山鸟山花好弟兄"写出了他的惬意,"而今识尽愁滋味,欲说还休,欲说还休,却道天凉好个秋"道出了他看破官场,心情释然。

世事无常,这样闲居了大约十年,朝廷又来诏命让他到福建任职,他又恢复了刚毅果断、雷厉风行的作风,发展军队,让利于民,但此时的他,已经没有过去那般热情高涨了,或许年老世故吧。刚过了两年,弹劾他的奏章又出现了,他再度被罢官削职,只好回上饶瓢泉过闲适归隐的生活,迎来了他词创作的又一丰收期,自在快活了八年。这时,南宋小朝廷忽然心血来潮,要北伐抗金,再次想到了他的军事才能,诏命年过六旬的他到绍兴、镇江任职。他奉命出山,积极为国家大业、为自己的志向做军事准备,在镇江北固亭,他写下了千古绝唱《永遇乐·京口北固亭怀古》,一句"廉颇老矣,尚能饭否"表达了他老当益壮、立志报国的决心。腐败软弱的朝廷,注定北伐命运的失败,1207年,未完成心愿的辛弃疾在大呼杀贼数声后病逝,至死不渝,可歌可泣,实为军中豪杰。死后朝廷赐他谥号为"忠敏",倒也中肯。

说完了他"能武"的一面,再说说他"能文"的一面。他是中国文学史上灿若繁星中的一颗,现存词约600首,是两宋时期存词最多的大家,人们耳熟能详的也不少;他一生主战,故词风豪放,开拓了词的思想境界,世人将他与苏轼合称为"苏辛"。

他所写的词,在内容题材、词风意境上与他本人生活经历密切相关,无论是公务繁忙,还是归隐务闲,他都不忘写词。早中期,他的词情感激烈,气势恢宏,抗金志向一泻千里,在《水调歌头》中,他写道:"要挽银河仙浪,西北洗胡沙。"说得多慷慨激昂。两次归隐闲居累计长达近二十年,是他词创作的两个高峰期、丰收期,词的内容题材广泛,自然风光、日常生活、游玩之乐、胸襟志向等都在他笔下生花,词风豪放而又清新洒脱,或讴歌生活,或抒情感怀。《清平乐·村居》写了三个孩儿玩耍的趣事,活灵活现,"大儿锄豆溪东,中儿正织鸡笼。最喜小儿亡赖,溪头卧剥莲蓬"。在《柳梢青·三山归途代白鸥见嘲》中,他写了被罢官后的一种豁达、诙谐,"白鸟相迎,相怜相笑,满面尘埃"。晚年,他的词老成且慷慨激昂,还有对人生的理解,在《永遇乐·京口北固亭怀古》中,他写道"金戈铁马,气吞万里如虎……四十三年,望中犹记,烽火扬州路",豪迈而霸气;在《瑞鹧鸪·胶胶扰扰几时休》中,他写出了对人生的感悟,"随缘道理应须会,过分功名莫强求"。

落魄而多才的姜夔

提起姜夔,可能许多人与我一样,对他不甚了解。近读《历代文豪传》中有关姜夔一文,才对他有了新认识,他作为才华横溢的南宋文人,却怀才不遇,未曾有过一官半职,终身布衣,一生漂泊,堪称古代文人的"另类",所以我有了"落魄而多才"的感慨。

姜夔(约1155—1209),字尧章,号白石道人,出身于饶州鄱阳(今属江西)一个没落的小官僚之家。其父姜噩曾做过汉阳知县,为他取名姜夔,是希望他能够像舜时代的重臣乐官夔那样开创一番功业,"可怜天下父母心"。姜夔自己也比较争气,天资聪颖,"四书五经"、吟诗习字学得很快,对音乐也很有天赋。可是天不遂人意,他14岁时,父亲去世,家中的顶梁柱轰然倒下了,他只有依靠自己,自食其力,开始了他落魄的人生。

小小年纪的他,凭借自己的才干和名气,以文墨维持生计,虽然辗转流离,但也温饱无忧,一晃过了十年,他曾自叹:"少小知名翰墨场,十年心事只凄凉。"1176年,他决定离开汉阳,沿江东下,开始了漂泊的游士生活,路过名城扬州时,战乱后的扬州已面目全非,今非昔比,他写下了著名的词《扬州慢》,发出了"废池乔木""冷月无声"的悲叹。在合肥,一个偶然机会,他结识了一对歌伎姐妹,不承想,三人一见钟情,互诉衷肠,情窦初开的他们留下了相思不尽的绵情,也成为他后来难以忘怀的情结。

1186年,他游走于潇湘之畔,恰遇湖南通判、其父同榜进士、诗歌造诣颇深的萧德藻,这份知遇之恩,成为他人生中的一个重要转折点。相同的爱好,加上父亲与其的故交关系,使他们一见如故,相见恨晚。萧德藻认为找到了能与自己诗歌PK的真正知音,就决定留住他,让居无定所的姜夔住在长沙萧氏府宅,因此他暂时结束了漂泊不定的生活,过上了食居无忧、甚为开心的日子。这期间,他寄情于山水之中,写了不少好词,专注于诗歌理论研究之中,著述了《诗说》,对江西诗派讲究句法、语法的观点进行继承,探索了作诗的立意、措辞、风味等问题,提出了作诗"四高妙"理论,即理高妙、意高妙、想高妙、自然高妙,这些对后世诗歌产生了影响。此时的他也荡漾起了思念合肥姐妹的情感浪花,思念心切。此时他离开汉阳已经多年,想回去看看,就在他临行前,萧德藻见他人好、才佳,决定把自己侄女嫁给他,他答应待返回长沙时迎娶。等他再回长沙时,萧德藻已经调官到湖州,为了兑现自己的承诺,他一路追随萧德藻到湖州,与其侄女成婚,并继续依附萧德藻。

1187年,经萧德藻提携,他到杭州拜访著名诗人杨万里。看了他的诗词,杨万里大加称赞,告诉他要成为真正大家,必须走独创之路,发前人所未能发之言,还热情地把他推荐给自己好友、著名诗人范成大。他直奔苏州拜访范成大,恰逢范成大生日,于是他作了一首《石湖仙》作为贺礼,范成大很高兴,对他的诗词也是赞不绝口,又知他擅长书法、音乐,称他是"翰墨人品"的"魏晋雅士"。经历游走苏杭、湖州、吴兴之间的沉淀,受益大名鼎鼎的大家指点,他的诗词水平达到了新高度,世人称赞他是"健笔写柔情"。

1189年,他在吴兴又结识了善于吟唱词曲、钟情山水之乐的余灏,两人趣味相投,常常他吹奏洞箫,余灏唱曲和之,不亦乐乎。这种日子和情怀,使他不禁又勾起对合肥那对姐妹的思念,他以文吐心,在《琵琶仙》中写道"都把一襟芳思,与空阶榆荚",足见何等思念、伤感。1190年,人到中年的他,在吴兴白石洞天附近盖了他人生中的第一间房子,结束了居无定所、依附他人的生活,他自称姜白石,朋友称他白石道人。不久,为了了却心中的思念和牵挂,他离开吴兴去合肥,寻找那对姐妹,不知是机缘巧合,还是功夫不负有心人,在一个朋友宴会上,他们果真相逢了,多少天的朝思暮想,终于情有所属,何等快哉,如醉如梦一般。正当他陶醉其中时,已任江东转运使的杨万里召他去金陵,他只能依依不舍告别心上人。在去金陵的路上,他写了好几首诗词,纾解心中的情感和不舍,真是"相见时难别亦难"。当他从金陵再迫不及待返回合肥时,已是"昔人已乘黄鹤去,此地空余黄鹤楼",那对姐妹不辞而别,杳无踪影,这对他是重大的情感创伤,多年的痴心思念居然成为水中月,情何以堪?清醒过来后,他决定把这份美好留在记忆中,不再去合肥这个伤心地。

  1191年冬,他又去拜访范成大,恰逢范成大新开辟的梅园中梅花竞相开放,天上雪花飘飘,玉梅疏影,暗香袭来,此等好景,令他诗兴大发,其中的《暗香疏影》,范成大喜欢得不得了,不仅自己反复吟唱,还让家中的乐工歌伎反复练习,高兴之余,竟然把自己心爱的歌伎小红赏给了他,既是褒奖他,又是抚慰他的合肥之痛。趁着好兴致,又有佳人相伴,回到吴兴后,他意犹未尽,又即兴作了十首七绝,名噪一时,杨万里、范成大等大家赞赏有加,认为这十首七绝有"裁云缝月之妙思"。

  1193年,他在绍兴结识了抗金名将张俊的孙子张鉴和南宋名士葛天民,与张鉴相识相知是他人生中又一重大转折,张鉴家境殷实,心胸豁达,又钦佩他的才气,无疑给他的生活多了一份依靠、人生多了一个知己。可就在这一年,范成大去世了,对他打击颇大,看着他情绪低落,张鉴就邀他去杭州孤山观梅,但他仍然难以自拔,看故人已去,想想自己几十年一事无成,不由得发出了"倦游欢意少,俯仰悲今古"的哀叹,一遍遍问自己:"我将何去何从?"1196年,他与余灏、张鉴、葛天民一起去无锡观景,美景之下,张鉴为缓解他的低沉,借机提出拿钱给他买个功名,却被他坚决拒绝了,这或许就是文人的节气和骨气。在无锡,他拜访了前辈诗人尤袤,尤袤赏识他并鼓励他作诗词一定要走自己的路。得到肯定、指点后,他把自己与张平甫等人的诗稿编辑成了《载雪录》,成为后人了解其作的载体。1197年,为了能够依附张鉴,他把家搬到了杭州,过上衣食无忧的日子。面对名城杭州的风情美景,他再度想起合肥那对姐妹,又心血来潮发出了"少年情事老来悲"的哀鸣。此时的他,忽然反思自己的人生,认为依附他人终究不是长久之计,决定自己求取功名。机会终于来了,当时的南宋小朝廷下诏废除禁乐,这使深谙律吕之学的他,天真地认为有了用武之地,于是先后两次向朝廷自荐乐论,可朝廷的腐朽,加上他漂泊的身世,自然名落孙山。求取功名不成的他,此刻坦然想通了,有一种如释重负的感觉,"这么多年来,直到今天他才得到了宁静相处的机会",可谓一语道破。从此,他寄情于山水之间作诗词,专心于自己喜欢的音乐、书法艺术,都取得了不错的成就。1205年,杭州发生火灾,张鉴送给他的房子也化为灰烬,他仰天长叹:"万古皆沉灭!"失去住所的他,不得不再次踏上东奔西走、颠沛流离之路,常常向故人借资或依靠别人帮助维持生计,就这样又落魄地过了十几年,其辛酸凄凉自知。1221年,心力交瘁的他,因中风在杭州去世,死后家里竟然穷得连棺木都买不起,人生何其悲哉!

纵观姜夔的人生,其一,怀才不遇,功名无成。他虽然有才,父辈也寄予厚望,但他没有入仕的外部条件和经济实力,在那个腐朽的朝廷,肯定入不了门。尽管有过入仕机会,却碰了一鼻子灰,尽管朋友愿意花钱给他买功名,却因文人的节气被他拒绝,所以一生平民一个,布衣一枚,实为罕见。其二,居无定所,四海为家。他凭借自己的才干维持生计,到处游走,颠沛漂泊,四海为家,没有家产。一生中所谓的"家",都是依附权贵的结果。他人生中遇到了萧德藻、张鉴两位贵人,也算得上是他的恩人,让他的落魄生活多了许多彩云,如果没有他们的赏识和救济,还不知道他会落魄到什么样的地步。其三,风流多情,感情专一。自古文人多风流,正所谓才子佳人。他对合肥那对姐妹的感情是真挚的、浓烈的、专一的,想放下又拿起,刻骨铭心,贯穿一生。其四,晚年凄凉,一无所有。晚年,家被烧了,生活基本依靠救济度日,活得多难受。到了生命尽头,连棺材都买不起,靠朋友料理后事,落魄到何等地步。

然而,他才气过人,诗词、音乐、书法无所不能,都有造诣,在中国文学史、音乐史、书法史上都留下了痕迹,得到当时名家杨万里、范成大等赞赏,后人说他的才气仅次于苏轼。他的诗词成就主要体现在词上,其词清空高洁,极富想象,语言灵动自然,善于侧向思维,虚处传神,注重锤炼,讲究刚健,后人把他的词风作为豪放、婉约之外的第三派——清空,为清代词学埋下了伏笔。他精通律吕,善于运用乐谱创作词,不但文辞优美,而且音律和谐,不但深明俗乐,而且追寻雅乐,形成自度曲,代表作是词曲《白石道人歌曲》。他在词上的贡献是富有独创性的,故有"词中之有姜白石,犹诗中之有杜少陵"之说。他对书法研究很深,仿照《书谱》,写出了《续书谱》等著作,是中国书法史上的宝贵财富,其书法师从"二王",合乎法度。他的才干源于他的天资、勤奋,得益于他广交前贤,当时的名流萧、杨、范、尤对他指点不少。

由是观之,用"落魄而多才"评价他,倒也中肯。

"杂剧之父"关汉卿

元杂剧《窦娥冤》,可谓家喻户晓。故事是这样的:窦娥的父亲因为还不起富孀蔡婆婆的钱,就拿女儿抵债,让窦娥做了蔡婆婆的童养媳。窦娥长大后与蔡婆婆的儿子结婚,可不久,夫君病逝,婆媳俩两代孤孀、相依为命。地痞张驴儿父子心怀叵测,想双双招赘蔡家,懦弱的蔡婆婆被逼就范。可刚烈的窦娥坚持要为夫君守节,拒不招赘,张驴儿心怀不满,暗地里在窦娥给婆婆做的汤中下毒,想毒死蔡婆婆后再任意摆布窦娥。不料,蔡婆婆把汤给张老儿喝了,张驴儿弄巧成拙,亲手把父亲张老儿毒死了。张驴儿反咬一口,到官府告窦娥下毒,窦娥喊冤,可官府昏庸,竟然对窦娥施以酷刑,刚烈的窦娥拒不招认,无奈之下,官府就对蔡婆婆施刑。窦娥孝顺,担心婆婆年迈丧命,只好屈招,结果被官府斩首示众。真正的地痞、凶手逍遥法外,清白无辜、坚守节义的窦娥却被处死,这窦娥实在太冤了!这部生命力极强、被列为世界悲剧又搬上银幕的杂剧,出自元代杂剧奠基人关汉卿的如椽之笔下。知此剧者甚多,可对剧作者关汉卿了解的或许寥寥无几,这里,我想说说他。

关汉卿(约1230—1320),号已斋,又称已斋叟,出身于今河北一个名医世家,后定居大都(今北京)。他一生专注于当时的社会现实,喜欢"处江湖之远",努力寻找创作素材,热衷舞台演出,抨击社会黑暗,为底层人民代言,坚持真善美,传播正能量。他是我国戏曲史上伟大的作家、梨园领袖、杂剧之父,其剧作不仅深受我国百姓喜爱,还深受外国读者喜爱,如同我国读者喜爱外国文学名著一般,1958年,他被列为世界文化名人。所以说,关汉卿属于中国,更属于世界。

关汉卿家教良好,天资聪颖,学识渊博,才华横溢。若是平常年代,或许能够金榜题名,"居庙堂之高"。但他生活的年代是金末元初,北方的蒙古族先灭金,后灭宋,入主中原,建立了元朝,蒙古族为巩固自己的统治地位,做了两件不可理喻的事:一是取消了隋唐以来的科举制度,拆掉了"科举入仕"之桥,断送了读书人的出路,所有中央、地方官员一律由蒙古贵族担任。二是人为把国民分为四等,其中蒙古族最高贵,南宋汉人最低贱,还对社会各阶层进行了荒唐的排序:一官、二吏、三僧、四道、五医、六工、七猎、八民、九儒、十丐,读书人地位低下,居然沦落到了第九,与丐为邻,何其悲矣。生活在这样一个"读书无用"的时代,关汉卿只有另辟蹊径,坚守"适者生存"之道,不再关门寻章摘句、吟诗论文,而是冲破世俗偏见,投身于现实生活中,从事戏剧活动,走自己的人生之路。一方面,他与名士杨显之、白朴等人组织了一个创作团体——"玉京书会",主要研究探讨写剧本、话本、唱本之类,汲取前辈、高人的创作营养,厚植自身,笔下生花;另一方面,他游走平民生活之中,频繁出入底层的艺妓圈子,甚至与艺人同台演出,汲取生活营养,积累创作素材,认为只有走进生活,才能创作出大众喜爱的剧本。关汉卿天资聪颖、勤奋,虚心向前贤方家学习请教,再加经常游走于平民化生活之中,三管齐下,造就了他的戏剧奇才,最终成为一代"杂剧之父"。

纵观他的杂剧,基本都是对现实生活的真切体验感悟、对黑暗社会的愤懑呐喊,抨击野蛮社会现象,揭露社会黑暗和统治者残暴。蒙古族入主中原后,肆无忌惮地抢掠汉人的财物、妻女,行为令人发指,给礼仪之邦蒙羞,他写的杂剧《窦娥冤》《鲁斋郎》等就表现了这一类。《窦娥冤》故事梗概开头已述,窦娥临刑前仍呼天喊地道:"地也,你不分好歹何为地?天也,你错勘贤愚枉做天!"这叫天天不应、叫地地不灵的控诉,把元代暗无天日的现实和百姓含冤受屈的愤懑表现得淋漓尽致。鲁斋郎是个不大的官,斋郎不过是负责伺候皇帝祭祀的,可这人特贪婪,喜欢什么便要得到什么,欺凌霸世,无恶不作,看见李四妻子美,硬抢来玩弄,还放狠话"告我去"!玩腻了,又看上张珪的妻子,便把李四妻子送给张珪,还要求张珪把自己妻子送到府上,张珪无奈地跟妻子说:我不送去,就会要了我的头。足见统治者对汉人的肆意压迫,社会的野蛮无度。描写妇女苦难生活,充分肯定其对婚姻的自主选择,这类作品居多,《拜月亭》《救风尘》等就是代表。《拜月亭》中女主角王瑞兰在战乱中与秀才蒋世隆相爱,结为夫妻。后来,王瑞兰父亲嫌蒋家穷,逼迫女儿弃夫回家,结果,父亲把她许给新科状元,不承想,这个新科状元竟然是蒋世隆,虽然有点喜剧巧合的成分,但反映了当时嫌贫爱富、父母包办婚姻的悲哀。《救风尘》描写歌妓宋引章厌恶妓女生活、一心从良的故事,她嫁给了富商周舍,但周舍对她棍棒相加,朝打暮骂,眼看被折磨得将死,机智的姐姐利用周舍喜新厌旧的心理,表示只要休了宋引章,自己就嫁给周舍。周舍信以为真,休了宋引章,要迎娶姐姐,姐姐当然反悔。喜剧的结局看起来是机智战胜了邪恶,但实际上提出了大批妓女出路在哪的严肃问题,体现一个"救"字。关汉卿的杂剧中,对底层妇女特别是妓女生活给予关注的作品不少,有赞美她们人品的,有褒奖她们才艺的,有歌颂她们爱情的,有拷问她们出路的。在他看来,妓女也有自己的情感和追求,不是她们没有专注爱,而是她们被黑暗社会剥夺了这种爱,这类作品自然能够引起全社会特别是底层社会的共鸣。在当时的社会,能够关注这样的现实问题的人,是看得远而又有胆识的,非常了不起。还有少量歌颂英雄,期望英雄救世的理想化作品,如《单刀会》就是这一类,写关羽应鲁肃之邀,单刀赴会的故事,塑造了一个大义凛然的英雄,表现他为改变天下格局,不惧生死的英雄气概。当然,受历史局限,他的作品中也有让后人诟病的,但瑕不掩瑜。

关汉卿生不逢时,没有"金榜题名"的机会,家境清贫,没有"买山归隐"的资本,只有靠卖文为生,走上了杂剧创作之路,且终身作为"看家本领"。唯其一生热衷于一事,使他成为杂剧的行家和全才,他能编、能导、能演,剧本内容贴近现实,情节曲折感人,语言本色、生动,常常自己粉墨登场,深受欢迎和好评。他一生尽管没有什么功名,但对元曲的贡献是相当大的,成为"元曲四大家"(关汉卿、白朴、马致远、郑光祖)之首,是元曲界极具影响力的人物,也是中国文学史中的开创性代表。1958年,田汉等人倡议,成立了"关学",专门研究关汉卿作品,称他为戏剧艺术大师和"杂剧之父",绝非过誉。

关汉卿写了那么多杂剧、散曲,却从未给自己写过小传,也没有把自己的作品整理成集,所以,后人对他的了解评判,只能看他的传世作品,他是一位"人以文传"的杂剧大师。

勇于为民请命、为情呐喊的汤显祖

提起汤显祖,人们脑海里马上会蹦出《牡丹亭》,没错,这部描写爱情的剧作是他的经典代表作品。在他生活的明代,"情"被视为异端邪说、大逆不道,他敢于大胆创作这样的作品,热衷为情呐喊,确有胆识和进步意义,是时代弄潮儿。可这仅仅是他作为明代戏曲家、文学家的一面,作为官员,他还是一个心系百姓、勇于为民请命的人。

汤显祖(1550—1616),字义仍、义人,号若士,江西临川人,出身于一个有名望的书香门第,取名显祖,是家族希望这个男孩将来有道义,能够光宗耀祖。

如同他的名字一样,他打小就"显祖",出类拔萃。长得漂亮,"体玉立,眉目朗秀",外人对他啧啧称赞;天资超群,5岁会属对,12岁会写诗,13岁在童生考试中,提出了"形而上者谓之道,形而下者谓之器"的观点,令人惊讶的是,他14岁便补为县诸生,是年龄最小的秀才。他家学浑厚、家风严格。他的祖父和父亲都是饱读诗书之人,认为当时的八股取士束缚了人的思想和才华,有悖人性,竞相继抛弃科举入仕之路,当了隐士。他父亲告诫他,人品学问第一、功名第二,故他13岁时,父亲就让他负笈求学于当时泰州学派传人罗汝芳,接受先进的人文主义思想教育,强调重视人性,释放天性。这种思想与当时占据主导地位的宋明理学讲究的"君臣父子"观念格格不入。正是这样的思想熏陶和家庭的耳濡目染,使他成长为一个胸有抱负、刚正不阿、兴趣广泛、才华横溢的青年,为他日后为民请命、为情呐喊奠定了基础、提供了资本。

照理说,像他这样的人,科举入仕应该不在话下,可在当时的明代社会,科举制度已经堕落腐朽,成为上层统治集团营私舞弊的幕后交易,明里考试暗里肮脏,而非唯才是举、任人唯贤。汤显祖因为胸怀大义、为人正派、洁身自好,不愿巴结当朝权贵陈继儒,不肯与朝廷首辅张居正结党营私,自然名落孙山。他把科举失利的愤懑诉诸笔端,写了篇类似屈原《离骚》的《广意赋》,以抒胸臆,还创作了戏剧《紫箫记》,依据唐传奇《霍小玉传》的爱情故事改编,以作消遣。1583 年,新任辅臣张四维,为不重蹈张居正的覆辙,采取巧妙隐蔽手段,让 34 岁的汤显祖中了三甲第二百一十名进士,从此他步入了仕途。

入仕以后,他先在南京当了太常寺博士及礼部祭祀主事之类的小官、闲官,因无要事就闭门谢客,读书写作,写了一些优美诗句,并在《紫箫记》的基础上,创作了第一部完整的剧作《紫钗记》。表面看他超脱自在,其实内心里他韬光养晦,装着民生,担忧国事。身在朝廷的他,虽说官微言轻,属"旁观者"角色,但对朝廷腐政痛心疾首,对朝廷辅臣申时行和科臣杨文举等人的胡作非为愤懑不已,正所谓"旁观者清",按捺不住内心的冲动,写就了《论辅臣科臣疏》,奏了一本,酣畅淋漓地把数年来积压心中的愤与忧和盘托出,揭露了辅臣、科臣的种种丑陋,抨击了朝廷的腐败,呼吁关注民生。此疏一出,皇帝大怒,把他贬到偏远恶劣的雷州半岛最南端徐闻县任典史。虽然被贬,但他的"疏"产生了重大影响,申时行被迫告老还乡,杨文举觉得无脸见人告假回乡,他也因为有这样一道秉持正义的"疏",后人将他作为名臣贤哲而载入了《明史》。

典史是排在县令、县丞、主簿后的"四老爷",负责地方治安。他来到徐闻县后,尽职做利民之事,没有大砍大杀,而是用自己学习感悟的人文思想教育人、感化人，维护治安，用今天眼光看，是治本之策。这里，必须交代一下他的人文思想核心，他通过学习泰州学派，唾弃当时盛行的"君君、臣臣、父父、子子"这些禁锢人们的束缚和"存天理，灭人欲"的以理杀人的思想，极力主张：一是"贵生"，即珍视生命，重视生命价值，认为人是最可贵的；二是尊情，即指人性、人情，认为生命应当有价值，尊重"人生而有情"，不应当压制，而应当尽可能满足；三是"持平理而论天下大事"，即对贫者、富者、贵者、贱者要一视同仁，反对权贵、豪强草菅人命；四是"天下之生皆当贵重"，即要以仁爱之心待人，反对"破坏世法"。显然，他的这种人文思想大大超越了那个时代，积极进步但难以实现。尽管如此，他还是一生坚持坚守这种人文思想，不论是在官场还是在文坛。在徐闻县，他大力宣传"贵生"之类思想，因为十分新鲜，深受百姓欢迎，爱听他宣讲的人越来越多，为方便大家，他决定建一个"贵生书院"广泛传播，岂料，书院还未完工，他就被调往浙江遂昌县任县令。幸运的是，这个书院人走院存，成为今人纪念他的瞻仰之地。

在遂昌，他一如既往地施行自己的"贵生利民"思想，打击地方猖獗的盗匪，维护百姓权益，社会治安好转。他关爱囚犯这个特殊群体，很少用酷刑，他任职五年，遂昌没有一个用刑而死的人。大年三十，他做出了一个十分大胆的决定，给囚犯放假三天回家团聚，三天后按时回监狱。虽然他忐忑不安，但结果很好，没有一个不回的，这种尝试，让他更加坚定了"贵生"能使人向善、治理国家应以"贵生"为本的信念。他打破常规，不论穷富贵贱，一律公平征收赋税，有一个叫项应祥的朝廷要官，掌管地方官员的升降去留，多年来没有哪个官员敢得罪去收他家和族人的税。汤显祖却没有畏惧，亲自给这位要员写了一封征赋书，晓以大义，这位要员虽然心中有怨气，却硬着头皮缴了，自然，一些观望的人也缴了。百姓已是水深火热，民不聊生，朝廷仍然大肆搜刮民财，又开设了矿税，他实在不忍心看遂昌百姓受敲骨吸髓之苦，又无力改变，一怒之下，他弃官回乡，觉得是一种解脱,结束了自己仕途生涯。倘若他没有进步的"贵生"政治理想,没有为实现理想奋斗的精神,他有可能会成为平庸圆滑的政客、不倒翁,如是,他为民请命的好名声就不会名垂青史,遂昌百姓就不会为他建造生祠感激他的功德。

既然不能兼济天下,那只有独善其身了。他回乡后,隐居林泉,读书写作,还建了一个叫"玉茗堂"的草堂,与友品茶、论文、交欢。他理想不灭,继续用笔这个武器思考,反映社会现实,创作文艺作品,唤起人们觉醒,坚决同"把忠孝节义当作至高无上荣誉、情欲是人间最肮脏字眼、君叫臣死臣不得不死"等不把人当人看的理学观点作斗争,认为这是吃人、杀人的谬论,极力主张泰州学派的"贵生"观点和崇尚人性思想,积极为情呐喊。在这样的背景下,他的第二部剧作《牡丹亭》(又名《还魂记》)于万历二十六年(1598)诞生了。这部不朽之作,主要讲述妙龄少女杜丽娘被父母严格管束,而感到痛苦窒息,"剪不断,理还乱,闷无端"。一次,她背着父母游花园,感受到了春天美丽、青春可贵,回来后,因感成梦,梦见自己遇见了手持柳枝的青年男子,双双坠入爱河,十分甜蜜,梦醒后自然是空欢喜。梦想与现实的反差,加上父母的责怪,让她觉得生活无意义,就寻死了。不承想,她死后,又遇见梦中白马王子柳梦梅,并与他结为夫妇,天上花神、判官被她感动了,让她死而复生,重续前缘。这个爱情故事,讴歌了真实的人性,抨击了理学毁灭人性和幸福的罪行。这部剧的最大特点是构思新颖,突破了以往文学作品描写才子佳人爱情故事的俗套,用大胆想象和真实细节相结合的方法,描写杜丽娘因情生梦、因梦而死、死而复生,把爱情写得惊天动地、感人肺腑。其文学性甚高,诗情画意,描写动人。时至今日,这部剧仍是京剧、昆剧的保留剧目,人们百看不厌,经久不衰。

创作《牡丹亭》后,他的思想日渐消沉,一直在入世和出世之间徘徊。先后写出了反映政治理想破灭的《南柯记》和对黑暗现实愤怒的《邯郸记》,后人将他的这两部作品与《紫钗记》《牡丹亭》合称为"临川四梦"。除此之外,他还有诗2250多首,文100多篇,赋30多篇,尺牍6卷。1616年,他与世长辞,结束了苦难而辉煌的一生。

汤显祖是不幸的,他才华高迈,生不逢时,在封建理学时代,用先觉先醒与之斗争,决心冲破"理"的束缚,建立"情"的世界,因而备受煎熬。他又是幸运的,他的不懈追求、奋斗,为后人留下了宝贵的文学遗产,也留下了探索人生真谛的光辉典范,他为民请命、为情呐喊的精神风范不朽,值得后人称赞。

为曹雪芹代言

说起中国古典四大名著之一《红楼梦》，家喻户晓，几乎人人都能津津乐道地或多或少谈个子丑寅卯来。这部举世公认的中国古典小说巅峰之作、具有世界影响力和广泛群众性的小说，描写了贾、史、王、薛四大家族的兴衰过程，贾宝玉与林黛玉和薛宝钗的爱情悲剧，一批栩栩如生的人物的喜乐悲欢，其艺术性、思想性、成就性空前。20世纪以来，中国学术界为研究《红楼梦》，还专门成立了"红学"，足见这部中国古典小说扛鼎之作的神奇魅力和巨大影响力。

可是，倘若提起《红楼梦》的作者曹雪芹，许多人可能不甚了解，或者是一知半解，有种"空山不见人，但闻人语响"的感觉。我曾亲耳听过一个文化水平不太高的人，在对《红楼梦》夸夸其谈时，居然说"曹雪芹这个女的真了不起"，显然，他了解《红楼梦》，却对作者曹雪芹不了解，因为一个"芹"字让他闹出"曹雪芹这个女的"的笑话。

曹雪芹（约1715—约1764），名霑，号雪芹，出身于六朝古都金陵江宁织造曹頫家。曹家人丁不旺，几辈单传，有曹雪芹这么个男孩，自然欢天喜地，天赐洪福。

曹家当时地位显赫，乃典型豪门，一是与他家是"正白旗"人有关，因为"正白旗"人为清王朝统治建立了不朽功勋，朝廷、皇帝特别青睐，高看一眼,二与他的曾祖母孙氏有关,他的曾祖母是玄烨康熙的保姆,康熙自小随孙氏生活于宫外,关系非同寻常,康熙帝六次南巡四次住曹家,还为孙氏赐写了"萱瑞堂"三个大字,意即母亲居住的地方,足见他的曾祖母在康熙帝心中的地位,所以,曹家与朝廷、皇帝关系密切,别人只能眼羡而无法企及。

康熙帝在位时,曹家呼风唤雨,权贵风光。他的曾祖父曹玺,是内务府郎中,兼首任江宁织造。内务府是清代独有的一个机构,负责管理皇帝的财产、饮食、器用、玩好、礼仪等,身处这样岗位,可谓"一人之下,万人之上";织造主要是供应宫廷织品的皇商,地位重要,肥缺一个,故朝廷对织造经常换人,比如苏州织造就四易其人,而曹玺却一直干到病死,可见皇恩之深。他的祖父曹寅,接过父辈的重任,深耕朝廷,使曹家达到了顶峰。先是入宫伴读并授御前侍卫,再出任内务府郎中兼苏州织造、江宁织造,后来因为其内兄李煦任了苏州织造,就卸下苏州织造一职,继续兼任江宁织造,还承担了康熙帝的秘密指令,成为其心腹要员,位高权重。康熙帝六次南巡,四次将曹家作为行宫住下,每次都由曹寅、李煦接驾,曹家达到了不可一世的顶峰。再后来,曹寅被擢升为通政使正三品衔,位列"九卿",还兼任两淮巡盐御史,可谓集诸多要职于一身,充分体现康熙的无比信任。在康熙帝的授意下,曹家与皇室有不少联姻,真是"亲上加亲、好上加好"。曹寅病故后,其独子曹颙接任江宁织造,可惜曹颙短命病故,康熙帝又指令曹寅胞弟曹宣的第四子曹頫过继给曹寅作为次子,这样既可延续香火,也可接任江宁织造世职,足见康熙帝对曹家的优隆恩遇。他的父亲曹頫就是这样承蒙世祖皇恩,走上江宁织造岗位的。曹家不仅政治上、经济上显赫,文学上也是很见功力:曹玺被人誉为"儒者宗";曹寅则工诗善画,广交文友,藏书万卷,还编刻了《全唐诗》;曹頫也被人誉为"好古嗜学"。曹雪芹就是出生在这样一个显赫而又风雅的家庭,这对他的影响无疑是巨大而强烈的。他曾说:"上赖天恩,下承祖德,锦衣纨绔之时,饫甘餍美之日,背父母教育之恩,负师兄规训之德。"这一番话语,充分反映了他在江宁那段难以忘怀的繁华生活。

"一朝天子一朝臣。"康熙帝对曹家的隆恩厚爱造就了曹家的风光,同时为曹家埋下了在朝廷皇宫斗争中备受打击的种子。雍正帝继位后,为营造自己的权力核心,以一些"莫须有"的罪名,将曹家的亲属踢出宫外,或发配或软禁,他的父亲曹𫖯更是以"亏空"罪名全家被抄,被定为"奸党"。曹家从巅峰跌入深谷,祖孙三代四人,相继担任江宁织造60多年的历史就此画上了句号,被迫离开江南,回到北京。曹雪芹也因此结束了纨绔子弟的生活,幼小心灵只留下了繁华旧梦。雍正六年(1728),曹雪芹一家住在北京汉族平民聚居之地的一个小四合院内。"旧时王谢堂前燕,飞入寻常百姓家。"此时的曹雪芹感受的是另一番生活景象,与穷困为伍,还惊魂未定、心有余悸,就这样熬过了几年。世事无常,雍正十三年(1735),雍正暴亡,曹家心底的阴霾终于被驱散,暗暗露出了喜悦。

待到乾隆帝继位后,为彰显浩荡皇恩,一改雍正的无情,采取了相对宽松的统治政策,大赦天下,曹家氏族因此受益,迎来了新的春天。曹雪芹的姑表兄福彭任协办总理事务大臣、"正白旗"的满洲都统;祖姑丈付鼐任兵部尚书、刑部尚书、内务府总管大臣,属军政大事的掌权人,位一品;父亲曹𫖯被重新起用,担任了内务府员外郎,曹雪芹因此又成了世家公子,过上了上流贵族生活。"天有不测风云",正当曹家蒸蒸日上时,宫廷皇室的政治斗争再起,风云突变,曹家又被牵连了进去,再次被抄家,而且比上一次更严重,亲戚们也受到了不同程度的打击,曹雪芹感受非常深刻。《红楼梦》中写到的宁国府被抄的场景,一定程度上就是现实再现。

落魄的曹家,让曹雪芹在北京城游荡。受祖父曹寅的耳濡目染,他喜欢上戏曲,经常出入戏院,有时自己粉墨登场,一任嬉笑怒骂,排遣自己的情绪。正是这段生活经历,为他创作《红楼梦》提供了大量素材,也开始了对社会、对家族、对人生的反思。磨难是最好的老师,体验是最好的基石。

乾隆九年(1744),曹雪芹被内务府派去宗学从事文墨工作,既让生活有保障,又能尽显自己才干。宗学是清王朝培养人才之地,是皇室子弟的学堂。在这里,他出类拔萃,其良好的口才、先进的思想、狂傲放达的性格以及诗词绘画、弹琴舞剑等才能令敦敏、敦诚等宗室青年佩服不已,但不受老师和当局的待见。乾隆十五六年(1750、1751),他愤然离开宗学,失去生活保障的他,落魄到几乎流浪的处境,于乾隆十九年(1754)迁居到西山的一个小山村定居。在西山,虽然日子过得穷困潦倒,但自然风光、静谧环境、自在生活,使他心情舒畅,忘记所有,专心写书,常常在黑夜中奋笔疾书,记下自己的过往、情绪和思考,记下痴男怨女的笑与泪,并将书稿整理命名为《石头记》,即《红楼梦》。他的朋友们看到书稿后,好评如潮,赞叹不已,他感到非常欣慰。

乾隆二十四年(1759),他应两江总督尹继善之邀去了南京。尹继善很仰慕他的祖父曹寅,很赏识曹家在江南的口碑,想学步曹寅,于是,寻找曹家后人,得悉曹雪芹后,就礼聘他来南京。而此时《石头记》刚完稿,曹雪芹想找个出资刊刻的人,又能借机重游童年故地,自然应允。他来到魂牵梦绕的南京,观赏了桨声灯影里的秦淮河,游玩了喧闹繁华的夫子庙,登临了郁郁葱葱的紫金山,远观了小时候住的织造府(已成为乾隆的行宫,进不去),正当他幸福地沉浸在"江南好,风景旧曾谙"的时候,不料,突发了《石头记》被皇上发现并视为"淫词小说"的事情。一时间十万火急,在尹继善的周旋下,他赶紧离开南京,回到小山村,趁热打铁,把自己南游的感受融入了作品中,修改升华了《石头记》。

乾隆二十八年(1763),曹雪芹祸不单行,由于他长期伏案写作,身体每况愈下,岌岌可危,春夏之交又流行瘟疫和痘疹,他心爱的独子不幸染病夭折,他伤心过度,从此病卧不起。在自号为"悼红轩"的破屋里,他回忆往事如烟,浮想联翩,等待生命耗尽,熬过除夕,永远闭上了眼睛,是他的朋友们为这位文学巨匠操办了后事,寄托哀思眷念。所谓"生于繁华,终于沦落"。

虽然曹雪芹死了,但《红楼梦》永远活在人们心中。这部惊世骇俗、永不落幕的文学巨著,是他在家庭教育的耳濡目染、家族的沉浮变故、人生的起起伏伏下构思的,是他用独特视角、进步思考、毕生心血、超然的叛逆精神、完美的文学形式叙述完成的,给我们留下了宝贵的文学财富。他在书中说:"满纸荒唐言,一把辛酸泪!都云作者痴,谁解其中味?"这番心迹坦露,让我们细细品味吧!

著名"红学"家周汝昌认为,曹雪芹的一生,坎坷困顿而又光辉灿烂,讨人喜欢而又遭世俗误解排挤,有老庄哲思,有屈原骚愤,有司马迁史才,有顾恺之画艺,有李商隐、杜牧风流才调……兼有贵贱、荣辱、兴衰、离合、悲欢的人生阅历,是中华文化的一个代表形象。评价何其精辟,值得人们咀嚼。

重读《三字经》

"人之初,性本善。性相近,习相远。"这是《三字经》里的开篇之句,国人几乎个个耳熟能详,脱口吟诵,也是国人教育子女的经典之语。我过去读《三字经》,是抱着应付心态读的,一目十行,囫囵吞枣,附庸风雅,觉得了解个大概足矣。最近,与人论及此经典,忽觉"缺课"内容颇多,有些汗颜,于是平心静气地重读,并用"知其然而知其所以然"的态度去读,咬文嚼字,苦思冥想,还及时记下了自己的心得,获益良多,收获了不少未知的东西,可谓开卷有益,读书万卷始通神,看来认真是个好东西。

《三字经》是中国传统文化启蒙读本,也是经典读物,与《百家姓》《千字文》这些启蒙读本并称为"三百千"。《三字经》是讲什么的?依我理解,大致可分为人应重视学习教育、具备良好伦理道德、应知应会有关社会及自然常识、品读儒家经典、了解中国古代历史以及古代学有所成的名人逸事等,深奥之理浅出,警言名句迭出,教育功效倍增,难怪国人都爱读《三字经》并以此施教。《三字经》三字一句,全文400多句,1000多字,朗朗上口,言简意赅,堪称集文化大成者。

在学习篇里,重点阐述了学习教育的重要。"苟不教,性乃迁"是讲学习可以改造人;"养不教,父之过"是讲家教的重要性;"教不严,师之惰"是讲学校教育要过硬;"幼不学,老何为"是讲"劝君惜取少年时",因为"少年易老学难成";得出的结论是"玉不琢,不成器。人不学,不知义"。中间还穿插了孟母三迁教子、窦燕山教五子声名远扬的教育故事,昭示人们接受学习教育何等重要,如"久旱逢甘霖"。

在道德篇里,重点阐述了懂礼守仪的道理。"亲师友,习礼仪"是讲人立于社会,要结交良师益友,多学习为人处世的礼节和道理;"首孝悌,次见闻"是讲人首先要孝顺、尊敬父母师长,然后去学看到和听到的知识,用今天的话说就是"先成人,后成才"。中间还穿插了黄香温席、孔融让梨的道德故事,告诫人们一定要知规守礼,与人为善,孝敬长辈,德字为先。

在常识篇里,重点阐述了社会和自然界的一些基本常识,知识点颇多,这些常识有的比较普及,有的则不然,要想完整说出来可能会"卡壳"。书中讲"三光者,日月星。三纲者,君臣义",春夏秋冬"四时",东南西北"四方",水火木金土"五行",这些可能人人皆知,毕竟是启蒙读本。但要是让你准确完整地说出"五常"、六谷六畜、"七情"、"八音"、"九族",可能未必张口就来,我就做不到。读了《三字经》,才能找到答案。所谓"五常",是指仁、义、礼、智、信,即仁爱、公正、礼貌、明智、守信,这是做人的基本准则,要达到必须刻苦修炼,至今教育意义不减;所谓"六谷",是指稻、粱、菽、麦、黍、稷,说通俗一点就是大米、高粱、豆子、麦子、黄米、小米,这是人类的重要食物,生存之本;所谓"六畜",是指马、牛、羊、鸡、犬、豕,豕即猪,我们常说"六畜兴旺",就是指这六畜;所谓"七情",是指喜、怒、哀、惧、爱、恶、欲,说直白点就是高兴、生气、悲伤、害怕、喜爱、讨厌、贪婪,人都有七情,但要学会把控,而且善于平衡;所谓"八音",是指匏、土、革、木、石、金、丝、竹,就是用匏瓠、黏土、皮革、木材、玉石、金属、丝弦、竹管制成的八种乐器,发出不同声音,我们常说"金石之音""丝竹乱耳"等皆源于此;所谓"九族",是指高祖、曾祖、祖辈、父辈、自身、子辈、孙辈、曾孙、玄孙,一个人的辈分关系复杂庞大,不细想还真说不清,古时暴君要株连九族,就是为"满门抄斩"。倘若不读《三字经》,这些常识你未必说得清、想得明。

在经典篇里,重点介绍了古代经典名作和历史名人,只有认真读,方能"知始终"。先介绍"四书":孔子的《论语》,《三字经》云"论语者,二十篇。群弟子,记善言",概括了《论语》的内容和容量;孟子的《孟子》,《三字经》云"孟子者,七篇止。讲道德,说仁义",概括了《孟子》的内容和容量;孔子之孙孔伋的《中庸》,"中不偏,庸不易",道出了《中庸》的核心是处事不偏不倚、平和不变;孔子弟子曾参的《大学》,"自修齐,至平治",是说人修身可以齐家治国平天下。后讲"六经":《诗经》《尚书》《周易》《礼记》《乐经》《春秋》。"六经"是儒家创始人孔子晚年整理编辑的,有讲礼仪修身的,有讲评判治国的,有讲事物本来规律的,有讲文学艺术的,故而《三字经》中说"号六经,当讲求"。这"四书""六经"历来备受国人推崇,但能钻进去研究的人可能就不多了。接着又讲"三传":公羊高的《公羊传》、左丘明的《左传》、穀梁赤的《穀梁传》。"三传"是史书,其中《左传》是公认的我国历史上第一部编年体史书。最后讲诸子,《三字经》云"经既明,方读子",意思说读懂了"四书""六经",方可去读诸子百家。在诸子百家中重点宣扬了古代思想家、哲学家荀子、扬子、文中子、老子和庄子这"五子"。末了,以"经子通,读诸史。考世系,知终始"作结,画龙点睛,发人深省。

在历史篇里,重点阐述了我国古代历史的发展演变,展现了脉络清晰、金戈铁马、风起云涌的历史画卷。《三字经》只用了300余字,却记载了"自羲农"到"清祚终"中华上下五千年的历史风云。《三字经》从"三皇"开始写起,把"三皇"定义为伏羲氏、神农氏、轩辕氏,这"三皇"堪称人类祖先,伏羲氏教会了人们打鱼狩猎,神农氏发现了草药和茶叶,轩辕氏发明创造了舟车、文字等。然后到了尧舜禹时代,尧是唐尧,他任人唯贤,把自己的"官位"通过广选的方式传给了德才兼备的舜。舜是虞舜,接棒前行,"称盛世"。禹是夏禹,建立了中国第一个朝代夏朝,开启了"夏传子,家天下"的时代,即自此实行了"世袭制",统治了400年。商汤灭了夏桀,建立了商朝,统治了600多年。周武王灭了纣,建立了周朝,创造了"八百载,最长久",成为中国历史上统治时间最长的一个朝代。"周辙东,王纲坠。逞干戈,尚游说",历史跨进了先春秋后战国时代。春秋时五霸称雄,即齐桓公、晋文公、秦穆公、宋襄公、楚庄王;战国时则七雄争锋,即齐、楚、燕、韩、赵、魏、秦七国。后来,秦灭六国,统一天下,建立了中国历史上第一个封建王朝秦朝,秦始皇为彰显他的功业,自封为皇帝,其名源自远古的"三皇""五帝"中各取一字,自此"皇帝"之名代代相传。可惜到秦二世胡亥就灭亡了,仅历15年。"楚汉争",汉高祖刘邦建立了汉朝,史称"西汉",他幸得"汉初三杰"张良、韩信、萧何的辅佐,使西汉的帝位传了200多年,后被外戚王莽篡位。刘秀为光复汉业,推翻了王莽的政权,建立了东汉,开创了"光武兴"盛世,使汉王朝维持了400多年,至汉献帝亡。魏、蜀、吴三国鼎立(魏由曹丕在洛阳称帝,蜀由刘备在成都称帝,吴由孙权在南京称帝),争夺天下,史称三国时代。蜀国当时最弱,但刘备能够三顾茅庐请诸葛亮,豪情仗义与关羽、张飞结兄弟,得到他们的辅佐,才有实力一决雌雄。最后魏灭了蜀、吴国,但好景不长,果实却被司马炎篡夺,历史又走进了"迄两晋"(西晋、东晋)时期。司马炎定都洛阳称帝为晋武帝,史称"西晋",后被北方的匈奴人追打,西晋皇室南渡江南,司马睿在建邺(南京)定都延续晋朝,称为"东晋",两晋共传十五帝,历155年。东晋政权衰退,被南朝(宋、齐、梁、陈四个朝代)取代,这四个朝代都城都建在金陵。"北元魏,分东西。宇文周,与高齐",是说到了北朝,比较混乱,由北方少数民族鲜卑族拓跋氏建立的北魏政权又被分成东魏、西魏两个政权,西魏由宇文觉建立北周取代,东魏由高洋建立北齐取代。隋朝开国皇帝隋文帝一举结束了自西晋以来近300年的分裂局面,统一天下,他知往鉴今,政治上首创"三省六部",加强中央集权,经济上实行"均田制",让百姓有饭吃,力推"科举制"选人,兴建著名的大运河,促进了社会经济发展。可惜隋炀帝非常残暴,很快就灭亡了,仅传两帝,历38年。唐朝是中国古代经济最强盛时期,非常注重巩固政权,发展经济,安抚社会,所以,政权持续了"二十传,三百载",即传20代皇帝,历300年。直到唐哀帝时,被朱温篡位,唐朝亡,梁朝建,由此开启了梁唐晋汉周"五代"时期,这个时期政权不断更迭,中国又进入分裂局面。直到后周的将领赵匡胤发兵起义,建立了宋朝才统一天下,史称北宋,宋朝共传18帝,历300多年。宋朝是中国古代文化最强盛时期,是唯一一个没有直接亡于内乱的王朝。很可惜,北宋时期北方的契丹人和女真人,分别建立了辽国、金国,其首领也自称皇帝,与北宋分庭抗礼,金国强大后灭辽国、打北宋,迫使宋王室南逃,建立了南宋,自此"南北混",战事纷飞。到了元朝,蒙古人成吉思汗一举灭金、灭南宋,建立了中国历史上首次由少数民族建立的王朝,元朝号称"大元",是中国古代疆土面积最大的时期,历90年。明太祖朱元璋起兵推翻了元朝,建立了明朝,定都金陵,他十分重视加强中央集权,如设立锦衣卫等,可政权还是被朱棣夺取,他将明都迁往大都(北京)。"迨崇祯,煤山逝",是说李闯王攻进北京后,明朝最后一位皇帝崇祯帝在北京煤山自杀身亡,明朝结束了。"至世祖,乃大同",是说到清顺治帝时,才完全统一了中原。清朝传十二帝,历近300年,直到辛亥革命爆发,中国最后一个封建王朝清朝也寿终正寝了。《三字经》对中国上下五千年历史就是作了这样一个大致勾勒,化繁为简,易学好记。不过,这分分合合、不断发展的历史长河中,有太多的经验和教训值得汲取和反思。

《三字经》末尾,还列举了勤读书、有作为的古代名人趣事。这些人年不分老少,位不分高低,学不计环境,皆读书有为,刻苦艰辛,流芳千载。如《三字经》云"昔仲尼,师项橐""赵中令,读鲁论""若梁灏,八十二"等,这些人都是好学习且有成就的大咖;还有"头悬梁,锥刺股""囊萤映雪"

"韦编三绝"等故事,感人肺腑,尽显刻苦学习精神。

《三字经》,虽只千余字,但内涵丰富,博大精深,教育意义尤深,值得一读,值得多读。《三字经》最后说得好:"人遗子,金满籯。我教子,唯一经。"尤为精辟,回味无穷,财富岂能敌过学识修养?

立"三心"读《菜根谭》

《菜根谭》是明代洪应明收集编著的一部论述修养、人生、处世的语录集,是一部囊括了中国几千年人生、处世智慧的经典文献,被国外誉为奇书。其文字简练隽永,思想哲理闪烁,句句皆是格言,给人启迪智慧,让人爱不释手。有人评价,读懂一部《菜根谭》,可以做到"风斜雨急处,立得脚定;花浓柳艳处,着得眼高;路危径险处,回得头早"。近日我读完后,认为所言极是。

如同鉴赏一件珍宝,要学会欣赏、懂得欣赏,反之,会被视为常物,甚至误为废物。《菜根谭》是个珍宝,应怎么读,怎样才能达到好的效果?在我看来须立"三心":读前要静心,读时要潜心,读后要明心。"三心"立,方能渐入佳境,肯定获益多多。

读前要静心。就是读前要心性安定、心无挂碍。《菜根谭》这本好书心浮气躁一定读不出味道,必须清空杂念,心静如水,心平如镜。关上书房门,泡一杯好茶,端坐在书桌前,任窗外云舒云卷,忘乎一切,"一心只读圣贤书",进入阅读状态,方能读出味道,悟出真谛,便是佳境。心烦时不要读,内心烦乱不堪,如一团乱麻,怎么能读下去? 心怒时不要读,怒发冲冠,火星四射,哪来读书心境? 心喜时不要读,喜形于色,忘乎所以,读也是浮光掠影;心忧时不要读,瞻前顾后,忧心忡忡,读也是白读。正所谓

"性定菜根香",安下心来,全神贯注,方能读出真谛。

读时要潜心。就是读时要认真,以钻研的态度、带着思考去读,奔着释疑解惑去,这样才会有所斩获。《菜根谭》乃古书,都是文言文,不逐字逐句钻研会读不懂,不花点气力会读不下去,又是语录体,字字珠玑,言简意深,哲理丰富,不潜心读,进不了"书中自有黄金屋"那个境界,所以,读此书必须要有"为伊消得人憔悴"的高度自觉。书中的"毋忧拂意、毋喜快心、毋恃久安、毋惮初难"16个字说得多好,警醒人们不要因为不如意的事情而担忧,不要因为暂时的顺心而沾沾自喜,不要因为长久的平安而有恃无恐,不要因为一时的困难而畏惧不前。生活是变化莫测的,条件是可以转化的,顺心与失意、幸福与痛苦、平安与动荡、困难与坦途都是互为条件、互为转化的。字字千金,哲理深刻。

人人都希望能提升自我,洁身自爱,为人得体,处世有章,受人尊敬,"不以物喜,不以己悲"。如此修为,在《菜根谭》中,都能够寻到答案,它就像一个高明的"师者",为你"传道授业解惑",明心境,领航向,倘若不潜心研读,不带着思考去读,而是走马观花,一目十行,万船齐发,在你眼前也是"过尽千帆皆不是",尝不到"开卷有益"的况味,不会心里起波澜、思想生共鸣。书中说:"耳中常闻逆耳之言,心中常有拂心之事,才是进德修行的砥石。若言言悦耳,事事快心,便把此生埋在鸩毒中矣。"这段名言说透了"忠言逆耳利于行"的道理,认为耳中常常听到不中听的忠言,心里常常想到一些不顺心的事情,这才是个人修炼品行的磨刀石。如果听到的全是令人高兴的话,遇到的全是得意扬扬的事情,就等于把自己的一生浸泡在毒酒里一样。令人反省深思,何去何从不言而喻。

对读过的书,人人都喜欢留点记忆,最好还能够"出口成章",谨防"书到用时方恨少"。《菜根谭》是最适合给人留痕迹的书,因为它是语录体,句子不长,却语意隽永、朗朗上口,认真潜心读了,一定会心领神会,烂熟于心。比如:"心无物欲,即是秋空霁海;坐有琴书,便成石室丹丘。"这是人生的一种境界,告诫人们要摈弃无穷无尽的物欲,有琴书做伴的生活便会美意延年。

《菜根谭》中都是这样给人智慧、给人启迪、明人心境、发人深思的格言,只有认真潜心读,才能获得"蓦然回首,那人却在,灯火阑珊处"的惊喜,感受到读书的好处和魅力。

读后要明心。就是读后自己要长出见识,悟出取舍,知晓万事皆可转化。活人读死书,会把书读活,因为是带着灵魂去读的,会观照现实,自律自我,融会贯通,活学活用。《菜根谭》一书给了我们许多生活启示、修炼法宝、人生警醒,智慧光芒无限,精神力量无穷,因此,读后一定要明白自己为人处世的准则,人生道路的航向,哪些需要修正,哪些应该坚持,哪些必须反对,取舍清楚,心里澄明,从而走好人生路,造就新自我。要笃信事物都是会发展变化的,现实中的东西不是一成不变的,一定条件下可以互相转化,不可能尽是风雨,雨后必有彩虹,这就是规律,这就是生活,关键看你怎么对待和把控。

读《菜根谭》,静心是前提,潜心是关键,明心是目的。真正做到用"三心"认真品鉴这本千古不朽的好书,一定会受用无穷。

再读《上下五千年》之见

亲戚对孙子很关心,送了一份特别礼物《上下五千年》,托我给他。这是压缩版的,一套四本,由线装书局出版。作为炎黄子孙,从小了解泱泱华夏历史,理所当然。可孙子才上二年级,哪里能看得懂,只好待他长大一些再读吧。我以为,书是最好的精神食粮、最好的礼物。

《上下五千年》这样的历史书,我家里有好几套,我都浏览过,但读得不深不透,时间一长,有些历史内容就忘了,说不清、道不明。这并不奇怪,记忆是有时间的,人脑毕竟不是电脑,而且历史是需要温故知新的,更何况历史往往有许多惊人相似之处,一不留神,就会弄错,甚至"张冠李戴",闹出笑话。

孙子看不了,我就捷足先登、先睹为快了。一来自己重读一下,如前所说,历史向来需要温故知新,在阅读中或许有新的收获;二来自己阅读在前,有空讲给孙子听听,让他了解一点皮毛,多一些学习兴趣,何乐不为?

你别说,这套《上下五千年》编得真好,以时间为序,选取重大事件、风云人物、辉煌成就、灿烂文化等内容,把五千年历史分解成一个个"故事",不深奥抽象,读起来妙趣横生、通俗易懂。题目也是画龙点睛、一目了然,有些"故事"末尾还添加了延伸解释,把人们最想知道的、最需要知道的、最应该知道的历史知识,一览无余地告诉读者。

再读这套《上下五千年》,我再次品味了从古老文明的第一声号子,到1911年武昌起义的第一声炮火这五千年的进程,既有繁荣辉煌,也有曲折艰难,波澜壮阔,悲喜交加,从历史朝代的兴衰中体悟到生存智慧,从叱咤风云的历史人物中感悟人生真谛,从博古通今中收获反思和启迪。

再读这套书,我又获得新见解,虽然多为浅识,但"知之为知之",就想一吐为快。

一是填补了我的一些知识空白点。中华文明有五千年历史,但从哪一年开始纪年,可能很多人与我一样,未必知道。读了这套书,我才知道,我国是从公元前841年开始有确切纪年的。西周的周厉王被人民赶下台,人民拥戴周公和召王共同主政,始称"共和行政",又称"共和元年",这一年是公元前841年,于是确切纪年开始了,这之后一年复一年,顺延至今,屈指算来,纪年的历史有近3000年了。

孔子历来是受人尊崇的大师,儒家学派的创始人,有弟子三千,其中贤者七十二,创立的儒家思想至今不衰、深入人心。但就是这样一位令国人无比尊崇的大师,居然对另一位大师的思想佩服得五体投地,他就是老子,孔子尊称他为"云中之龙",评价之高,出乎意料,"山外有山,人外有人"。当然,老子的道家思想堪为瑰宝,博大精深,"道可道,非常道",涵盖了哲学、政治、军事、管理、宗教、文学等多方面,对中国乃至世界都产生了巨大影响,从某种意义上说,儒家思想似乎没有道家思想宽泛、深邃。

隋朝"短命",只有38年历史,但在治理国家上一鸣惊人、"名垂千古"。隋文帝统一中国后,政治上初定了"三省六部",管理上将州、郡、县三级精简为州、县两级,科举上创立了科举选士制度,军事上夺回了北方地区、重启丝绸之路。这些举措成为后代历朝的"范本",也算是"开山鼻祖"了,消除了我过去对隋朝只有"残暴"历史认识的误区。

开卷有益,读史明智,可以让自己长知识、走出误区。

二是了解了宫廷斗争的残酷。宫廷里看似金碧辉煌、体面风光、风平浪静,其实斗争异常残酷,派系林立,朋党之争,烽烟四起,动不动就杀人、害人。秦朝好不容易统一了天下,可秦始皇死后,宫廷斗争就出现了,奸臣赵高想阴谋夺权,假传秦始皇遗嘱,杀了公子扶苏,立胡亥继位,这就是秦二世。秦二世继位不久,赵高迫不及待篡权,又害了李斯、杀了秦二世,之后天下大乱,爆发了陈胜吴广起义,又有项羽、刘邦联手攻秦,秦王朝就这样"烟消云散"般结束了。

唐玄宗时期,奸臣李林甫嫉妒并陷害丞相张九龄,迫使他辞官,横行霸道19年,再加上杨国忠、高力士的掺和,导致兴盛的大唐爆发了安史之乱,从此大唐由盛转衰,开始走下坡路,让人"哀其不幸"。

朱元璋60岁时,太子朱标死了,只有立朱允炆为皇太孙。朱元璋死后,皇太孙继位,而朱元璋的四子燕王朱棣不服,仗着自己深耕北方,实力不凡,想自立为帝,于是,一直攻打到了应天府(南京),逼死了朱允炆帝和皇后,自己称帝,年号永乐。做了亏心事的人心虚,朱棣担心继续定都南京"不顺",便迁都北京。为了权力,自家人也会互相残杀,历史上这样的例子不胜枚举。

可见,宫廷斗争向来是暗流涌动,血雨腥风,你死我活的,是看不见的硝烟,是杀人不见血的凶狠,兄弟残杀、奸臣加害贤臣等,多得去,想想都惧怕。

三是体悟了"得天下必须得良才"的道理。自古以来,帝王之所以能够得天下,是因为身边聚集了一批忠心耿耿而又文韬武略的贤臣,他们文能提笔安天下,武能上马定乾坤。我认为历史上最典型的可以算是"二刘"。刘邦因为慧眼识才,得"汉初三杰",即谋士张良、相国萧何、猛将韩信,终让项羽四面楚歌,乌江自刎,建立了汉王朝。做了汉高祖后,他感慨地说"安得猛士兮守四方"。是的,没有这些猛士,岂能运筹帷幄、决胜千里?岂能守住四方?又岂能建立汉王朝?

刘备在弱势和困境中,也得以三分天下,建立汉蜀,实在不简单,了不起,因为天时和地利,他一样也没有。他有的就是"明良千古",得到了良才。"桃园三结义"让他得到了关羽、张飞,他们亲如兄弟,且这二人功夫了得,横扫千里,对他忠贞不贰;"三顾茅庐"让他得到了谋士诸葛孔明,孔明的神机妙算的才能以及"鞠躬尽瘁,死而后已"的精神,常常让他逢凶化吉,劣势变为优势。正是靠这一批良才,他最终在蜀地站稳了脚,分得了天下,建立了蜀国。

纵观历史皆然,一个王朝的兴起和兴盛,无不是因为帝王身边聚集了一批良才。今天人才依然重要,所以才有"人才是第一资源"的宏论。

四是赞叹中华文化的灿烂辉煌。古老的中华大地,人杰地灵,文明古国,名不虚传,诞生了灿若繁星的思想家、文学家、科学家等,让你不得不赞叹中华文明的灿烂辉煌。先秦时期的老子、孔子、孙子,他们的精深思想犹如横空出世,令人叹为观止,至今成为人们践行的圭臬;《诗经》和屈原的《天问》《九章》《离骚》,成为千古绝唱……几千年前,华夏大地就有如此精彩华章,了不得。司马迁在遭受宫刑迫害的情况下,居然能写下50多万字的《史记》,记录了从黄帝到汉武帝时期的史料,不可思议,令人佩服;而司马光则耗时19年,写下了史著《资治通鉴》,记载了1360年的中国历史,为后人研究中国古代历史提供了翔实史料。要感谢两位司马大人,若没有他们,古老中华历史,后人将苦苦探寻甚至无法书写。唐代是一个诗歌盛行的时代,出现了不计其数的大诗人,如李白、杜甫、白居易等,留下了难以计数、脍炙人口的精彩诗篇。唐朝诞生的诗歌,至今被人们学习、传承。宋代是一个重视文化的朝代,出现了一批文化巨匠,文学家有欧阳修、苏轼、范仲淹、王安石、陆游、李清照、辛弃疾等,科学家有沈括、毕昇、苏颂等。元代出现了关汉卿、马致远、白朴、郑光祖"元曲四大家",他们的作品让人耳目一新,为人称道。到了明代,文学发展繁荣,诞生了《西游记》《三国演义》《水浒传》《金瓶梅》及"三言二拍",成为古代小说经典，还诞生了思想家王阳明、黄宗羲、王夫之及医学家李时珍、地理学家徐霞客等。清代文学更是可圈可点，诞生了文学巨著《红楼梦》及《聊斋志异》《桃花扇》，特别是《红楼梦》，相关研究如今俨然发展为"红学"；耗时10年编写的《四库全书》，收集图书3000多种，是研究古代文化的遗产；历时6年编写的《康熙字典》，共收集汉字47035个，至今仍然被人们使用。

国 学

趣说成语和俗语

　　成语和俗语是汉语的精华,言简意赅,朗朗上口,用得好能点石成金、让人回味无穷。但有些成语和俗语不能望文生义,不能一知半解,否则会闹出笑话,挑几个人们容易出现误区的说说,谨防以讹传讹。

　　"信口雌黄"的意思是不顾事实、没有根据地随便乱说。细究一下,"信口"好理解,就是随口说话,比如"信口开河",但其中的"雌黄"究竟指何物呢?或许有人认为是什么动物,其实不然,"雌黄"就是鸡冠石,是一种黄色矿物。古时,人们写字用的是黄纸,字如写错了,就用这种矿物涂一涂,这样可以重写,相当于现在的涂改液。"信口"与"雌黄"怎么联系到一起的呢?这里有个故事,传说东晋时有一个名叫王衍的清谈家,喜欢与人谈论、争论,可自己没有多少学问,常常出错,当别人指出他的错时,他不但不虚心接受,还不假思索地随口更改,久而久之,人们就说他是"信口雌黄",如此这般,一个成语诞生了,流传至今。

　　"含沙射影"的意思是用卑劣手段暗中进行造谣污蔑、打击陷害他人。这个成语或许人人会说,但"射影"是什么呢?可能许多人不知道。传说在古代,水里生活着一种名叫短狐又叫射影的害人虫,非常灵敏,看到人的影子就会含沙子喷射,被喷着的人就会生病。鲍照有诗"含沙射流影,吹蛊病行晖",就道出了射影伤人的厉害。所以,"射影"是一种害人

345

虫,字面意义上说,这个成语就是"射影含沙害人"。

"露出马脚"的意思是暴露了隐藏的事实真相。可"马脚"是指马的脚还是人的脚呢?很多人举棋不定。要想知道答案,必须了解一个故事。中国古代妇女都有缠小脚的习俗,可明皇帝朱元璋夫人马秀英,在当皇后前,因为家境贫困,从小就下地干活,没有缠足,生就一双大脚,当上皇后以后,虽然尽享荣华富贵,但一双大脚无可奈何,所以,每每有活动时,她总是想方设法用裙子盖住大脚,以免尴尬。一次,她乘轿游玩,忽然一阵大风将轿帘掀起一角,马氏搁在踏板上的大脚暴露无遗,被很多人看得一清二楚,于是,马皇后有一双大脚的事在民间迅速传开,轰动了京城,"露马脚"一词广为流传。所以,"马脚"当然是人的脚,即马皇后的脚。不了解此故事的人,一定会误认为是马的脚。

"退避三舍"的意思是不与人相争或主动让步。可"舍"是什么意思呢?要想弄清原委,必须了解一个典故。春秋时期,晋献公要捉拿重耳,重耳逃出晋国,来到了楚国,楚成王热情款待他,并问他:"如果有一天你回晋国当上国君,该怎么报答我呢?"重耳略一思索说:"美女、珍宝等大王有的是,要是托您的福,我果真当政,愿与贵国交好。假如有一天,晋楚两国不幸交战,我一定命令军队先退避三舍(一舍等于三十里地),再交战。"几年后,这段对话成为现实,重耳真的回国当上了国君,即著名的晋文公,晋楚两国还真的起了争端而交战,晋文公为了兑现当年承诺,下令军队后退九十里地,楚军以为晋军后退是害怕,乘势追击,晋军利用楚军轻敌骄傲的弱点,集中兵力,大破楚军,取得了胜利。自此,"退避三舍"传为美谈,可见,这里的"舍"不是房屋、舍弃的意思,而是指三十里地,"三舍"就是九十里。

"有眼不识泰山"是指人的见闻狭窄,认不出比自己地位高或本领大的人。那么,"泰山"是山东的那个泰山吗?答案显然是否定的。这里的"泰山"是一个人名,类似"名落孙山"中的"孙山"。那么,"泰山"是谁呢？他曾经是木匠祖师爷鲁班的徒弟,鲁班因为看他手艺没有什么长进,就不愿再收他为徒,将他逐出师门。几年后,鲁班偶然在街上看到许多做工精良的家具,觉得这个师傅了不起,就向别人打听是谁,别人告诉他,他叫泰山,就是被鲁班赶出来的那个徒弟。鲁班听后羞愧难当,不无感慨地说:"我真是有眼不识泰山啊!"看来,人一旦把压力变为动力,便会释放无穷能量,创造意想不到的成就。

……

成语和俗语灿若繁星,类似情况不胜枚举。学习传承优秀传统文化一定要心存敬畏,精益求精,追根溯源,做到理解准确,运用恰当,传承有道,让祖国优秀灿烂的语言文化熠熠生辉。

心迹留痕

"流光溢彩"的唐诗宋词

唐诗宋词是中国文学史上的辉煌之作,对中国文学史的巨大贡献,乃至对世界文学的影响都功不可没。如果没有唐诗宋词,中国文学史肯定会黯然失色不少。直到今天,唐诗宋词的名家名篇依然十分火爆,备受人们青睐,常常刻在人们脑海里,写在学生书本里,笑谈在民间话语里,足见其生命力、影响力之强盛。

人人都知道唐诗宋词无与伦比,文学价值极高,但它究竟是怎样"流光溢彩"、里面有哪些秘密呢?可能很多人与我一样,说不出多少。最近,我有幸拜读了《光明日报》中的一篇关于唐诗宋词的文章,揭开了唐诗宋词之秘密,获益匪浅。

中国的诗歌始于《诗经》,经过魏晋等时期的锻造,到了唐代,已经是鼎盛时期,唐诗成为中国诗歌史上的一座高峰,至今无法被逾越,人们仍然在学习、研究它。

为什么这么说呢?首先从数量上看,唐诗总量5万多首,诗人3000余位,这个数量是前所未有的,自然是一座高峰。从质量上看,唐诗已经非常成熟,遣词造句十分唯美,韵律工整十分讲究,主题思想十分鲜明,意境或悲壮雄浑,或天真烂漫,或风光无限,或充满哲理,绝句、律诗、长诗等并驾齐驱、珠联璧合。从流派上看,有以杜甫为代表的现实主义流派,有以李白为代表的浪漫主义流派,有以王维为代表的田园流派,有以王昌龄为代表的边塞流派,流派纷呈,百花齐放,一派繁荣。从诗人上看,名家辈出,灿若繁星,有以王勃为代表的"初唐四杰",有写下"前不见古人,后不见来者"的陈子昂,有写下唐诗第一名篇《黄鹤楼》、令李白顶礼膜拜的崔颢,有田园诗人孟浩然、王维,有边塞诗人王昌龄、岑参,有主张古文运动、提倡"文从字顺"的韩愈,更有唐代最著名的"诗仙"李白、"诗圣"杜甫,以及诗歌作品量雄居唐代诗人首位(达3000多首)的白居易这三位大名鼎鼎的诗坛泰斗,还有高适、贾岛、杜牧、李商隐、刘禹锡等,数不胜数,他们个个都是"英雄好汉",留下了许多脍炙人口的千古绝唱,令人叹为观止。从峰值上看,顶峰出现在盛唐时期,仅盛唐就有诗作近8000首,诗人500多位,在整个唐诗和唐代诗人中占比很大。而且,在后世人们评论的唐代名篇名家中,盛唐时期的占比也是名列榜首,百首名篇中占59首,超过一半;唐代十大诗人中,盛唐的有6位,如杜甫、李白、王维、王昌龄、岑参等,这也充分说明了好时代能够诞生好诗人、好作品。如此看来,试问哪个时代的诗歌能超越唐代?

在《光明日报》的这篇文章中,还提到唐代诗人中影响力最大的居然是杜甫,而非李白,人们习惯称"李杜",李在前,其实不然,而是杜优于李。而诗歌数量居第一的白居易,影响力排名居然在前十名之外,有点出乎意料,说明并非数量多就是决定性因素,需要更多精品来说话。"仁者见仁",这也是我首次得到的信息。

宋代是一个"重文轻武"的时代,开国皇帝宋太祖就有"杯酒释兵权"的故事,宋代第八位皇帝宋徽宗赵佶非常爱好书画,独创了"瘦金体",就是很好的例子。在宋代,文化更加繁荣发展,宋诗与宋词就是代表。

宋诗延续了唐诗的发展,是宋代文学成就的一个重要方面。据统计,宋代诗作25万余首,诗人9000多位,无论是诗作还是诗家,都远远超过唐代。但如前所说,多不一定就是代表好,再说唐诗在前,人们谈论诗歌,还是习惯说唐诗。宋代诗人中，就其作品数量上看排第一的是陆游，有9000多首，也是历代诗人中创作数量最多的，其次是刘克庄、杨万里；就其影响力来看，排第一的是苏轼，其次是陆游；就其峰值来看，顶峰出现在宋元祐时期，苏轼、王安石、黄庭坚等就是这个时期的代表。宋诗对中国诗歌史的贡献不可小觑，许多名家名篇至今被人们津津乐道。

相比之下，宋代最大的文学成就还是宋词，这是一种全新的、成熟的文学体裁，流派众多，风格多样，名家辈出。毫无疑问，宋词是中国词史上的一座高峰。

宋代词人近1500位，词作21000余阕，数量也是惊人的，非常了不起，因为宋代还有那么多诗人和诗歌，在这样的背景下，能诞生这么多的词，令人惊叹，足以说明宋代文化繁荣发达。宋词的鼎盛时期和高光时刻也是在元祐时期，此时，有词人近200位，词作4000阕，在百首宋词名篇中，元祐时期的占了27阕。宋代杰出词人很多，有苏轼、辛弃疾、周邦彦、李清照、柳永、秦观等，举不胜举。宋词名篇至今人们耳熟能详，第一名篇是苏轼的《赤壁怀古》，其次是岳飞的《满江红》和陆游的《卜算子·咏梅》。在宋代词人中，无论作品数量还是影响力，排名第一的都是辛弃疾，其次是苏轼，虽然人们习惯称"苏辛"，但同"李杜"一样，辛词是优于苏词的。

《光明日报》的这篇文章，还重点介绍了词人周邦彦，说他曾经是宋词中最受追捧的词人，在一百首和三百首宋词名篇中，他分别占了15篇和40篇，远高于"苏辛"。并引用了王国维"词中老杜，非先生（周邦彦）不可"之言来证明。只是到了现当代，随着人们文学价值观的变化，周的影响力直线下降，人们更加追捧"苏辛"，这一点，让我对周邦彦有了新的认识。

唐诗宋词在唐代和宋代是"流光溢彩"的，有说不完的"光"，道不尽的"彩"，经典永流传。

写给春天的古诗绝句

春天来了,万物复苏,一切欣欣向荣,让人感受到浓浓的春天的气息和快乐。扑面而来的春意,令人脑海里情不自禁生出《画》里的那种画面:"远看山有色,近听水无声。春去花还在,人来鸟不惊。"有山有水,有花有鸟,这种画面多美啊,此景此情,令人心神荡漾,生出吟诗歌春的冲动。

写给春天的古诗无数,赞美春天的古诗很多,于是,我信手从书里找到了几首写给春天的古诗绝句,了却自己吟诗歌春的心愿,表达自己爱春惜春的那份喜悦。

唐代著名山水诗人孟浩然的绝句《春晓》名垂千古,就连小孩儿都会吟诵,它将春天的美景和感受写得栩栩如生,诗情画意。"春眠不觉晓,处处闻啼鸟。夜来风雨声,花落知多少。"是啊,春天气候宜人,必然会春夜酣睡,待到一觉醒来,到处是美妙动听的鸟儿欢鸣,春雨春风把盛开的鲜花吹得到处都是。你想,鸟在耳边鸣,花从眼前落,天人合一,情景交融,多美啊。

唐代另一位山水诗人王维的绝句《鸟鸣涧》,也几乎家喻户晓,将春夜的景色写得动静结合、惟妙惟肖。诗云:"人闲桂花落,夜静春山空。月出惊山鸟,时鸣春涧中。"静夜空荡的山谷中,四处无人,只有桂花悄然落下,此刻,一轮皎月爬上了树枝,惊动了小鸟,它们不时地在山涧中鸣叫。春夜的山涧,桂花浮动、明月洒银、鸟儿畅鸣,构成了一幅春夜山水画图,令人沉醉其中。诗中的"闲""空"显得静谧,而"惊""鸣"又"动如脱兔",传神得很。

众所周知,唐代"诗圣"杜甫是伟大的现实主义诗人,但他有一首描写春天的《绝句》显得十分浪漫,诗云:"迟日江山丽,春风花草香。泥融飞燕子,沙暖睡鸳鸯。"既充分表达了作者对春天的缱绻,又活灵活现地写出了春天可爱的小动物喜欢的归宿。"迟日"是希望春天的白天能够变得更长,谁不对"江山丽""花草香"眷念,想慢慢看、尽情闻,无限享受?燕子、鸳鸯等可爱的小鸟,累了就栖息在湿润的泥土筑起的窝里和暖和的沙子中,好可爱。作者思绪浪漫,观察细致,出神入化,其中的"泥融""沙暖"将燕子和鸳鸯的情态写得特别好。

贺知章的绝句《咏柳》,把柳树描写得非常生动形象,用了比喻、拟人等修辞手法,赋予春柳超乎想象的美,恐怕再也找不到如此美妙的咏柳诗了。"碧玉妆成一树高,万条垂下绿丝绦。不知细叶谁裁出,二月春风似剪刀。"柳绿得像碧玉,柳枝柔软飘逸得像丝带,这细细柳叶是谁的巧手裁出来的呢?原来是二月里的春风。这春风就像一把剪刀,作者写得十分贴切、生动、形象。特别是后两句,写得太妙了,谁能想到这样的句子?

韦应物的绝句《滁州西涧》,写出了河边的茂草、鸟鸣、急雨、小舟构成的春景。诗云:"独怜幽草涧边生,上有黄鹂深树鸣。春潮带雨晚来急,野渡无人舟自横。"诗中描绘了这样一幅画面:河边的幽草令人喜爱,旁边山上的树上黄鹂在欢叫,春雨让河水流得很急,荒野的渡口有一艘无人的小舟在漂浮荡漾。这是一个特定的春景,山水浑然一体,其中的"独怜幽草""晚来急""舟自横"最出神采。

白居易的绝句《大林寺桃花》,非常应景,因为桃花是春天的主角和象征,也是人人喜爱的花种,多少妙龄女郎会在桃花盛开的地方留下倩影,可谓美美与共。诗云:"人间四月芳菲尽,山寺桃花始盛开。长恨春归无觅处,不知转入此中来。"到了四月,春近尾声,百花谢幕,可古寺里的桃花却刚刚盛开,我们常常惋惜春天走得太快,悄无声息地离去了,却没有想到它转到这山寺中来了。作者爱春惜春之情溢于言表,一个"恨"字将情感表达得淋漓尽致;构思奇特,虽然"芳菲尽"了,但原来"转入此中来",给人一种"柳暗花明又一村"的惊喜。

　　以上这些名篇绝句,皆是咏春好诗,皆出自大名鼎鼎的诗人笔下,写出了对春天的喜爱和赞美,描绘了春天生机盎然的美景,带给人无限遐想和美意,仿佛令人身临其境,流连忘返。春天,万物复苏,百花盛开,如同妩媚少女,真好!

趣品两首谜语绝句

　　绝句堪为中国诗歌精华,寥寥几笔,稀稀四行,就将田园风光、朋友之情、事物之貌、社会哲理等,表达得酣畅淋漓、传神尽致,真正是惜墨如金、言简义丰、流芳百世,令人赞不绝口、叹为观止。

　　为此,绝句深受人们喜欢。因为内容耐品,极富感染力,加之朗朗上口,几乎人人张口就能吟上几首。在文人笔下,虽然洋洋洒洒万字,但往往也不忘引用一些绝句,为大作画龙点睛、妙笔生花。

　　最近,在读众多人们耳熟能详的绝句时,发现有两首绝句很特别,很有意思,可能人人皆知。这两首绝句,虽只字未提要写的事物,但细细读来,所写事物都隐含其中,破茧而出,有点像猜谜语,谜面传神饱满,谜底呼之欲出,稍作思考,便大腿一拍,惊呼答案原来如此,挺有趣的。所以,有学者将这两首绝句称为谜语绝句,我认为极是,甚为传神。

　　"远看山有色,近听水无声。春去花还在,人来鸟不惊。"这首绝句的意思是:远远看去,山色青碧,走近一些,却听不见流水的声音。春天虽已过去,但花儿还在盛开,人走过来,鸟儿也不会被惊动飞走。

　　此绝句可能大多数人都知道,也明白它是一首写景诗,可会心生疑惑,这写的到底是哪里的景?是什么季节的景?怎么会出现这样的情景?如果你不看诗题,你会觉得这首绝句的内容让人不解,似乎违背常理,就像谜语一般。为什么会流水无声？为什么春去花在？为什么人来而飞鸟不惊？当你看了诗题《画》后，才会茅塞顿开，谜底终被揭开，原来这是诗人写自己观画时的感受，描写的是一幅画的景色，画中有山有水、有花有鸟，因为是画，它永远是静态的，不会随季节流转而变化，完全不同于自然界的景物。诗人以"远""近""去""来"，巧妙点明自己观画时的方位与时间变化，诗中一个"画"字没有，却写出了画之美，你说妙不妙？像不像个谜语？

至于这首绝句的作者，目前没有明确定论。有的版本认为是唐代山水诗人王维写的，持这种观点的占比大一些；有的版本则认为作者难以考证，就以"佚名"署名。

再有一首绝句是："解落三秋叶，能开二月花。过江千尺浪，入竹万竿斜。"其大意是：它可以吹落秋天的树叶，能使春天的花儿盛开，经过江面能掀起千尺巨浪，进入竹林能使万竿翠竹倾斜。

倘若不看诗题《风》，相信大多数人都能猜出这首绝句写的是什么，因为谜面写得太传神不过了，谜底自然好猜，答案便是"风"。

读罢，你不得不佩服诗人下笔高超非凡，全诗中没有一字提到"风"，但无处不是在写风。虽然风的形态看不见、摸不着，常人难以写好，但诗人妙笔生花地写出了风在不同季节的作用与威力，十分形象，格物致知，不是吗？秋风能够吹落枝头黄叶，春风能够唤醒百花盛开，江风能够掀起巨浪，山风能够摇震万竿翠竹。所有这些，把风的形态、作用与威力写得栩栩如生，惟妙惟肖，真正是一首传世的好诗，颇得"曾经沧海难为水"的况味。我真顶礼膜拜！

这首诗的作者是唐代诗人李峤，他曾官至宰相，这是他最为经典的一首诗，令人叫好！

谜语诗是很有趣的一类诗歌，多以诗作为谜面，谜底往往体现在诗题上，以人、物或字居多，有另外一番味道，这两首绝句就是典型代表，大家以为然否？

浅析贾岛的三首五言绝句

最近读唐诗,读到了贾岛的三首五言绝句,觉得他的诗不像李白那样豪情万丈,不像杜甫那样写尽现实,也不像山水诗人那样歌颂无限风光,而大多是写自己日常生活中的一些趣事,语言看似平白其实细思考究,意境看似平淡其实咀嚼幽远,思想看似平实其实充满哲理。正因为他作诗考究,注重遣词造句,被后人称为"苦吟诗人",还诞生了"推敲"一词的典故。

贾岛(779—843),范阳(今河北)人,唐代著名诗人。一生穷困,屡"举"不中,苦吟作诗,长于五律,与孟郊齐名,后人以"郊寒岛瘦"喻他们的诗风。至晚唐时,他的诗受到推崇,影响甚大。史料记载,《全唐诗》中晚唐诗人怀念追忆贾岛的诗达38首,大大超过了追忆李白、杜甫等大诗人的,足见其受到的推崇程度。

这三首五言绝句,可能众人皆知,人人会吟,但其中的意味情趣、格调风格,我想试着分析一下,表达个人愚见而已。

其一《寻隐者不遇》:"松下问童子,言师采药去。只在此山中,云深不知处。"就题目来说,意为拜访世外隐士未见到。诗大意为:我在苍松下问童子,你的师父去哪儿了?童子回,师父上山采药去了,还说就在这座大山中,但山高云雾缭绕,不知道他具体在什么地方。诗以问答的方式,把"我"的心情写得一波三折,本来"我"满怀兴奋的心情拜访隐居高士,可童子告诉"我"师父采药去了,心情由希望变得有所失望,接着童子又说,师父没有走远,就在这座山中,所以失望中又萌生一线希望,最后一句"云深不知处"又让人感到希望渺茫,让"我"无可奈何。全诗充满哲理,要想拜访师父,得知真谛,就必须下功夫去找,希望就在眼前,看你有没有决心和信心。诗风朴实无华,语言通俗清新,是一篇难得的言简义丰之作。

其二《题诗后》:"两句三年得,一吟双泪流。知音如不赏,归卧故山秋。"该诗是诗人题在《送无可上人》这首诗后的,无可本姓贾,乃贾岛的从弟。大家知道,题诗诗一般难作,对于贾岛这样的苦吟诗人来说就更不会马虎懈怠了,这首诗写出了他自己作题诗是多么专注用心,多么希望得到他人赏识。所以,前两句诗表明自己写得如此艰难用心,"两句三年得",自然是夸张,但说明他已经酝酿了许久,情感充盈,以至自己读起来都要热泪双流,这样的诗,如果知音都不赏识,"我"只好就此搁笔,再不写诗了,干脆回到以前的山中,在秋风中安然入睡罢了。这首诗诗风依然朴实无华,通俗易懂,对文字可谓精益求精,短短二十字,用了"两""三""一""双"四个量词,谁能比之?最后一句诗堪称字字珠玑、意境幽远。

其三《剑客》:"十年磨一剑,霜刃未曾试。今日把示君,谁有不平事?"诗人以剑客的口吻,托物言志,抒发自己的政治抱负。剑客其实就是指自己,剑其实就是指自己的才能。诗人花了十年工夫磨剑,这是怎样的一把剑?达到了"板凳要坐十年冷"的境界,如今剑刃寒光闪闪,锋利无比,可惜就是"未曾试",没有谁给机会和平台让自己施展才能。倘若今天能够遇见知人善任的贤君,"我"一定把剑拿出来试一试,看看多厉害,请告诉"我"谁有不平事要伸张?诗人急欲施展抱负,干一番事业的壮志豪情,跃然纸上,一吐为快。诗风如白描一般,内涵却很高深。艺术构思奇妙,将自己的思想抱负含而不露地寓于"剑客"和"剑"中,融思想性与艺术性于一体,语言平易,诗思明快,属难得之作。

劳苦大众的愤懑和呐喊
——五首绝句诗浅析

诗歌是中华文化的国粹,光彩夺目的瑰宝,唐宋时期尤甚,举世赞叹不已,国人爱不释手。我最近读了一些唐宋诗歌,巧合的是,在断断续续的阅读中,被五首内容相近、诗风相似的绝句所感染、所折服。蓦然间,有话想说,一吐为快。

先说说三首唐诗绝句。李绅的《悯农》诗共有两首,其中一首云:"春种一粒粟,秋收万颗子。四海无闲田,农夫犹饿死。"单从题目看,就是对劳苦大众的怜悯,悯者,哀怜也。诗大意是:春天种的粮食,到了秋天喜获丰收;能够种粮食的地方都种了,已没有什么闲田,尽管如此,老百姓还是食不饱,饥饿哀野。诗中既表达了诗人对劳苦大众的同情,又表达了对残酷剥削制度的愤懑。曹邺的《官仓鼠》云:"官仓老鼠大如斗,见人开仓亦不走。健儿无粮百姓饥,谁遣朝朝入君口。"这首诗用老鼠作比喻,讽刺了贪官污吏残酷剥削老百姓养肥自己的丑恶行径。"大如斗"形象地展现了剥削者的贪得无厌,"也不走"生动地说明了剥削者的胆大妄为,十分传神。正因为如此,士兵无粮,百姓挨饿,最后发出疑问,是谁让这些粮食入了虎口?痛斥了剥削者的贪婪,抨击了剥削社会的可恨。聂夷中的《田家》云:"父耕原上田,子劚山下荒。六月禾未秀,官家已修仓。"这位唐末诗人首先给我们呈现了一幅父子在原上耕田、山下开荒不辞辛劳的劳动场景,接着笔锋一转,在庄稼还未完全成熟时,剥削者已蠢蠢欲动,张开血盆大口,想坐享其成。多么鲜明的对比,矛头直指那封建社会制度的不公平。

再看看两首宋诗绝句。张俞的《蚕妇》云:"昨日入城市,归来泪满巾。遍身罗绮者,不是养蚕人。"诗人借一位蚕妇如泣如诉的哭诉,猛烈抨击了剥削者不劳而获的罪行。诗大意是说一位蚕妇从城里回来后,十分伤心,痛哭不已,一个"满"字形容其泪之多、其痛之深。为什么会这样呢?原因是养蚕人穿的是"巾"(粗布衣服),而那些不养蚕的人浑身上下却都是绫罗绸缎,"遍"字颇为精妙,从而把不合理、不平等的社会暴露无遗,把劳苦大众的愤懑和呐喊展现得淋漓尽致。安徽宣州诗人梅尧臣的《陶者》云:"陶尽门前土,屋上无片瓦。十指不沾泥,鳞鳞居大厦。"诗大意是:挖尽门前的泥土来做瓦,可是自己屋顶上没有一片瓦;而那些"十指不沾泥"的不劳而获者,为何还能住上那如鱼鳞般瓦片的漂亮大厦呢?"无片瓦"与"鳞鳞"对比强烈。这首诗表现的主题与《蚕妇》如出一辙,不再赘述。

文以载道,诗以言志。这五首唐宋绝句,从内容上看,主题高度契合,表现的都是劳苦大众的勤劳艰辛、愤懑呐喊,甚至有些许无奈;声讨的是封建社会制度的腐朽不公、欺压百姓;控诉的是不劳而获的剥削者贪得无厌、坐享其成的丑恶嘴脸。从诗风上看,皆为绝句,字数不多却言简意丰;风格质朴,语言虽平实,却十分形象传神;爱憎分明,对比强烈,艺术上具有异曲同工之妙。

社會

生命的礼赞

生命对每个人来说都是十分宝贵的,只有一次,不会再来。珍爱生命是普遍的人性选择。

山东某医院的冯医生是一名外科医生,也是一名志愿者,从医已10余年,对生命的理解比常人更加深刻、更有高度,懂得如何与死神赛跑和较量。

"救死扶伤"和"医者仁心",是医生的座右铭。冯医生不仅在自己的具体工作中笃行不怠,而且在他人生命危急关头,挺身而出,用自己的铁血丹心,"兑现"医生的座右铭,勇敢地捐献出自己的造血干细胞,成功挽救了他人生命,使生命之花再次绽放。

让人感动的是,冯医生捐献造血干细胞的时间定格在岁末年初,他的新年是在医院捐献中度过的。"赠人玫瑰,手留余香",他的善举,成为送给自己的一份特别而珍贵的新年礼物。

最让人敬佩的是,为了挽救他人的生命,他居然两天两次完成了捐献,第一次捐献刚完成,才回到距离医院数百公里的家中,第二天一大早又风尘仆仆赶去医院捐献,间隔时间那么短,又是如此长途跋涉,我们不得不对他的行为肃然起敬,报以鲜花和掌声。倘若他没有"医者仁心"的高尚品质以及对生命的敬畏礼赞,恐怕是难以做到的。

这条重磅消息,我是从《中国红十字报》1月19日四版刊登的《山东志愿者两天两次捐献造血干细胞救人:为生命,再出发》中获悉的,读罢,我作为一名老红十字人,不由得感慨万千,有话想说。

首先,对冯医生大爱无疆的捐献,深表感谢,致敬鞠躬。他用他的热血,成功救人于危难之中,不顾自身安危,不辞辛苦,只为救人,功德无量,了不起,的确是一个"山东好汉"。

其次,对冯医生善待和珍爱生命,深表钦佩,致以礼赞。他用他两天两次捐献、驱驰数百公里的实际行动,让人们清清楚楚地看到了他骨子里的"救死扶伤"的品格,极好诠释了"人道、博爱、奉献"的红十字精神,他人的生命得救了,他自己的生命则显得更有价值和厚度,绽放出了让生命延续的光芒,正如他所说:"救死扶伤是我的天职,无论是在手术台上抢救生命,还是捐献造血干细胞挽救患者,只要患者有需要,我都会义无反顾,勇往直前!"他的言语是如此斩钉截铁,其行动必然风雨无阻,彰显了他对生命的无比敬畏和至诚至爱,树起了新时代精神的丰碑。

最后,对有那么多人默默无闻地关心关爱红十字事业,深感欣慰,感恩感动。红十字事业是一个人道主义事业,核心要义就是关心关爱人的生命健康,为此,迫切需要广泛、厚积的人道资源。冯医生就是其中的代表,还有成千上万具有人道主义精神的人,蓄势待发,时刻准备着。这些数不清的志愿者,胸怀博爱,甘于奉献,不惧风险,哪里有生命召唤,他们就第一时间在哪里挺身而出,哪里有紧急救援,他们就第一时间在哪儿安营扎寨,从不退缩,一往无前。"众人拾柴火焰高",志愿者们共同构建了红十字事业强大的人道主义资源,唱响了"生命诚可贵"的赞歌,要感恩这些默默无闻的志愿者,感恩我们这个伟大的时代。

生命既要自己珍爱敬畏,也要他人守护相望。唯其如此,每个鲜活的生命才能薪火相传,才能书写出人生华章,才能在新时代建功立业。

人人都来做做这道"加减乘除"题

上过学的人,都知道"加减乘除"的运算模式,都做过"加减乘除"题,这属于数学范畴。

在社会生活中,我们每个人也经常要做"加减乘除"题,即责任"加"一点,浪费"减"一点,节约"乘"一点,污染"除"一点。这个社会学意义上的"加减乘除"题,正每时每刻考量着我们每个人对这个题目所持的态度和对答案的选择,也是我们每个人践行社会主义核心价值观的生动写照。做好了,答对了,则国幸民幸。

责任"加"一点。人处于社会现实中,离不开单位、家庭、社会这三个维度。在每个维度中,尽管每个人的角色定位是不一样的,但有一点是不能变的,就是一定要有责任。责任是什么?责任是一个人不得不做的事,是天职,是使命,是担当,是操守。责任重于泰山。倘若每个人都能常怀责任心、坚守责任地,将责任感内化于心、外践于行,持之以恒地"加"一点,单位中在岗不在位、推诿扯皮这类现象就会没有市场,爱岗敬业、敢于担当就有了基础,家庭中形形色色的风波就荡然无存,幸福美满、家庭甜蜜就有了保障,社会上污秽浊流、不良风气就会遭打击,扶正祛邪、弘扬正能量就有了动力。也因此,我们每个人在单位就是一个好员工,在家庭就是一个好成员,在社会就是一个好公民。诚如是,我们的社会该有多和谐，人世间该有多美好！

　　浪费"减"一点。"历览前贤国与家，成由勤俭破由奢"，这是说浪费的可怕；"一粥一饭，当思来处不易；半丝半缕，恒念物力维艰"，这是说浪费的可耻。我国是人口大国，人口占世界人口总数的五分之一，同时又是人均资源非常紧张的国度，很多人均资源位居世界倒数水平，因此在中国的确浪费不起。当前从中央到地方号召全民厉行节约、反对浪费无疑是一场"及时雨"。现实生活中，浪费现象时有发生。比方说，我们聚餐时，东道主为了表示好客，碍于面子，点上一桌好饭好菜，能不能吃掉不管。试想，在中国这样一个有14亿人口的大国，如果每人一次浪费1两粮食，那么14亿人就浪费7000万公斤粮食，大约可供冰岛这个国家的人食用一年，数字惊人。或许有人会说，我是花了钱的，吃不掉浪费一点何妨？但你浪费的何止是金钱？更是资源，有的资源是金钱难换的、难以再生的。再比方说，在一些单位，随手关电关水、纸张正反两面使用等良好习惯还未很好养成，对一个单位来说也许算不了什么，但积聚起来，放眼全国，浪费的数量可能就是触目惊心的，就是一件很大的事情。据悉，我国每年仅造纸一项就消耗木材上千万立方米，进口纸张400多万吨，但可以肯定的是，相当一部分在各级办公室的无效劳动和随意丢弃中被白白浪费掉。诸如此类，不胜枚举。如果我们每个人都能"手下留情"，下意识地把浪费"减"一点，实质上我们就是节约了资源，创造了财富，做出了贡献，也涵养了自身的道德。

　　节约"乘"一点。节约的天敌是浪费，节约与浪费是一对反义词。如前所述，14亿人的浪费，令人心痛。而如果14亿人节约，那么节约下来的资源又是相当可观和不可估量的，是令人振奋和欣喜的，将会为社会挽回多少财富？将会为子孙后代留下多少资源？这是一件非常光荣的事！如果我们每个人、每个家庭、每个单位都能把中国传统的节俭节约美德发扬光大，从节约一滴水、一粒粮、一度电、一张纸做起，让节俭节约蔚然成风,就能在全社会形成节约光荣、浪费可耻的良好风尚,节俭节约的氛围将会影响更多人。

污染"除"一点。减少污染、保护环境、关爱地球,真是天大的事情。我们经常为"要科学发展,不要贻害子孙后代的发展""金山银山也不如绿水青山"这样的口号而拍手叫好。然而,我们又常常感叹"地球生病了",常常抱怨"自己看不到湛蓝的天、喝不到干净的水、呼吸不到新鲜的空气了"。这是为什么呢?既是政绩观的偏差、急功近利思想在作祟,也是相当一部分人熟视无睹、说一套做一套、自觉或不自觉地加入破坏环境的行列所致。比如随手乱丢垃圾、不爱"绿色出行"、随意焚烧秸秆、大肆砍伐树木等等,造成环境污染雪上加霜,地球不堪重负。就拿出行来说,据各地监测分析,汽车尾气排放已占大气污染源85%左右,这是何等严重?要知道,对环境的无情破坏和对生态的疯狂掠夺,必将导致严重后果。生态在没有人类干预下是平衡的,而人类不顾大自然的规律,透支资源、过度消费,到头来大自然也会对人类进行灾难性报复。近年来,荒漠化日益严重、地下水日渐枯竭、厄尔尼诺现象日趋频繁、温室效应不断加剧,这些都是大自然给我们发出的警示。因此,必须振臂高呼,不能再等闲视之,任其发展,要狠下猛药,保护环境。倘若我们每个人都谙知"今天的好生态就是造福子孙后代,就是生态中国的明天"之理,主动自觉地争做保护环境的坚强卫士,把污染"除"一点,降低到最低程度,天蓝地绿、山清水秀就能成为现实,这实际上也是关爱我们自身的生存环境,关爱我们的子孙后代,关爱我们的共同家园。

其实,"加减乘除"这道题并不难做,答案就在你我他的日常行为当中,就在我们工作生活的点点滴滴当中,关键在于我们是否真心实意去做。希望我们共同努力,让越来越多的人能认认真真做做这道"加减乘除"题!

让规则意识成为共识

重庆万州公交车坠江事故虽已过去多年，但至今仍让人难以忘怀，直呼不该。一个不守规则的乘客，一个处置不当的司机，让15条鲜活生命瞬间逝去，这是血的惨痛教训。试想，如果这名乘客有规则意识，就不会在公共场所发飙；如果司机有规则意识，就不会边开车边与这名乘客纠缠；如果其他乘客有规则意识，就不会漠视甘当看客。在这三方当中，如果有一方有规则意识，悲剧可能就不会发生。

或许有人可能会说这只是个案、偶然现象而已，其实不然。现实生活中不守规则的大有人在，如：在公共场所明文告示禁止大声喧哗，可有人就是大声喧哗；在旅游景区明确提示要珍爱花草，可有人就是肆意践踏；在高铁列车上明明要对号入座，可有人就是鸠占鹊巢、强行霸占他人座位；在行车道路上明令要各行其道，可有人就是冒安全之险，反其道行之。更有甚者，对规则采取选择性态度，于己有利就遵守，妨碍了自己就破坏，视规则为儿戏，认为守规则是迂腐怯懦，绕过规则才显得聪明有本事。总之一句话，不守规则的人不少，规则意识在全社会形成共识还有很长的路要走。

规则意识自古有之。"没有规矩，不成方圆。"正是规则意识的传承发展，才推动社会的文明进步。可以说，规则是社会的"基础设施"，规则意识是社会正常运转、和谐友爱的"润滑剂",规则意识成为共识则是社会有序、文明、进步的"助推器"。捍卫以法律和公序良俗为基础的规则文明,培养深入人心的规则意识,是当今中国现代化进程中的一道必答题,更是践行社会主义核心价值观的一道必答题,每个人、每个家庭、每个单位,乃至全社会都有责任交出一份合格答卷。反之,一个人如果没有规则意识,必然无拘无束,胡作非为;一个家庭如果没有规则意识,必然乱了伦理,不成体统;一个单位如果没有规则意识,必然芥蒂不断,方寸殆失;一个社会如果没有规则意识,必然人人自危,秩序混乱。这是怎样一种可怕的情景,谁都不愿意看见。可见,让规则意识成为共识有多重要,关乎你我他,关乎社会进步,需要全社会一起努力。

让规则意识成为共识,需要每个人对规则心存敬畏。只有真正把规则"钉牢"在心中,视之为带电的"高压线"、监督的"眼睛",才能自觉地匡正自己的言行,定义"该做什么,不该做什么",慎言慎行,不越雷池半步。如果人人为之,规则意识势必深入人心。事实上,每个人既是规则的守护者,又是规则红利的受惠者。

让规则意识成为共识,需要全社会的共同呵护。在全社会要形成"守规光荣,失规可耻"的意识观,用良好文明的规则意识引领社会风气。对守规者褒奖有加,大力宣传,对不守规者勇于群起攻之,使之如同过街老鼠,并加大公开曝光力度,让他承受来自社会和舆论的压力及谴责,把社会环境打造成厚植规则意识的良好温床。同时,要提高不守规则者违规的代价,让耍小聪明者非但占不到便宜,还要让他自食其果,得到深刻的教训。比如,当下对失信者"一处失信,处处受限"的制裁就很好,值得借鉴推广。

让规则意识成为共识,需要各行各业的齐抓共管。行有行规,凡是与群众生活息息相关,社会关注度高的行业尤其要重视量身打造规则意识。比如教育、医疗、交通、公安、旅游等部门,必须加强对本行业规则意识的厚植涵养，通过本行业的道德规范的制定、教育、实施、监督、考核、奖惩等手段，强化从业人员的规则意识，使之知边界、明事理、懂规矩、不逾规，激发其内生动力，使之内化于心、外化于行，始于自发、成于自觉，当好匡正社会风气、促进文明进步的生力军。

　　让规则意识成为共识，需要加快立法进程。法治的威严是至高无上的，现代人对法律是敬畏有加的，刚性约束是内生动力。对一些因不守规则而危害社会安宁和人民生命财产的人和事，要零容忍，敢亮剑，出重拳，加快立法，依法治理，让违规者付出惨重代价，最终达到不想违规、不能违规、不敢违规的目的。醉驾入刑就是很好的范例，如今"开车不喝酒，喝酒不开车"已成为共识，这就是法治的魅力。期盼有更多的公序良俗能尽快走上法治轨道。

厚植尊老孝老风尚

时下已进入老龄社会,厚植尊老孝老风尚,势在必行,正当其时。加之社会上在尊老孝老中出现的问题时有发生,因此厚植尊老孝老风尚更显迫切。如何厚植,是必须认真回答和解决的现实问题。

厚植尊老孝老风尚,就是要让尊老孝老成为新时代的风尚。尊老孝老,古已有之,美谈甚多,乃中华民族传统美德也。社会发展到今天,需要把这种传统美德薪火相传,继承发展,不能社会发展了,传统美德却丢失了。国家出台的《新时代公民道德建设实施纲要》,就是弘扬传承美德的一大法宝。生活在新时代的我们,要脚踏实地践行这一纲要要求,着力让传统美德入脑入心,发扬光大,把古人都能做好的事情做得更好,让尊老孝老成为我们的一种修为、一种内在品质。再说,人人都会老的,老人们的今天就是自己的明天,尊老孝老既是传承美德,也是为了自己,更是为下一代做示范。我们每个人必须在心底里厚植尊老孝老情怀,在行动上检视自己做得怎么样,让尊老孝老成为高度自觉和良好习惯。

厚植尊老孝老风尚,就是要让老年人身心舒畅。老年人身心舒畅,是指生活无忧,精神愉悦,晚年幸福。要达到这一境界,我们一不能"啃老",老年人辛苦了一辈子,对其积蓄的物质财富,我们不要觊觎,让他们自主支配、自由处理,开心就好,对其生活不要给予过多负担压力,他们能帮多少是多少,须知帮是情分,不是义务,善用感恩之心回报老年人的付出。二不能"烦老",我们常说要孝顺老人,孝顺重在"顺":对老年人的精神需求不要漠视,要努力满足;对老年人的教诲不要嫌烦,要善于倾听;对老年人说话的语气不要生硬,要充满感情。这样,老年人就能心情愉悦。三不能"嫌老",老年人养了我们小,我们自然要养他们的老,天经地义,要尽自己赡养的法定义务,感恩他们给了自己生命,抚养自己成长,只要条件允许,尽可能不要将老年人送到养老院,用真情和行动为老年人营造幸福晚年。其实,我们常说"家有一老,如有一宝",家有老人是我们的福分,一定要倍加珍惜,绝不能失德嫌弃。

厚植尊老孝老风尚,就是要真情、及时。古人云"子欲养而亲不待"。老年人辛苦奋斗一辈子,理应得到下一代的温情关爱,真情照顾,过上他们想要的生活,让他们享受更多快乐。一份礼物、一个电话、一次看望,或许都会让他们内心感动,切不可借口自己忙,明日复明日,错过了时机。真到那一天,我们会追悔莫及、遗憾终生的。现在还有一种不良做法,就是"薄养厚葬",厚葬有什么实际意义?本末倒置,远不如老人在世时儿女多给一些幸福。

厚植尊老孝老风尚,就是要全社会同心协力。良好社会风气的形成,需要全社会共同发力。顶层要加强法律法规建设,靠制度来保障,用法律来约束,让不尊老孝老者不但受到社会的谴责,还受到法律的严惩。社会舆论要大力宣传尊老孝老的典型,让尊老孝老者得到尊崇和褒奖,反之,就要使之成为"过街老鼠"。各单位要重视尊老孝老的落实工作,多给职工创造机会,使大家有时间尽孝心,把人文关怀落到实处。报载,云南省实施了《云南省老年人权益保障条例》,设立了职工"孝老假",这就很好,值得推广。

劝君少当"低头族"

早晨高峰期乘地铁,车厢里人挤人,几无立足之地,让人喘不过气来。但放眼看去,清一色"低头族",大家似乎忘了拥挤,个个津津有味地看着手机,至于身边有没有安全隐患、会不会影响别人通行,一副全然不顾的样子。

中国人的手机使用量大得惊人,据 2021 年 8 月末统计,全国共有移动电话用户数 162611.9 万户,每百人高达约 115.2 部。试想,如果不分场合,不计后果,人人都热衷做"低头族",专注于手机,那将是怎样一种不可思议的局面?

媒体常报道,"低头族"发生的悲剧并不少见。比如:走路不看路而是看手机,发生了交通事故或者掉进路坑,结果命悬一线甚至送了命;一些胆大者,骑车或开车时也敢当"低头族",事故不可避免,弄得两败俱伤,害己更害人;有些家长玩心太重,带小孩时迷恋看手机,结果小孩不见了或者受到了意外伤害……又如开头提到的乘地铁,乘客只顾当"低头族",公共场合不主动让路,影响别人进出,是否文明、合适?

现在是快节奏的社会,人们很少有坐在一起交流谈心的机会,每逢节假日,难得与家人及亲朋好友相聚,可现在的情形是彼此寒暄一番后,就开始各玩各的手机,鸦雀无声,仿佛个个在独处,好不奇怪。虽然聚了,却平淡如水，没有问长问短、嘘寒问暖、推心置腹、肝胆相照，一点意义和印象也没有，少了亲情的甜蜜、友情的升华，全是"手机"惹的祸。

　　大庭广众之下，因为当"低头族"引起的纠纷闹剧也不少。一次，我进电影院看电影，一个年轻人误坐在别人座位上玩手机，一副旁若无人、自我陶醉的样子。另一个年轻人见他坐了自己座位，就请他让座。不知是玩得太投入还是没有听见，他居然毫无反应，那个年轻人性急，就拉了他一把。谁知，就这么一个举动，两个血气方刚的年轻人居然你一言我一语直至动起手来，你瞧瞧，这叫啥事？没有素质不说，还坏了其他人看电影的兴致。如此"低头族"妨碍公序良俗的事情并不少见。

　　更有少数"低头族"，似乎一刻不看手机都不行，结果遇到单位查岗被罚，得到了不该得的处分。甚至因为长期低头看手机，眼睛有疾、颈椎不舒服，身体出了毛病，还跑去了医院。

　　看来，一味当"低头族"，的确没有什么好处，后果是害己又害人，影响了公共场所的文明，干扰了社会正常秩序，实在不值得，所以，劝君还是少当"低头族"为好，吸取教训，能不看时尽量不看，既是对自己负责、对他人负责，也是对社会尽职。

　　凡事皆有度。手机的普及运用，大大方便了人们的日常生活，愉悦了人们的精神生活，丰富了人们茶余饭后的谈资。适度当当"低头族"未尝不可，关键是自己要掌握好这个度，选对时间、场合等。

药品说明书能否人性化一点？

提及这个话题,源于家里一位老人让我给他看药品说明书。老人恐怕觉得我有点文化,让我给他看,可我很惭愧,让老人很失望,并没能告诉他所需要的"答案",尽管我非常认真。

人食五谷杂粮,哪有不生病的？老年人尤甚。出现了不需要到医院治疗的一般小毛病,大多数人就会想到去药店买点药,现在在便民药店多得很,何苦"避简就繁"？拿到了药,总得看看说明书,希望尽快药到病除。

虽然药店里卖药的人很热情,反复叮嘱你怎么用药、需要注意什么云云,但一般人可能听得不太上心,因为药品里有说明书,按说明书上的要求行事得了,再说,万一卖药的人说得不准或者自己记错了,岂不误事？所以,把药买回来后,自己一定还是要认真看看说明书的,想弄清究竟怎么用药,有什么疗效,药品的生产日期、有效期、有没有副作用等等,这关乎身体健康的大事,岂敢小视？自己当然要对自己负责,这是天经地义、毋庸置疑的。

待你回家小心翼翼打开药品包装,把说明书拿出来一看,绝大多数情况下会傻眼,虽然说明书写得很详细,甚至有几张纸,但不管用。为什么呢？一是看不清,说明书上的字太小了,即便拿放大镜看,有时也未必能完全看清楚,这让老年人怎么看？二是看不懂,用词太专业,全是专业术语,而且化学公式一个连一个,让人如看天书,云里雾里,迷惑不解。我没能告诉家里老人"答案",也是这个原因,不敢连估带猜瞎说。看不清、看不懂药品说明书,恐怕是大多数人的难言之隐和心理共识。

药品说明书非常重要,是用药人的"指南针"和"定心丸",详细介绍了药品信息,国家有明文规定药品必须配备说明书,而且具有法律效力。倘若说明书看不清、看不懂,虽然看似符合国家规定,但可读性、实用性大打折扣,缺乏了指导性和人性化,对老年人来说简直就是一种痛苦。

何以如此?依我之见,一方面是生产厂家为了节省成本,想少花钱,又合乎规定。你想啊,如果说明书字大了,纸张势必要大,包装盒随之也可能加大,这样成本就上来了。所以,生产厂家就尽可能把说明书弄得小小的,由于信息一样不能少,只好在字体、字号上做文章,自然字就小之又小,让人看不清,就连找个生产日期和有效期也要花半天工夫。另一方面,生产厂家害怕担负法律责任,只好把药品所有信息一股脑都写出来,不管你懂不懂,专业术语你是不明白,化学公式你是根本看不懂,慎用慎到什么程度你也不清楚,总之一句话,你看不懂。

药品说明书的重要性前面已有叙述,而用药问题是人们尤其是老人日常生活中经常遇到的,是关乎人们切身利益和生命健康安全的大问题。人民至上,生命至上,绝不是小事,岂能"浮云遮望眼"?

要改变现状,让药品说明书由看不清、看不懂转变为看得清、看得懂,需要药品生产厂家不计蝇头小利,负起社会责任,把说明书字体、字号放大,让人一目了然,用得放心;需要生产厂家用心一点、智慧一点,把说明书上的专业术语转变成大众看得懂、能理解的语言,对人们广泛关注又特别重要的内容,可以字体加粗或画线提示,以警醒人们,这是根本。政府监管部门要切身负起责任,加强对药品说明书看得清、看得懂以及规范性的监管,真正让老百姓放心。如此双管齐下,药品说明书自然会非常人性化,化解老百姓特别是老人之忧,最大程度保障用药安全,希望这一天早点到来。

家庭幸福的密码

常说"家和万事兴",哪个家庭不希望家和?很多家庭还把这句吉祥话挂在大厅正上方,以此自省自勉。的确,家庭和和美美,家庭成员心情顺畅,和睦相处,相敬如宾,就能减少烦心事和后顾之忧,就会精气神十足,干什么都带劲,办什么事都顺利,水到渠成,幸福不请自来。

曾有人说过:"幸福的家庭都是相似的,不幸的家庭各有各的不幸。"既然幸福家庭是相似的,必然有幸福家庭的密码,这个密码就是:多沟通包容、多尊重付出、多学会翻篇、多读书养心。

多沟通包容。家庭是社会的细胞,是多个成员组成的共同体,夫妻之间、父母之间、儿女与父母之间……这么多人不可能"性相近、习相同",肯定各有各的想法,各有各的个性,各有各的习惯。要达到心相通、情相投、步一致,沟通就显得十分重要,开诚布公的沟通,平心静气的交谈,就能搭建家庭和睦的桥梁,误会能够及时消除,"冰块"能够被热情融化,代沟能够被填平,一家人其乐融融,多好!反之,遇到矛盾不沟通,有误解不解释,让不良情绪埋在心里,伤了自己,也得罪了家人,委实不值得。包容体现了一个人的涵养和胸襟,能容人时则容人,这是大智慧和高情商,当遇到沟通困难无效时,就要松手,学会包容,"退一步海阔天空",都是家人,为什么非要"针尖对麦芒",弄个是非曲直?特别是代沟造成的差异,更需要包容,求同存异,不必斤斤计较,家庭才能安宁。沟通、包容是家庭和睦的润滑剂,能够大事化小,小事化了。正如有人说:"人活着,发自己的光就好,不要吹灭别人的灯。"

多尊重付出。家要有家规,否则会一团糟。家庭成员之间,相互尊重十分重要,晚辈必须对长辈尊重,这是做人的基本准则,也是中华民族传统美德。古人都知道"首孝悌",难道今不如古?做不到这一点,那"家将不家"了,幸福何来?当然,长辈对晚辈也要尊重,不要老是高高在上,搞家长制作风,总认为"我是对的",注意尊重晚辈的思想观点、生活习惯、行事风格、择业之路。家庭成员之间,要像好朋友那样彼此尊重,开心相处,家庭幸福感就会满满的。倘若家庭失去规矩,互不买账,目中无人,结果只能两败俱伤。家庭成员要甘于付出,付出是一种能力,谁有能力就多付出一些,甘于付出、甘于吃亏,是一种本事和境界,再说实在一点,反正是为了家庭幸福,"肥水"未外流。如果家庭成员中有人自恃付出多,想在家庭中呼风唤雨,狂妄自大,肯定不受其他成员待见。高调付出,低调做人,才是明智选择,你默默付出而不奢求什么,大家肯定心知肚明,高看你一眼,会为你遮风挡雨,会为你感到自豪骄傲。

多学会翻篇。有人说:"多一点忍耐,就会少几次后悔;少几次翻脸,就多一些余地。"家庭成员之间,因为年龄、个性、学识、涵养不同,再加上锅碗瓢盆、朝夕相处,难免会产生磕磕碰碰,会有一些隔阂,这不奇怪。可能没有哪个家庭完全没有问题和矛盾,为什么说夫妻要善于度过"七年之痒"?道理就在此。面对家庭矛盾和问题,肆无忌惮的恶语相向,既解决不了问题,又消耗了彼此感情;老放不下过去的纠葛,动不动就互相诋毁,习惯揭开伤疤,伤人又伤己。长此以往,家庭何谈幸福!怎么办?最明智的选择就是少翻脸,最聪明的办法就是多翻篇。过去的事情就让它过去吧,只要是非原则问题,"石沉大海"多好,别耿耿于怀、纠缠不休,否则,一点好处都没有。学会翻篇,才能让家庭充盈爱意,回归温暖,把戾气关在门外,把温馨带给家人。懂得翻篇,家就是安乐窝,生活才能幸福,才能蒸蒸日上。

多读书养心。"诗书继世长",一个家庭,如果书香充盈,人人爱读书,这个家庭幸福指数一定很高,家风一定很好,而且会代代相传,经久不衰,自古皆然。因为读书能够陶冶心灵,提升修养,增长见识,培养能力,"书中自有黄金屋"。家庭成员读书多了,就不会为世俗喧嚣所困,就不会为鸡毛蒜皮所扰,使家庭成员多了共同话题,有了相互交流的机会,家庭中即便有不快也会被书淡化消弭。书斋中的生活能自怡心情,能自我消化,日子定不会搅得天翻地覆。有人说:影响孩子教育水平的,不是家庭收入、父母文化程度或职业地位,而是家中的藏书数量。这话虽然有点偏颇,但不无道理,不是有人说"富不过三代"吗?自古也有"我教子,唯一经"之说,就是证明。在我看来,读书是最好的家风,书架是最好的"不动产",书香家庭是最幸福的。

幸福家庭的密码或许不止这些,但这些都是基础。试想:如果家庭成员都志同道合,和睦相处,都充满正能量,携手奔跑在理想路上,这是多美好的事情,谁不期望奢求?如此,于自己有益,于家庭有益,于社会有益。

心迹留痕

真情陪伴孩子成长的"四自"

在具有百年校史的深圳市重点小学深圳小学的校园中,赫然写着"学习自觉、行为自律、生活自理、人格自强"(以下简称"四自")的格言或者叫校训,引人注目,令人触动。这既充分体现了"立德树人"的办学方向,也充分彰显了学校真情陪伴孩子成长的办学理念。理念正确,提炼精准,朗朗上口,好记好懂。

小学阶段的孩子,纯洁可爱,天真活泼,站在人生起跑线上,这一阶段是各种行为习惯养成的起点,是"立德树人"的"首站"。如何让孩子在人生起跑线上开局良好、跑得漂亮、打好基础,是所有小学必须高度重视、认真思考的问题,"大道虽简,不行不至"。深圳小学提炼的这"四自"格言,郑重其事地对孩子的学习、行为、生活、人格等方面提出了规范性要求,也明确了孩子成长的努力方向,可圈可点,值得借鉴。倘若能够千方百计逐一落到实处,那"立德树人"就不是一句空话,孩子就能得到全面发展。

"学习自觉",是指小学阶段的孩子必须掌握的学习理念。小学生,特别是小学低年级学生,由于刚刚跨进校门,对学习的概念懵懵懂懂,对学习的方法及重要性根本不清楚,更谈不上什么学习自觉,只能满足于老师教什么就学什么,有什么要求就尽能力完成,仅此而已。"学习自觉"是对小学生高层次的学习要求,是对小学生良好学习方法的培养,让学生知晓如何在课堂上自觉学习,如何在课外自觉学习,以及如何培养良好的学习态度、方法、习惯等,可谓说到了点子上。"授人以鱼不如授人以渔",如此会让孩子受益终身,在起步阶段就明白了学习自觉的可贵,就知道怎么去自觉学习,让爱学习、会学习打小就在脑海里深深烙上印痕,从而实现小学阶段、中学阶段的学习自觉,乃至整个人生的学习自觉,其功效和意义不言而喻。

"行为自律",是指小学阶段的孩子必须养成的良好习惯。我们常说要"扣好孩子人生第一粒扣子",指孩子打小就要思想向上、道德向善、行为自律,说到底,就是孩子"立德"的大问题。现在的孩子太幸福,想要什么就能得到什么,家里有父母、爷爷奶奶、外公外婆及其他亲人宠爱,就像小明星似的被家人倍加呵护,真正是"抱在怀里怕冻着、含在嘴里怕化了",再加上他们还不大明事理,于是,孩子自觉或不自觉地养成了任性、骄横、娇气等坏习惯,更谈不上什么自律了。唯其如此,教育孩子行为自律,是学校的重要任务,要通过思品课、班会课潜移默化地教育,通过各类实践课亲身体验感化,通过一些奖励手段去激励,等等,让他们改掉不良习惯,能够自律,从而养成有道德、讲公德的好品质。家长不是局外人,也要积极配合,与学校齐抓共管,使孩子从小就绷紧行为自律之弦,牢牢树立安全意识、道德意识乃至法治意识,做一个行为自律的人,做一个有益于社会的人。

"生活自理",是指小学阶段的孩子必须学会的基本功。小学阶段的孩子因为年龄小,大多衣来伸手、饭来张口,生活难以自理,全靠家长代劳,动手能力比较弱。除了家庭要有意识地锻炼孩子的自理能力外,学校也要注重,学校的教育效果比家庭的更好。要告诉孩子什么是生活自理、为什么要生活自理、如何生活自理等知识和道理,经常培养孩子的动手能力,使他们"习惯成自然",练好"童子功",并利用必要的考评激励机制,激发孩子们对生活自理的兴趣,天长日久,孩子们的自理能力肯定会有所增强。自理能力的培养,会激发孩子们的动手能力,掌握自理能力是一个人独立生存的前提和基础。

"人格自强",是指小学阶段的孩子必须懂得的道理。人格自强的培养,是学校教育的要事,在小学阶段尤甚,因为孩子小,可塑性强,"树小好修枝"。当下,孩子的人格缺陷大概有两个方面:一是比较唯我、自私,听不进别人的话,不愿与别人分享东西,唯我独尊,自行其是;二是抗压能力比较弱,经不起困难、批评或打击的考验,少数还会做出离家出走甚至自杀等过激行为。所以,学校要特别重视孩子人格自强的教育培养,有的放矢,既要教育孩子们善于倾听别人意见,不能自私自利,做到美美共享,又要教育孩子们敢于面对困难、正确看待批评、勇于经受打击考验,告诉他们"困难是暂时的""温室里的花朵是不能经受风雨的",鼓励他们不怕困难挑战,让自己内心变得强大起来。人格自强,乃安身立命之本也。

学校是育人之地,师者是传道授业解惑者。深圳小学提出的这"四自",卓识远见,正当其时,不失为"立德树人"的良策,是孩子们茁壮成长的金玉良言,为孩子们提供了未来走向成功的金钥匙,好得很!

"身教重于言教"如是说

孩子教育问题,成为时下许多家庭头疼的问题。多数家长抱怨:孩子不听话,缺少爱心,任性自私;学习不够自觉努力,成绩不尽如人意,你急他不急;着迷电子产品,到了"废寝忘食"的地步,怎么管都不行;言谈举止不够礼貌,教养欠缺,对社会上负面东西认知快……家长们看在眼里、急在心里,压力甚大。

这些问题应该说是不争的事实,谁之过?因素固然有许多,但我认为,很大程度上与孩子父母自身问题有关,与家庭教育不当有关。家长是孩子的第一任老师,家庭是孩子的第一所学校,孩子的性格品质、兴趣爱好、行为举止、学习自觉性等受家长和家庭影响最大,正所谓"近朱者赤,近墨者黑",抑或"种瓜得瓜,种豆得豆"。

欲让孩子丢掉这些恶习,变得优秀,未来成人更成才,最主要的还是靠家长和家庭,应了"身教重于言教"那句老话。孩子可塑性强,接受模仿能力强,家长的品格情绪、一言一行,家庭的和谐氛围、学习环境,等等,对孩子的影响是无形而深刻的。只有父母优秀了,家庭教育环境优化了,孩子才可能跟随父母的脚步在家庭的熏陶下,变得越来越听话、越来越出色、越来越优秀。

"身教重于言教",人人知道,人人都懂,也是见仁见智,要义是什么?

大抵有四个方面内容。

其一,是指家长用良好的言谈举止引导教育孩子。说一千道一万,不如家长做示范。倘若家长自身具有良好的言谈举止,对孩子的引导影响将不言而喻,自古及今,书香家庭的孩子言谈举止那么有范儿,道理就在此。如果家长说一套、做一套,整天只会拿着"手电筒"照孩子、不照自己,言谈粗鲁、举止粗俗,孩子势必效仿。有人说,孩子的问题,多是身边大人造成的。

曾目睹一小男孩,玩手机时突然爆了一句粗话,在一旁的父亲听到后,就随口来了一句:"妈的,谁教你说脏话的?"随手给了孩子一巴掌。家长如此表现,孩子幼小的心灵照单全收,久而久之,孩子也会变成像他父亲那样待人。

倘若家长说话温文尔雅,举止彬彬有礼,博爱无私,孩子自然会看在眼里,记在心里,耳濡目染地视为自己的言行圭臬。家长的"身教",是润物细无声的,又是潜移默化的,你给孩子什么,孩子就会给别人什么。

"不学礼,无以立。"孩子良好的言谈举止,是将来立身处世之本,是走上社会的"见面礼",家长不可小觑,必须潜心用自身良好的言谈举止默默引导孩子。

其二,是指家长用向上的品格、情绪感染孩子。一个格调不高的孩子,背后一定有一个比较世俗的家长;一个缺乏爱心的孩子,背后一定有一个冷漠无情的家长;一个喜怒无常的孩子,背后一定有一个阴晴不定的家长。毕淑敏曾说:"在纷乱和丑恶的氛围中成长的孩子,是伪劣家庭的痛苦产品。"说得到位而形象。

所以,家长在孩子面前,一定要树立在家庭、单位、社会皆是"君子"的良好形象,彰显尊老爱幼、爱岗敬业、向上向善的品格,多做积极有益之事,多说激励人心之话,赋予孩子满满的正能量,并且要一以贯之,这是孩子成长最好的"营养剂",比什么都重要。即便家长自己处于低谷期,也不要在孩子面前流露情绪,抗压力强,善于管控,做到少发火,多淡定,少责备,多宽容,给孩子一个温馨港湾。有这样的家长,孩子的品格、情绪一定不会差。

我们可以反思一下:为什么有些单亲家庭的孩子,品格、情绪就会弱一些呢?

孔子云"子欲为事,先为人圣"。当用你的"身教"熏陶孩子的品格、情绪时,感染力非常大,他的坏毛病、坏习惯会改掉,格局会变大,意志力会变强,加分项会变多,成长会变快,阳光可人、未来可期,其人生之路必然会越走越宽。

其三,是指家长用积极的学习修行给孩子做示范。没有哪个家长不期盼孩子学习少费周折,一路高歌猛进,将来成龙成凤,成为国家有用之才,这是情理之中的事情。

理想很丰满,现实很骨感。没有什么力量可以代替家长"身教"的影响。倘若家长只会用喋喋不休的说教甚至动粗逼迫孩子学习,自己则躺在沙发上玩手机、看电视,效果可想而知,孩子怎么会自律上进呢?相反,家长能够放下手机,捧起书本,与孩子共学习、同探讨,这样的示范作用"善莫大焉"。

宋代的"三苏"就是一个典型。苏洵学习不辍,虽大器晚成,但对两个儿子苏轼、苏辙影响甚大。他与妻子程氏的"身教"示范,使两个儿子在科举路上成为"双子星",双双榜上有名,光耀门庭,轰动京城。尤其苏轼,得到了主考官欧阳修的高度赞扬,认为"三十年后,不会再有人提到我了",而只知道苏轼了。

著名家庭教育专家蔡笑晚,育有6个孩子,结果5个孩子成为博士,1个孩子成为硕士,令人羡慕无比,不愧是家庭教育专家。

我的一位朋友也是如此,为了孩子高考能够取得好成绩,上个名牌大学,谢绝一切生活交际,一心陪伴孩子读书,甚至与孩子一道做题目、做交流,结果孩子考上了令人羡慕的北京大学,举家欢喜,也成为一段美谈。

可见,家长的积极学习修行,不仅给自己充了电,更给孩子做了示范、起了激励作用,在孩子看来,父母尚且如此,我辈自当努力。所以,期望孩子成龙成凤的,不妨学习一下。

其四,是指用向上和谐的家庭氛围熏陶孩子。孩子在家中待的时间最长,接收的东西最多,家庭环境好,孩子会感觉幸福,"不用扬鞭自奋蹄"。一个和睦温馨、积极向上、乐善好施的家庭,一定会把孩子熏陶成理想中的样子;反之,一个争吵不断、打打闹闹的家庭,会让孩子情绪低落、神情恍惚,甚至会品行不端,更别说学习了。环境是能够改变人、造就人的。

"孟母三迁"的故事,人人皆知。孟母为了给儿子一个安宁的家庭环境,三次搬家,不厌其烦,结果培养出了一个儒学大师,名垂千古,至今为人们津津乐道。

洛克菲勒是世界上第一个亿万富翁,百忙之中,他不忘对孩子进行家庭教育,经常通过书信教育熏陶孩子,告诉他们自己的创业史来之不易、为人处世之道、学习何其重要等等,结果打破了"富不过三代"的铁律,也冲出了"从来纨绔少伟男"的樊篱。中国著名翻译家傅雷与儿子家书来往的故事,与之具有异曲同工之妙,成为国人美谈。

我曾亲身经历的一件事,也令我感动不已。一位父亲经常献血,其造血干细胞曾经成功救过一个人的命,父亲的善行熏陶并打动了女儿,于是,女儿也捐献造血干细胞,救活了另一位需要救助的人。父女二人的义举,不仅形成了好家风,更诠释了"人道、博爱、奉献"的红十字精神。

良好的土壤必然能绽放美丽的花朵。家庭氛围的向上、和美、是"身教"的重要内容,如果家庭"阳光灿烂"了,孩子就会在阳光下茁壮成长。

有人说,当下"拼孩子就是拼家长",此言不虚,家长不好当,"身教"更是如此,任重而道远。为了孩子,希望更多家长敢于站出来"比拼"。

后记

2011年,我的文集《心智的徜徉》由黄山书社出版,书中收集了我2011年以前写的各类文章,绝大多数是在各类纸媒上公开发表过的,内容分成《时评篇》(歌颂真善美、鞭挞假丑恶)、《感怀篇》(感悟生活、品味人生)、《研讨篇》(结合工作实际和社会问题阐发一些思考、观点及对策)、《体会篇》(应邀写的一组关于作文、投稿的心得),计149篇文章,字数约25万字。书页间还穿插了我的一些书法作品。社会反响良好,还有幸获得了马鞍山市委、市政府社会科学成果三等奖。

因为爱好写作,才会笔耕不辍、码字不息、不愿懈怠。最近十多年来,我又在自己的"砚格斋"里码出了数百篇、计几百万字的诗文,许多在网媒及纸媒上公开发表过,颇感欣慰。为使自己的这些文字好好留存下来,"自娱自乐"一番,便想着再出一本书,取名《心迹留痕》,作为《心智的徜徉》的姊妹篇,可谓"十年磨一剑"。所作不为名利,不求荣光,只想把散落的文字集中起来,给自己、亲朋好友及社会奉献点精神文化产品,给人们茶余饭后增加一些感悟、快乐、趣味、知识、思考……诚如是,则不负我心,幸哉幸哉。

十多年来的诸多文字心血,不可能都收集到这本书中,必须大力取舍。于是,我绞尽脑汁地进行筛选,大刀阔斧,忍痛割爱,好比大浪淘沙、沙里淘"金",这样才能使书"好看"一些,也符合当下人们的阅读习惯。虽然有点纠结、痛苦,感觉这些文字好像都是自己的孩子,谁也舍不得丢,但还是"鱼和熊掌不可兼得",只好平复情绪,认真理性地进行反复比较、筛选,历经数次挑选,《心迹留痕》的框架及内容才慢慢有了雏形。

起初,我打算像第一本书《心智的倘佯》那样,分为《时评篇》《感怀篇》《研讨篇》《诗歌篇》四类,但这样内容太杂、字数太多,书也会太厚,与当下阅读习惯相悖,于是我放弃了这种想法,决定还是"单打一",就出一本散文随笔集,在散文随笔上做文章,这样,主题突出、风格协调、体裁统一,文学性、可读性会更强一些,也更耐看一些。循着这个思路,我开始在自己所写的散文随笔里进行挑选,其他的不得不放弃了。

不能"拾到篮子里都是菜"。于是,我对散文随笔的挑选定了几条原则:一是必须最大限度地符合读者的阅读兴趣,让人喜欢读;二是必须使这本书具有正能量、趣味性、知识性等,让人开卷有益;三是尽可能体现多方面内容,多视角地看问题。依据这个原则,"对号入座",删了又删,经过艰难的抉择,最后只挑选了112篇文章,30多万字,算基本确定了书稿内容。

散文随笔的特性,决定了其内容和行笔必须放得开,可以天马行空。为方便读者阅读,得将这112篇散文随笔进行合理分类,这对我而言又是一次纠结和挑战。我颇费心思,考虑良久,几易其稿,最终决定分成六类:一是感悟类,23篇;二是游记类,24篇;三是记事类,21篇;四是人文类,12篇;五是国学类,23篇;六是社会类,9篇。这样,读者读起来一目了然,可以各取所需,取名《心迹留痕》,不抽象,能使读者观题知义,自以为挺好。

在我看来,人生之价值与光芒,精神财富是优于物质财富的。

囿于自己水平能力,本书一定还有一些不足之处,诚惶诚恐,期盼读者和方家多多赐教。

《心迹留痕》能够出版,得到了安徽文艺出版社的厚爱和扶持;得到了马鞍山市人大常委会副秘书长、著名文学评论家曹化根先生的关心指导,并为书稿作序;得到了好友、躬耕出版界多年的万直纯先生的支持和鼓励,在此,一并致谢。